Beverly & David Lewis

ZUFLUCHT FÜR MELISSA JAMES

Beverly & David Lewis

Zuflucht für Melissa James

FRANCKE
Verlag der Francke-Buchhandlung GmbH

Die Deutsche Bibliothek – CIP-Einheitsaufnahme

Lewis, Beverly:
Zuflucht für Melissa James / Beverly & David Lewis. [Dt. von Silvia Lutz. -
Marburg an der Lahn : Francke, 2002
(Francke-Lesereise)
Einheitssacht.: Sanctuary <dt.>
ISBN 3-86122-565-4

Originaltitel: Sanctuary

Published by Bethany House Publishers, Bloomington, Minnesota, USA

Deutsch von Silvia Lutz
Umschlaggestaltung: Henri Oetjen, Design-Studio Lemgo
Satz: Verlag der Francke-Buchhandlung GmbH
Druck: Wiener Verlag, Himberg, Österreich

Francke-Lesereise

Teil Eins

Gott ist unsre Zuversicht und Stärke,
eine Hilfe in den großen Nöten,
die uns getroffen haben.

Psalm 46,2

1

Sie hatte gehofft, dieser Tag würde nie kommen.

Zitternd legte Melissa James den Telefonhörer auf und eilte die Treppe hinauf. Sie griff hastig nach dem Treppengeländer und rannte in ihr Schlafzimmer im ersten Stockwerk. Mit laut pochendem Herzen dachte sie über ihren nächsten Schritt nach. Ihr blieb keine andere Wahl.

Du kannst das, versuchte sie, sich selbst Mut zuzureden, und unterdrückte ein Schluchzen. *Du musst einfach ...*

Schnell kramte sie einen kleinen Koffer hervor. Dieses Gepäckstück hatte sie vor Jahren schon gepackt – für einen solchen Notfall. Er war zwischen anderen Reiseutensilien auf dem obersten Regal ganz hinten in ihrem Kleiderschrank verstaut.

In Melissas Kopf drehte sich alles, wenn sie an die bekannte, ernste Stimme soeben am Telefon dachte. An die unterschwellige Dringlichkeit in seinen Worten. Ihr Atem kam schneller, ihr Herz raste.

Hastig warf sie ein paar Schminksachen und eine Haarbürste in ihren Koffer und kramte ihr Briefpapier und einen Stift hervor. So groß ihre Panik auch war, würde sie sich nie vergeben, wenn sie sich nicht wenigstens die Zeit nähme, Ryan eine schnelle Notiz zu schreiben. *So* viel war sie ihrem Mann wenigstens schuldig.

Mit einem leisen Schluchzen brachte Melissa die traurigsten Worte zu Papier, die sie je geschrieben hatte. Wie verabschiedet sich eine junge Ehefrau von dem Mann, den sie seit drei wunderbaren Jahren liebt? Von dem Mann, der den Lauf ihres Lebens in eine viel bessere Richtung gelenkt hatte. Durch ihn waren die Schicksalsschläge der Vergangenheit erträglicher geworden, er hatte ihrer Zukunft eine Perspektive gegeben. Ryan James, den sie über alles liebte.

Sie starrte auf die Nachricht, hin und her gerissen zwischen der Sorge um ihr Leben und dem Mann, den sie liebte, und wünschte ... sehnte sich nach einer Lösung, die ganz anders wäre als die, die ihr jetzt als einzige Möglichkeit blieb. Schließlich unterschrieb sie mit ihrem Namen und lehnte den Zettel an die Messinglampe auf seiner Eichenkommode. Ryan würde ihn hier bestimmt finden.

Eilig hob sie ihren Koffer hoch, schnappte sich ihre Handtasche und lief wieder die Treppe hinab. In ihrem Kopf drehte sich alles und Fragem quälten sie, auf die sie keine Antwort wusste: *Was sollte sie tun? Wohin sollte sie gehen?*

Auf dem Treppenabsatz boten die großen Fenster einen herrlichen Blick auf den Garten hinter dem Haus und die kleine Bucht dahinter. Melissas Blick wanderte über den Rosengarten – *ihren gemeinsamen* wunderbaren Garten, der jetzt in voller Blüte stand – der an den Steinweg und die blauen Hortensiensträucher grenzte. Jede zarte Rosenblüte und jedes Blatt badete in den Sonnenstrahlen und lockte sie mit ihrer Schönheit und machte ihr das Herz noch schwerer.

Unten spähte sie vorsichtig durch ein winziges Fenster im Hauseingang. Sie legte die Hand auf den Türgriff. Angst schnürte ihr die Kehle zu. *Keine Panik!*, redete sie sich ein.

Sie durfte keine Zeit vergeuden ... trotzdem konnte sie nicht einfach gehen. Mit pochendem Herzen drehte sich Melissa um und ließ ihren Blick ein letztes Mal durch das Wohnzimmer schweifen. War es richtig, Ryan darüber im Dunklen zu lassen, warum sie so dringend fliehen musste? Sollte sie nicht schleunigst in sein Büro fahren, ihm die Wahrheit sagen und ihn anflehen, mit ihr zu kommen?

Melissa warf die Schultern zurück und ging zur Hinterseite des Hauses. Dort blieb sie stehen und betrachtete die verglaste Sonnenveranda. Bewusst speicherte sie jede Kleinigkeit in ihrem Gedächtnis – den Duft der Rosen, den weichen Sessel, den hängenden Farn in zwei Ecken und die verschiedenen Andenken an ihre Reisen durch das ganze Land. Sie erinnerte sich an die intimen, liebevollen Worte, die sie einander hier zugeflüstert hatten, an das beruhigende Rauschen der Ozeanwellen am grenzenlosen

Küstenstreifen hinter dem Haus. Dieser sonnendurchflutete Raum, in dem Ryan sie oft in seinen starken Armen hielt und zärtlich über ihre Haare streichelte, während sie gemeinsam auf die Weite des Meeres und des Himmels hinausschauten. Wo die verträumte Musik von Debussy sie in eine Welt des Friedens und der Freude versetzte – dieser Ort, an dem das Böse Liebenden nichts anhaben kann.

Der Kloß in ihrer Kehle drohte sie zu ersticken. Diese kostbaren Erinnerungen! Zu viele, um sie angesichts der Gefahr, in der sie sich jetzt befand, noch einmal Revue passieren zu lassen. Ihr Blick wanderte zum grauen, verwitterten Dock, wo ungeduldige Seemöwen auf den Pfosten hockten und darauf warteten, gefüttert zu werden. Zu ihrem Segelboot, *Mellie*, das auf ihren eigenen Spitznamen getauft worden war und jetzt sanft auf den kleinen Wellen schaukelte. Zur Bucht und hinaus zum Block Island Sund, zu Fishers Island und zum unendlichen Blau des Atlantiks, das sich dahinter ausbreitete.

Den Tränen nahe, drehte sie sich zum Wohnzimmer um, wo helle Lichtstrahlen auf Daisys seidigem Fell schimmerten – ihrem schlafenden Golden Retriever. „Leb wohl, liebes Mädchen", flüsterte sie. „Ich werde dich vermissen."

Gegenüber von dem Sofa leuchtete ihr ein Kamin mit roten Ziegeln und einem Kaminsims aus rustikalem Holz mit zahlreichen gerahmten Erinnerungen entgegen. Mit zitternder Hand berührte Melissa ein erst kürzlich aufgenommenes Foto, das Ryan vor dem historischen Leuchtturm von Stonington zeigte. Er war ein schlanker, aber muskulöser Mann, siebenundzwanzig Jahre alt und hatte von der Sonne gebleichte braune Haare und zimtbraune Augen. Klare Backenknochen umrahmten sein gebräuntes Gesicht und bestimmten seinen warmen und mitfühlenden Gesichtsausdruck. Jeder, der ihm zum ersten Mal begegnete, fühlte sich von seiner entwaffnenden Art angezogen. Genauso wie sie damals.

Leb wohl, mein Schatz ...

Mit einem erneuten Schaudern dachte sie daran, wie er wohl

auf ihre Nachricht reagieren würde. Wie traurig sein geliebtes, gut aussehendes Gesicht, seine zärtlichen Augen würden. Zweifellos war es ein Schock für ihn.

Sie widerstand dem Drang, das Foto mitzunehmen, und stellte es auf den Kaminsims zurück. Dabei fiel ihr Blick auf den Druck von Monets *Wasserlilien* an der Wand. Schließlich blieb er an einem anderen Kunstgegenstand hängen. Scheinbar fehl am Platz in einem Raum, der von französischem Design beherrscht wurde, zeigte das Bild Jesus Christus, der ein Lamm in Händen hielt. Unter dem Bild stand der Mut machende Satz: *„Kommt zu mir alle, die ihr mühselig und beladen seid. Ich will euch Ruhe geben ...“*

Melissa war als kleines Mädchen nie zur Kirche gegangen, hatte sich aber dennoch veranlasst gefühlt, letztes Jahr in New London diesen Druck zu kaufen. Das Bild lud zu einer ungeahnten Erlösung von dem Grauen ein, das ihr Leben überschattete. Selbst die letzten wunderbaren Jahre mit Ryan.

Wenn nur jemand die Zeit zurückdrehen und sie wieder an diesen unschuldigen Ort in ihrer Kindheit versetzen könnte, in der gute, freundliche Menschen ihr Leben bestimmten. Leute wie der liebe Mr. und die liebe Mrs. Browning – ihre fürsorglichen Nachbarn – und Opa und Oma Clark, ihre geliebten Großeltern mütterlicherseits. Wenn sie doch einfach mit dem Finger schnippen und bei ihnen sein könnte.

Zeit zum Aufbruch! Sie riss sich gewaltsam aus ihren Gedanken los. Die Dringlichkeit meldete sich erneut. Melissa kehrte in die Küche zurück und spähte vorsichtig aus dem Fenster. Nachdem sie eine ganze Weile nichts Ungewöhnliches entdecken konnte, kam sie zu dem Schluss, dass sie es riskieren könne, das Haus jetzt zu verlassen. Sie öffnete die Hintertür und rannte zur Garage.

In der Garage verschloss sie die Tür und rutschte schnell in ihren weißen Toyota Camry. Mit zitternder Hand tastete sie nach der Fernbedienung, die am Sonnenschild befestigt war. Sie drückte den Knopf, und das Garagentor ging ratternd auf. Für den Bruchteil einer Sekunde überlegte sie, was sie unternähme, wenn plötzlich jemand auf sie zukäme und sie in ihrem eigenen Auto gefangen hielte.

Schnell verwarf sie diese erschreckende Aussicht, ließ den Motor an und fuhr mit dem Auto rückwärts auf die Auffahrt. Als sie noch einmal einen letzten Blick zurück auf ihr wunderbares Zuhause warf, quälten sie Fragen, ob sie das Richtige tun würde.

Da entdeckte sie Daisy, die auf den Gartenweg trottete und sie mit traurigen Augen fast flehend beobachtete. Das arme Tier musste gehört haben, wie sie das Haus verließ, und ihr durch die Hundetür gefolgt sein. Sie widerstand dem Drang, an Daisys Seite zu eilen und ihrem Hund zu versichern, dass alles in Ordnung sei. „Es tut mir so ... Leid“, murmelte sie.

Melissa rückte den Spiegel gerade und warf dann sowohl aus Gewohnheit als auch aus Notwendigkeit einen Blick über die Schulter zurück. Alles frei ... bis jetzt. Ohne zu zögern, bog sie auf die schmale Straße ein, an den grauen verwitterten Uferhäusern und weiten Gärten ihrer Nachbarn vorbei. Dutzende bekannter Merkmale – private Piers und Jachten und Latimer Reef Light in der Ferne. Sie alle gehörten zu ihrem kurzen märchenhaften Leben.

Zu gut, um wahr zu sein, dachte sie, als sie die Straße entlangraste.

Alles, was sie sich je erträumt hatte – die Erfüllung ihrer lebenslangen Hoffnungen und Wünsche – rückte mit jedem Kilometer, den sie fuhr, weiter in die Ferne und löste sich schließlich in der feuchten Meeresluft auf.

2

Fünf Minuten vor Feierabend.

Ryan lehnte sich auf seinem Lederdrehstuhl zurück, verschränkte die Hände hinter dem Kopf und schaute zu, wie die Märkte schlossen. Nicht weniger als sechs Computerbildschirme reihten sich auf dem Tisch an der rechten Wand seines Büros nebeneinander auf und lieferten ihm die aktuellsten Informationen über Aktien, Bonds, Optionen und Anleihen. Er hatte bei allen möglichen Spekulationsgeschäften die Hand im Spiel, jedoch gehörte er nicht zu den Leuten, die mit allem handelten, aber nichts richtig beherrschten. Als Investmentmanager bei New England Asset Management, der sich auf Aktienoptionen und finanzielle Futures spezialisiert hatte, hatte Ryans geschicktes Taktieren das Geld seiner Klienten im letzten Jahr mehr als verdoppelt.

Er schickte noch seine Kauforders für den morgigen Handelsbeginn ab, dann fuhr er sein Computersystem herunter. Erschöpft und ausgelaugt rieb er sich die brennenden Augen. Seine Erschöpfung rührte nicht so sehr daher, dass er den ganzen Tag die Bildschirme im Auge behalten hatte. Vielmehr machte ihn das Leben müde, dieses endlose Streben nach dem amerikanischen Traum vom Leben. Gäbe es nicht Melissa, seine Frau, dann wäre das Leben fast sinnlos. Sie war der einzige Grund, warum er am Morgen aufstehen wollte, der Grund, warum er sich durch jeden Tag mühte, die treibende Kraft, die ihn jeden Abend wieder nach Hause holte. Geld – viel Geld – zu machen wurde in seinen Augen stark überbewertet. Einen Menschen wie Melissa in seinem Leben zu haben, war der wahre Lohn für seine Mühen.

Seine Stimmung erhellte sich, als er an den Abend dachte, der vor ihnen lag. Heute Abend wollte er Mellie mit lavendelfarbenen Rosen und ihrem intensiven, würzigen Duft überraschen. Seine Frau schätzte die feine Kunst, Blumenfarben und -arrangements sprechen zu lassen. Als eifrige Leserin englischer

Romanschriftstellerinnen wie Jane Austen und den Brontë-Schwestern hatte sie ihn begeistert in die unbekannte Tradition eingeführt, wie in viktorianischer Zeit die Männer um die Gunst der Frauen warben.

Er hatte zwischen Gelb und Korallenrot geschwankt, sich aber schließlich für die Farbe entschieden, die ihre Ehe repräsentierte: Lavendel. Diese Farbe bedeutete „Liebe auf den ersten Blick", hatte Mellie ihm erklärt. Eine bessere Farbe konnte es für sie beide nicht geben. Seit er sie das erste Mal gesehen hatte, war es um ihn geschehen gewesen.

Freitagabends speisten sie häufig in Noahs Restaurant in Stonington Borough. Nach einem üppigen Nachtisch spazierten sie dann zum alten Leuchtturm von Stonington Point, von dem man eine herrliche Aussicht über den Hafen hatte. Händchen haltend genossen sie von ihrem Platz am Dubois-Strand aus den Sonnenuntergang und blieben manchmal noch eine Weile auf den riesigen Felsen sitzen, die in die Brandung hinausreichten.

Aber heute Abend wollte Ryan sie als nette Abwechslung zum Fisherman-Restaurant in das nahe gelegene Dorf Groton Long Point ausführen. Nach dem Essen, wenn sie sich an der exzellenten Küche mit Meeresfrüchten satt gegessen hatten, plante er, ihr ein kleines weißes Kästchen zu überreichen, in das mit goldenen Buchstaben die Worte *Northern Light Edelsteine* eingraviert waren. Er konnte es kaum erwarten, ihren Gesichtsausdruck zu sehen. Er würde ihr die Perlen um den Hals legen und dann glücklich die Tränen von ihren Wangen küssen. Selbst die kleinsten Gesten, mit denen er ihr seine Liebe zeigte, schienen sie immer wieder zu überraschen.

Er lächelte bei diesem Gedanken und warf einen Blick auf das zehn Mal fünfzehn Zentimeter große Foto von Mellie auf seinem Schreibtisch. Er konnte sich an diesem Bild von seiner jungen Frau nie satt sehen. Sie war damals gerade vierundzwanzig gewesen, trug ein hellblaues T-Shirt und braune Shorts. Ihre goldbraunen Haare flogen ungezähmt über ihre Schultern und hoben ihre cremige, zarte Haut perfekt hervor. Er hatte dieses Foto vor etwas über zwei Jahren an ihrem ersten Hochzeitstag aufgenommen.

Um jenen ersten Meilenstein zu feiern, waren sie spät am Tag nach Watch Hill gefahren, wo sie sich ein Jahr zuvor ihr Eheversprechen gegeben hatten. Der Sonnenuntergang schickte purpur- und rosafarbene Strahlen über den Himmel. Das Bild, wie sich der Sonnenuntergang auf dem Meer spiegelte, hatte Mellie fasziniert. Inmitten ihrer Bewunderung hatte sie sich zu ihm umgedreht, um sich zu vergewissern, dass er diesen kostbaren Augenblick mit ihr teilte. Ryan hatte diesen Moment festgehalten und ein perfektes Abbild ihrer Persönlichkeit eingefangen: ihre Begeisterung für die Natur, ihr sanftes Gemüt und ihre Liebe zu ihm.

Er klappte das Kästchen mit der Kette zu und steckte es in seine Jackentasche. Danach verschloss er sorgfältig seinen Schreibtisch, der den Mittelpunkt seines geräumigen Büros bildete. Das Büro, das sich im zweiten Stockwerk eines großen, umgebauten viktorianischen Hauses befand, war nur einen Häuserblock von der Mystic River Bridge an der Bundesstraße 1 entfernt.

Im Empfangsbereich klapperte Margaret Dyson, eine kräftig gebaute fünfundfünfzigjährige Frau, deren braune Haare von grauen Strähnen durchzogen waren, mit eifrigen Fingern auf ihrer Computertastatur. Bernie Stanton, der Chef, residierte abgeschirmt in einem eigenen Büro am anderen Ende des Empfangsbereichs. Ein strenger Mann, der am Anfang des Tages im Militärstil Anweisungen erteilte, sich danach aber meist in seine luxuriös eingerichtete Domäne zurückzog. Nur gelegentlich tauchte er daraus auf, um Klienten zu begrüßen, üblicherweise Klienten, die für ihren Reichtum bekannt waren.

Marge tolerierte Bernies Benehmen, denn, wie sie es treffend formulierte: „Er zahlt gut. Aber wenn Ihr junges und freundliches Gesicht nicht wäre, Ryan, würde ich mich nach einem angenehmeren Chef umsehen."

Ryan hingegen störte sich nicht an Bernies Verhalten. Er konnte sich sehr gut an eine noch gar nicht so lang zurückliegende Zeit

und eilte zum Auto zurück. Er hoffte, er könnte dem Verkehrsstau auf der Zugbrücke ausweichen, als er auf der Bundesstraße 1 nach Osten abbog. Aber er kam zu spät. Die Ampel schaltete auf Rot, und er hörte das laute Pfeifen, als die Zugbrücke über den Mystic River begann, sich nach oben zu bewegen. Die nächsten zehn Minuten würde er hier festsitzen. Er tippte auf das Lenkrad und dachte an Dennys geplanten Besuch am nächsten Tag.

Denny Franklin war ein ungewöhnliches Exemplar der Gattung Mensch. Junggeselle, früher Footballspieler an der Universität und *fast* Profi. Wäre nicht ein kleines Problem mit seinem Knie aufgetreten, dann würde sein bester Freund heute vielleicht für die Denver Broncos spielen. Stattdessen hatte Denny eine Weile im Sicherheitsdienst gearbeitet, bevor er an einer High School in Denver eine Stelle als Lehrer annahm. Für manche wäre das ein ziemlich schmerzlicher Abstieg gewesen, aber nicht für Denny.

Sein großes Thema war jetzt die Religion. Er ging dreimal in der Woche zur Kirche und führte sogar am Wochenende Straßenveranstaltungen in den Armenvierteln von Denver durch. Er war ein groß gewachsener Mann – einen Meter dreiundneunzig – und löste überall Respekt aus, wann und wo auch immer er den Mund aufmachte.

Melissa mochte Denny. Bei seinem letzten Besuch hatte sie ihn mit lauter Fragen bombardiert. Natürlich hatte „der Prediger" ihr nur allzu gern darauf geantwortet. Obwohl Ryan es nicht zugab, löste Melissas offenkundiges Interesse an Religion ein deutliches Unbehagen bei ihm aus. Zu seiner großen Erleichterung hatte sie dieses Thema wieder fallen lassen, als Denny nach Hause geflogen war, und bald war alles wieder in seinen gewohnten Bahnen verlaufen.

Während er wartete, bis der Schiffsverkehr vorbeiglitt und die Zugbrücke wieder nach unten gelassen wurde, dachte Ryan an das vor ihm liegende Wochenende. In der Vergangenheit hatte er die Diskussionen mit Denny über Philosophie und Religion genossen. Aber in letzter Zeit ließ ihn Dennys fröhliche, manchmal geradezu lässige Einstellung einfach nicht mehr kalt. Nicht im negativen Sinn. Im Gegenteil, Dennys Argumente waren ... attraktiver geworden. Vielleicht war es an der Zeit zu entscheiden, ob der christliche Glaube für ihn selbst in Frage käme oder nicht. Er könnte Denny seinen Standpunkt darlegen lassen und diese Sache dann ein für alle Mal akzeptieren oder verwerfen.

Die Zugbrücke senkte sich wieder, und langsam begannen die Autos, sich in beide Richtungen zu bewegen. Ryan legte den knappen Kilometer nach Lord's Point in nachdenklicher Stimmung zurück. Sein und Melissas Haus erhob sich mit seinen zwei Stockwerken und den Zedernschindeln direkt am Strand. Dank Melissa war der Garten ein einziges Blumenmeer – Gänseblümchen und Petunien säumten den Gehweg, Clematis rankte an der Hausmauer. Körbe mit Fuchsien hingen von den Dachvorsprüngen. Das reinste Farbenparadies.

Ryan parkte seinen SUV neben der kleinen Garage, in der nur ein Auto Platz hatte, und nahm den Blumenstrauß vom Beifahrersitz. Daisy sprang ihm wie üblich an der Küchentür entgegen. „Hallo, Mädchen!“ Er bückte sich, um den freudig wedelnden Hund mit seiner freien Hand zu streicheln.

Daisy begrüßte ihn mit lautem Gebell und folgte Ryan in die Küche.

Dort legte Ryan die Blumen auf die Arbeitsplatte, holte eine große Vase aus dem Schrank und ging daran, den Strauß liebevoll zu arrangieren. Als er fertig war, trat er einen Schritt zurück, um sein Werk zu bewundern.

Zufrieden mit seiner Arbeit, rief er nach Melissa. „Liebes, ich bin zu Hause.“ Er goss Wasser in Daisys Napf und kippte Hundefutter in die andere Schüssel. Währenddessen erwartete er, dass Melissa jeden Moment aus dem einen oder anderen Zimmer auftauchen würde. Daisy sprang herbei, stieß Ryan mit der Schnauze zur Seite und begann, mit lauten, schmatzenden Geräuschen das Essen zu verschlingen. Die Seiten ihres goldenen Körpers zogen sich bei jedem gierigen Schluck zusammen.

„Langsam, Mädchen. Es gibt noch mehr."

Ryan begab sich zur Sonnenveranda, auf der Melissa es sich oft mit einem Roman oder ihrem Tagebuch bequem machte. Gelegentlich stellte sie auch ihre Staffelei auf und schuf herrliche Gemälde von Blumen und dem Meer. Der Raum, der mit Korbstühlen und dicken Polstern eingerichtet war, wurde von einer Fensterfront, die zum Ozean hinauszeigte, beherrscht. Melissa war jedoch nirgends zu sehen.

Ryan schaute im Keller nach. Der Billardtisch, der in der Mitte des Raumes stand, war von Melissas gerahmten Blumengemälden umgeben. Obwohl er sie häufig dazu ermutigte, weigerte sie sich, die Bilder oben im Erdgeschoss aufzuhängen, und erklärte, sie sei nicht bereit für eine öffentliche Ausstellung.

Er rief wieder nach ihr, ging weiter zum Wäscheraum und erwartete, seine hübsche Frau darin leise summen zu hören, während sie die Wäsche zusammenlegte. Der Raum war jedoch ebenfalls verlassen, die Waschmaschine und die anderen Geräte waren ausgeschaltet und still.

Wieder oben angelangt, wanderte er durch das Wohnzimmer zum Garten hinter dem Haus, wo Melissa oft ihre Blumenbeete pflegte. Der Geruch von Salz und Seetang kam ihm entgegen und er hörte das Krächzen einer fernen Seemöwe. An der südlichen Grenze ihres Grundstücks paffte George, ihr pensionierter Nachbar, an einer Zigarre und rechte den Teil des Sandstrandes, der zu seinem Grund gehörte. Sein Ärger über den frischen Seetang, den der letzte Sturm an Land gespult hatte, war ihm anzusehen. George nickte zum Gruß und ging dann wieder an seine Arbeit.

Ryan fand Melissa auch nicht am Strand. Er hatte gehofft, sie säße auf dem Dock und ließe ihre Füße über die Kante baumeln und fütterte Schwäne, die hier oft auftauchten, weil sie wussten, dass Melissa Brotreste für sie hatte. Aber sie war nirgends zu sehen. Ebenso wenig lag sie in ihrem winzigen Segelboot, das am Pier vor Anker lag. Eines schönen Nachmittags hatte er sie dort entdeckt – sie war bei dem sanften Schaukeln der Wellen eingeschlafen.

Ryan lief den Hang zur Garage hinauf. Daisy folgte ihm dicht auf den Fersen. Er öffnete die Tür und warf einen kurzen Blick hinein. Der Platz, an dem normalerweise Melissas Auto stand, war leer.

„Warum hast du mir das denn nicht gleich gesagt, Daisy?"

Daisy blickte auf, als wollte sie sagen: *Du hast ja nicht gefragt.*

Ryan schmunzelte. Melissa war wahrscheinlich unterwegs und erledigte noch schnell etwas. Das war alles. Allerdings war es ungewöhnlich, dass sie um diese Stunde noch fortfuhr. Besonders an einem Freitag. Er wusste, wie sehr sie den hektischen Feierabendverkehr verabscheute und dass sie gern zu Hause war, *bevor* er zu ihrem gemeinsamen Wochenende von der Arbeit kam.

Er stieg die Stufen zum Haus hinauf und ging ins Schlafzimmer. Er duschte, um für den Abend frisch zu sein, und war sicher, dass sie zurück wäre, wenn er aus dem Badezimmer käme.

Als er sich anzog und sich mit seinem Hemdkragen und seiner Krawatte zu schaffen machte, fiel sein Blick auf die Kommode. Eine Nachricht war an die Lampe gelehnt. Er nahm den Zettel und konnte die zittrigen Buchstaben kaum als Melissas Schrift erkennen, zu sehr unterschieden sie sich von ihrer üblichen, ruhigen Handschrift.

Seine Hand krampfte sich um den Zettel, als er die eilig hingekritzelten Worte las.

Sein Entsetzen verwandelte sich in lähmende Panik.

3

Trotz des Feierabendverkehrs kam sie gut voran. Die Staatsstraße 95 – die Schnellstraße – war ungewöhnlich frei, aber sie widerstand dem Drang, zu stark auf das Gaspedal zu drücken. Sie war kein Typ, der an seine Grenzen ging, jedenfalls nicht beim Autofahren. Stattdessen konzentrierte sie ihre ganze Aufmerksamkeit auf die Straße und den Rückspiegel.

Der Gedanke an das Chaos und die Staus in New Yorks Feierabendverkehr behagte ihr ganz und gar nicht, auch wenn sie mit Ryan oft auf dieser Straße zu der einen oder anderen Broadwayshow ins Theaterviertel gefahren war. Immer am Wochenende, wenn der Verkehr anscheinend dazu bestimmt war, im Schneckentempo voranzukommen.

Da Melissa jetzt nicht die Straßenkarte ausbreiten konnte, suchte sie aus ihrem Gedächtnis nach einer alternativen Strecke durch die Stadt. Wenn sie früher schon mal Möglichkeiten überlegt hatte, die ihr offen stünden, falls sie jemals fliehen müsste, hatte sie sich nie endgültig entscheiden können, wohin sie fahren würde. Alle möglichen Orte könnten ihr eine sichere Zuflucht bieten, bis jemand sie erkannte, sie einholte ... und alles wieder von vorne anfinge. Sie hasste die Vorstellung davonzulaufen. Nach ihrem kurzen Aufenthalt in Connecticut war sie nun erneut auf der Flucht inmitten fremder Menschen.

Ihre Gedanken wanderten zu Ryan, ihrem geliebten Mann und besten Freund. Was tat er wohl jetzt gerade? Las er ihre Nachricht und fragte sich, was für eine Frau er eigentlich geheiratet hatte? Wie sehr sie ihn vermisste! Die Leere war beinahe unerträglich. Mit jedem Kilometer wurde dieses Gefühl stärker und kroch bis in die hintersten Winkel ihrer Seele.

Sie warf einen Blick in den Spiegel. Nichts Ungewöhnliches. Nur Autos, Dutzende davon. Jedoch keine Autos, deren Fahrer ihr bekannt vorkamen.

Ruhig durchatmen, forderte sie sich selbst auf. Sie musste sich beruhigen. Wie lang sie von zu Hause und von ihrem Mann fort bliebe, wusste sie nicht. Allerdings hatte sie vorausgeplant und genug Geld zur Seite gelegt – sie trug es gut versteckt am Körper –, um mehrere Monate oder noch länger durchzukommen. Ryan hatte bestimmt nichts dagegen. Ihr Mann war ein gut verdienender Geschäftsmann.

Von Anfang an hatten sie und Ryan in ihrer Ehe nie irgendeine Not gelitten. Noch wenige Tage vor ihrer Hochzeit hatte er ihr gesagt, dass sie arbeiten gehen könne ..., „aber nur, wenn du das wirklich willst. Wir können sehr gut von meinem Einkommen leben, wenn du lieber zu Hause bleiben möchtest." Es war also allein ihre Entscheidung gewesen, ob sie arbeiten wollte oder nicht.

Sie hatte ihn angegrinst, und ihr Gespräch hatte sich dann um die Frage gedreht, wer denn kochen und das Haus in Ordnung halten solle, falls sie sich tatsächlich für eine Arbeit entschiede. Damals fragte sie sich, ob er damit auf etwas Bestimmtes anspiele und hoffe, sie würde bald ein Baby bekommen. Aber das Thema Kinder wurde nicht angesprochen. Es gab eigentlich nie ein Gespräch darüber, ob sie irgendwann Kinder bekommen wollten. Jetzt, da sie mit ihren sechsundzwanzig Jahren floh, um ihr Leben zu retten, war der Gedanke, ein Kleinkind im Schlepptau zu haben, alles andere als verlockend.

Sie rückte den Spiegel zurecht, betrachtete das Auto, das direkt hinter ihr fuhr, und strengte ihre Augen an, um auch das Fahrzeug hinter *diesem* Auto zu erkennen. Sie erinnerte sich, dass sie sich als Mädchen oft über die Besessenheit ihres Vaters mit seinem Rückspiegel gewundert hatte. Sie hatte ihn immer als nervösen Autofahrer in Erinnerung. Wie alt *war* sie, als sie das erste Mal eine Bemerkung dazu machte? Sieben ... vielleicht ein wenig jünger?

Jedenfalls war ihr Vater immer tief in Gedanken versunken gewesen, wenn er sie zur Schule fuhr. Sie besuchte eine kleine Privatschule am Stadtrand von Palmer Lake im US-Bundesstaat Colorado. Die Montessorischule, in der sie Musik, Kunst und kreatives Spiel lernte, war eine Eliteeinrichtung. An der Schule unterrichteten gute, verlässliche Lehrer – „die besten Lehrer, die man für Geld bekommen kann“, hatte ihr Vater oft gesagt. Aber er prahlte nie damit, dass er Geld hatte. Niemandem gegenüber. Melissa hatte in jener Zeit nicht gewusst, dass sie und ihr verwitweter Vater vermögend waren.

Während sie auf die andere Fahrspur wechselte, erinnerte sie sich an eine Fahrt zur Schule damals. „Was ist denn an dem Spiegel kaputt, Papa?“, hatte sie gefragt. Obwohl er normalerweise ein herzlicher und freundlicher Mann war, schien ihn diese Frage zu stören, und er reagierte mit stoischem Schweigen darauf. Er spähte weiter in den Spiegel und berührte ihn viele Male, besonders, wenn sie an einer Ampel standen. Sie war nicht weiter in ihn gedrungen.

An einigem sollte man lieber nicht rühren, beschloss sie jetzt und fuhr vor einem Polizeigebäude an den Straßenrand, um ihre Straßenkarte zu Rate zu ziehen. Falls jemand sie tatsächlich verfolgte, musste die Verfolgungsjagd wenigstens für den Augenblick ruhen. Ein weiser Schachzug. Sie gratulierte sich dazu. Sie hatte nicht richtig überlegt, wie sie vorgehen wollte, wenn sie zum Essen, Trinken und zur Erledigung anderer Bedürfnisse anhalten müsste. Leider gab es nicht viele Polizeireviere, und sie waren weit voneinander entfernt – besonders dann, wenn man sie brauchte.

4

Ryan saß auf der Bettkante. Er war wie vor den Kopf gestoßen. Entgeistert starrte er die Schrift auf dem Zettel an und versuchte, aus Melissas Worten irgendwie schlau zu werden.

Liebster Ryan,
mir bleibt keine andere Wahl. Ich muss jetzt weg und kann dir nicht erklären, warum. Bitte vertrau mir ... such mich nicht. Und mach dir keine Sorgen.

Ich liebe dich,
Melissa

Ryan fuhr sich mit der Hand durch die nassen Haare und las die Nachricht erneut. Verzweifelt versuchte er, ihren Sinn zu erfassen. Aber ohne Erfolg. *Was in aller Welt ist hier los? Was geht nur in ihrem Kopf vor?*

Seine Gedanken rasten zurück zu diesem Morgen, als er sich mit einem zärtlichen Kuss von ihr verabschiedet hatte. Nichts an Melissas schläfrigem Lächeln oder ihrem zarten Kuss hatte darauf hingewiesen, dass sie beunruhigt war oder ... *was? Dass sie daran dachte, mich zu verlassen?*

Ryan schüttelte den Kopf, als versuchte er, dadurch seinen Verstand in einen höheren Gang zu schalten. War seit heute Morgen irgendetwas passiert? Er stand auf und eilte auf der Suche nach einem Hinweis stolpernd zum Kleiderschrank. Wie erwartet hing Melissas Garderobe ordentlich im Schrank – Kleider, Hosen, Blusen, Röcke, Jeans und Pullover. Schuhe in Hülle und Fülle. Nichts war irgendwie ungewöhnlich.

Dann fiel sein Blick auf das oberste Regal, in dem verschiedene Handtaschen und zwei Reisetaschen sauber verstaut waren. Eine Lücke verriet, dass ein Koffer fehlte. Sie hatte also doch *etwas* mitgenommen.

Vor Sorge fast krank, stieg er die Treppe hinab ins Wohnzimmer und begann, auf und ab zu gehen und seine angespannten Schultermuskeln zu massieren. Er las den Zettel noch einmal und versuchte, zwischen den Zeilen zu lesen.

Mir bleibt keine andere Wahl. Ich muss jetzt gehen ...

Jetzt? Bedeutete das, dass sie vielleicht wiederkäme? Wenn ja, wann?

Und kann dir nicht erklären ...

Wenn sie fort musste, warum konnte sie es dann nicht erklären? Warum ließ sie ihn verzweifelt und voll unbeantworteter Fragen zurück?

Schnell hakte Ryan die typischen Gründe ab, aus denen eine Frau ihren Mann verlässt. Er war sicher, dass es keinen anderen Mann in ihrem Leben gab. Sie floh nicht vor einer Ehe, in der sie missbraucht wurde ...

Hatte sie ihre Fähigkeit verloren, klar zu denken? War *das* der Grund? Er hatte von Fällen gelesen, in denen Menschen plötzlich – manchmal über Nacht – ihre Fähigkeit zu denken verlieren. In Panik laufen sie davon und werden später aufgegriffen, wenn sie in einer verwirrten Verfassung durch die Straßen irren und von Menschen reden, die nur in ihrer Fantasie existieren. Aber Melissa hatte keine Anzeichen von einem Nervenzusammenbruch, Stress oder einer schleichenden Geisteskrankheit gezeigt.

Plötzlich fielen ihm seine Wochenendpläne mit Denny ein. Das kam jetzt überhaupt nicht mehr in Frage. Denny konnte einfach nicht kommen, nicht, wenn Melissa fort war – und vor irgendeiner echten oder eingebildeten Gefahr davonlief.

* * *

Denny warf mehrere Jeanshosen in die Reisetasche, trat an seinen Kleiderschrank und holte vier T-Shirts heraus. Auf fast allen T-Shirts standen christliche Sprüche oder Bibelverse. Er überlegte, was er für das launische Wetter in Neuengland einpacken sollte. Der Sommer war in Connecticut normalerweise heiß, auch Ende August noch, aber kürzlich hatte Ryan gesagt, dass sie tagelang kühles, bewölktes Wetter hatten. *„Ungewöhnlich für das Paradies hier"*, hatte Ryan gescherzt.

Denny packte noch ein Sweatshirt und zwei kurze Hosen ein, für alle Fälle. Hoffentlich erwartete ihn angenehmes Badewetter. Er könnte ein paar Tage Erholung in der Sonne am Strand gut vertragen.

Neben seiner Bibel verstaute Denny ein Exemplar von C. S. Lewis' Buch *Pardon, ich bin Christ*. Bei seinem letzten Besuch hatte Melissa ihn in ein tiefes Gespräch über das verwickelt, was Jesus über sich selbst sagte. Er hatte sich gefreut, dass sie weitaus empfänglicher war für solche Themen, als er erwartet hatte. Aber dieses Buch hatte er nicht für sie gekauft. Sie interessierte sich nicht für logische oder philosophische Argumente für den Glauben. Ryan hingegen war ein Skeptiker und wollte für alles einen Beweis haben. Die Frage war jedoch: Würde Ryan solch ein Buch lesen? Denny war unsicher.

Trotzdem packte er es ein, für den Fall, dass das Thema zur Sprache käme. Er grinste. Bei ihm schien das Thema Jesus *immer* zur Sprache zu kommen. Es war unvermeidlich, unmöglich, über etwas zu schweigen, das ihm so viel bedeutete. Selbst gegenüber Fremden, denen er auf der Straße begegnete. Denny schnitt in fast jedem Gespräch das Thema Glauben und Gott an – vorsichtig und mit Feingefühl. Nun ja, mit so viel Feingefühl, wie es ein Mann mit seinem Körperbau eben aufbringen konnte.

Es gab Zeiten, in denen er bedauerte, kein Profifootballspieler geworden zu sein. Nicht weil er immer noch nach Ruhm oder Geld strebte, sondern weil ihm die Gelegenheit verwehrt blieb, als Sportprofi Menschen für Gott zu gewinnen.

Zur Zeit verbrachte er viele Stunden nach Schulschluss und an den Wochenenden mit gefährdeten Teenagern, die im wahrsten Sinne des Wortes auf der Straße lebten. Es machte ihm viel Freude, die Ärmel hochzukrempeln, sich die Hände schmutzig zu machen und das Leben eines bedürftigen Jungen oder Mädchens zu verbessern. Mit Nahrungsmitteln und einem Dach über dem Kopf zu helfen. Ihnen mit offenem Ohr zuzuhören. Sich wirklich um ihre Probleme zu kümmern.

Aber in letzter Zeit war er oft erschöpft. Er brauchte Zeit, um nachzudenken, um wieder aufzutanken. Diese Gelegenheit, an die Ostküste zu fliegen und sich ein paar Tage bei Ryan und seiner Frau aufzuhalten, kam zu einem sehr günstigen Zeitpunkt. Außerdem würde ihm dieser Abstand zu seinem Alltag Zeit schenken, einige Fragen, die ihn beschäftigten, durchzudenken, besonders seine Beziehung zu Evelyn und die Möglichkeit zu heiraten.

Denny wählte auf dem Telefon in seinem Schlafzimmer eine Nummer, die er auswendig kannte. Evelyn Reed nahm beim zweiten Klingeln ab.

„Hast du schon gepackt, schöner Mann?", fragte sie, nachdem er sie begrüßt hatte.

Ihre Stimme zu hören war wie nach Hause zu kommen. Sie arbeitete fast rund um die Uhr als Krankenschwester in der Kinderklinik von Denver, der ideale Beruf für diese fürsorgliche und sanfte Frau.

Es verletzte seine Gefühle nicht, dass Evelyn ihn gern mit „schöner Mann" anredete, auch wenn er genau wusste, dass er *so* gut nicht aussah. Allein schon deshalb nicht, weil er völlig kahl war. Dass sie jedoch *fand,* er sei attraktiv, war alles, was ein Mann wie Denny wissen musste.

„Ich habe gerade meine Zweifel, ob es richtig ist", erwiderte er grimmig.

„Ob es richtig ist, dass du fährst?"

„Ob es richtig ist, dich hier zu lassen."

„Ich komme schon klar, du großer Junge. Es ist doch nur für ein paar Tage, oder?"

„Wahrscheinlich hast du Recht."

Sie schwieg einen Augenblick, dann sagte sie: „Ich werde für dich beten, Denny. Und auch für deine Freunde Ryan und Melissa und dafür, dass ihr eine gute Zeit miteinander habt."

Sie plauderten noch eine Weile, ehe er sich widerwillig verabschiedete, auflegte und fertig packte. Er hatte noch nicht einmal die Stadt verlassen und vermisste sie bereits.

Das Telefon läutete.

Denny schnappte sich den Hörer. Wahrscheinlich rief Evelyn noch einmal an. „Hallo, Lie ..."

„Äh ... Denny, hier ist Ryan."

„Was ist los? Hast du es dir mit meinem Besuch anders überlegt und willst in letzter Minute absagen?", scherzte Denny, dem das Zögern in Ryans Stimme nicht entging.

„Also ... ehrlich gesagt, ja."

Denny runzelte die Stirn. „Wie bitte? Ich habe nur Spaß gemacht."

„Ich nicht. Hör zu, dieses Wochenende passt es doch nicht."

„Das ist ja cool." Dann fügte er schnell hinzu, da er in der Stimme seines Freundes etwas Unheilverkündendes, Niederdrückendes hörte: „Ist bei euch alles in Ordnung?"

Ryan seufzte hörbar. „Kann man nicht gerade behaupten."

„Was ist denn passiert, Mann?"

Denny staunte, als er von Melissas Verschwinden hörte. „Habt ihr beide gestritten oder so etwas?"

„Nein, hör zu ... äh, ich muss jetzt aufhören. Tut mir Leid, wir reden später weiter."

„Ich rufe dich heute Abend an, ja? Ich mache mir Sorgen."

Ryan legte abrupt auf. Denny hielt verwirrt den Hörer in der Hand. Ryan und Melissa waren das „perfekte Paar". Was konnte nur schief gelaufen sein?

Denny schob die Reisetasche auf die andere Seite seines Bettes. Kurz entschlossen ließ er sich auf dem Fußboden nieder und kniete wie ein Schuljunge neben seinem Bett und begann zu beten.

* * *

Ryan hatte das Gespräch mit Denny kurzerhand beendet und überlegte sich nun den nächsten Schritt. Er versuchte, sich in die Lage seiner Frau zu versetzen. *Wohin würde ich fahren, wenn ich Mellie wäre?*, fragte er sich.

Er dachte daran, in sein Auto zu steigen, herumzufahren und sie zu suchen, um überhaupt *irgendetwas* zu tun. Aber dann entschied er anders. Er musste in der Nähe des Telefons bleiben – für den Fall, dass sie anrief.

Daisy tapste zu Ryans Sessel, legte das Kinn auf sein Knie und winselte leise. Ryan streichelte ihr goldenes Fell und ihre hängenden Ohren. Dann nahm er das Telefon und rief Melissas beste Freundin, Alice Graham, an. *Ali.*

Sie ging beim dritten Klingeln an den Apparat. Ryan erklärte so kurz und knapp er konnte, was geschehen war. Alis Reaktion war ein großer Schock, gemischt mit Unglauben. „Das kann doch einfach nicht sein! Sie hat dir eine Nachricht hinterlassen?"

Ryan las ihr vor, was auf dem Zettel stand. Sie keuchte leise. „Ich kann das einfach nicht glauben", flüsterte sie.

„Ihr zwei wart doch heute Mittag miteinander essen, oder?", fragte er.

„Ja ..." Sie schwieg kurz. „O nein ..."

„Was?"

„Ich weiß nicht ... es ergab für mich in dem Augenblick keinen Sinn, aber jetzt ..."

„Was ist passiert?"

„Im Restaurant. Wir hatten noch nicht einmal zu Ende gegessen, und ... sie wollte plötzlich einfach nur gehen. Sie sagte, sie fühle sich nicht wohl, stand auf und verschwand. Einfach so. Sie ließ mich ganz allein mit meinem Essen sitzen. Sie wirkte ein bisschen blass. Später rief ich bei ihr an, um zu fragen, wie es ihr gehe. Aber sie war nicht zu Hause."

„Wie spät war das?", wollte Ryan wissen. Sein Herz pochte wie wild in seiner Brust.

Ali zögerte kurz. „Ich glaube, ungefähr zwei Uhr oder so."

Der Rest des Gesprächs ging an Ryan vorbei, ohne dass er noch richtig hinhörte. Melissa ... *krank?* Warum hatte sie ihm nichts gesagt? Was war heute passiert?

5

Die Autobahn war zu einem langen, monotonen Tunnel geworden – bei dem die Fahrbahn, die sich vor ihr erstreckte, der Boden war, der blaue Himmel das Dach und die üppigen, grünen Bäume und Sträucher, die die Fahrbahn säumten, die Seitenwände.

Melissa drehte am Knopf des Autoradios und suchte etwas, das ihre Nerven beruhigen würde. Sie entschied sich für einen Oldiesender mit regelmäßigen aktuellen Nachrichten über die Verkehrssituation auf der Staatsstraße 95 entlang der Ostküste. Solche Nadelöhre könnten sie leicht in eine verhängnisvolle Lage bringen. Das Risiko, im Stau festzusitzen, durfte sie einfach nicht eingehen.

Deshalb hörte sie aufmerksam auf die Verkehrsmeldungen und achtete darauf, wo es auf den Hauptverbindungsstraßen, die nach New York führten, ernst zu nehmende Engstellen gab. Dichte, befahrene Gebiete waren am besten, beschloss sie. Immerhin konnte ein Fahrer in dem Gewühl des Feierabendverkehrs leicht untertauchen. Und im Notfall könnte die Aufmerksamkeit leicht auf ein anderes Ziel gelenkt werden. Während sie im Geiste eine Vielzahl beunruhigender Möglichkeiten durchspielte, fädelte sie sich immer wieder auf der einen oder anderen dicht befahrenen Fahrspur ein. So neigte sich der Nachmittag langsam dem Abend entgegen.

Jeder Tag wäre besser gewesen als ausgerechnet ein Freitag, dachte Melissa. Aber es war ja nicht so, dass sie *geplant* hätte, am schlimmsten Tag der Woche auf der Straße unterwegs zu sein. Die Jahreszeit, Mitte August, stellte sich als weiteres Problem dar: Viele Familien unternahmen in letzter Minute einen Wochenendausflug. Auf den Straßen in Richtung Norden staute sich der Verkehr; jede Menge Autos, Lastwagen und Busse waren zum Meer unterwegs.

Sie dachte an den Strand von Napatree in der Nähe von Watch

Hill, Rhode Island, wo sie vor drei wunderbaren Jahren Ryan das erste Mal getroffen hatte. War es schon so lange her?

Mit einem kurzen Blick auf ihre Armbanduhr stellte sie fest, welches Datum heute war: der siebzehnte August. Der letzte vollständige Sommermonat war in mehrerlei Hinsicht außergewöhnlich. Ihr Vater könnte seinen achtundvierzigsten Geburtstag in diesem Monat feiern ... wenn er noch am Leben wäre.

Ihre Hände verkrampften sich um das Lenkrad. Sie hatte seit Jahren nicht mehr an den Geburtstag ihres Vaters gedacht. Warum ausgerechnet heute, an dem Tag, an dem sie sich in einer wilden Flucht vor dem Bösen, das ihr das Leben zur Hölle machte, in Sicherheit bringen wollte?

Sie versuchte, ihre Aufmerksamkeit wieder auf die Straße zu konzentrieren, verlagerte leicht das Gewicht und warf einen Blick auf den Autopilotschalter. Sollte sie ihn in diesem dichten Verkehr einschalten? Wäre es nicht nur eine Frage der Zeit, bis sie bremsen müsste und ihn damit wieder ausschaltete? Warum sollte sie sich die Mühe machen?

Sie lehnte den Kopf leicht zurück und zwang sich, sich ein wenig zu entspannen. Der Verkehr auf ihrer Spur hatte sich verlangsamt und kam nur noch kriechend voran. *Ich habe Ryan in dem Monat kennen gelernt, in dem Papa Geburtstag hat,* sinnierte sie. Im selben Monat ließ sie jetzt alles zurück, was ihr im Leben wichtig war.

Ein endloses Bild aus Bäumen und wildem Farn auf beiden Straßenseiten begleitete sie. Während sie ihr Auto langsam Meter für Meter vorwärtssteuerte, bemerkte sie, dass der saphirhelle Glanz am Himmel über ihr allmählich verblasste. Die Sonne schickte sich an, langsam über den fernen Hügeln im Westen unterzugehen. Manchmal schien sogar die Fahrbahn vor ihr zu verschwinden, da immer mehr Fahrzeuge um den wenigen Platz kämpften.

Mehr als einmal war sie versucht, ihr Handy zu nehmen und Ryan anzurufen. Oh, wie schön wäre es, seine Stimme zu hören. Dieser Gedanke belebte und entsetzte sie gleichzeitig. Sie wagte es nicht, dieser Versuchung nachzugeben. Handys waren viel zu gefährlich. Sie verrieten zu leicht, wo sie sich befand.

Inzwischen hatte Ryan bestimmt jede Menge Leute angerufen: ihre Nachbarn, Ali und den Blumenladen, in dem sie beschäftigt war. Vielleicht hatte er sie sogar schon bei der Polizei als vermisst gemeldet. Zu Hause anzurufen kam nicht in Frage. Das Risiko war zu groß.

Sie musste sich überlegen, wo sie die Nacht verbringen wollte. Irgendwo an einem abgelegenen Ort, wo sie von einem sicheren Telefon aus ihren nächsten Anruf tätigen könnte. Andererseits wollte sie sich nicht in eine noch verwundbarere Lage bringen –, indem sie die Autobahn verließe, von den Hauptstraßen abböge und in eine ländliche Gegend steuerte, wo sie leicht zu einer bequemen Zielscheibe werden könnte. Sie müsste bis zum Einbruch der Dunkelheit warten.

Papa wartete immer, bis es Nacht wurde, erinnerte sich Melissa. Aber das war ihr als Mädchen nie aufgefallen, obwohl sie so oft miteinander auf der Straße unterwegs gewesen waren. Sie erinnerte sich sehr genau an eine Nacht, in der sie und ihr Vater aufgebrochen waren, um Opa und Oma Clark, die Eltern ihrer Mutter, zu besuchen. Sie hatte ihre Mutter nie gekannt, die starb, als Melissa zwei war. Doch sie liebte es, ihre einzigen lebenden Großeltern zu besuchen. Papa schien es nie etwas auszumachen, die kurvenreichen Bergstraßen über den Loveland Pass, durch den langen Eisenhower-Tunnel und dann an Vail und Glenwood Springs vorbei nach Grand Junction zu fahren. Sie sangen beim Fahren Lagerfeuerlieder. Manchmal zahlten sie Nummernschilder aus anderen Bundesstaaten. Oder Papa sang seine eigenen Lieder. Dumme, kleine Melodien, die er immer neu erfand. Gelegentlich unterhielten sie sich über seine Erinnerungen an ihre Mutter, auch wenn er, so weit er konnte, um sentimentale Dinge einen weiten Bogen machte. Oder um schmerzliche.

* * *

Es war fast achtzehn Uhr, als sie das Ausfahrtschild nach New Rochelle, New York, las. Sie würde sich in der Stadt, die sich an das Nordufer des Long Island Sunds in Southern Westchester County schmiegte, eine kurze Pause gönnen. Nur so lang, um das Auto aufzutanken und sich in der „Königin der Städte am Sund“ einen kleinen Imbiss und etwas zu trinken zu kaufen. Diese Stadt hatte die Idee zu dem früheren Broadway-Kassenschlager, *Ragtime*, gegeben und war das Zuhause von berühmten Leuten wie dem Opernstar Robert Merrill oder Amerikas bekanntem Künstler Norman Rockwell.

Melissa kannte diesen Ort gut. Sie und Ryan bummelten gern in den Läden, die die historische Main Street säumten, in denen es Obst und Gemüse gleich neben Kinderspielsachen und Sportgeräten zu kaufen gab.

Sie warf einen Blick in den Rückspiegel und beobachtete das Auto, das direkt hinter ihr fuhr. Ein blauer Sportwagen. Hatte sie dieses Auto nicht schon vorher gesehen? Schon bei Fairfield?

Sie wechselte die Fahrspur und trat auf das Gaspedal, aber der blaue Wagen beschleunigte ebenfalls und klebte ihr jetzt fast an der Stoßstange. Ihre Kehle war wie zugeschnürt. Sie wurde verfolgt, genau wie sie befürchtet hatte!

Behalte einen klaren Kopf!

Obwohl die Ausfahrt jeden Augenblick kommen musste, widerstand sie dem Drang, den Blinker zu setzen. Aber der blaue Mustang bog auf die äußerste rechte Fahrspur, genauso wie sie. Sie bemühte sich, das Gesicht des Fahrers in ihrem Rückspiegel zu sehen. Wenn sie das nur schaffen würde, ohne einen Unfall zu verursachen.

Sie wollte ihren Blick gerade auf das Gesicht des Mannes konzentrieren, als der Fahrer auf der Spur neben ihr kräftig auf die Hupe drückte. Das war auch gut so, denn sie wäre auf halbem Weg zu der Ausfahrtrampe, auf der sich der Verkehr ebenfalls staute, beinahe in das Auto vor ihr gerast.

„Passen Sie doch auf, wo Sie hinfahren!“, brüllte der Fahrer aus dem Fenster.

„Tut mir Leid ... tut mir Leid", murmelte sie. Ihr Mund war wie ausgetrocknet. Sie wartete. Gefangen zwischen dem Mustang hinter ihr und dem Auto vor ihr. Die Sekunden schienen im Zeitlupentempo zu vergehen. Sie überprüfte die Zentralverriegelung in ihrem Auto. Zweimal.

Allmählich setzte sich der Verkehr vor ihr wieder in Bewegung. Sie wagte eine scharfe Rechtskurve. Während sie abbog, donnerte der Mustang an ihr vorbei und raste in eine andere Richtung weiter. *Fehlalarm.*

Mit immer noch pochendem Herzen machte sie die nächste Tankstelle ausfindig und fuhr auf sie zu. Atemlos lehnte sie sich zurück und schloss die Augen. Sie zwang sich, ruhig zu werden.

Papa hatte gesagt, er *brauche* die Schlaftabletten. Sie durfte nie vergessen, sie vor dem Schlafengehen auf seinen Nachttisch zu legen. Sie war seinem Wunsch stets nachgekommen und hatte es nie vergessen.

Oft hatte sie sich gefragt, wie ein Mensch sich wohl fühle, wenn er diese Tabletten schluckte. Manchmal hatte sie die winzigen runden Pillen in den Händen gehalten, sie genau betrachtet und sie gegen das Licht gehalten. Sie versuchte in sie hineinzuschauen. Prickelten die Beine und Arme, bevor man überhaupt nichts mehr fühlte? Welche Körperteile wurden als Erstes taub? Die Füße, die Beine, die Arme? Was sorgte dafür, dass so kleine Pillen überhaupt eine Wirkung hatten? Und am wenigsten verstand sie: Warum brauchte Papa Medikamente, um einschlafen zu können? Sie hatte es nie gewagt, ihn zu fragen.

Ihr Vater war ein einfühlsamer Mann gewesen, großzügig mit seinen Liebesbeweisen. Er forderte sie gerne auf, sich auf dem Sofa an ihn zu kuscheln, wenn sie abends laut aus ihren geliebten Bilderbüchern oder ihrem Lesebuch lasen. Zärtliche Worte kamen ihm jedoch nicht so leicht über die Lippen. „Mellie, pass auf dich auf", sagte er jedes Mal, wenn sie das Haus verließ und zur Schule oder zu den Pfadfinderinnen oder sonst wohin ging. Kein einziges Mal rief er ihr nach „Viel Spaß“ oder „Mach’s gut“.

Es war immer „Sei vorsichtig. Pass auf dich auf“. Sein ständig ernster Tonfall weckte, genauso wie seine sorgenvollen Augen, in ihrem jungen Herzen eine unerklärliche Angst. Erst Jahre später, nachdem sie die ganze Geschichte über das Schicksal ihres Vaters erzählt bekommen hatte, konnte Melissa verstehen, was hinter seinen Warnungen stand. Leider war zu jenem Zeitpunkt ihr Vater schon über ein Jahrzehnt tot gewesen.

Melissa kaufte sich ein paar Dinge für unterwegs zum Essen und tankte voll. Dann eilte sie in den Schutz ihres Autos zurück. Auf der Straße hielt sie nach jedem Fahrzeug Ausschau, das ihr möglicherweise folgte, nach jedem Fahrer, der verdächtig aussah. Oder den sie vielleicht erkannte.

Sie versuchte, während der Fahrt ihr Sandwich zu essen, auch wenn das gar nicht so leicht war, da vor jeder kleinen oder größeren Stadt an der Küste der Verkehr sehr dicht wurde. Je näher sie dem New Yorker Stadtteil Bronx kam, umso mehr staute sich der Verkehr. Fuhr denn jeder in Neuengland an diesem Wochenende nach New York? Noch nie zuvor hatte sie an einem Freitagabend so viele Autos gesehen.

Glücklicherweise wurde es allmählich etwas kühler. Sie schaltete die Klimaanlage aus und drehte das Radio an. Ein fröhlicher Rundfunksprecher verkündete die höchste gemessene Temperatur dieses Tages: „Zweiunddreißig Grad.“ Die Temperaturen waren höher als normal, aber auch die Luftfeuchtigkeit war höher als sonst. „Richtig schweißtreibend“, verkündete der Radiosprecher.

Und das nicht nur wegen des Wetters, dachte Melissa.

Eine große Traurigkeit überrollte sie, als sie die beunruhigende Begegnung an diesem Vormittag Revue passieren ließ. Es war ausgerechnet in einem Restaurant gewesen. Danach waren der Telefonanruf und ihre verzweifelte Flucht gefolgt.

Der Radiosprecher plauderte weiter über das Wetter. Sie versuchte, ihm zuzuhören, und hoffte, dadurch die Ereignisse dieses Tages verdrängen zu können. „Die Temperaturen werden bestimmt sinken, wenn der Sommer allmählich dem Herbst weicht", versprach der Sprecher. „Wenigstens auf diese *eine* Sache können Sie sich verlassen."

Eine Sache, auf die man sich verlassen kann ...

Es gab nicht viel im Leben, auf das man sich verlassen konnte. Dass sich das Wetter änderte, dass Stürme kamen, hohe und niedrige Temperaturen. Alles in allem betrachtet – auf das ganze Leben gesehen –, was spielte das schon für eine Rolle? Was für eine Rolle spielte überhaupt *irgendetwas?*

Plötzlich dachte sie an die liebe Oma Clark, die in der heißen Halbwüste des Landes lebte: im Westen des Bundesstaates Colorado. Wie lang war es her, seit sie die Familie ihrer Mutter das letzte Mal besucht hatte? Es war noch vor dem Tod ihres Vaters gewesen. Sie erinnerte sich kaum noch an das genaue Jahr, ganz zu schweigen an den Besuch selbst. Oma und Opa waren nicht zur Beerdigung gekommen. Vielleicht hatten sie zu viel Angst gehabt. Wer wollte ihnen daraus schon einen Vorwurf machen? Sie hatten Karten und Briefe geschrieben. Hin und wieder kam auch ein Telefonanruf von ihnen. Das war in den Jahren gewesen, als sie bei Mr. und Mrs. Browning lebte. Nach dem College hatte sie den Kontakt zu allen ihren alten Bekannten abgebrochen. Auch zu ihren Verwandten und Freunden in Colorado. Sie vermisste ihre Großeltern und die Brownings und wünschte, sie hätte mit ihnen in Kontakt bleiben können.

Mit einer abrupten Bewegung schaltete sie das Radio aus, atmete hörbar aus, frustriert und wütend, dass ihr Leben eine solche Wende genommen hatte. Wenn sie religiös wäre, würde sie spätestens jetzt Gott bitten, ihr zu helfen. So wie sie es sah, war Beten nur etwas für ordentliche Menschen, die nicht ihr ganzes Leben vermasselt hatten. Für Leute wie Ryans Freund, Denny Franklin.

O nein! Ihr fiel plötzlich ein, dass Denny morgen zu Besuch kommen wollte. Mit einem erstaunten Kopfschütteln stellte sie fest, dass sie seinen Besuch ganz vergessen hatte, und bedauerte, dass sie ihn nicht sehen würde. Aber daran ließ sich jetzt nichts mehr ändern.

Sicher würde Ryan Dennys Besuch absagen; ihm stand im Moment bestimmt nicht der Sinn danach, seinen bibelfreudigen Freund im Haus zu haben. Er war vermutlich tief verletzt und befand sich in einer unerfreulichen Situation, wenn er Denny erzählen müsste, dass seine Frau spurlos verschwunden war.

Das Schweigen des Radios ließ sie andere Geräusche umso deutlicher wahrnehmen: Sie hörte das Rollen der Reifen auf dem Asphalt, sah die Farbe und das Modell der zwei Autos unmittelbar hinter ihr. Ein graues Auto folgte diesen beiden mit einem kleinen Abstand.

Die schaurige Atmosphäre der Abenddämmerung legte sich um sie. Wenn die Sonne untergegangen wäre, würde alles schlimmer werden. Die Dunkelheit machte ihr hinter dem Lenkrad immer zu schaffen. Nicht dass sie an Nachtblindheit gelitten hätte, aber alles sah nach Einbruch der Dunkelheit einfach anders aus.

Melissa aß ihr Brot zu Ende, trank ihr Mineralwasser leer und versuchte, sich auf die Straße und den Verkehr zu konzentrieren. Das war gar nicht so leicht: Sie wollte, sie *musste* sich auf die Straße und auf die Automodelle hinter ihr konzentrieren, aber gleichzeitig ertappte sie sich dabei, wie ihre Gedanken beängstigend weit abschweiften. Der Kampf wurde in einer Art Traum ausgetragen, in einer Vision. Was hätte sein können, „wenn nur ...". In Wirklichkeit aber hätte nichts verhindern können, dass dieser Tag so gekommen war, wie er war. Oder ihr Leben.

Wenn sie sich mit Fantasiespielen beschäftigte, könnte sie damit leicht einen guten Teil der Fahrt verbringen ... falls sie an diesem Abend weiter als nach Manhattan fahren wollte. New Jersey, Delaware, Maryland ... wo wollte sie Halt machen? Wenn das Fahren sie ermüdete, würde die Beschäftigung mit ihrer Vergangenheit, Gegenwart und Zukunft sie vielleicht ablenken. Oder sie könnte ein paar beruhigende CDs auflegen und die Melodie mitsummen, wie sie es oft getan hatte, wenn sie mit ihrem Vater im Auto unterwegs gewesen war.

Je näher sie New Yorks eindrucksvoller Skyline kam, die sich vom Grau des Smogs und der hohen Luftfeuchtigkeit mit einer Million funkelnder Lichter abzeichnete, umso größer wurde die Versuchung, sich in einem der zahlreichen Hotels am Times Square ein Zimmer zu nehmen. Vielleicht nur für eine Nacht. Lang genug, um ihren nächsten Telefonanruf zu tätigen und etwas Schlaf zu bekommen, den sie so dringend brauchte.

Sie warf einen Blick auf die Bäume, die im verblassenden Licht die Straße wie einen Korridor säumten. Bildete sie es sich nur ein? Begannen die Blätter schon, sich leicht zu färben? Sie widerstand dem Drang, ihre Schönheit zu bewundern.

Zum ersten Mal würde sie den herrlichen, faszinierenden Herbst in Neuengland verpassen. Als ihre Gedanken zu den jährlichen Festen im Herbst wanderten, stockte ihr der Atem. Sie musste an Ryans Vorschlag denken, dass sie Mitte Oktober nach Vermont fahren könnten. „Wir nehmen uns ein verlängertes Wochenende frei ... über den Columbus Day", hatte er erst letzte Woche vorgeschlagen und im neuesten Hotelführer geblättert. Gemeinsam hatten sie sich für einen vornehmen Landgasthof in Ormsby Hill in Manchester entschieden, in dem früher Robert Todd, Lincolns Freund und Kanzleipartner, gewohnt hatte.

Jetzt würden sie nicht miteinander dorthin fahren ... vielleicht nie wieder. Eine weitere Enttäuschung für Ryan.

Sie musste ihre Tränen hinunterschlucken und sich auf die Straße konzentrieren. Wie könnte er ihr je vergeben, dass sie ihre gemeinsamen wunderbaren Pläne so zunichte machte? Dass sie ihren gemeinsamen Traumurlaub zerstörte?

* * *

Ihre Idee, in den Blechlawinen von Manhattan unterzutauchen, schien aufzugehen, als sie in Richtung Süden auf die Whitestone Schnellstraße bog und nach der Abzweigung zur Staatsstraße 495 in Richtung Westen Ausschau hielt. Auf halbem Weg zum Queens Midtown Tunnel erblickte sie das graue Auto erneut. Ein Buick. Er verfolgte sie mit einem unauffälligen Abstand und ließ immer zwei oder drei Autos zwischen sich und Melissa fahren. Auf diese Weise war das Auto in ihrem Rückspiegel fast nicht zu sehen. Sie beobachtete, dass der Fahrer fast jedes Mal, wenn *sie* die Fahrspur wechselte, ebenfalls den Blinker setzte.

Nur keine Panik ...

Fest entschlossen, die Ruhe zu bewahren, wechselte sie absichtlich die Fahrspur, sobald der Tunnel sich zur East 36th Street öffnete. Das graue Auto wurde langsamer, aber Sekunden später setzte der Fahrer den Blinker und bog auf die rechte Fahrspur, genau wie sie.

Mehrere Straßen weiter kam der Verkehr vollends zum Erliegen. Unfähig zu beschleunigen, saß sie auf ihrer Fahrspur fest. *Alle* Fluchtmöglichkeiten waren ihr verwehrt. Der graue Buick war nur zwei Autos hinter ihr und damit so nahe, dass sie sich sehr unwohl in ihrer Haut fühlte.

In der Madison Avenue wirkte die Pierpont-Morgan-Bibliothek – ein Palazzo im Stil der italienischen Renaissance – mit seinen zwei identischen Steinlöwinnen, die das große Tor am Eingang bewachten, noch eindrucksvoller, als sie die Bibliothek in Erinnerung hatte. Sie erschauderte, als sie die Löwinnen und das monströse Gebäude hinter ihnen betrachtete. Gleichzeitig konnte sie durch den Außenspiegel einen verstohlenen Blick in Richtung des silbergrauen Autos werfen.

Melissa schnappte nach Luft. Sie erkannte das eckige Gesicht, die stechenden Augen des Mannes. Die bekannte weiße Haarsträhne auf der linken Seite seiner ansonsten dichten, dunkelbraunen Haare – sein besonderes Erkennungszeichen – bestätigte ihre schlimmsten Befürchtungen. Derselbe Mann, den sie an diesem Mittag gesehen hatte, war ihr den ganzen Weg von Mystic bis hierher gefolgt.

Sie bemühte sich, klar zu denken, während sie weiterfuhr. Das Herz raste in ihrer Brust, und ihre Wangen glühten, was es ihr erschwerte, eine vernünftige Strategie zu entwickeln. Obwohl sie den Weg durch Midtown gut kannte, war es ihr im Augenblick nicht möglich, unter diesem starken Druck eine klare Entscheidung zu treffen: wo und wie sie einen Fluchtversuch unternehmen sollte, ihn abhängen und dann das Weite suchen könnte. Zum Penn-Bahnhof waren es acht Kilometer, aber um dorthin zu gelangen, müsste sie ihr Auto stehen lassen und zu Fuß entkommen und dann einen Zug erwischen, der sie aus der Stadt brächte. Sie traute sich nicht zu, ihm auf der Straße zu entkommen, nicht so weit vom Bahnhof entfernt. Die Möglichkeit, nach einem Taxi zu winken, kam ihr in den Sinn, als die Autos sich wieder in Bewegung setzten. An einem Freitagabend ein Ding der Unmöglichkeit. Nein, sie würde sitzen bleiben und das Auto, das sie so verzweifelt brauchte, um sich in Sicherheit zu bringen, nicht aufgeben.

Rufen Sie an, sobald Sie sich an einem sicheren Ort befinden, hallte die geflüsterte Warnung durch das Telefon in ihren Ohren wider.

Der Buick blinkte, wechselte die Fahrspur und überholte das Auto hinter ihr. Er kam langsam näher und befand sich jetzt Seite an Seite neben ihr. Sie wagte es nicht, einen Blick nach links zu werfen, wagte nicht, ihn anzuschauen. Nicht jetzt.

Mellie, pass auf dich auf, hörte sie die Stimme ihres Vaters aus dem Grab.

Die Ampel schaltete an der nächsten Kreuzung abrupt auf Rot. Reifen quietschten, Hupen dröhnten. Was würde sie tun, wenn er sie an den Straßenrand drängte?

Sie öffnete das Handschuhfach und warf einen Blick auf die kleine, schwarze Dose mit ihrem Selbstverteidigungsspray. Wenn nötig, würde sie nicht zögern, es einzusetzen. Aber *so* nahe wollte sie ihn nicht an sich herankommen lassen.

Zwischen Taxis, Autos und Bussen gefangen, strengte sie ihre Augen an, um zu sehen, ob sie sich in einer Einbahnstraße befand. Der Minivan vor ihr versperrte ihr die Sicht. Sie dachte daran, in die verbotene Richtung in eine Einbahnstraße hineinzufahren oder irgendwo vielleicht sogar bei Rot über eine Ampel zu gelangen. Vielleicht sollte sie es darauf anlegen, von der Polizei angehalten zu werden. Aber egal, was aus ihr wurde, egal, wie vielen Polizisten sie begegnete, der graue Buick würde immer wieder auftauchen. Der Fahrer würde einfach eine Runde um den Block drehen und schließlich ihre Verfolgung wieder aufnehmen.

Rechts neben ihr öffnete sich der große Mund einer Tiefgarage und wollte sie in die Tiefe locken. Für einen Augenblick zog sie diese mögliche Fluchtroute in Erwägung. Aber nein, es war zu eng und zu abgelegen. Sie musste sich von dunklen Plätzen fern halten, im Freien bleiben, wo Menschen in der Nähe waren. Wo viele Zeugen zuschauen könnten ...

6

Lela Denlingers Blick wanderte durch das Fenster in ihren Garten, während sie ihr Abendessen fertig aß. Sie genoss den Rest ihres Apfelstrudels und trank die letzten Schlucke aus ihrer Kaffeetasse. So einsam wie heute hatte sie sich schon lange nicht mehr gefühlt. Ihr Blick wanderte hinaus über die Wiese zur Nachbarscheune, durch dessen östliches Tor ein schwaches Laternenlicht schien.

Ihr Bruder und seine Frau waren mit ihrem kleinen Baby drei Tage aus Virginia zu Besuch hier gewesen und an diesem Morgen gleich nach dem Frühstück wieder abgefahren. Den Vormittag war sie damit beschäftigt gewesen, alles wieder in Ordnung zu bringen – sie hatte die Betten abgezogen und die Bettwäsche gewaschen, Staub gewischt und alles aufgeräumt. Nach einem so schönen Besuch von ihren Lieben war das Haus jetzt fast zu still.

„Was soll ich jetzt tun, Herr?", fragte sie, denn sie vertraute darauf, dass ihr himmlischer Vater sie mit allem versorgte, was sie brauchte. Gleichzeitig war sie eine Frau, die gern anderen ihre Hilfe anbot. Gerne wollte sie sich ihrem Herrn zur Verfügung stellen, wollte ihm alles geben, was er von ihr verlangte.

Sie räumte den Küchentisch ab und begann, das Geschirr zu spülen und abzutrocknen. Während sie die Arbeitsflächen und den Tisch abwischte, begann sie zu singen: „Jesus, ich will gehn, sende mich. Ich will wandeln vor dir, gebrauche mich ..."

In dem Wunsch, das leere Haus mit ein wenig Freude zu erfüllen, legte sie eine ihrer Lieblings-CDs mit Lobpreisliedern auf, schaltete die Stereoanlage ein und setzte sich mit ihrer Bibel und ihrem Andachtsbuch an den Tisch. Sie las gern früh am Morgen darin, gleich beim Aufwachen und füllte ihr Herz und ihren Verstand mit Gottes Wort. Aber heute fühlte sie sich so niedergeschlagen, dass sie beschloss, zweimal am Tag in ihrer Bibel zu lesen. Auch ihre eigene Schwester, die zur amischen Kirche gehörte und ein Stück weiter unten in der Straße wohnte, tat das oft. „Das ist nichts, worauf man sich etwas einbilden sollte", sagte Elizabeth und lächelte fröhlich. „Zu lesen, was Gott zu sagen hat, egal, zu welcher Tageszeit und wie oft, ist eine gesegnete Sache, Lela."

Selbstverständlich gab sie ihrer Schwester darin Recht. Sie und Elizabeth standen sich so nah, wie das zwei Schwestern nur konnten, auch wenn sie in Bezug auf ihre Kirchenzugehörigkeit eine unterschiedliche Wahl getroffen hatten. Lela war Mennonitin, und Elizabeth hatte die amische Tradition ihres Mannes übernommen. Aber sie stammten beide hier aus Pennsylvania und wohnten so nahe nebeneinander, dass sie zwischen ihren beiden Häusern zu Fuß hin und her laufen konnten und einander beim Frühjahrs- und Herbstputz und bei allem anderen, was an Arbeit so anfiel, helfen konnten. Der größte Unterschied zwischen ihnen war, dass Elizabeth sehr jung – schon mit neunzehn – geheiratet hatte und mit ihren siebenundzwanzig Jahren inzwischen eine große und immer noch wachsende Familie hatte. Lela war fast einunddreißig. Nächste Woche hatte sie Geburtstag. Sie hatte nie geheiratet. Wenn der Herr ihr allerdings jemanden über den Weg schicken würde, der sie so liebte, wie sie war, nun ... dann wäre sie bestimmt nicht abgeneigt.

Sie hörte das Tuscheln hinter vorgehaltener Hand – „alte Jungfer" – in der Gemeinde und bei Familientreffen, aber sie verriet niemandem, wie sie das verletzte. Dabei gab sie die stille Hoffnung nicht auf, dass eines Tages nach Gottes perfektem Zeitplan und Willen ein gottesfürchtiger Mann in ihr Leben treten würde.

Sie konzentrierte ihre Aufmerksamkeit auf das Andachtsbuch und fand Freude und Trost in den Versen, die sie im vierten Kapitel des ersten Petrusbriefes las: „Vor allen Dingen habt untereinander beständige Liebe; denn die Liebe deckt auch der Sünden Menge." Als sie weiterlas, sprachen die folgenden Worte sie besonders an: „Seid gastfrei untereinander ohne Murren. Und dient einander, ein jeder mit der Gabe, die er empfangen hat, als die guten Haushalter der mancherlei Gnade Gottes."

Gastfrei ...

Lela war nie ein Mensch gewesen, der auch nur im Geringsten gezögert hätte, wenn es darum ging, Verwandten und Freunden ihr Haus oder ihr Herz zu öffnen. Auch gegenüber Fremden übte sie Gastfreundschaft. Großzügigkeit lernte man in ihrer Gemeinde sehr früh. Zusammen mit ihren sechs Geschwistern hatte sie erfahren, dass großzügiges Geben nicht davon abhängt, ob man viel oder wenig besitzt, sondern davon, ob man sich in der Gemeinschaft zu Hause fühlt. Sie erinnerte sich, dass ihr Vater seine landwirtschaftlichen Geräte und Maschinen jedem geliehen hatte, der ihn darum bat, dass Mama den Landstreichern, die vorbeikamen, immer einen Teller mit warmem Essen vor die Tür gebracht hatte. Am besten erinnerte sie sich daran, dass sie als Gegenleistung für das Essen immer Holz gehackt hatten. Ihre Mutter hatte ihre besten Buttermilchkekse gebacken und heiße Klöße und Soße serviert, damit sie richtig satt wurden. Natürlich hatten sie und Papa immer auch Bibeltraktate bei der Hand gehabt, die sie den Männern zusammen mit dem Essen überreichten.

Auch Lelas ältere Brüder erwiesen sich auf vielerlei Weise als großzügig. Oft halfen sie, ob sie darum gebeten wurden oder nicht, bei ihren amischen Nachbarn eine Scheune zu errichten. Ihre Schwestern waren beide bereit, kostenlos auf Kinder aufzupassen, wenigstens bis sie selbst Kinder bekommen hatten.

Was hatte *sie* in letzter Zeit getan, das wirklich großzügig gewesen wäre? Während sie leise ihre Bibel zuschlug, hatte sie das Gefühl, sie solle über die Frage beten, ob sie vielleicht ihr Haus öffnen sollte, vielleicht ihr freies Zimmer zu einem niedrigen Preis vermieten sollte. So sehr sehnte sie sich danach, für jemanden in Not ein Segen zu sein.

* * *

Müde und verängstigt suchte Melissa nach einer Möglichkeit, eine Pause einlegen zu können. Ihr Herz raste panisch, und sie konnte nicht klar denken und überlegen, was sie als Nächstes tun sollte. Das graue Auto stand parallel neben ihrem.

Was soll ich jetzt tun?

Irgendetwas, um dieser wahnsinnigen Verfolgungsjagd ein Ende zu setzen.

Die Ampel schaltete endlich auf Grün, aber sie musste immer noch warten, während die Autos vor ihr nur im Schritttempo vorankamen.

Bewegt euch! Sie hätte die anderen Fahrer am liebsten angebrüllt. *Bitte fahrt doch endlich!*

Endlich lag die Kreuzung frei vor ihr. Sie konnte die Querstraße voll einsehen. Alles frei. Sie trat auf das Gaspedal und bog mit quietschenden Reifen abrupt nach rechts ab. Ihr trat der Schweiß auf die Stirn und in den Nacken und machte ihre Haare feucht. Sie hörte ein lautes Hupen und vermutete, der Buick versuche, auf der falschen Spur ebenfalls nach rechts abzubiegen. Aber sie musste ihre Aufmerksamkeit auf die Autos vor ihr richten. Keine Zeit, nach hinten zu schauen. Sie musste weiterfahren. Schnell.

Gleich bei der nächsten Straße bog sie erneut scharf rechts ab in eine weitere Einbahnstraße und steuerte jetzt in Richtung Osten. Sie fuhr im Kreis, aber das war ihr gleichgültig. Wenn nötig, würde sie völlig ziellos kreuz und quer durch New York fahren. Sie würde diesem Mann entkommen. Um zu überleben, *musste* sie ihm einfach entkommen. Die Geschichte würde sich nicht wiederholen. Nicht heute.

Melissa schaute über ihre Schulter zurück, sah etwas Graues und begriff, dass der Kerl irgendwie die Kurve gekriegt hatte. Wütend und panisch vor Angst fragte sie sich, warum er nicht einfach aus seinem Auto gesprungen war und versucht hatte, sie aus ihrem Toyota zu zerren, als er die Gelegenheit dazu gehabt hatte. Was hatte ihn zurückgehalten?

Fahre weiter, drängte sie etwas in ihrem Kopf.

Aber wohin sollte sie fahren? Sie legte keinen Wert darauf, die ganze Nacht das Opfer einer Verfolgungsjagd zu sein. Außerdem war da die Frage nach dem Benzin. Wann würde einem von ihnen das Benzin ausgehen und er müsste an einer Tankstelle Halt machen?

Welche bizarren Pläne, entweder im Himmel oder auf der Erde, hatten sie nur beide heute in dasselbe Restaurant geschickt? Was hatte ihn in die Kleinstadt Mystic verschlagen? War es bloßer Zufall gewesen? Oder hatte er tatsächlich drei Jahre gebraucht, um sie wieder aufzuspüren?

Sie könnte sich ohrfeigen, wenn sie an ihren Vorschlag zurückdachte, heute zum Austernrestaurant zu gehen, von dem aus man einen herrlichen Blick über den Mystic River und die Zugbrücke in der Innenstadt hatte.

Ali hatte eine andere Idee gehabt. Sie wollte in einem Geschäft ein Sandwich und ein Mineralwasser kaufen oder kurz zu Bee Bee's Dairy gehen. „Dann könnten wir an den Booten auf dem Fluss entlangschlendern und dabei gemütlich unser Sandwich essen", hatte Ali vorgeschlagen. Aber nein, Melissa hatte darauf bestanden, dass sie „irgendwohin gehen, wo sie sich gemütlich hinsetzen und einen Blick auf das Wasser genießen könnten".

Melissa richtete ihre ganze Konzentration wieder auf den Verkehr vor sich. Die Lexington Avenue tauchte vor ihr auf. Plötzlich öffnete sich auf der mittleren Spur eine Lücke. Melissas Auto schoss vor und sicherte sich diesen freien Platz. Im nächsten Moment erblickte sie einen Polizeibeamten, der auf der Kreuzung den Verkehr regelte. Seine Anwesenheit trug nicht dazu bei, ihr die Angst zu nehmen. Die Ampel war außer Betrieb, und er ließ immer nur ein paar Autos auf einmal durchfahren.

Einfach großartig, dachte sie frustriert. Ihre Hoffnungen, ihrem Verfolger entwischen zu können, schwanden dahin. Ratlos strich sie sich die Haare aus dem Gesicht. Der Polizist stand groß und aufrecht mitten auf der befahrenen Kreuzung, trug eine marineblaue Uniform, einen dazu passenden Hut und saubere weiße Handschuhe. Seine Schuhe glänzten wie geleckt. Er regelte den Verkehr nach einer festen Regel und ließ immer nur fünf oder sechs Autos gleichzeitig passieren; dann drehte er sich um, bewegte sich, hielt die Arme in einem perfekten rechten Winkel, als sei er bei einer Ballettaufführung. Die makellose Kleidung und die glatten Bewegungen dieses Mannes erinnerten sie flüchtig an ihren Vater und an einige seiner Kollegen von früher.

Während sie wartete, warf sie einen Blick auf die Tankanzeige. Sie hatte genug Benzin, um weit, sehr weit von hier fortzukommen. Wenn sie nur endlich losfahren könnte.

Was hatte sie nur geritten, dass sie hierher gefahren war, mitten durch Manhattan an einem Freitagabend? Was hatte sie sich nur dabei gedacht?

Sie musste noch ein paar Minuten warten, dann war sie an der Reihe. Erleichtert beobachtete sie, dass der graue Buick zurückgehalten wurde und die Kreuzung nicht überqueren durfte.

Das ist deine Chance. Los!

Sie behielt die Ruhe, fuhr weiter und bog rechts ab, an zahlreichen Wolkenkratzern vorbei, und war jetzt in Richtung Süden unterwegs. Mit einem kurzen Blick in den Rückspiegel sah sie, dass ein großer Müllwagen die Kreuzung, über die sie gerade gefahren war, blockierte.

Ja! Sie lachte laut auf. Von hier aus war es nur ein kurzer Weg zur East 32rd Street und zum Empire State Building. Diese breite Straße würde sie schließlich zum Lincoln-Tunnel führen. Gewiss war dies ein großer Umweg, aber es war der Weg in die Freiheit!

Erleichtert und innerlich jubelnd hatte Melissa das Gefühl, wieder zu Hause und frei zu sein. Nun ja, nicht unbedingt zu Hause. Nie zu Hause ... vielleicht nie wieder.

7

Elizabeth King versammelte ihre Kleinen um sich. „Wir sollten uns Gedanken über ein Geschenk für Tante Lela machen", sagte sie nach dem Abendgebet zu ihnen. „Sie hat nächste Woche Geburtstag, und ihr wisst, wie sehr sie sich freut, wenn sie von euch selbst gemachte Geschenke bekommt."

Vier flachsblonde Köpfe nickten eifrig. Mary Jane, sieben Jahre alt, grinste sie an. „Ich sticke ihr ein hübsches Deckchen für ihre Aussteuertruhe."

Elizabeth wollte ihre Tochter nicht entmutigen und beschloss, auf das Deckchen und nicht auf Mary Janes Bemerkung einzugehen. „Also, ich an deiner Stelle würde es weiß machen."

Ihrer Tochter schien dieser Vorschlag zu gefallen. „Gute Idee, Mama. Weiß passt zu allem."

Die anderen Kinder sprachen davon, dass sie ein Bild malen oder vielleicht Geburtstagskekse backen wollten. Nach einer Weile gaben sie ihren Eltern einen Gutenachtkuss und gingen schlafen.

Alle bis auf Mary Jane. Da sie die Älteste war, blieb sie manchmal noch ein paar Minuten länger bei Mama, bevor sie zu Bett ging. „Es tut mir Leid, wenn ich etwas Unüberlegtes gesagt habe", murmelte sie.

„Was meinst du damit?", fragte Elizabeth, die gemütlich neben ihr am Holzofen in der Küche saß.

„Na ja, du weißt schon ... das mit der Aussteuertruhe." Mary Jane, deren Augen so blau wie das Meer waren, schwieg kurz und atmete tief ein. „Es sieht ja nicht so aus, als würde Tante Lela in nächster Zeit heiraten."

Elizabeth umarmte ihr Mädchen. „Das wissen wir nicht mit Bestimmtheit, oder?"

Mary Jane schüttelte langsam den Kopf. Ihre Augen waren groß und weit. „Glaubst du, Gott hat irgendwo einen Mann für sie?"

Elizabeth hatte keine Ahnung. Über dieses Thema hatten sie

und Lela lange nicht mehr gesprochen. Soweit sie wusste, war ihre ältere Schwester zufrieden damit, ledig zu sein und allein zu leben. Sie suchte nicht unbedingt gesellschaftliche Veranstaltungen oder Orte auf, an denen man Witwer treffen könnte. Denn Witwer waren die einzigen Männer, die für Lela noch in Frage kamen, wenn man bedachte, wie alt sie war.

„Einen Mann für Tante Lela?", wiederholte Elizabeth.

„Ja, Mama. Glaubst du, dass es einen gibt?" Mary Jane wartete ungeduldig auf eine Antwort und zog die Stirn in Falten.

„Ich glaube, das müssen wir dem Herrn überlassen", war die ganze Antwort, die Elizabeth ihr gab. Aber so wie sie ihre Älteste kannte, wusste sie, dass das Mädchen ihr diese Frage wieder stellen würde. Und wieder.

Mary Jane verfolgte in letzter Zeit ziemlich genau, was um sie herum vorging. „Du hast eine Tochter, die die Leute sehr gut beobachtet", hatte Elizabeths Mutter vor ein paar Tagen erst bemerkt.

Das war wirklich wahr. Als ältestes von – bislang – vier Kindern war Mary Jane nicht besonders vorwitzig. Sie interessierte sich einfach für Menschen. Genauso wie Elizabeth.

„Zeit, schlafen zu gehen", sagte sie und schob ihren Liebling sanft zur Treppe. Der Morgen begann bei ihnen immer früh, besonders da die zweite Alfalfa-Ernte auf sie wartete. Thaddeus wollte, dass sie um fünf Uhr morgen früh alle auf den Beinen wären, um die Kühe zu melken und bei der übrigen Arbeit auf dem Hof und im Haus zu helfen.

Bevor sie die Gaslampe in der Küche ausdrehte, huschte sie in das dunkle Wohnzimmer und warf einen Blick die Straße hinab zu dem kleinen Ziegelhaus ihrer Schwester. Es überraschte sie nicht, dass im Erdgeschoss die Lichter noch an waren, da ihre Schwester oft erst Stunden nach Elizabeth und ihrer Familie zu Bett ging. Sie musste schließlich auch nicht mit den Hühnern aufstehen. Immerhin war sie keine Bauersfrau.

Aber dass in dem Schlafzimmer im ersten Stockwerk, in Lelas Gästezimmer, das Licht brannte, überraschte Elizabeth doch sehr.

Was macht sie denn jetzt am Abend in diesem Zimmer?, fragte sie sich. Lela hatte doch sicher aufgeräumt und alles sauber gemacht, nachdem ihr Bruder und seine Familie an diesem Morgen abgereist waren. Ihre Schwester sorgte immer dafür, dass das Haus sauber und ordentlich war. Deshalb fragte sich Elizabeth, was sie denn jetzt noch zu erledigen hatte. Besonders zu so später Stunde.

„Kommst du ins Bett?“, rief Thaddeus leise.

„Ich komme gleich, Schatz.“ Sie trat näher an die Fensterscheibe und starrte die schmale Straße hinab, die im fahlen Licht der Mondsichel schwach zu sehen war. „Lieber Herr, bitte pass auf meine Schwester Lela auf. Und wenn es dein Wille ist, dann segne sie mit einem guten Ehemann“, flüsterte sie in die Fensterscheibe hinein.

* * *

Nur eine schmale Mondsichel war zu sehen, als Melissa das Holzschild gleich nach der Abfahrt nach Keamy in New Jersey erblickte. Ein breites Schild, hell beleuchtet, beschrieb Lancaster County in Pennsylvania als das Herz von Amischland – *wo die Zeit stillsteht.*

„Genau das, was ich brauche“, flüsterte sie leise bei sich. „Ein Ort, an dem die Zeit stehen geblieben ist.“

Sie hatte hier und da etwas über diese Gegend gehört, hauptsächlich über die Touristenattraktionen wie Dutch Wonderland und das berühmte Amischdorf. Ali und ihr Mann hatten vor ein paar Jahren ein ganzes Wochenende hier verbracht und hatten in den Geschäften, in denen allerlei handgearbeitete Produkte feilgeboten wurden, einen Einkaufsbummel unternommen. Diese Gegend war inzwischen eine beliebte Touristenattraktion. Wieder zu Hause hatten sie viel über Pferdeeinspänner und Leute erzählt, die in dieser altmodischen Kleidung herumlaufen. „Man kann seinen Augen kaum trauen, wenn man das sieht,“ hatte sie sich ereifert.

„Wie sehen sie denn aus?", hatte Ryan lachend gefragt und war nicht sicher gewesen, ob sie nur einen Spaß machte oder nicht.

„Die Männer lassen sich einen Vollbart wachsen – aber ohne Schnurrbart – und sie tragen dunkle Hosen mit braunen Hosenträgern und weiße Hemden ... und Strohhüte", hatte Ali geschildert.

„Was ziehen die Frauen an?", hatte Melissa gefragt.

„Sie tragen lange, dunkle Kleider und Schürzen, und auf dem Kopf kleine weiße Netze, die Gebetshauben genannt werden."

Melissa hatte damals nicht gewusst, was sie damit anfangen sollte, aber sie hatte aufmerksam zugehört. „Ich habe schon von Gebetshauben gehört", hatte sie leise erwidert. „Bei den Hutterern tragen die Frauen so etwas auch auf dem Kopf."

Ali schien über andere konservative christliche Gruppierungen nicht viel zu wissen und sich auch nicht sonderlich für sie zu interessieren. Viel lieber wollte sie über ihre Begegnung mit den Leuten plaudern, die sich mit Pferd und Einspänner fortbewegten. „Ihr solltet sehen, wie süß die Kinder sind!", hatte ihre Freundin ausgerufen und beschrieben, dass die Mädchen einen Mittelscheitel haben, „ganz streng, ohne Locken und ohne irgendeinen Haarschmuck" und lange Zöpfe, die um ihren kleinen Kopf gelegt sind.

Melissa hatte sich nicht sehr dafür interessiert, von diesen „seltsam aussehenden Menschen" zu hören und schon gar nicht von dem neugierigen Gaffen, das ihre Freunde bei ihrem Besuch in Lancaster zweifellos betrieben haben mussten. Aber ein solcher Ort faszinierte sie jetzt doch. Sie sehnte sich nach Ruhe, wenigstens für diese eine Nacht. Als Erstes musste sie ein Motel finden und dann ein Telefon.

Zum ersten Mal, seit sie Connecticut verlassen hatte, wagte sie es, sich ein wenig zu entspannen. Ein leichtes Gefühl von Ruhe und Frieden legte sich um sie. Aber nur für kurze Zeit.

Südöstlich von Trenton, in der Nähe von Holland auf der Bundesstraße 276 zuckte sie bei einem Blick in den Rückspiegel entsetzt zusammen. Da waren sie wieder, die unverkennbaren Umrisse eines Buick, der immer näher kam.

Der Mut verließ sie. *Wie hat er mich nur gefunden?* Melissa war voller Angst. Grauen und Entsetzen ergriffen sie. Eine neue Panik raste durch ihre Adern und versorgte ihren Körper mit dem nötigen Adrenalin.

Sie hatte sich die verschiedenen Routen gemerkt, bevor die Sonne am Horizont untergegangen war und es zu spät wäre, um während des Fahrens auf die Karte zu schauen. Zwei Straßen standen ihr zur Auswahl: Sie konnte auf dieser Bundesstraße bleiben und schließlich auf die Bundesstraße 202 stoßen oder dieser breiten Bundesstraße folgen, bis sie auf eine weitere mehrspurige Straße und auf die Bundesstraße 30, an Exton und Gap vorbei, zu ihrem Ziel käme.

Sie fühlte sich völlig hilflos. Ein großes Entsetzen, wie sie es noch nie zuvor erlebt hatte, ergriff von ihr Besitz. Kampflos würde sie jedoch nicht aufgeben.

Die Tochter meines Vaters bis zum bitteren Ende ...

Sie weigerte sich, sich von ihrer Angst lähmen zu lassen. „Bitte, Gott, hilf mir", murmelte sie und fragte sich jetzt, während sie kreuz und quer fuhr, ob Gott sich überhaupt für sie interessierte. „Wenn du wirklich irgendwo da draußen bist, dann hilf mir bitte."

Plötzlich krachte es laut. Der Buick hatte von hinten ihr Auto gerammt. Melissa schrie auf. In einem schnellen Reflex drückte sie auf das Gaspedal und trat es bis zum Boden durch, ohne auf die Geschwindigkeitsbegrenzung zu achten. Hier ging es um Leben und Tod. Ihr Auto schoss davon und ließ den Buick für einen kurzen Augenblick hinter sich zurück. Aber sie wusste, dass der Buick mehr PS hatte als ihr Toyota.

Nur wenige Sekunden später war er wieder bis auf wenige Meter an sie herangefahren. Nur dass sie jetzt beide wie verrückt über die Straße rasten und bald die Kontrolle über ihre Autos verlören.

Das ist Wahnsinn, dachte sie. *Wir werden das beide nicht überleben.* Sie warf einen kurzen Blick auf ihr Handy. Man hatte sie davor gewarnt, es zu benutzen, aber ihr blieb keine andere Wahl. Sie musste Hilfe holen.

Wumm! Der Buick rammte sie erneut, gerade als sie nach ihrem Telefon greifen wollte. Der überraschende Aufprall drängte sie gefährlich weit nach rechts. Sie umklammerte das Lenkrad mit beiden Händen, bog scharf nach links ab und verfehlte nur knapp den Straßengraben. Dabei hatte sie das Lenkrad zu stark herumgerissen, sodass das Auto zu schlingern begann.

Melissa trat mit voller Kraft auf die Bremse. Die Reifen quietschten auf dem Asphalt. Sie wusste, dass der Buick in den nächsten Sekunden in sie hineinrasen würde. Aber sie hatte keine andere Wahl. Es hieß entweder stehen bleiben oder umkippen.

Ihr Auto schlingerte bedenklich und vollzog fast eine 180-Grad-Drehung. Aus dem Augenwinkel sah sie, dass der Buick in den Straßengraben schlitterte, um einer Kollision mit ihrem Auto auszuweichen. Der Mann hatte Mühe, sein Auto wieder unter Kontrolle zu bekommen, und raste an ihr vorbei. Er gab Vollgas und riss den Buick vor ihr wieder aus dem Graben.

Eine Sekunde später hörte sie einen lauten Knall. Der graue Buick ruckelte, neigte sich schwer zur Seite und sank wieder *zurück* in den seichten Graben. Jetzt vollends zum Stehen gekommen, starrte sie benommen und verwirrt auf das andere Auto. *Was ... was war jetzt geschehen?* Plötzlich begriff sie: Ihm war ein Reifen geplatzt!

Mit Tränen in den Augen trat sie aufs Gaspedal und steuerte schnell an dem Buick vorbei. Der Mann riss seine Tür auf. Statt sie wütend anzusehen, grinste er sie jedoch breit und anzüglich an, als wollte er sie verspotten.

Das war ihr gleichgültig. Sie war in Sicherheit ... wenigstens für den Augenblick.

Viele Kilometer später bog Melissa, immer noch zitternd, auf die Bundesstraße 202 ab. Selbst wenn der Mann seinen Reifen in Rekordgeschwindigkeit wechselte, würde er sie auf dieser Straße nicht finden. Er würde nie erraten, wohin sie fahren wollte. Nach Amischland – in das Land, in dem die Zeit stillstand.

Als sie auf der Bundesstraße 30 in Richtung Lancaster unterwegs war, erblickte sie ein paar Restaurants – Millers Smorgasbord und andere Gasthäuser, die immer noch geöffnet hatten und hungrige Touristen bedienten. Motels gab es in großer Auswahl auf beiden Seiten der Bundesstraße. Ausgelaugt und erschöpft war Melissa versucht anzuhalten, als sie vor dem Steamboat-Gasthaus das Schild „Zimmer frei“ las. *Nicht abgelegen genug,* entschied sie dann jedoch.

Der innere Druck ließ allmählich etwas nach. Ihre zusammengekniffenen Lippen entspannten sich; ihre Schultern schmerzten, waren aber bei weitem nicht mehr so angespannt wie vorher. Sie würde überleben. Wenigstens heute.

An der Kreuzung der Bundesstraße 30 und 222 folgte sie der Straße in Richtung Norden, nach Eden. *Klingt, als ob das ein hübscher Ort sein könnte,* dachte sie und überlegte, wo wohl all diese altmodischen Menschen lebten. Waren sie über die ganze Gegend verstreut ... wo?

Sie hielt an einem Schnellimbiss-Restaurant an, nutzte die Chance und ging hinein, um ihre müden Beine auszustrecken und um sich ein Sandwich und eine Tasse Kaffee zu kaufen. Bei der Kellnerin erkundigte sie sich nach Übernachtungsmöglichkeiten. „Wissen Sie, ob es abseits von den Hauptstraßen irgendwelche Gasthäuser oder Übernachtungspensionen gibt?“

„Hier gibt es jede Menge Häuser, in denen man übernachten kann“, erwiderte die junge Frau mit einem freundlichen Lächeln. „Was genau suchen Sie denn?“

„Etwas Ruhiges, abseits von der Straße und dem Lärm.“

Die Frau nickte. „Da Sie bereits hier abgebogen sind, könnten Sie noch ein Stück weiter bis zur Hunsecker Road fahren. Das Schild, an dem Sie abbiegen müssen, ist nicht zu übersehen. Dort werden Sie eine große Auswahl an Übernachtungsmöglichkeiten finden. Auch ein paar Privathäuser, die Zimmer vermieten."

„Für eine ganze Woche oder auch nur für eine Nacht?"

„Ganz wie Sie wollen, denke ich. Der Sommer geht zu Ende. Sie dürften also keine Probleme haben, etwas Passendes zu finden."

Sie bedankte sich bei der Frau und eilte mit dem Essen in der Hand zu ihrem Auto zurück.

Die Holzbretter klapperten, als sie ihr Auto verlangsamte und auf einer überdachten Brücke, die auf ihrer Straßenkarte als „Hunsecker Mill Bridge" bezeichnet wurde, über den Conestoga River fuhr. Gelegentliche kleine Öffnungen an den Seiten der Brücke ließen ein schwaches Licht durchdringen.

Sobald sie wieder im Freien war, konnte sie sehen, wie über ihr die Sterne durch die Weiden und die anderen großen Bäume entlang der Straße funkelten. Sie dachte wieder an Ryans Pläne für einen romantischen Ausflug nach Vermont. Mitte Oktober war die ideale Zeit, um in dieses herbstliche Paradies zu fahren.

Melissa erinnerte sich an den Geruch nach Holzrauch, der die kühle, trockene Luft durchzog, an das Rascheln der Blätter unter ihren Füßen. Sie brachen gern in unbewohnte und bewaldete Gegenden auf und genossen eine Wanderung in die nahe gelegenen Green Mountains. Zu den Dingen, die sie am meisten liebten, gehörten Spaziergänge durch den Wald inmitten der Farnblätter und des bunt gefärbten Unterholzes. Dort hielten sie sich an den Händen und genossen es, zusammen zu sein. Immer wieder entdeckten sie abgelegene Gärten mit Schwalbenwurzgewächsen und Sonnenhut, gurgelnden Bächen, niedrigen Steinmauern und hübschen Wegen. In einer solchen Umgebung war die Natur zum Greifen nahe. Dieses Jahr würde sie ihren Ausflug nach Vermont schmerzlich vermissen. Aber ihre überstürzte Flucht hatte mehr als nur ihre Pläne für ein romantisches Wochenende über den Haufen geworfen. *Alles* war jetzt anders.

Wahrscheinlich hätte sie das handgeschriebene Schild übersehen, das zwischen dem Briefkasten und der kleinen roten Flagge aufgestellt war, wenn ihre Scheinwerfer nicht direkt auf die Worte *Zimmer frei* gefallen wären, die in großen, fetten Buchstaben darauf geschrieben standen.

Melissa bog vorsichtig in die Auffahrt ein, blieb mit laufendem Motor hinter ihrem Lenkrad sitzen und konzentrierte ihre ganze Aufmerksamkeit auf das saubere Ziegelhaus mit einem Giebel an der einen Seite. Die Wiesen breiteten sich nach beiden Seiten aus und ließen das Haus dadurch recht klein aussehen. Als sie den Motor abstellte, konnte sie durch das Autofenster die Grillen zirpen hören. Was für ein Friede! Am liebsten wäre sie einfach ruhig sitzen geblieben und hätte zum weiten Himmel und zur hellen Mondsichel hinaufgeschaut.

Das Licht auf der Veranda begrüßte sie. Sie sah, dass ein hübscher geflochtener Kranz mit zartem roten Salbei, der mit Efeu und anderem Grün durchzogen war, den Gast willkommen hieß. Mehrere Lampen brannten noch im Haus.

Ist es zu spät, oder kann ich noch klopfen?, überlegte sie.

Melissa schaute auf ihr Armaturenbrett, wie spät es war, und stellte fest, dass es schon fast einundzwanzig Uhr war. Sie zögerte und überlegte, was sie selbst von einem Besuch so spät am Abend halten würde *wenn* sie noch zu Hause wäre. Aber das Schild am Briefkasten besagte, dass hier ein Zimmer frei war, und jetzt, da sie sich das Haus ansah, entdeckte sie auch ein Schild im Fenster.

Sie stieg aus dem Auto und eilte die Verandastufen hinauf. Dabei wurde ihr bewusst, dass sie es überhaupt nicht mehr eilig haben musste. Hier im Hinterland von Lancaster County war sie in Sicherheit. Sie hob die Hand und wollte gerade läuten, als die Tür aufging und eine Frau, die nicht viel älter war als Melissa selbst, sie mit einem herzlichen Lächeln begrüßte. „Hallo“, sagte die Frau. „Suchen Sie ein Zimmer?“

„Ehrlich gesagt, ja“, erwiderte Melissa und bemerkte die kleine netzförmige Haube, den Haarknoten darunter, den hoch geschlossenen Kragen, das Oberteil mit Biesen und das lange, fließende Kleid mit winzigen lavendelfarbenen Blüten. Genau die Kleidung, die Ali so eifrig beschrieben hatte. „Ich bleibe vielleicht nur eine Nacht, wenn Ihnen das recht ist."

„O ja ... Natürlich. Bleiben Sie so lang oder so kurz Sie wollen." Die Fliegengittertür wurde geöffnet, und Melissa wurde ins Haus gebeten. „Bitte fühlen Sie sich wie zu Hause."

„Danke." Melissa kam sich komisch vor, weil sie den Namen der Frau nicht kannte, aber sie fragte auch nicht danach. Stattdessen folgte sie der schlanken, brünetten Frau die Treppe hinauf, wo ihr das freie Zimmer gezeigt wurde, das sie gern nahm. Der günstige Preis überraschte sie. Dreißig Dollar pro Nacht, einschließlich Frühstück. Falls sie sich entscheiden sollte, länger zu bleiben, bekäme sie das hübsche, gemütliche Zimmer zu einem Spottpreis.

„Ich heiße Lela Denlinger", stellte sich die freundliche Frau vor.

„Ich bin Melissa." Sie nannte absichtlich nur ihren Vornamen. „Ich nehme an, Sie haben ein Telefon?", fragte sie und hoffte, sie wäre nicht in ein amisches Haus geraten, in dem Telefone ein Tabu waren.

Lela lächelte amüsiert und deutete zum Telefon in der Küche. „Oh, meine Güte, ja. Sie können es gern jederzeit benutzen. Mein Haus ist Ihr Haus ... solange Sie hier bleiben wollen."

Das war nun wirklich nicht die Art Empfang, die sie erwartet hatte. Erleichtert eilte Melissa zum Auto, um ihr einziges Gepäckstück zu holen. „Ich bin mit wenig Gepäck unterwegs", erklärte sie, als Lela einen Blick auf ihren kleinen Koffer warf.

„Haben Sie keine Scheu, sich mit allem zu bedienen, was Sie im Kühlschrank finden", bot Lela an.

So viel Freundlichkeit hatte Melissa bei Fremden noch nie erlebt. Je mehr sie mit Lela plauderte, umso mehr mochte sie diese ländliche Unterkunft und auch die Besitzerin. Sie hatte einen sicheren Ort gefunden. Endlich eine Zuflucht.

* * *

Sie wartete, bis es ganz still im Haus war. Dankbar stellte sie fest, dass Lela eine Lampe im Wohnzimmer und in der Küche hatte brennen lassen. Endlich hatte sie Zugang zu einem „sicheren“ Telefon. Sie kramte in ihrer Hosentasche, fand die wichtige Nummer und wählte sie schnell.

Zu ihrer großen Enttäuschung meldete sich nur ein Anrufbeantworter am anderen Ende der Leitung. „Bitte hinterlassen Sie nach dem Signalton eine Nachricht oder rufen Sie unter folgender Nummer an: 555-0097“, wies die Stimme auf dem Tonband sie an.

Nun ja, das ist wahrscheinlich besser als gar nichts, dachte Melissa. Im schwachen Licht der Küche sprach sie deutlich ins Telefon und las die ausgebleichte Nummer ab, die auf Lela Denlingers Telefon gedruckt war. Seufzend legte sie auf, hundemüde, erschöpft ... aber seltsamerweise mit einem tiefen Frieden im Herzen.

8

Ryan erwachte am Samstag durch die Schreie der Seemöwen in der Ferne. Das Morgenlicht schien durch die Ritzen in den Jalousien ins Zimmer und verkündete das Ende einer qualvollen Nacht. Sein Schlaf war unruhig und in keinster Weise erholsam gewesen. Auf seinem Radiowecker leuchtete in roten Ziffern: 5:33. Jede Hoffnung, noch einmal einzuschlummern, verflüchtigte sich, als er einen Blick auf Melissas Seite des Bettes warf. Wie viele Male war er in dieser Nacht aufgewacht, hatte sie gesucht und jedes Mal nur eine neue Enttäuschung erlebt, wenn er registrieren musste, dass sie nicht da war.

Er schlüpfte in seinen Bademantel, zog den Gürtel zusammen und ging die Treppe hinunter, um Kaffee zu kochen. Das übliche Morgenritual. Daisy folgte ihm in die Küche und verschwand dann durch die Hundetür, während Ryan Kaffee mahlte. Das Blubbern der Kaffeemaschine durchbrach die Stille und ahmte die Geräusche eines normalen Tages nach. Aber der heutige Tag war alles andere als normal.

Als er vollständig aufgewacht war, arbeitete sein Verstand erneut auf Hochtouren, sobald er an Melissa dachte, die irgendwo da draußen war und davonlief ... aber wovor lief sie davon?

Daisy kam durch die Hundetür wieder ins Haus und richtete ihren Blick erwartungsvoll auf Ryan. Sie trabte zu ihrer Futterschale und schnaubte ein wenig verächtlich über das unappetitliche Frühstück. Dann schlurfte sie missmutig ins Wohnzimmer und suchte sich einen Platz, an dem sie gewiss irgendwann ein Sonnenstrahl erreichen würde.

Ryan schenkte sich seinen Kaffee ein, nippte daran, verzog das Gesicht und kippte dann den restlichen Inhalt in den Ausguss. Er ging wieder die Treppe hinauf, um zu duschen. Dabei ließ er noch einmal seine hektische Aktivität und die vielen Telefonanrufe vom Vorabend Revue passieren. Am Ende hatte er die Polizei angerufen. Gegen einundzwanzig Uhr hatten daraufhin zwei

Polizisten an seine Tür geklopft und sich benommen, als hätten sie alle Zeit der Welt. Sobald sie im Haus waren, schnüffelten sie überall herum und stellten die üblichen Fragen. Als sie Melissas „Abschiedsbrief" sahen, sprach der Blick, den sie miteinander wechselten, Bände.

In der nächsten Stunde veränderte sich der Tenor des Gesprächs dramatisch. Statt eine schnelle Suche nach seiner Frau in die Wege zu leiten, begannen sie, Ryan wie einen *Verdächtigen* zu behandeln.

Frustriert und niedergeschlagen ließ Ryan ihre bohrenden Fragen über sich ergehen. Schließlich sagte einer der Polizisten frei heraus: „Es gibt kein Anzeichen für irgendein Verbrechen, Mr. James. Den Menschen in diesem Land steht es frei zu kommen und zu gehen, wann sie wollen. Es sei denn ... Sie haben uns nicht alles gesagt."

Ryan war froh, als sie endlich wieder aufbrachen. Sie versprachen, „die Augen offen zu halten", dann spazierten sie zur Haustür hinaus. Er war auf sich allein gestellt.

Später rief Denny zurück, wie er versprochen hatte, und bestand darauf, trotzdem zu kommen, um der sprichwörtliche Freund in dieser „Zeit der Not" zu sein. Ryan war irgendwie erleichtert, aber letztendlich spielte es doch keine besondere Rolle, ob Denny zu Besuch kam oder nicht. Nur Melissas sichere Rückkehr konnte sein Leben wieder in Ordnung bringen.

Bevor er unter die Dusche stieg, drehte Ryan das Wasser auf und stellte die richtige Temperatur ein. Dann holte er sich das schnurlose Telefon und legte es auf den Rahmen der Duschwand.

Für alle Fälle.

* * *

Mehrmals war Melissa in dieser Nacht aufgewacht. Kalter Schweiß breitete sich auf ihrem ganzen Körper aus. Jedes Mal, wenn ihr ihre Situation bewusst wurde, überrollte sie eine neue Welle der Angst. Noch etwas verwirrt setzte sie die gestrigen Ereignisse wie Puzzleteile zusammen: die unerwartete Begegnung im Restaurant in der Innenstadt von Mystic, ihre verzweifelte Flucht.

Mühsam setzte sie sich im Bett auf. Ihr Kopf pochte bei der geringsten Anstrengung. *Was muss Ryan nur von mir denken?*, überlegte sie. Sie sank wieder auf ihre Kissen zurück. *Er muss vor Sorgen ganz verzweifelt sein.* Bei mehr als einer Gelegenheit war sie versucht gewesen, ihn anzurufen, hatte der Versuchung aber widerstanden.

Da kam ihr der Gedanke, per E-Mail Kontakt zu Ryan aufzunehmen. Das müsste doch ungefährlich sein, oder? Diese Idee gab ihr neue Hoffnung. Sie erinnerte sich aber, dass sie von Leuten gelesen hatte, die über das Internet Viren verbreiteten –, dass es Möglichkeiten geben musste, die Spur zu solchen Leuten zurückzuverfolgen. Wenn die Behörden Hacker ausfindig machen konnten, dann könnte ihr Aufenthaltsort auch entdeckt werden. Der Mut verließ sie erneut.

In der Ferne weckte das Klappern von Pferdehufen auf dem harten Asphalt ihre Neugier. Jetzt hörte sie noch etwas ... was war denn *das* für ein Geräusch? Sie strengte ihre Ohren an und lauschte gespannt. Ein irgendwie bekanntes und doch fremdes Geräusch – ja, sie hatte richtig gehört: Es war das Klappern von Wagenrädern.

Was in aller Welt war hier los?

Sie sprang aus dem Bett. Ohne sich Hausschuhe anzuziehen, trat sie ans Fenster ihres Zimmers und spähte hinunter auf die Straße. Erstaunt sah sie ein Pferd und einen Einspänner vor dem Haus vorbeifahren. Wohin waren sie nur zu dieser frühen Stunde unterwegs?

Melissa erhaschte einen Blick auf die Fahrerin: eine junge Frau in einem schwarzen Kleid und einer Schürze und mit einer kleinen weißen Haube auf dem Kopf. Neben ihr saß ein Mädchen, das ähnlich gekleidet war. Sie vermutete, dass es amische Frauen waren, die friedliebende Glaubensgemeinschaft, von denen Ali und ihr Mann nach ihrem Besuch in dieser Gegend so begeistert erzählt hatten.

Das ist, als wäre ich mitten in einen Jane-Austen-Film versetzt, dachte sie und genoss diesen Anblick. Sie blieb staunend stehen und schaute dem Wagen und dem Pferd nach, bis sie aus ihrem Blickfeld verschwunden waren.

Nun wandte sie sich vom Fenster ab und betrachtete ihr Zimmer im Morgengrauen. Das Bett – unübersehbar eine kostbare Antiquität – wurde von einem großen Messingrahmen am Kopf- und am Fußende geziert. Daneben erinnerte sie der glatte und elegante Sekretär aus Kirschbaumholz an eine Kommode in Oma Clarks Haus. Sie sah Oma vor sich, die von antiken Möbeln begeistert war und sich so freute, als sie dieses „Schmuckstück" fand.

Seufzend setzte sie sich in einen geblümten Sessel in einer gemütlichen Nische mit eingebauten Bücherregalen und einer glänzenden Stehlampe aus Messing. Dieses Zimmer war sogar noch geräumiger als ihr eigenes Zimmer zu Hause. Auf einer Seite des Raumes befand sich ein zweiter Schlafplatz: ein Einzelbett stand versteckt hinter handbemalten Blumenvorhängen aus hellem Gelb und Violett. Ein kleiner Kaffeetisch, in einem kräftigen Gelb bemalt, bildete die Mitte des Sitzbereichs.

Sie lehnte sich zurück und fühlte, wie ihre Muskeln sich in dem Sessel entspannten. Trotz ihrer Sorgen und Angst wusste sie, dass sie mit ihrer Unterkunft eine gute Wahl getroffen hatte. Nach einer Weile nahm sie eines der vielen Bücher hinter sich zur Hand. Als sie darin blätterte, stellte sie fest, dass der Autor ein mennonitischer Pastor war. Lela war also Mitglied dieser konservativen Gruppe? Melissa war neugierig, mehr über diese Gruppe und ihr Leben zu erfahren, und las mehrere Kapitel, bevor sie das Buch wieder ins Regal zurückstellte.

Dann ging sie auf Zehenspitzen zurück zum Bett und betrachtete den handgearbeiteten Teppich unter ihren Füßen. Wie war sie nur in einem solch märchenhaften Bauernhaus gelandet? Und was für ein Mensch war Lela Denlinger? Die Frau war ungewöhnlich freundlich gewesen und hatte Melissa wie einen sehnlich erwarteten Gast, ja, wie eine Verwandte begrüßt. War das typisch für diese Leute?

Ein erneutes Klappern auf der Straße lockte sie wieder ans Fenster. Vor dem Haus rollten mehrere Einspänner, wie von unsichtbarer Hand geführt, die Straße entlang. Eine nicht zu leugnende Ruhe legte sich über sie, als sie diese Szene beobachtete, und einen Augenblick lang fühlte sie sich sicher. Sicher, zum ersten Mal, seit Ryan sich gestern Morgen mit einem liebevollen Kuss von ihr verabschiedet hatte.

Sicher ...

Viel zu schnell kamen ihr die beunruhigenden Umstände wieder in den Sinn, die sie in diese idyllische Gegend geführt hatten. Sie wusch sich, zog sich für den Tag an und fragte sich, wann wohl das Telefon für sie läuten würde.

9

Denny bestieg die 747 mit Flugziel Providence, Rhode Island. Er war in Denver losgeflogen und musste jetzt in Atlanta umsteigen. Eine lächelnde brünette Flugbegleiterin begrüßte ihn und bot ihm aus einem dicken Stoß eine Zeitschrift zu lesen an. Denny klopfte auf die Taschenbibel in seinem Hemd. „Ich habe selbst alles dabei, was ich brauche", sagte er mit einem Lächeln.

„Das sehe ich", erwiderte sie glatt und begrüßte die nächsten Fluggäste, die an Bord kamen.

Denny schob sich durch den schmalen Gang und manövrierte seinen kräftigen Körper zu einer Sitzreihe auf halber Höhe des Ganges. Als er seinen Platz fand, runzelte er die Stirn und überprüfte noch einmal seine Flugkarte und Sitznummer. Er war sicher, dass sein Reisebüro einen Sitz am Mittelgang gebucht hatte. Bei seiner Körpergröße verlangte Denny *immer* einen Platz am Mittelgang.

Oh, Mann, seufzte er. *Vielleicht hat Gott einen Grund dafür ...*

Sein Leben mit dem Herrn hatte ihn eines gelehrt: Wer mit Jesus Christus lebt, kann damit rechnen, dass unerwartete Dinge geschehen. Für einen Christen gibt es keine Zufälle. Selbst bei kleinen Irritationen stellt sich später oft heraus, dass Gott mit seinen großartigen Absichten am Werk war.

Denny quetschte sich also auf den mittleren Sitz zwischen dem Platz am Gang und dem am Fenster. Während er zuschaute, wie die übrigen Fluggäste ihren Platz suchten, ließ er das Gespräch mit Ryan von gestern Abend Revue passieren. Denny hatte gegen zweiundzwanzig Uhr noch einmal angerufen und erfahren, dass Melissa immer noch vermisst wurde.

„Ich komme trotzdem", hatte Denny erklärt. „Du brauchst in dieser Situation Hilfe, Mann." Zu seiner Überraschung hatte Ryan eingewilligt, aber Denny hatte den Verdacht, dass sein Freund einfach zu sehr mit seinen Sorgen beschäftigt war, zu erschöpft gewesen war, um zu widersprechen. Ihm sollte das recht sein. Er versicherte Ryan, dass er sich ein Auto mieten würde, um ihm die zweistündige Fahrt zum Flughafen und zurück zu ersparen. Aber Ryan hatte darauf bestanden, zu kommen und Denny persönlich vom Flughafen abzuholen.

Denny schloss einen Augenblick die Augen und dachte an Evelyn. Er vermisste sie. Er hoffte, sie würde aufbleiben und auf seinen Anruf an diesem Abend warten.

Er wurde aus seinen Gedanken gerissen, als ein heruntergekommen aussehender Teenager mit Pickeln im Gesicht, in zerrissenen Jeans und einem schmutzigen T-Shirt sich seinen Weg zu Dennys Sitzreihe bahnte. Mit einem unverständlichen Murmeln deutete der Jugendliche auf den Fensterplatz neben Denny. Denny lächelte, kämpfte sich aus seinem Sitz hoch und trat in den Gang, damit der Junge zu seinem Sitzplatz gelangen konnte.

Ein harter Brocken!, dachte Denny. Er nahm wieder auf dem mittleren Sitz neben dem Jungen Platz, versuchte, seine Beine irgendwie unterzubringen, und machte sich bereit, ein Gespräch mit seinem abweisenden Reisegefährten zu beginnen. Plötzlich tippte ihn eine ältere Frau auf die Schulter. In der Hand hielt sie ihre Flugkarte für den Sitz am Gang. „Wollen wir tauschen?", bot sie ihm mit einem belustigten Blick auf seinen riesigen Körperbau an.

„Nein, danke, ich fühle mich hier ganz wohl", lehnte Denny ab und erwiderte ihr Lächeln. „Ich bin kleiner, als man mir ansieht."

Der Jugendliche neben ihm brummte missmutig.

„Aber Sie brauchen doch Platz für Ihre Beine, junger Mann", beharrte die Frau.

„Das passt schon", erklärte Denny ihr. „Sie sind zusammenklappbar."

„Wie Sie wollen", nickte sie mit ihrer Singsangstimme und ließ sich auf dem Sitz am Gang nieder. „Sie sind ein lustiger Vogel."

„Danke schön."

Eine kleinere Katastrophe war abgewendet. Jetzt konnte es mit dem Abenteuer weitergehen. Er ließ sich Zeit und wartete auf den richtigen Augenblick. Als das Flugzeug immer schneller über die Startbahn rollte und schließlich abhob, war der Augenblick gekommen. Der Jugendliche umklammerte die Armlehne. Sein Gesicht nahm eine graugrüne Färbung an. Unverkennbar hatte der Junge Angst. *Flugangst.*

Denny beugte sich zu ihm hinüber und flüsterte: „Keine Angst, Mann. Gott wird nicht zulassen, dass uns etwas zustößt."

Der Junge riss die Augen auf. „Was?"

„Wir können cool bleiben", sagte Denny gelassen. „Meine Nummer ist noch nicht dran, und da du zufällig mit mir im selben Flugzeug sitzt, ist deine Nummer auch noch nicht dran."

„Woher ... wollen *Sie* das wissen?", murmelte der Junge.

„Sagen wir, ich habe da so meine Ahnung", grinste Denny. „Außerdem gibt es einen bestimmten Grund, warum du neben mir sitzt."

„Wer *sind* Sie?"

Er grinste den Jugendlichen an. „Ich bin dein neuer Freund."

Stirnrunzelnd erwiderte der Junge Dennys Blick, dann huschte ein leichtes Grinsen über sein Gesicht. Sie witzelten hin und her, und innerhalb kürzester Zeit hatte Denny mit seinem entwaffnenden Humor den Jungen für sich gewonnen. Die Angst begann zu verschwinden, die Schultern entspannten sich, und der Junge öffnete sich langsam.

Der Durchbruch kam, als Denny erzählte, dass er mit John Elway im Trainingslager gespielt habe. Die Mauern um das Herz des Jungen bröckelten ab. Sie unterhielten sich eine ganze Stunde über Football, ehe Denny das Gespräch in eine ernstere Richtung lenkte.

Er erfuhr, dass der Junge Michael hieß und sein ganzes Leben von Pflegeeltern zu Pflegeeltern geschoben wurde. Michael war auf dem Rückweg von einem Besuch bei seiner Mutter in Atlanta, die es nach zwei Tagen kaum hatte erwarten können, ihn wieder loszuwerden. Sie hatte ihn so bald wie möglich wieder ins Flugzeug gesetzt und zu seinen neuesten Pflegeeltern zurückgeschickt.

Denny hörte ihm aufmerksam zu. Im stillen Gebet brachte er diese Situation vor Gott. Es überraschte ihn ganz und gar nicht, dass Michael einen Panzer aus Wut um sich aufgebaut hatte. Aber das Schwert der Erlösung war stärker. Denny war sich sicher, er würde mit Gottes wunderbarer Liebe die Ablehnung und den Schmerz durchbrechen.

Als die Flugbegleiterinnen mit dem Essen kamen, war Michael so weit, dass er zur Abwechslung einmal eine gute Nachricht vertragen konnte. Gott hatte den Weg dazu schon bereitet.

Als das Flugzeug sich der Landebahn näherte, hatte Denny tatsächlich einen neuen Freund gewonnen. Der junge Michael hörte aufmerksam zu, als Denny seine Taschenbibel aufschlug und ihm die gute Nachricht von Jesus erzählte.

„O ... Mann. Das ist so ... na ja, so krass", erwiderte Michael. „Ich brauche Zeit, um darüber nachzudenken."

„Das ist genial. Vielleicht könnten wir miteinander irgendwo einen Jugendgottesdienst besuchen, solange ich in Connecticut bin", erwiderte Denny.

„Kirche?", fragte Michael stirnrunzelnd.

„Natürlich, es tut bestimmt nicht weh, es einmal zu versuchen. Wenigstens ein einziges Mal."

Michael dachte darüber nach. Dann erwiderte er: „Ich dachte nicht, dass das etwas mit *Kirche* zu tun hat."

Denny verstand, was er meinte. „Ich war auch schon dort, Michael. Die Kirche ist ein Platz, an dem Leute wie du und ich sich treffen. Wie eine Clique – für Leute, die an Jesus glauben."

Michael verzog das Gesicht, aber er schien diese unkonventionelle Erklärung zu akzeptieren.

Ihr Gespräch fand ein Ende, als das Flugzeug die Räder ausfuhr und dann über die Landebahn rollte. Die Frau, die links neben Denny saß – die Frau auf dem Sitz am Gang – beugte sich zu ihm vor. „Sie sind ja ein richtiger ‚Billy Graham', junger Mann", sagte sie, ohne von ihrer Stickarbeit aufzublicken. „Ich muss ehrlich sagen, dass ich so etwas noch nie so gehört habe."

„Ich tauche einfach auf. Gott erledigt den Rest."

„Alles klar", erwiderte sie und steckte ihre Stickarbeit in ihre Tasche. Sie nahm die Informationsbroschüre aus der Halterung vor sich. Ihre Nervosität war nicht zu übersehen. Vielleicht befürchtete sie, Denny könnte als Nächstes ihr ein Gespräch über Gott und die Kirche aufdrängen.

Er grinste. *Zwei Fliegen mit einer Klappe geschlagen.* Die Frau hatte das ganze Gespräch mit angehört. *Gottes Wort kehrt nicht leer zu ihm zurück*, dachte er voll Freude.

Bevor sie das Flugzeug verließen, tauschten Denny und Michael ihre Telefonnummern aus. Der Rest lag in Gottes Hand. Denny verabschiedete sich nur ungern von Michael. Er schnappte seine Reisetasche und drückte dem Jungen seine Taschenbibel in die Hand. „Pass gut darauf auf, ja?"

„Klar." Die Augen des Jungen leuchteten dankbar. Der Missmut, mit dem er Michael anfangs begegnet war, war verschwunden.

Die nächste Herausforderung wartete schon auf Denny: Ryan und Melissa.

Ryan stand beim Ausgang und wartete. Es dauerte nicht lang, bis Denny auftauchte. Ryan staunte erneut über den großen und muskulösen Körperbau seines Freundes, der in einer grauen Hose und einem rotblauen Polohemd steckte und eine faszinierende Fröhlichkeit ausstrahlte. Das Bild von einem freundlichen grünen Riesen kam ihm in den Sinn. Nur das Grün fehlte natürlich.

Sie begrüßten einander, wie es nur gute Freunde können, auch wenn sie dabei überspielten, wie sorgenvoll die Situation diesmal war. „So ... du hast also immer noch alle Haare auf dem Kopf", bemerkte Denny mit gespieltem Neid, als er Ryan aus einer kräftigen Umarmung losließ. „Oh! Warte mal!" Er tat so, als untersuche er Ryans Kopf. „Ich sehe einen kleinen Hoffnungsschimmer ... hier kommt bald eine kahle Stelle."

Ryan grinste. „Das träumst du vielleicht."

„Weißt du, es ist eigentlich eine Frechheit, so mit seinen Haaren anzugeben, wenn du mit Leuten wie mir zusammen bist, deren Haarpracht sie einfach im Stich gelassen hat."

„Und wie, glaubst du, komme *ich* mir vor?", erwiderte Ryan gut gelaunt. „Neben dir sehe ich ja aus wie ein kleiner, mickriger Gartenzwerg."

„Eifersucht bringt dich auch nicht weiter, mein Freund", grinste Denny und ließ ihn los.

Es tat gut, miteinander zu lachen. Während sie so locker plauderten, steuerten sie auf den Parkplatz zu. Denny bestand darauf, sein Gepäck selbst zu tragen.

Als sie den Bronco SUV erreichten, öffnete Ryan die Heckklappe und warf Dennys Tasche hinein. Sie verließen den Parkplatz und fuhren in Richtung Autobahn. Ryan lenkte den Bronco auf die Autobahn 95 in Richtung Süden.

Sie unterhielten sich über Belanglosigkeiten, mehrere Kilometer lang. Doch die unausgesprochene Sorge um Melissa hing wie ein Damoklesschwert in der Luft. Denny war es schließlich, der dieses Thema ansprach, das Ryan so schwer auf dem Herzen lag. „Hat Melissa endlich angerufen?"

Ryan schüttelte den Kopf. „Ich warte immer noch." Er hob sein Handy hoch. „Alle Anrufe werden hierher umgeleitet."

„Hast du irgendetwas Neues in Erfahrung gebracht, seit wir das letzte Mal miteinander gesprochen haben?"

„Nein. Ich habe alle angerufen, die mir einfielen ... Sogar die Polizei."

Denny seufzte hörbar. „Was willst du jetzt tun?"

„Ich *kann* nichts anderes tun als warten."

„Hat sie so etwas früher schon irgendwann einmal gemacht? Ist sie schon einmal einfach auf und davon gelaufen?"

Ryan zögerte. „Hm ... ja. Bevor wir heirateten."

„Wirklich?"

„Sie hatte kalte Füße bekommen oder so etwas. Ich wusste zwei Tage nicht, wo sie steckte."

Denny schaute ihn überrascht an. „Was geschah dann?"

Ryan zuckte die Achseln. „Schließlich hat sie angerufen. Wir haben alles geklärt."

Denny sprach einen Augenblick kein Wort. „Ist sie schon einmal davongelaufen, seit ihr verheiratet seid?"

„Nein, das ist das erste Mal."

„Hat sie je damit gedroht?", ließ Denny nicht locker.

Ryan schaute seinen Freund an. „Komm schon, Den, hör auf damit."

Denny sagte nichts mehr.

Schließlich brach Ryan mit einer Entschuldigung das Schweigen. „Tut mir Leid. Ich bin ziemlich gereizt, fürchte ich."

„Meine Schuld. Ich bin manchmal wie ein Elefant im Porzellanladen", erwiderte Denny. „Sie wird bald anrufen." Er drehte den Kopf zur Seite und schaute aus dem Fenster. Eine Weile schwieg er, dann sagte er: „Wie ich die Bäume hier vermisst habe."

„Und ich vermisse *deine* Berge."

„Ich habe auch dein Meer vermisst", fügte Denny hinzu.

„Und ich deinen Wüstensand."

Denny lachte. „Alles klar!"

„Was du kannst, kann ich auch", erwiderte Ryan. Denny grinste ihn an. Aber je länger sie fuhren, umso bedrückender wurde die Stimmung wieder. Für den Rest der Fahrt bis nach Lord's Point verlor keiner mehr ein Wort über Melissa. Ryan dachte jedoch an kaum etwas anderes als an seine Frau.

10

Ryan unterdrückte den Wunsch, sich unrealistischen Hoffnungen hinzugeben. Melissa würde *nicht* auf den Stufen hinter dem Haus sitzen und auf ihn warten, wenn er mit Denny vom Flughafen nach Hause käme. Ein dummer Gedanke. Aber andererseits ... was wäre, wenn sie tatsächlich *da wäre*?

Er malte sich diesen Augenblick deutlich vor Augen, als könnte die Vision allein durch seine Willenskraft Wirklichkeit werden. Er würde in die Auffahrt einbiegen und sie erblicken. Denny würde auf sie deuten und Ryan angrinsen: „Wen haben wir denn da?"

Mellie würde scheu aufstehen, sich die Jeans abwischen und zusehen, wie er aus dem Auto sprang. Sie würden einander in die Augen schauen und dann ... würde jedes Zögern dahinschmelzen, wenn sie einander wie Verliebte, die sich monatelang nicht gesehen und jetzt wieder gefunden hatten, umarmten.

„Es tut mir so Leid", würde sie immer wieder flüstern und ihn um Verzeihung dafür bitten, dass sie ein so dummes Missverständnis ausgelöst hätte. Er würde ihr Gesicht in den Händen halten und sanft ihre süßen Lippen küssen. „Still, mein Liebling. Jetzt ist alles gut. Alles ist wieder gut." Alles wäre vergessen, und dieser kurze Alptraum – nur vierundzwanzig Stunden – wäre bald nur noch ein winziger Punkt in ihrem Leben – in den nächsten fünfzig oder mehr Jahren ihres gemeinsamen Lebens, eines ganzen Lebens voller Liebe.

Ryan war normalerweise nicht der Typ für Fantasiespiele. Er seufzte. Als sie um die letzte Ecke bogen, tauchte sein Haus vor ihnen auf. Er bog in die Auffahrt. Seine Brust zog sich erwartungsvoll zusammen. Er hoffte auf ein Wunder. Aber Mellie wartete nicht auf der Veranda.

Wie lautete das Sprichwort doch gleich? Es tut nicht weh zu hoffen. *Doch, es tut weh. Es tut sogar sehr weh.*

„Bist du in Ordnung?", fragte Denny.

Er sah die besorgte Miene seines Freundes. „Ich schaue jetzt lieber, ob im Gästezimmer alles in Ordnung ist. Saubere Bettwäsche und solche Sachen." Eine weitere Erinnerung daran, dass Mellie fort war. Sie wäre diejenige gewesen, die alles für Dennys Besuch vorbereitet hätte.

„Es steht ein Bett darin, oder?", scherzte Denny.

Ryan schmunzelte. „Es hängen auch ein paar neue Bilder darin. Mellie konnte es nicht erwarten, sie dir zu zeigen. Eines dieser Bilder hat sie extra für dich gemalt. Du sollst es mit nach Hause nehmen. Es sollte eigentlich eine Überraschung sein."

„Wann hat sie denn ...?"

„Sie hat es vor ungefähr einem Monat fertig gestellt." Ryan entging Dennys fragender Blick nicht. „Sie wollte es dir schenken. Als besonderes Geschenk."

„Sicher, Mann. Klingt nur so ... seltsam."

Allerdings klingt das seltsam, dachte Ryan, als er Dennys Tasche ergriff und über den gepflasterten Weg zum Haus ging. Ihm fielen Melissas Blumen mehr auf als sonst. Sie waren gut gepflegt und blühten wunderbar. Der Rasen, an den Kanten sauber geschnitten und kurz gemäht, bildete einen herrlichen Hintergrund zu der farbenfrohen Blütenpracht.

Daisy konnte sich vor Entzücken kaum zurückhalten, als sie die beiden an der Tür begrüßte und ihnen dicht auf den Fersen folgte. Ryan führte seinen Gast durch den Gang, an gerahmten Bildern vorbei – Zeugen ihrer gemeinsamen glücklichen Tage – vorbei zum hinteren Zimmer. Ein herrliches Zimmer, unter der Gaube des Hauses, für gelegentliche Gäste gemütlich eingerichtet und auch als weiterer Ausstellungsraum für Mellies Kunstwerke genutzt.

Das Bett, das an zwei Seiten an die weißen Paneele der Wände stieß, war mit einer luftigen Decke überzogen, die an altmodische Tagesdecken erinnerte. Bunte, pastellblaue und cremefarbene Kissen buhlten vor dem Hintergrund des weißen Holzregals über dem Bett um Aufmerksamkeit. Die Fenster auf beiden Seiten des Bettes mit ihren hellen Jalousien ließen viel Licht herein.

Mellies Idee. Sie dachte, das Zimmer wirke größer, wenn man die diagonale Linie stärker hervorhob.

Weiß besprühte Seesterne waren auf einem Regal aufgereiht, das sich ungefähr auf Kopfhöhe unter der hellblauen Zimmerdecke befand. Ein weißer Vogelbauer schmückte die Mitte des Zimmers, während an den Wänden Mellies Blumenbilder prangten.

Eines ihrer besten Bilder hing links neben der Kommode – eine junge Frau inmitten von wild wachsenden Rosensträuchern, die auf einem grasigen Hügel bei einem Strand blühten. Im Hintergrund sah man das weite Meer.

Denny wurde von diesem Bild förmlich angezogen. Er trat langsam näher und bewunderte die Kunstfertigkeit seiner Malerin. „Das ist für mich, nicht wahr?"

Ryan nickte. „Sie wollte, dass du das Meer mit zu dir nach Hause nehmen kannst."

Denny hob den Finger und berührte die Leinwand. Vorsichtig fuhr er das schwache Symbol in den Wolken nach, ein Produkt aus Schatten und Licht. „Ist das ..."

„Sie dachte, das würde dir gefallen."

„Wunderschön", nickte Denny, von den unverkennbaren Umrissen eines Kreuzes fasziniert.

„Ich wünschte nur, sie wäre hier und könnte es dir selbst überreichen."

Für einen Augenblick breitete sich wieder Schweigen aus. Dann deutete Ryan zum Fenster. Es zeigte in Richtung Norden und bot nur einen Blick auf die Garage. „Nicht gerade ein Meerblick. Tut mir Leid."

Denny zuckte die Achseln. „Das ganze *Haus* hat einen Meerblick. Der Strand ist ... wie weit ... zwanzig Schritte vom Haus entfernt?"

„Ungefähr." Ryan öffnete den Kleiderschrank und zeigte Denny den freien Platz und die zusätzlichen Kleiderbügel. „Fühle dich wie zu Hause."

„Ich brauche nicht lange zum Auspacken." Denny bewunderte erneut das Gemälde und schien den Blick nur widerwillig davon abzuwenden. Dann warf er einen besorgten Blick auf Ryan.

„Was ist?“, fragte Ryan.

„Sollten wir nicht los und sie suchen?“

„Wo denn?“

„Ich weiß nicht ... irgendwo. Machst du dir denn keine Sorgen?“

Ryan seufzte. „Natürlich mache ich mir Sorgen. Aber wo sollen wir denn anfangen? Sie hat eine einzige Freundin, Ali. Ali war genauso überrascht wie ich und weiß überhaupt nichts. Mellies Mutter starb, als sie noch sehr klein war. Ihr Vater hat sie als Kind verlassen. Sie wurde von einer Nachbarin großgezogen. Niemand weiß, wo er sich jetzt aufhält. Sie hat keine lebenden Verwandten.“

„Keine anderen Freunde?“

„Hier nicht. Keine, über die sie je gesprochen hätte“, antwortete Ryan.

„Gibt es nicht ein paar Orte, die sie besonders gern hat?“ Denny setzte sich auf das Bett und testete vorsichtig den Federkern der Matratze.

„Ein paar. Watch Hill ... Napatree. Wir haben dich bis jetzt nie dorthin geführt. Dort habe ich sie kennen gelernt.“

„Warum fahren wir dann nicht dorthin und schauen uns um?“, beharrte Denny. „Nimm dein Handy mit.“

Ryan zwang sich zu einem Lächeln. „Wir könnten uns aber vorher ein Mittagessen kochen.“

„*Ich* koche uns das Mittagessen“, grinste Denny.

Ryan schloss die Tür und ließ seinen Freund in Mellies blauweißem Paradies allein.

Denny öffnete seine Reisetasche und holte sein Waschzeug heraus – Rasierapparat, Deoroller und Zahnbürste – und stellte seine Sachen ins Badezimmer. Ein Blick in den Spiegel verriet ihm, dass er sich dringend rasieren musste. Während er den Stecker des Rasierapparats in die Steckdose steckte, fiel ihm auf, wie ruhig das Haus ohne Melissas sprudelnde Lebendigkeit war. Nicht dass sie überschwänglich wäre, nein. Sie hatte einfach eine herzliche, angenehme Art an sich, die Gabe, Menschen das Gefühl zu geben, dass sie willkommen waren. Das letzte Mal hatte sie alles getan, damit er sich wohl fühlte. Sie hatte sogar genau die Dinge gekocht, die Denny am liebsten mochte. Aber trotz Melissas unvergleichlicher Gastfreundschaft, trotz ihrer freundlichen Art hatte etwas gefehlt. Manchmal war sie Denny vorgekommen, als habe sie ... ein dunkles Geheimnis. Erst heute hatte Ryan gesagt, dass seine Frau keine lebenden Verwandten habe und praktisch keine Freunde außer Ali.

Keine Freunde oder Bekannte von früher? Ihr Vater irgendwo da draußen, der sie verlassen hatte und sich nie die Mühe machte, zu seiner einzigen Tochter Kontakt aufzunehmen? Das klang alles sehr sonderbar.

Er rasierte sich zu Ende, spritzte sich etwas Rasierwasser auf die Wangen und war immer noch in seine lebhafte Fantasie versunken. Vielleicht war Melissa auch nur verschwunden, weil sie Liebeskummer hatte – zwischen ihr und Ryan hatte es Missverständnisse gegeben, und sie brauchte ein paar Tage Abstand, bis alles wieder ins rechte Lot käme.

Er unterdrückte seine Gedanken, packte seinen Rasierapparat weg und räumte seine Reisetasche zu Ende aus.

* * *

Lela wollte nicht aufdringlich sein, aber ihr Übernachtungsgast aus Connecticut sah heute Morgen ein wenig angespannt aus. „Hätten Sie Lust, mit mir zu Mittag zu essen?“, fragte sie. „Ich habe genug, und ich würde mich über Gesellschaft freuen. Das kostet natürlich nichts.“ Sie schmunzelte leise, rundum zufrieden, dass sie gestern Abend trotz der späten Stunde noch ihre Tür geöffnet hatte.

Melissa erwiderte schwach ihr Lächeln, dann stand sie vom

Sofa im Wohnzimmer auf, das gleich an die Küche grenzte. „Ich würde sehr gern mit Ihnen essen. Danke."

Dankbar für die positive Antwort betrachtete Lela ihren ersten zahlenden Gast. Sie fand, ihr Gesicht war schmal, die wasserblauen Augen wirkten angespannt und verrieten einen tiefen Schmerz. Sie war überrascht gewesen, als Melissa heute Morgen nicht ihre Sachen gepackt und das Haus verlassen hatte, wie sie am Abend angedeutet hatte. Lela sah großzügig darüber hinweg, dass es eigentlich längst an der Zeit gewesen wäre, zu zahlen und ihr Haus zu verlassen. Beim Frühstück erwähnte Melissa, dass sie auf einen Telefonanruf warte, und fragte, ob sie noch ein wenig bleiben könne.

Froh über ihre Gesellschaft, hatte Lela eingewilligt, dass Melissa noch eine weitere Nacht bleiben könne oder auch nur ein paar Stunden, ganz wie sie wolle. „Machen Sie sich keine Gedanken, dass Sie für einen halben Tag zahlen müssten oder so. Das macht mir wirklich nichts aus."

Unübersehbare Erleichterung breitete sich auf Melissas Gesicht aus und entlockte ihr ein leises Seufzen. Aber dann hatte sie sich – und das ausgerechnet an einem so himmlischen Sommertag – auf dem Sofa in der Ecke zusammengekauert, war den ganzen Vormittag so zusammengerollt sitzen geblieben und hatte nur durch das Fenster gestarrt, das nach Westen in Richtung Hunsecker Mill Bridge hinausging.

Was konnte sie nur so schwer belasten, dass sie fast wie erstarrt stundenlang auf dem Sofa sitzen blieb?, fragte sich Lela. Wartete Melissa so gespannt darauf, dass das Telefon endlich klingelte? Ihr Blick wich tatsächlich kaum vom Telefon in der Küche. Sie wirkte so furchtbar niedergeschlagen. Geradezu verzweifelt. So sehr, dass Lela daran gedacht hatte, ihr anzubieten, etwas aus der Bibel vorzulesen oder für sie zu beten.

Sie schätzte Melissa auf höchstens fünfundzwanzig. Vielleicht etwas älter, auch wenn man das nie so genau sagen konnte. Sie war geschmackvoll geschminkt und trug die typische Kleidung, in der sich moderne Frauen heutzutage anscheinend wohl fühlten. *Designerjeans,* ja, so nannte man sie, wusste Lela mit ziemlicher Bestimmtheit. Und ein T-Shirt, auf das irgendetwas geschrieben war. Sie hatte es nicht lang genug angeschaut, um die Schrift wirklich lesen zu können. Jedenfalls sah diese junge Frau aus Connecticut aus wie ... wie sollte sie es ausdrücken? ... wie eine Frau auf dem neuesten Stand der Mode. Außerdem schien sie verheiratet zu sein, wie Lela aus dem Ehering und dem Diamantschmuck am Ringfinger ihrer linken Hand schloss. Eine verheiratete Frau, die allein unterwegs war? Diese Vorstellung war für Lela sehr befremdend.

Aber da war noch etwas. Etwas, von dem sie hoffte, sie würde sich irren: Melissa schien in Schwierigkeiten zu stecken. Die junge Frau wirkte sehr besorgt und verängstigt. Lelas Sorge um ihren Gast erhöhte sich noch, als Melissa fragte, ob sie ihr Auto „irgendwo anders" abstellen könnte.

„Wo ... meinen Sie?", hatte sie verwirrt gefragt und nicht verstanden, warum die Auffahrt vor dem Haus nicht für die kurze Zeit, die Melissa hier wohnte, genügte.

„Gibt es einen Platz, den man von der Straße aus nicht sieht?", hatte die sonderbare Frage gelautet.

Über eine solche Frage brauchte sie nicht lange nachzudenken, auch wenn sie keine Ahnung hatte, warum Melissa ihr Auto verstecken wollte. „Ich denke, Sie könnten das Auto zu meiner Schwester und meinem Schwager hinüberbringen."

Melissa konnte es scheinbar nicht erwarten. „Wie weit ist das von hier?"

„Nur ein Stück die Straße hinauf, zum nächsten Bauernhof. Ich rufe nach dem Essen dort an. Dann können wir sicher sein, dass jemand zu Hause ist." Sie sparte sich die Mühe zu erklären, dass Thaddeus King, ihr Schwager, zwar bei den Amisch der Alten Ordnung aufgewachsen war, sich aber einer Gemeinde aus weniger konservativen Amisch angeschlossen hatte. Er genoss die Annehmlichkeiten, die ihm jetzt erlaubt waren, wie ein Radio – „das die Kühe beim Melken beruhigt" – und auch das Telefon in der Scheune.

„Danke." Die Farbe kehrte plötzlich wieder auf Melissas Wangen zurück.

„Bedanken Sie sich nicht zu früh. Zuerst muss ich anrufen und fragen, ob sie in ihrer alten Scheune Platz für ein Auto haben." Sie fügte nicht hinzu, dass Taddeus vielleicht etwas dagegen haben könnte, so etwas Modernes wie ein Auto auf seinem Grundstück zu verstecken. Er und Elizabeth bevorzugten immer noch Pferd und Einspänner als Transportmittel. Aber das würde eine moderne Engländerin wahrscheinlich nicht verstehen.

Melissa starrte auf riesige Alfalfafelder hinaus und auf die grünen, rollenden Hügel in der Ferne in Richtung Süden. Um sich abzulenken und aus Höflichkeit bot sie Lela an, ihr bei den Essensvorbereitungen zu helfen. Ihr Angebot wurde rigoros abgelehnt. Allerdings nicht unhöflich. Melissa konnte sich nicht vorstellen, dass die Besitzerin dieses Landhauses je anders als freundlich und höflich zu ihren Mitmenschen war.

Lela war die Gastfreundschaft in Person, eine zuvorkommende und großzügige Gastgeberin, obwohl Melissa nur ein zahlender Gast auf der Durchreise war. Lela hatte ein üppiges Frühstück serviert, das so reichlich war, dass Melissa fast zu viel gegessen hatte. Sie war zufrieden, den Vormittag einfach damit zu verbringen, auf die verschlafenen Felder und Bäume hinauszuschauen und darauf zu warten, dass das Telefon endlich klingelte.

11

Efeu rankte sich um die Fenster in der Küche und verlieh dem Esszimmer eine faszinierende Note. Melissa staunte über einen so einzigartigen Fensterschmuck. „Was für eine großartige Idee“, bemerkte sie bewundernd.

„Ich fand, dass in diesem Zimmer keine Vorhänge nötig sind“, erklärte Lela, dankbar für das Kompliment, während sie bei selbst gekochter Hühnernudelsuppe und überbackenem Käsesandwich saßen.

„Sie wären eine hervorragende Innenarchitektin“, bemerkte Melissa. „Wer käme schon auf die Idee, Vorhänge wegzulassen und sie durch Efeu zu ersetzen?“

„Ich habe natürliches Licht schon immer geliebt“, lächelte Lela und schaute aus dem Fenster. „Schon als Mädchen habe ich gern die Natur ins Haus geholt.“

„Dieses Gefühl kenne ich.“

Sie aßen schweigend weiter, bis Lela bemerkte: „Es ist hier wirklich nicht nötig, Vorhänge aufzuhängen, damit niemand ins Haus schauen kann. Das Fenster geht ja direkt auf den Garten hinter dem Haus hinaus.“

„Und man sieht die schönen Bäume besser.“

„O ja, ich liebe meine Ahornbäume.“

Melissa verspürte den plötzlichen Drang, von ihrer Liebe zu Bäumen zu erzählen. Sie hatte in den Jahren am College einige riesige Pinien gerettet. Darauf war sie stolz. Während sie einen weiteren Bissen von ihrem überbackenen Käse nahm, beschloss sie jedoch, diesen Drang zu unterdrücken und nicht zu viel von sich preiszugeben. Sie musste Vorsicht walten lassen.

Immer noch besorgt wegen ihres Autos, fragte Melissa Lela, ob sie das Auto bald wegbringen könnten.

„Ich rufe meinen Schwager an, sobald der Tisch abgeräumt und das Geschirr gespült und abgetrocknet ist.“ Mit diesen Worten begab sie sich an die Arbeit, ohne Melissas Angebot anzunehmen, ihr zu helfen.

„Hallo, Thaddeus“, meldete sich Lela, als ihr Schwager das Gespräch entgegennahm.

„Lela? Was ist mit dir?“

Sie berichtete ihm kurz das Nötigste, ohne ihm von ihrem Verdacht zu erzählen. Immerhin saß Melissa gleich neben ihr im Zimmer, wie vorher wieder auf dem Sofa zusammengekauert. „Ich habe einen Übernachtungsgast bei mir. Sie sucht einen Platz, wo sie ihr Auto abstellen kann. Irgendwo, wo es aus dem Weg ist“, erklärte sie ihm.

„Das ist kein Problem. Sie kann das Auto für eine Weile in unsere Scheune stellen.“ Thaddeus schwieg kurz, dann fragte er: „Wann hast du dich denn entschlossen, Übernachtungsgäste bei dir aufzunehmen?“

„Erst gestern Abend.“

„Weiß Elizabeth davon?“

„Nein, bis jetzt noch nicht.“

Er seufzte ins Telefon. Offenbar musste er sich die ganze Sache erst durch den Kopf gehen lassen.

Bevor er noch weitere Fragen stellen konnte, sagte sie: „Dann macht es dir also nichts aus, wenn ein Auto in deiner Scheune steht?“

„Solange es nicht ewig lang da steht, stört es mich nicht“, erwiderte Thaddeus.

„Gut, wir kommen gleich zu euch hinüber.“

Nachdem sie aufgelegt hatte, forderte sie Melissa auf, mit ihr auf die Veranda vor das Haus zu kommen. Dort deutete sie auf den großen Bauernhof, der in einiger Entfernung zu sehen war. „Meine Schwester und ihre Familie wohnen dort drüben. Ihr Mann Thaddeus sagt, es mache ihm nichts aus, wenn Ihr Auto in seiner Scheune steht.“

„Danke, Lela. Damit tun Sie mir einen großen Gefallen.“

Melissa schob sich die Haare hinter das Ohr und wandte sich zum Haus. „Ich gehe nur kurz hinein und hole meine Autoschlüssel."

Als sie zurückkam, bot Melissa Lela an, zu ihr ins Auto zu steigen.

„Das ist sehr freundlich von Ihnen, aber es macht mir wirklich nichts aus, das kurze Stück zu laufen." Sie wollte nicht, dass Melissa glaubte, sie würde ihr nicht trauen. Aber sie war selbst nicht sicher, ob sie das konnte. Immerhin *war* diese junge Frau eine Fremde.

„Bitte, ich bestehe darauf", ließ Melissa nicht locker. „Sie tun mir einen großen Gefallen, und ich bin dafür sehr dankbar."

Ihr Vater hatte oft gesagt, wenn jemand dankbar sei, könne man ihm trauen. Melissas Dankbarkeit war nicht zu übersehen. „Einverstanden, ich fahre mit Ihnen."

Melissas Augen wurden groß. „Es ist also in Ordnung? Ich meine ... Sie dürfen Auto fahren?"

Lela lachte leise. „Natürlich darf ich Auto fahren. Ich bin nicht amisch, falls Sie das meinen."

„Ich war mir nicht ganz sicher", sagte Melissa mit einem leichten Grinsen. „Ich kenne mich mit den Bräuchen hier absolut nicht aus. Ich habe gehört, dass es viele verschiedene Gruppierungen in dieser Gegend gibt."

„Das stimmt", nickte Lela, wollte aber jetzt nicht genauer darauf eingehen.

Sie fuhren gemeinsam los. Lela saß auf dem Beifahrersitz und zeigte Melissa, wo sie auf die lange, nicht asphaltierte Straße abbiegen musste. „Sehen Sie das Schild dort? *Amische Quilts & verschiedene Handarbeiten.* Dort müssen wir abbiegen und dann geradeaus weiterfahren, bis Sie zum Hof kommen."

Melissa befolgte ihre Anweisungen. Als das Auto stehen blieb, kamen Elizabeth und ihre Kinder angelaufen, um sie zu begrüßen. „Hier kommt meine Schwester mit ihren Kindern. Sie werden sich sehr freuen, eine Engländerin kennen zu lernen. Sie haben wahrscheinlich schon lange nicht mehr eine moderne Frau wie Sie gesehen oder gar mit ihr gesprochen."

Als Melissa nicht verstand, was sie meinte, erklärte Lela: „In amischen Kreisen gilt man, wenn man nicht amisch ist, als Außenstehender – als Engländer."

„Oh", sagte Melissa.

Lela war ganz und gar nicht sicher, ob diese Frau, die es nicht erwarten konnte, ihr Auto zu verstecken, auch nur die geringste Ahnung hatte, dass sie in den Augen von Elizabeth und ihren Kindern als weltlich und eitel galt. Aber noch mehr interessierte es sie, wie Elizabeth und Thaddeus darauf reagieren würden, dass sie Fremde als Übernachtungsgäste bei sich aufnahm.

Melissa bemühte sich sehr, Lelas Verwandte nicht zu ungeniert anzustarren. Sie erinnerte sich, dass sie an diesem Morgen von ihrem Schlafzimmerfenster aus Frauen mit dunklen Kleidern und kleinen weißen Hauben gesehen hatte, die in den Pferdeeinspännern vor dem Haus vorbeigefahren waren. Aber jetzt, da sie die nackten Füße und langen braunen Kleider und schwarzen Schürzen an Lelas Schwester und ihren Töchtern sah und die seltsamen schwarzen Hosen, Hosenträger und gerade abgeschnittenen Haare bei den Jungen, kam sie sich sehr unbeholfen vor. Trotzdem schloss sie die Kinder mit den rosigen Wangen, strahlenden Augen und dem aufrichtigen Lächeln schnell ins Herz, und sie fühlte sich seltsam willkommen. Angenommen.

„Melissa, das ist Elizabeth King, eine meiner drei Schwestern", stellte Lela sie einander vor. „Elizabeth wohnt von meinen Geschwistern am nächsten bei mir."

„Hallo", sagte die sympathische Frau. „Schön, Sie kennen zu lernen."

Die Kinder kamen als Nächste an die Reihe, angefangen bei Mary Jane, gefolgt von Timothy, Linda und dem kleinen John.

Als Elizabeth sie zu Limonade und Keksen ins Haus einlud, wurde Melissa wieder nervös. „Macht es Ihnen etwas aus, wenn ich das Auto vorher in die Scheune bringe?", fragte sie, da sie es nicht erwarten konnte, das Auto so bald wie möglich vor neugierigen Augen zu verstecken.

„Ganz und gar nicht", erwiderte Elizabeth und warf Lela einen fragenden Blick zu.

Erleichtert eilte sie zu ihrem Auto und fuhr langsam vor. Ein amischer Mann zeigte ihr mit einer Handbewegung, wohin sie fahren sollte. Er war groß gewachsen, blond und ungewöhnlich braun. Der Mann nickte ihr mit einem freundlichen Lächeln zu, als sie ihr Auto in die Scheune fuhr. Sie stieg aus und bedankte sich bei ihm. Er musste Elizabeths Mann sein.

„Ich bin Thaddeus King", stellte er sich vor und reichte ihr eine Hand. Mit der anderen nahm er seinen Strohhut ab. „Sind Sie zum ersten Mal in dieser Gegend?" Er hielt den Hut flach vor seiner Brust.

Die erste Frage ... Wie viele werden noch kommen?, fragte sie sich besorgt.

„Ich komme aus Neuengland." Das musste genügen.

„Sind sind wohl nur auf der Durchreise?"

Wie viel wollte er noch wissen?

Sie drehte sich um und ließ ihre Augen über die Felder schweifen. „Freunde haben von Lancaster County erzählt. Ich wollte diese schöne Gegend mit eigenen Augen sehen." Das entsprach zwar nicht ganz der Wahrheit, aber diese Antwort musste ihm genügen.

„Wenn das so ist, dann muss Lela Sie unbedingt bald wieder einmal mitbringen. Wir führen Sie dann auf dem Hof herum."

Sie hatte nicht den Mut, ihm zu sagen, dass sie *so* lange eigentlich nicht bleiben wolle. Aber er schien sehr freundlich zu sein. Und hilfsbereit. Trotzdem weckten Leute wie Thaddeus bei ihr ein deutliches Unbehagen. Sie wusste einfach nicht, wie sie mit ihm umgehen sollte. War er wirklich so fürsorglich, wie es den Anschein hatte?

„Rutsche ein bisschen", forderte Elizabeth mit einer Handbewegung ihren kleinen John auf. „Deine Tante kann sich ja kaum zwischen euch quetschen."

„Oh, ich habe genug Platz", erwiderte Lela und umarmte John schnell. „Hier ist jede Menge Platz für alle."

Sie saßen in der großen Küche ihrer Schwester gemütlich um den langen Holztisch herum. Mary Jane half ihrer Mutter, Kekse auf mehrere Teller zu legen und sie zum Tisch zu bringen. Dazu stellte sie einen großen Krug mit Limonade. Elizabeth servierte ihren Gästen gern von ihrer köstlichen selbst gemachten Limonade.

Von der anderen Seite des Tisches aus betrachtete Lela Melissa, die mit ihrer Jeans und ihrem modischen T-Shirt völlig fehl am Platz wirkte. Sie hoffte, ihr Gast fühle sich nicht unwohl.

„Möchten Sie ein paar Schokoladenkekse?" Elizabeth bot Melissa lächelnd einen Teller mit ofenwarmen Köstlichkeiten an.

„Danke", war alles, was Melissa sagte. Schweigend nahm sie einen Keks. Dabei waren ihre rötlich lackierten Fingernägel zu sehen. Mehrere Ringe funkelten an ihren Händen – zwei an jeder Hand. Ihr Gast aus Connecticut war unübersehbar vermögend, schloss sie aus den Diamantringen.

Sie versuchte, nicht bei solchen Gedanken zu verharren. Der Herr war allmächtig und gab den Menschen viele gute Gaben. Es war nicht ihre Aufgabe, darüber zu urteilen. Trotzdem fragte sie sich, was es mit Melissa auf sich hatte. Die Frau, die ihr Gästezimmer gemietet hatte, wirkte unruhig. Noch nie hatte sie einen so nervösen Menschen gesehen. Was hatte sie nur?

Der Spaziergang zurück zu Lelas Haus war schön, auch wenn Melissa sich nicht ganz wohl fühlte, so ungeschützt auf offener Straße unterwegs zu sein. So verwundbar. Eine zu leichte Zielscheibe ...

Selbst mit Lela an ihrer Seite fühlte sie, wie die alte Unruhe sich wieder in ihr breit machte. Wilde Erdbeerranken wuchsen in dem grasigen Seitengraben; gelegentlich säumten Rosen die Straße. Diese Gegend erinnerte sie an New Hampshire und Vermont, wo Ryan gern ausspannte. Dort führten kurvenreiche, schmale Straßen zu herrlichen Zielen, verträumten überdachten Brücken und alten Mühlen. Der Gesang der vielen Vögel begleitete sie: Ihr Lied erinnerte sie an ihr Zuhause in Neuengland am Meer.

Zu Hause ...

Ryan war ihr Zuhause und würde es immer bleiben. Wo er war, dort wollte sie auch sein. Er hatte sie zu einem Zeitpunkt gefunden, als sie verloren war, als sie ganz allein auf der Welt war. Jung und verängstigt war sie gewesen und hatte seine Liebe in ihr Herz eingelassen und ihr Zuhause in seinem Herzen gefunden.

Ich muss ihn wissen lassen, dass ich in Sicherheit bin, dachte sie. *Wenigstens das schulde ich ihm.*

Sie schlenderte weiter, widerstrebend, ein Gespräch mit Lela zu beginnen. Der Geruch nach Geißblatt, die verlassene Straße, die bunten Felder und Wiesen, so weit das Auge reichte – das alles bot ihr Gelegenheit, Atem zu holen. Sie hatte es nötig, diese Stille und diesen Frieden in sich aufzusaugen, denn sobald der Telefonanruf kam, müsste sie höchstwahrscheinlich wieder fort von hier.

„Welch ein schöner Tag", bemerkte Lela.

„Ja."

„Ich bleibe an Tagen wie heute nicht gern im Haus."

Melissa fragte sich, womit Lela wohl ihren Lebensunterhalt verdiente. Sie arbeitete bestimmt irgendwo. „Vermieten Sie Ihr Gästezimmer das ganze Jahr hindurch?"

„Das würde ich wahrscheinlich, wenn jemand es bräuchte", kam Lelas Antwort. „Aber ich kam erst gestern auf die Idee, das Schild aufzustellen, dass ich ein Zimmer zu vermieten habe."

Melissa war überrascht. „Dann bin ich also Ihr erster Übernachtungsgast?"

„Gott gab mir diese Idee ins Herz", erklärte Lela zu Melissas Erstaunen. „Ja, Sie sind mein erster Gast."

„Ich fühle mich geehrt."

Lela sprach weiter. „Ich habe in meiner Bibel gelesen und gebetet und den Herrn gefragt, was ich tun könnte, um anderen zu helfen."

Melissa wusste kaum, was sie darauf erwidern sollte. Hatte *sie* nicht auch gestern Abend zu Gott gebetet? Sie hatte Gott gebeten, ihr zu helfen, diesem Ungeheuer in dem grauen Buick zu entkommen.

„Ich glaube, Gott hat mein Gebet erhört", fügte Lela hinzu.

Und meines auch, dachte Melissa.

„Sie glauben an Gott?"

Die Frage kam völlig unerwartet. Melissa überlegte, was sie darauf antworten sollte. Lelas Gesicht war ganz ernst. Diese gute Frau wartete auf eine ehrliche Anwort. Sie verdiente eine ehrliche Antwort.

„Ich kann Gott nicht viel bringen, fürchte ich", gestand sie leise.

„Das müssen Sie auch gar nicht", entgegnete Lela. „Der Herr sieht nicht Ihr Herz an und erwartet, dass es sauber und makellos ist. Das will *er* für Sie erledigen."

Sie fragte sich, wie eine Fremde wissen konnte, wie es in ihrem Herzen aussah. *Gebrochen.* Dieses Wort beschrieb den Zustand ihres Herzens im Augenblick wahrscheinlich am besten. Verwundet und blutend.

„Der Herr liebt Sie, Melissa. So, wie Sie sind."

Sie hatte nicht den Eindruck, dass Lela eine Antwort von ihr erwartete, und konzentrierte sich lieber auf das Haus mit seinen Holzpfosten entlang der vorderen Veranda, das sie in der Nähe sah. Sie bogen an der Kurve ab. Die Blumenbeete, die in perfekter Symmetrie im Vorgarten angelegt waren, rückten in ihr Blickfeld. Parallele, rechtwinklige Beete, von einem Gehweg aus Pflastersteinen getrennt, säumten den Weg zum Haus. Sonnenhut blühte so üppig in dem bunten Garten, dass er die anderen Blumen fast in den Schatten stellte.

„Gibt es hier draußen auch Taxis?", fragte Melissa, ohne zu überlegen, wie diese Frage auf ihre Vermieterin wirken musste.

„Ja, ich glaube schon." Lela schaute sie verwirrt an. „Warum fragen Sie?"

Sie wusste, dass sie dieser freundlichen Frau eine Erklärung schuldig war, warum sie ein Taxi bestellen wollte, wenn doch ein billiges Transportmittel – ihr eigenes Auto – gerade in Thaddeus Kings Scheune versteckt worden war. „Ich muss noch kurz etwas erledigen und möchte Ihre Schwester und ihren Mann nicht schon wieder belästigen."

Lelas Augen wurden groß. Sie wurde aus ihrem Übernachtungsgast einfach nicht schlau.

Melissa beschleunigte ihre Schritte und fürchtete plötzlich, sie könnte ihren Telefonanruf verpasst haben.

„Haben Sie es eilig?", fragte Lela, als sie auf den Gehweg traten, der zu ihrem Haus führte.

„Nur ein wenig." Sie blieb stehen und bewunderte den Garten. Sie hoffte, Lela würde nicht weiter in sie dringen.

„Wollen wir ein paar Blumen für einen Strauß abschneiden?", schlug Lela vor. Ihre Stimme war jetzt etwas höher als vorher.

In Lelas Garten Blumen zu pflücken wäre herrlich, aber sie wollte – sie *musste* Ryan eine E-Mail schicken, so riskant das auch sein mochte. Sie musste Kontakt zu ihm aufnehmen, auch wenn man sie gewarnt hatte, das nicht zu tun. Er würde die Nachricht am Montagmorgen bekommen, wenn er den Computer in seinem Büro einschaltete. Sie würde seine private E-Mail-Adresse an seiner Arbeit benutzen.

„Können wir das mit den Blumen auf später verschieben?", fragte sie und hoffte, sie habe ihre freundliche Gastgeberin nicht beleidigt. Sie konnte es kaum erwarten, ein Taxi anzurufen, in die Stadt zu fahren und dort irgendwo Zugang zu einem Computer mit Internetanschluss zu bekommen. Eine kurze Nachricht würde Ryan wenigstens ein paar seiner Sorgen nehmen.

Liebe findet immer einen Weg, hatte Mrs. Browning so oft gesagt. Jetzt, da sie sich liebevoll an die Frau erinnerte, die wie eine zweite Mutter für sie gewesen war, war Melissa überrascht, wie sie diese Worte hatte vergessen können. Diese Erinnerung half ihr, ihren Plan trotz Lelas Verwunderung durchzuführen.

Etwas stimmt hier ganz und gar nicht, dachte Lela, während sie dem gelben Taxi nachschaute, das sich von ihrem Haus entfernte. Sie überlegte, ob sie Elizabeth anrufen und ihre wachsende Besorgnis um die Frau, die in ihrem Haus wohnte, ihrer Schwester anvertrauen sollte. In der einen Minute wollte Melissa ihr Auto verstecken – wenigstens sah es so aus – und in der nächsten war sie bereit, gutes Geld für ein Taxi auszugeben, das sie bis nach Lancaster bringen sollte. Nun gut, sie wollte nicht darüber nachdenken, wie viel Geld eine solche Fahrt wohl kosten mochte. Warum machte sie sich überhaupt Gedanken? Sie war im Laufe der Jahre vielen Fremden begegnet. Allerdings war keiner so unlogisch und so unruhig gewesen wie ihr Übernachtungsgast. Was Melissa zu diesem seltsamen Verhalten bewog, konnte sie allerdings beim besten Willen nicht erraten.

Plötzlich legte sich aus heiterem Himmel ein seltsames Gefühl über Lela, wie eine böse Vorahnung. Was war das für ein Gefühl? Angst? Gefahr? Über ihre eigenen Gefühle verwirrt, ging Lela schnell in ihr Schlafzimmer, schloss die Tür und kniete neben ihrem Bett nieder. „Herr, ich verstehe nicht, warum Melissa hier ist. Aber ich weiß, dass du bei der ganzen Sache eine Absicht verfolgst ..."

Sie betete weiter für ihren Gast und brachte Melissa vor Gott. Doch die unerklärliche Angst bohrte sich immer tiefer in ihr Herz. Als Antwort darauf betete sie mit noch mehr Eifer. Sie bestürmte die Himmelstore mit ihrer Bitte um Hilfe und Frieden, bis Lela sich fühlte wie Jakob aus längst vergangenen Zeiten, der mit einem Engel gerungen hatte.

Sie betete so intensiv, dass sie jedes Zeitgefühl verlor. Sanft, leise kam ihr ein Psalm in den Sinn: *Der Engel des Herrn lagert um die her, die ihn fürchten, und wird sie erretten.*

Ein Hoffnungsstrahl drang in die Dunkelheit, und mit ihm

zog neuer Friede in ihr Herz. Bereit, sich von der Stille umfangen zu lassen, sank Lela völlig erschöpft auf ihr Bett.

12

Er starrte auf den Bildschirm des kleinen tragbaren Computers, zog ein weiteres Mal an seiner Zigarette und drückte dann den Stummel auf dem Tisch aus. Er saß in einem Motelzimmer, das ausdrücklich für Nichtraucher reserviert war, und wartete geduldig, bis das Modem die Nummer wählte. Er hatte alle Zeit der Welt.

Sobald die Verbindung aufgebaut war, hackte er auf die Tasten und holte die Webseite des weltweiten Satelliten-Navigationssystems auf seinen Bildschirm. Er gab sein Kennwort, seine Identifikationsnummer und die Nummer des Fahrzeugs ein. Sekunden später hatte er, was er wollte: eine detaillierte Straßenkarte und ein rotes Sternchen, das neben der Adresse aufblinkte.

Er lächelte und zündete sich eine weitere Zigarette an, dann klickte er mehrere Fenster an, bis er den Namen zu dieser Adresse hatte.

Thaddeus King, 1135, Hunsecker Road, Lancaster, Pennsylvania.

„Ich habe dich, Mrs. James", flüsterte er. Sein Lächeln verzog sich zu einem breiten Grinsen. Das ausgeklügelte Navigationsgerät – ein kleiner Sender – am Toyota Camry dieser Frau ungefähr in der Größe eines dünnen Buches, wog weniger als ein halbes Pfund. Es war mit einem Magneten unter dem Fahrzeug angebracht, versorgte sich über die Autobatterie und enthielt eine von der NASA entwickelte raffinierte Antenne. Für das ungeübte Auge war es nicht zu erkennen. Selbst ein Automechaniker konnte getäuscht werden und musste glauben, dieses kleine Kästchen sei für eine computergesteuerte Funktion des Autos zuständig. Mit Zugang zum militärischen weltweiten Satelliten-Navigationssystem der amerikanischen Regierung sendete dieses Gerät seine exakte Position mit einer Genauigkeit von zehn Metern.

Was würde ich nur ohne meine wunderbaren Spielzeuge machen?, dachte er und erinnerte sich an die entsetzte Miene in Melissas Gesicht, als er sie gleich nach Trenton in New Jersey gefunden hatte, nachdem es ihr gelungen war, ihm in New York zu entwischen. Die Frau aufzuspüren war eine Leichtigkeit gewesen. Eine schnelle Verbindung mit seinem Satelliten-Navigationssystem hatte ihm ihre genaue Position auf der Bundesstraße 30 in Richtung Westen verraten und ihm sogar die exakte Geschwindigkeit angezeigt, die der Toyota in diesem Augenblick fuhr: einhundertsieben Stundenkilometer. So einfach war das. *Und jetzt ... wiegt sie sich anscheinend wieder in Sicherheit,* dachte er und grinste bei sich.

So sicher wie eine Maus in den Krallen einer Katze.

Er wollte gerade die Verbindung wieder trennen, als ihm der Gedanke kam, sich noch einmal die Aufzeichnungen anzusehen – und *jeden* Ort, an dem das Auto in den letzten vierundzwanzig Stunden länger gestanden hatte, angeben zu lassen. Er klickte auf Aufzeichnungen und stellte fest, dass Melissas Auto noch nicht sehr lang bei den Kings abgestellt war, erst seit ein paar Minuten. Der erste auffällige Halt in Lancaster County – am Freitagabend – war ein Restaurant auf der Bundesstraße 222 gewesen, und danach war ein weiterer Stopp in der Hunsecker Road 702 gefolgt, wo das Auto über Nacht gestanden hatte.

„Du dachtest wohl, du könntest mich abschütteln ...“, murmelte er.

Er suchte die Informationen zu dieser Adresse über das Namen/Adressen-Suchprogramm. Wenige Minuten später wurde ein anderer Name auf dem Bildschirm angezeigt: *Lela Denlinger.*

So ... hier versteckst du dich also.

Er verließ die Webseite wieder, zog den Stecker des Modems aus seinem Laptop und steckte dann das tragbare Verschlüsselungsgerät ans Telefon. Obwohl er selbst kein Risiko scheute, waren seine Partner von der nervösen Sorte. Ohne die Hilfe eines Verschlüsselungsgeräts würden sie darauf bestehen, in einem ausgeklügelten russischen Code zu sprechen, den die meisten, selbst erfahrene Übersetzer, nicht entziffern konnten.

Es klingelte zweimal kurz, dann: „Ja?“ Es meldete sich eine raue, teilnahmslose Stimme in seiner Muttersprache. „Hast du etwas?“

„Ich habe sie gefunden."

Die Stimme fluchte. „Worauf wartest du dann noch?"

„Immer mit der Ruhe. Morgen haben wir, was wir wollen."

„Was ist mit ihrem Mann?"

„Den können wir vergessen", antwortete er.

„Dann bringe diese Sache zu Ende ... ein für alle Mal."

Er legte den Hörer auf und lächelte wieder. Manchmal war seine Arbeit ziemlich öde. Aber auf der anderen Seite gab es Augenblicke wie diesen, in denen der Jagdinstinkt seine Seele mit einem makabren Entzücken erfüllte.

13

Ryan und Denny fuhren auf der Bundesstraße 1 in Richtung Westerly, Rhode Island und Watch Hill. Sie bogen auf der Watch Hill Road ab in Richtung Süden und durchquerten eine bewaldete, vornehme Wohngegend, bis die Straße in die Bay Street überging, die auf der linken Seite von Touristenläden und auf der rechten Seite von einem Hafen mit vielen Booten gesäumt war.

Sie verlangsamten das Tempo und bogen rechts auf einen kleinen Parkplatz ab, wo sie Ryans Wagen gegenüber vom Hafen abstellten. Sie blieben einen Augenblick im Auto sitzen und beobachteten die Touristen. Im Hafen schaukelten vertäute Segelboote auf den sanften Wellen. Seemöwen flogen über ihnen, ließen sich von einer warmen Luftströmung ergreifen und segelten träge wie Papierflieger dahin.

Ryan deutete zum Olympia-Café. „Das ist das Café."

Sie stiegen aus, streckten sich und überquerten die Straße. Sie betraten das Restaurant und gingen durch die Glastüren in einen überfüllten Raum, der von dunklem Holz und geradlinigen Nischen in der Mitte des karierten Bodens beherrscht wurde. Kleinere Nischen säumten die Fensterfront.

Eine brünette Kellnerin begrüßte sie und führte sie an einen Platz neben dem Fenster. Dort machten sie es sich auf ihrem Platz bequem und warteten, bis die Kellnerin ihnen eine Karaffe Wasser und die Speisekarte brachte.

Ryan deutete ans andere Ende des Raumes, wo die Decke so aussah, als bestehe sie aus Weingläsern. „Vor über drei Jahren war Melissa da drüben und wischte die Theke ab. Hier habe ich sie das erste Mal gesehen."

Denny drehte sich auf seinem Sitzplatz herum und betrachtete die Theke und die Holzstühle am Ende des Raumes. „Sprichwörtlich Liebe auf den ersten Blick, quer durch einen vollen Raum hindurch?"

Ryan erinnerte sich an den Tag, als wäre es erst gestern gewesen. Melissas Haare waren aus der Stirn gekämmt und zu einem Haarknoten hochgesteckt gewesen. Sie hatte ihm einen schnellen Blick zugeworfen ...

„Unsere Blicke begegneten sich für den Bruchteil einer Sekunde, und es war, als würden wir uns schon immer kennen", erinnerte er sich verträumt.

Denny nickte und fügte amüsiert hinzu: „Du bist also einfach *zufällig* hier hereinmarschiert, hast dich Hals über Kopf verliebt und warst vierundzwanzig Stunden später verheiratet."

Ryan verzog das Gesicht zu einem trockenen Grinsen. „Nein ... eigentlich war es Bernies Idee."

„Bernie? Dein Chef?"

„Ja, er ging hier gern essen. Er erzählte mir von dieser Kellnerin, die er hier kennen gelernt hatte. Er war von ihr beeindruckt und wollte sie als Sekretärin beschäftigen. Bevor wir Marge anstellten, schickte er mich hierher, um Melissa zu überreden, dass sie sich für diese Stelle bewerben sollte."

„Was geschah dann?"

Ryan schmunzelte. „Nun ... zum Einen fand ich heraus, dass Melissa nicht Schreibmaschine schreiben konnte."

„Wow ... Volltreffer." Denny lachte. „Die Sache mit der Sekretärin fiel also flach. Aber in der Zwischenzeit hattest du dich verliebt."

„Wer erzählt jetzt die Geschichte, du oder ich?"

„Ist ja gut, ist ja gut." Denny hob entschuldigend die Hände. „Ich höre dir zu."

„Ich bat sie nicht gleich beim ersten Mal, mit mir auszugehen."

Denny runzelte die Stirn. „Warum denn nicht?"

„Ich weiß nicht. Sie wirkte anfangs sehr zurückhaltend. Als hätte sie Angst vor ihrem eigenen Schatten."

„Auf *mich* wirkte sie aber überhaupt nicht scheu."

Ryan überlegte. „Dir hat sie vertraut."

Denny schaute ihn fragend an, dann grinste er.

„Und wie hast *du* sie für dich gewonnen?"

„Ich kam einfach immer wieder in dieses Restaurant. Ich bat darum, einen Platz in ihrem Bereich zu bekommen. Ich stellte ihr viele Fragen."

Denny nickte. „Und?"

„Sie beantwortete ein paar davon." Er zwang sich zu einem Lächeln.

„Ich glaube, ich hätte wahrscheinlich aufgegeben."

„Das habe ich auch", gestand Ryan.

Denny schaute ihn überrascht an.

Ihr Gespräch wurde unterbrochen, als die Kellnerin kam, um ihre Bestellung entgegenzunehmen.

Als sie wieder gegangen war, beobachtete Ryan die Leute im Restaurant – Touristen und Einheimische. Sein Freund schaute schweigend aus dem Fenster, bis die Kellnerin mit ihrem Essen kam. Ryan warf einen Blick auf das gebratene Hühnchen. Schlagartig verlor er den Appetit. Denny überredete ihn, wenigstens ein paar Bissen zu probieren. Aber die meiste Zeit schaute er nur Denny beim Essen zu. *Alte Freunde sind doch die besten Freunde*, dachte Ryan.

Schließlich wurde Denny still und betrachtete ihn von der anderen Seite des Tisches, als warte er auf den richtigen Augenblick, um tiefer zu bohren.

Schweigend tranken sie ihren Kaffee. Die Spannung wuchs zusehends. Denny fixierte ihn mit einer Miene, die ihm vermittelte: *Es tut mir wirklich Leid, dass ich dich das fragen muss.*

Schließlich konnte es Ryan nicht länger aushalten: „Warum sagst du es nicht einfach und bringst die Sache hinter dich?"

Denny lächelte entschuldigend. „Du kennst mich einfach zu gut, alter Kumpel."

Er stellte die Kaffeetasse auf den Unterteller. Neues Unbehagen erfüllte ihn. Dennys Miene war ernst, aber sein Verhalten wirkte nicht bedrohlich. „Das letzte Mal, als ich bei euch zu Besuch war, war ich von Melissas Großzügigkeit und Gastfreundschaft einfach überwältigt." Dennys Stimme wurde immer leiser.

„Sie versteht es, anderen zu zeigen ... dass sie sie mag.“

„Und trotzdem ...“, sprach Denny weiter. „Je mehr ich mit ihr sprach, umso mehr erschien sie mir ...“ Er brach ab und zögerte erneut.

„Sprich weiter“, drängte Ryan.

„Nun ja ... sie schien etwas zu verbergen.“

Ryan zuckte die Achseln. „Wie ich schon sagte, Mellie fällt es sehr schwer, Menschen zu vertrauen. Ich denke, das hat mit ihrer Vergangenheit zu tun, damit, dass ihr Vater sie verlassen hat.“

Denny nickte zustimmend. Seine Augen funkelten. „Du sagtest, du hättest es mit ihr aufgegeben. Wie hast du das gemeint? Bist du nicht mehr hierher in dieses Restaurant gekommen?“

„Du interessierst dich wirklich für dieses romantische Zeug, was?“

„Ich versuche nur zu helfen.“

„Nichts davon hat irgendetwas damit zu tun, dass sie jetzt fort ist“, hörte er sich sagen.

„Dann unterhalte mich doch einfach, Ryan. Was können wir denn sonst tun als warten? Erzähle mir die ganze Geschichte. Fang beim Anfang an.“

Ryan seufzte hörbar. „Einverstanden. Du willst es so. Ich führe dich sogar zu unserem Strand.“

„Nichts dagegen.“

Sie bezahlten die Rechnung, verließen das Restaurant und überquerten die schmale zweispurige Straße. Ryan tastete nach dem Handy in seiner Brusttasche.

Hinter dem Parkplatz bogen sie zu einer sandigen Erhöhung ab. Napatree Point lag in der Ferne. Der Küstenstreifen war Teil eines langen, schmalen Kaps, das in den Long Island Sund hinausragte. Bei klarem Wetter konnte man bis jenseits von Fishers Island blicken.

Die Temperaturen waren in der letzten Stunde gestiegen, aber ein leichter Wind vom Meer machte die Hitze erträglich. Verstreute, tief hängende Wolken bedeckten den Horizont, als Ryan einen Hügel erklomm. Dort schauten er und Denny auf das Meer unter ihnen hinab. Ryan deutete zu dem steinernen Landesteg links von ihnen. Sie bahnten sich, an wilden Rosensträuchern vorbei, ihren Weg durch den Sand. Dann überquerten sie einen kleinen Teil des Strandes, bevor sie über die Steinbrocken und Felsen kletterten, die als Wellenbrecher aufgebaut waren.

Als sie das Ende des Kais erreichten, war Denny vor Erstaunen ganz außer Atem. Er starrte auf das Meer hinaus, als hätte er es noch nie zuvor gesehen. „Melissa hat mir von eurer Hochzeit erzählt. Das muss hier gewesen sein."

„Wir kamen eines Abends hierher. Wir gaben uns vor einem Pfarrer, den wir im Telefonbuch gefunden hatten, unser Eheversprechen. Dann warfen wir weiße und rote Rosenblüten ins Meer."

„Rosenblüten?", fragte Denny. „Hat das wieder eine heimliche Bedeutung?"

„Miteinander vermischt bedeuten sie *Einheit*." Er deutete nach Westen zum Strand, der sich nach Napatree Point hin erstreckte. „Mellie und ich kamen immer wieder hierher."

Denny beschirmte seine Augen und folgte Ryans Blick. Mehrere Familien spielten im Sand und warfen sich in wenigen Metern Entfernung Beachbälle zu. Ein deutscher Schäferhund bellte und sprang vor Entzücken wie wild herum und jagte einer Frisbeescheibe hinterher, die ein Junge in die Luft warf. Weiter oben am Strand saßen Teenager am Ufer und angelten.

„Komm schon, wir gehen näher ans Wasser", forderte Ryan seinen Freund auf und ging voran.

Als sie die Felsen hinter sich ließen, zogen sie ihre Socken und Schuhe aus und marschierten weiter in Richtung Napatree Point. Es war gar nicht so einfach, auf dem Sand vorwärts zu kommen. Ryan deutete auf Treibholz, Muscheln, wilde Rosensträucher, Seevögel, all das, was dem Strand sein typisches Aussehen verlieh.

Schließlich drehte er sich zu Denny um und zwang sich zu einem Lächeln. „Als wir heirateten, glaubte ich, Mellie würde sich mit der Zeit mehr öffnen. Das tat sie auch ... in gewisser Weise. Auf *ihre* Weise."

Denny schaute ihn nachdenklich an. Ryan ließ seinen Blick wieder über das Meer schweifen. Während die Wellen auf das Ufer krachten, versank er in der Vergangenheit. Sie standen mehrere Minuten schweigend nebeneinander, bevor Ryan wieder zu sprechen begann. Es war, als spräche er aus der Vergangenheit, als wäre er in der Zeit zurückgegangen.

„Ich erinnere mich noch genau an den Tag, an dem ich sie hier fand ..."

Der Tag war von Anfang an ungewöhnlich windig gewesen. Die Sonne war immer wieder hinter den Wolken verschwunden und zwischendurch nur kurz aufgetaucht. Ryan war an einem Freitag von Mystic, wo er arbeitete, hierher zum Olympia-Café gefahren. Mehrere Wochen waren vergangen, seit er das letzte Mal in dieses Restaurant gekommen war. Er hatte beschlossen, ein wenig Abstand zu gewinnen. Melissa war offenbar nicht an einer Freundschaft interessiert. Wenigstens nicht mit ihm. Zeit, weiterzugehen.

Er staunte darüber, dass er so wenig über sie wusste. Sie mochte Blumen und Kunst; über ihre Eltern oder Geschwister sprach sie nie. Und sie stammte aus Minnesota. Das war so ziemlich alles, was er wusste. Kurze Gespräche in zwei Monaten – manchmal ein Lächeln.

Warum war er also wieder da? *Ich vergeude nur meine Zeit*, dachte er, während er mit anderen Gästen darauf wartete, an einen Tisch geführt zu werden. Schließlich begrüßte ihn Suzie, die Wirtin. Sie lächelte ihn an, als wäre er ein guter Freund, der mal wieder vorbeikommt.

„Hallo, Fremder", sagte sie. „Lange nicht mehr gesehen."

Er lächelte sie unsicher an. „Hatte viel zu tun."

„Zu viel zu tun, um etwas zu essen?" Sie lachte. „Hören Sie ... tut mir Leid, aber Melissa hat heute ihren freien Tag."

Auch gut. Dann sagte Suzie etwas, das seine Aufmerksamkeit weckte. „Melissa hat neulich nach Ihnen gefragt."

Er atmete tief ein und versuchte, unbefangen zu reagieren. „So … wirklich?"

Ihr Lächeln wurde breiter. „Ja." Dann fügte sie mit einem verschmitzten Augenzwinkern hinzu: „Sie malt *sehr gern* unten am Strand." Sie nickte mit dem Kopf nach links zum öffentlichen Strand hinter dem Parkplatz. „Genau genommen verbringt sie sehr viel Zeit dort. Besonders an ihren freien Tagen." Suzie schnappte sich eine Speisekarte. „Nichtraucherbereich?"

„Könnte ich vielleicht später wiederkommen?"

Suzie lächelte ihn wissend an. „Keine schlechte Idee."

Er folgte ihrem Tipp, verließ das Restaurant und machte sich nach Napatree auf den Weg. Er stieg die Böschung hinauf und ließ seinen Blick suchend über den Strand schweifen … ja, Suzie hatte Recht. Da war Melissa. Sie trug ein gelbes Sommerkleid, eine erfrischende Abwechslung zu ihrer üblichen schwarzweißen Arbeitskleidung. Sie stand am Rand des Wassers barfüßig im Sand. Ein paar Meter hinter ihr erblickte er einen Dreifuß, auf dem eine große Staffelei stand. Ein weißer Schwan auf glasklarem Wasser war der Mittelpunkt des Gemäldes.

Sie stand immer noch mit dem Rücken zu ihm und warf einem einsamen Schwan Brotkrumen zu. Während Ryan sie so beobachtete, war er von ihrer Schönheit, ihren schulterlangen Haaren, auf denen sich die Sonne widerspiegelte und die ungehindert im Wind flogen, fasziniert. Er war es nicht gewohnt, ihre Haare so offen zu sehen, und verfolgte wie gebannt jede ihrer Bewegungen. Sonnengebräunt und hübsch, beugte sie sich verspielt zu dem Schwan vor und passte sich den fließenden Bewegungen des Vogels an. Das graziöse Tier hatte sein Gegenstück gefunden.

Ryan stieg langsam den Hügel hinab, setzte sich in den Sand und tat so, als betrachte er den Ozean. Am Strand waren relativ wenige Menschen unterwegs. Einige joggten am Strand entlang. Andere spielten Ball oder saßen auf Strandtüchern im Sand.

Er wartete und genoss diesen Augenblick. Schließlich erreichte Melissa den Boden ihrer kleinen Brottüte und hielt entschuldigend die Hände hoch. Der Schwan watschelte auf der Suche nach anderen Futterquellen weiter. Sie knüllte die Tüte zusammen, trug sie zum Strand zurück und warf sie in einen Abfalleimer. Dann hielt sie inne und betrachtete ihr Gemälde, nahm einen Pinsel zur Hand und verlieh dem ruhigen Meer noch etwas mehr Blau. Sie trat zurück und begutachtete mit schief gelegtem Kopf ihr Werk. Anscheinend zufrieden, legte sie den Pinsel wieder auf die Palette und schlenderte zum Meer. Ihre Knöchel wurden bald von der aufkommenden Flut umspült. Während sie mit unübersehbarer Bewunderung zum Horizont schaute, konnte er ihr Profil jetzt deutlich sehen. Ein Windstoß umwehte sie, aber sie schüttelte trotzig den Kopf, wischte sich alle störenden Haarsträhnen aus dem Gesicht und hielt mit einer Hand ihre Locken fest.

Die Sonne im Gesicht, die ihre fast engelhaften Züge beleuchtete, drehte sie sich um. Mit einem Lächeln schloss sie verträumt die Augen und sah aus, als sei sie in der Schönheit des Ozeans versunken und habe alles um sich her vergessen.

Von seinem Platz im Sand aus glaubte Ryan, Tränen auf ihrem Gesicht zu sehen, obwohl er das nicht mit Bestimmtheit sagen konnte. Sie wischte sich mit dem Handrücken über die Wange, schlug die Augen auf und blinzelte gegen die Sonne.

Nach einer Weile schien sie müde zu sein und drehte sich wieder zu ihrer Staffelei um. In diesem Augenblick erblickte sie ihn. Schmetterlinge tanzten in seinem Bauch, als er merkte, dass sie ihn erkannte und etwas verlegen war, weil er sie bei ihrer stillen Meditation beobachtet hatte.

Sie lächelte über das ganze Gesicht, als er aufstand und auf sie zuging.

„Hallo!“, sagte sie erfreut. „Ich habe Sie gar nicht gesehen. Wie lang sitzen Sie denn schon da?“

„Nicht lang“, antwortete er und zwang sich zu seinem ungezwungensten Lächeln. „Schönes Bild.“

„Danke. Haben Sie den *echten* Schwan gesehen? Ich wohne schon seit drei Monaten hier, aber so etwas habe ich noch nie erlebt." Ohne innezuhalten, begann sie, ihre Palette und ihre Pinsel einzupacken.

„Ich hoffe, ich störe Sie nicht bei der Arbeit."

Sie schüttelte den Kopf. „Ich habe stundenlang gemalt, also ... nein." Sie nahm die Leinwand ab und klappte den Dreifuß zusammen. „Wollen Sie sich zu mir setzen?", fragte sie, während sie sich auf den Strand setzte und die Beine gemütlich überkreuzte. Ryan gesellte sich zu ihr, und sie schauten beide auf das Meer hinaus.

Sie drehte sich zu ihm um. „Ich freue mich, dass Sie hier sind. Ich habe Sie eine ganze Weile nicht mehr gesehen." Sie begann erneut zu grinsen. „Sicher wissen Sie von Suzie, dass ich hier bin."

Er stieß ein kurzes, nervöses Lachen aus. „Es gibt bestimmt jede Menge Männer, die nach Ihrer Telefonnummer fragen."

Sie zuckte die Achseln und legte die Leinwand beiseite. „Das kommt schon vor. Nur nicht die *richtigen* Männer." Sie krauste die Nase. „Entschuldigen Sie. Normalerweise flirte ich nicht so."

Über ihre Offenheit überrascht, fragte sich Ryan, was aus dieser scheuen, zurückhaltenden Kellnerin geworden war. „Sie brauchen mit mir nicht zu flirten."

„Warum nicht?"

Er wollte sagen: *Weil ich schon seit dem ersten Tag, an dem ich dich gesehen habe, in dich verliebt bin ...* Aber er unterließ es. Er zuckte nur die Achseln und schwieg.

Sie lachte leise und stieß ihn mit dem Ellbogen gegen den Arm. „Sie sind ja richtig schüchtern."

Über die Ironie ihrer Worte belustigt, erwiderte Ryan: „Das würden Sie nicht sagen ... wenn Sie mich besser kennen würden."

„Ich hoffe, dass ich dazu noch Gelegenheit bekommen werde", bemerkte sie.

Er drehte sich um und schaute sie an, aber sie wandte den Kopf ab und betrachtete die Wolken und die Sonnenstrahlen, die sich immer wieder zwischen ihnen hindurchstahlen. „Ich liebe Neuengland, aber ich wünschte, hier würde man mehr Sonne sehen“, bemerkte sie.

„Wie in Minnesota?“

Sie schob sich eine Haarsträhne hinter das Ohr und schaute ihn verschmitzt an. „Sie haben sich das gemerkt?“

„Ich habe zugehört“, erwiderte Ryan.

„In Minnesota scheint die Sonne auch nicht immer.“ Dann schwieg sie kurz. „Dann ... wissen Sie auch noch, wie mein Spitzname lautet?“

„Klar ...“ Er machte eine kleine Pause, um seinen Worten mehr Gewicht zu verleihen.

„Und?“

„Mellie.“

„Wow! Jetzt bin ich aber wirklich beeindruckt.“

Ihre Aufmerksamkeit wurde von einem großen Segelboot abgelenkt, das in Richtung Süden aufs weite Meer hinaussteuerte. „Sind Sie schon einmal gesegelt?“, fragte er.

„Nein, aber ich würde es gern. Segeln Sie?“

„Ja, aber mit mir können Sie nicht segeln gehen. Fremden sollte man nicht trauen“, sagte er mit einem verschmitzten Augenzwinkern und einem leichten Grinsen.

Sie nickte, als denke sie ernsthaft über seine Bemerkung nach. „Sie haben Recht. Dann sollten wir einfach bei unserer *zweiten* Verabredung segeln gehen.“ Sie zog die Augenbrauen in die Höhe. „Was halten Sie davon?“

„Ganz schön selbstsicher.“ Er mochte ihre lockere Art.

„Nur hoffnungsvoll.“ Ihre Miene wurde wieder ernster, und sie betrachtete ihn still. Ihre Augen waren ein helles Blaugrün. „Ich habe Ihnen am Anfang tatsächlich nicht getraut. Ich traue den meisten Leuten nicht.“

„Daraus kann ich Ihnen keinen Vorwurf machen“, sagte er leise. „Was hat Sie bewogen, Ihre Meinung zu ändern?“

Sie verzog ein bisschen das Gesicht. „Es ist dumm, glaube ich.“

Aber er ließ nicht locker. Er musste es wissen.

Sie erwiderte seinen Blick, als suche sie eine passende Antwort.

„Vielleicht waren es ... Ihre Augen." Sie biss sich auf die Unterlippe, unterdrückte ein Kichern und wartete auf seine Reaktion.

Er lachte. „Sie flirten schon wieder."

„Vielleicht."

Sie schauten sich verstehend an, und Ryan begriff, dass er es endlich geschafft hatte. Er hatte sie für sich gewonnen. Die natürliche Anziehungskraft, die sie aufeinander ausübten, so genannte Liebe auf den ersten Blick – anfängliches Sich-zueinander-hingezogen-Fühlen – wurde zur großen Liebe. Ab diesem Augenblick waren sie unzertrennlich.

Ein paar Monate später, nach einer stürmischen Verlobungszeit, heirateten sie hier auf dem Steinpier. Unmittelbar vor der untergehenden Sonne.

Ryan erzählte seine Liebesgeschichte zu Ende und wartete auf Dennys Reaktion.

Denny warf nachdenklich Kieselsteine ins Wasser. Schließlich stand er auf und wischte sich den Sand von der Hose. „Warum diese plötzliche Veränderung in ihrem Verhalten?", fragte er skeptisch.

„Das habe ich nie genau erfahren. Sie beschloss einfach ... mir zu vertrauen."

Denny nickte. Offenbar war er in Gedanken versunken. Dann bemerkte er: „Vielleicht hättest du dich fragen sollen, ob du *ihr* trauen kannst. Du wusstest so wenig über sie."

„Vielleicht." Er winkte abwehrend mit der Hand. „Können wir jetzt wieder gehen?"

„Sicher."

Ryan ging voran, während sie zum Steinpier zurückstapften. Sie stiegen die Böschung hinauf und liefen zum Auto zurück.

Als sie den Bronco erreichten, schloss Ryan auf, aber Denny stützte sich auf die Tür, ohne einzusteigen. „Hör zu, ich wollte nicht in deinem Leben herumschnüffeln. Okay?"

„Ja, du bist nur einfach von Natur aus ein wenig neugierig", spottete er und schaute zum Strand zurück. Zu *ihrem* Strand.

„Was wollen wir nun als Nächstes tun, um Melissa zu finden?“, fragte Denny. Er konnte es einfach nicht lassen.

„Wenn ich bis Montag nichts von Melissa gehört habe, melde ich ihre Kreditkarten und ihr Handy als gestohlen. Vielleicht kann ich auf diesem Weg ihren Aufenthaltsort ausfindig machen.“

Denny runzelte die Stirn und öffnete die Autotür. „Ich fürchte, ich kann nicht gut warten.“

Ryan musste lächeln. „Aber natürlich kannst du das. Du hast jahrelang auf mich gewartet. Du weißt schon ... Gott und Kirche und all das!“

Sie stiegen ins Auto. „Ich warte immer noch“, sagte Denny.

„Siehst du? Du hast also doch die Geduld eines Heiligen.“

„Du zitierst das Buch der Offenbarung, mein heidnischer Freund.“ Denny grinste und schüttelte in gespieltem Missmut den Kopf.

Ryan war froh, dass sie wieder nach Hause fuhren. Sie sprachen kaum. Die Abenddämmerung malte ein farbenfrohes Panorama vor ihren Augen. Vielleicht ein Hoffnungszeichen ...

14

Ryan schaute auf die Digitalanzeige seines Weckers auf dem Nachttisch. 4:21. In zwei Stunden würde es hell werden. Er schob sich das Kissen unter den Kopf, drehte sich vom Fenster weg und versuchte, sich zu erinnern, was für ein Tag heute war.

Sonntag ...

Sein Freund, Denny Franklin, schlief am anderen Ende des Ganges im Gästezimmer. Daisy war ... wo? Er setzte sich auf und schaute sich im schwach erhellten Wohnzimmer um. Der Hund lag ausgestreckt auf dem Boden, den Kopf auf einen von Ryans Hausschuhen gelegt.

Schlaf weiter, Mädchen.

Melissa saß wahrscheinlich irgendwo mutterseelenallein in einem Motelzimmer. Vermisste sie ihn? Fühlte sie sich einsam?

Mellie ... ruf mich an. Nimm das Telefon und lass mich wissen, dass es dir gut geht.

Ein Bild tauchte vor seinem geistigen Auge auf. Er sprang aus dem Bett und holte eilig Melissas Nachricht von der Kommode. Als er den Zettel wieder in der Hand hielt, durchlebte er den Augenblick vor zwei Tagen noch einmal, als er die furchtbare Entdeckung machte, dass seine Frau spurlos verschwunden war. Er legte sich wieder auf das Bett und schob die Decke zurück. Er fühlte sich, als wäre *er* in einem fremden Motel erwacht, in einer unbekannten Stadt ...

Daisy regte sich und trottete zur Bettkante. Sie legte die Vorderpfoten auf die Matratze und zögerte, als überlege sie noch einmal, wie hoch das Bett sei.

„Na komm schon, Mädchen", murmelte Ryan und klopfte auf die Matratze. „Ich habe nichts dagegen."

Plötzlich mutig, stieß sich Daisy vom Boden ab und landete mitten auf seinem Bauch.

„Puh!"

Der Hund begab sich ohne Umwege zu seinem Gesicht und

bedeckte ihn mit triefendem Hundespeichel. Ryan hielt sich die Hände vors Gesicht und schützte sich vor diesem Überfall. „Zu früh, um zu spielen“, sagte er. „Schlaf wieder ein.“

Daisy hörte auf und begann zu winseln. Ryans Augen folgten ihrem Blick zu Mellies Seite des Bettes. Eine neue Traurigkeit erfüllte ihn. „Ich weiß, Mädchen. Ich vermisse sie auch.“

Immer noch winselnd, kuschelte sich Daisy neben ihn. Ryan streichelte ihr Fell und versuchte, sein Haustier zu trösten. Aber seine eigenen Ängste wurden dadurch nicht geringer.

* * *

Melissa saß am Fenster und beobachtete, wie die Sonne zwischen den Bäumen aufging. Vögel zwitscherten in der großen Eiche gleich vor dem Fenster. Jenseits von Lelas Grundstück waren die Bauern im Stall und melkten ihre Kühe. Bestimmt knurrte ihnen der Magen und sie warteten auf ein gutes Frühstück.

Sie hatte tiefer geschlafen als in der ersten Nacht hier und fühlte sich ausgeruhter. Seit ihr Auto versteckt war, hatten sich ihre Sorgen ein wenig gelegt. Und sie hatte endlich Ryan eine Nachricht geschrieben – eine kurze Nachricht, in der sie ihm mitteilte, dass sie ihn liebe und dass sie in Sicherheit sei. Er wäre ein wenig erleichtert, das wusste sie, obwohl er sich bestimmt immer noch fragte, wo sie war und warum sie ihn verlassen hatte.

Entspanne dich jetzt, ermahnte sie sich und fragte sich immer noch, warum der erwartete Telefonanruf nicht kam. Als sie gestern Nachmittag aus der Stadt zurückgekommen war, hatte sie sich sofort bei Lela erkundigt, ob irgendwelche Anrufe oder sonstige Nachrichten für sie gekommen seien. „Das Telefon hat kein einziges Mal geklingelt“, hatte Lela berichtet, die gerade zwei große Strudel aus dem Ofen zog.

Ohne ihre Enttäuschung zu zeigen, war Melissa die Stufen zu ihrem Zimmer hinaufgestiegen. Durch das Wochenende verzögerte sich wahrscheinlich alles. Am Montag würde sie bestimmt etwas hören. Bis dahin sollte sie ihre Zeit nutzen, um sich zu entspannen, und ihre friedliche Umgebung zu genießen, diese ungewöhnlichen Menschen, die scheinbar mitten im neunzehnten Jahrhundert stehen geblieben waren.

Sie hob die Hand und schob die Spitzenvorhänge etwas zur Seite, als sie die vielen Pferdekutschen erblickte, die auf der schmalen Straße unterwegs waren. Es waren noch mehr als gestern. Eine richtige Parade zog vor ihrem Fenster vorbei. Wohin waren sie nur alle unterwegs? Vielleicht zur Kirche. Sie würde Lela beim Frühstück fragen, wohin die Amisch in so großen Scharen fuhren.

Sie war den zweiten Tag von zu Hause fort. Lela hatte sich einverstanden erklärt, dass sie noch eine weitere Nacht bleiben könnte. Sie vermutete sogar, dass Lela ihre Gesellschaft genoss. Schließlich tat sie viel mehr als das Übliche und servierte ihr heiße Mahlzeiten, selbst gemachte Süßigkeiten und köstliche kalte Getränke. Obwohl sie eine Frau um die dreißig war, hatte sie offenbar keine Arbeit außer Haus, was Melissa sehr ungewöhnlich fand. Die zusätzlichen Einnahmen durch die Zimmervermietung waren ihr also sicher ganz angenehm.

Lela kniete neben dem Stuhl und faltete die Hände im Gebet. „Lieber Herr, bitte mache mich heute zu einem Segen für meinen Übernachtungsgast." Sie brachte auch ihre anderen Sorgen vor Gott: die Gesundheit ihrer Großtante, die bevorstehende Heirat eines Freundes und die Bitte um Führung für eine Kusine zweiten Grades in ihrem geistlichen Dienst. Sie dankte Gott für seinen reichen Segen. Das Unbehagen, das sie gestern erfüllt hatte, war verschwunden.

Ihr Vater hatte sie und ihre Geschwister gelehrt, dem Herrn für alles zu danken, was er in ihrem Leben und im Leben der Menschen um sie herum tat. „Wir leben nicht für uns allein", hatte er immer gesagt. „Und wir müssen bekennen, was für ein Segen unser Glaube ist. Es ist ein Privileg, dem Herrn zu dienen."

„Aber, Papa", hatte ihre Mutter ihn dann manchmal getadelt. „Wir sind kein bisschen besser als andere, nur weil wir amisch oder mennonitisch sind."

„Das stimmt natürlich", sagte Papa dann. Aber Lela hatte den Eindruck, dass ihr Vater trotzdem ein bisschen stolz auf sein geistliches Erbe war, darauf, dass er auf beiden Seiten seines Familienstammbaums auf über vier Generationen gottesfürchtiger Mennoniten zurückblicken konnte.

Alles gut und recht, dachte sie und erhob sich von ihrem Morgengebet. Aber sie wusste auch, wie wichtig es war, dass ein Mensch sein Herz dem Erlöser übergab, eine persönliche Beziehung zu ihm einging und sich nicht auf den Glauben anderer verließ, die diesen Weg früher gegangen waren. Von ganzem Herzen sehnte sie sich nach Gott und danach, ihm nachzufolgen. Sie sehnte sich danach, seine Dienerin zu sein, wie der Herr seinen Jüngern gedient hatte, als er hier auf der Erde war. Trotz ihrer spärlichen finanziellen Mittel wollte sie auch etwas abgeben.

Sie erinnerte sich an ein Gedicht über ein Kamel, das Mama ihnen früher vorgelesen hatte. Das Kamel kniet am Morgen nieder, um die Lasten auf seinen Rücken laden zu lassen. Abends kniet es wieder nieder, um sich die Lasten abnehmen zu lassen. Ihr Gebetsritual hatte ein wenig Ähnlichkeit mit einem solchen Kamel, fand sie manchmal. Nicht dass sie unter den Sorgen des Lebens fast zusammengebrochen wäre, nein. Aber sie war ein williges Gefäß, bereit, sich in den Dienst nehmen zu lassen, um anderen Liebe zu zeigen. „Rüttle mich wach, Herr. Damit ich erkenne, wo ein Mensch mich braucht, der deine rettende Gnade vielleicht nicht kennt", betete sie oft.

Heute flehte sie auf ihren Knien. „Hilf mir, Brücken zu einer verlorenen Welt zu bauen ... und fange bei Melissa an."

Diese liebe junge Frau war eindeutig durcheinander. Irgendetwas quälte sie. Als Melissa sich erkundigte, ob jemand angerufen habe, hatte Lela eine große Unruhe in ihren blauen Augen entdeckt. Vor wem oder vor was fürchtete sich diese Frau? Und was war so dringend, dass sie deshalb stundenlang dasaß und auf einen Anruf wartete, ganz zu schweigen davon, dass sie ihr Auto versteckte?

Manchmal war Lela in den letzten vierundzwanzig Stunden versucht, selbst Angst zu bekommen – da sie so eine verängstigte Frau im Haus hatte. Andererseits hatte sie am Freitagabend dafür gebetet, dass Gott ihr einen Menschen ins Haus schicken möge, dem sie helfen könnte. Sie wusste ohne jeden Zweifel, dass der Herr Melissa in ihr Haus geschickt hatte.

* * *

Stunden später, nachdem er immer wieder aus dem Schlaf aufgewacht war, schlüpfte Ryan unter seiner Decke hervor und ließ Daisy ungestört auf seinem Bett weiterdösen. Er warf seinen Bademantel auf den Stuhl, duschte, zog sich an und ging dann den Gang hinab und warf einen Blick durch die halb geöffnete Tür zu Dennys Zimmer. Das Bett war gemacht ... das Zimmer war leer. Denny war ein Frühaufsteher. Er fand seinen Freund im Wohnzimmer sitzen und in seiner Bibel lesen.

„Steht dir nach dem Frühstück der Sinn nach Kirche?", fragte er und rechnete damit, dass Denny vor Schreck vom Sofa fallen würde.

„Das ist *mein* Spruch", sagte Denny und schaute ihn mit großen Augen an. „Du zerbrichst dir doch hoffentlich nicht meinen Kopf, oder?"

„Was sollten wir heute denn sonst tun – außer beim Telefon sitzen und warten?"

„Sprich nicht weiter. Ich habe schon verstanden." Denny schnappte sich das Telefonbuch und blätterte unter der Rubrik „Kirchengemeinden".

Ryan begab sich in die Küche, um das Frühstück vorzubereiten – Rühreier, Wurst und Waffeln aus weißem Mehl – die Art Essen, die es bei ihm und Melissa nur selten gab. Sie bevorzugten Vollkorngetreide und frisches Obst. Gesundes Essen.

„Wie wäre es mit der Village Church ... in Groton?", rief Denny vom Wohnzimmer aus. „Bist du damit einverstanden?"

„Das überlasse ich ganz dir.“ Bei anderen Gelegenheiten, wenn Denny zu Besuch gekommen war – das heißt, wenn Melissa hier war – hatte normalerweise niemand vorgeschlagen, zur Kirche zu gehen. Aber dieses Mal hing alles so in der Luft, dass es Ryan gleichgültig war, wie sie den Tag verbrachten. In gewisser Weise war die Zeit stehen geblieben. Er registrierte lediglich, wie spät es war, und zählte die Stunden, bis Mellie sich endlich meldete.

Den Geruch eines so deftigen Essens nicht gewohnt, winselte Daisy unaufhörlich und bettelte um einen Bissen. Ryan widerstand Daisys Betteln und setzte sich zum Essen an den Tisch. Denny dagegen gab nach und warf Daisy ein Stück Wurst hin, nachdem Ryan mit einem widerwilligen Nicken zugestimmt hatte.

„Du weißt, dass sie davon fett wird“, warnte er.

„Vielleicht, aber sie wird mich dafür immer lieben“, entgegnete Denny. „Außerdem kannst du sie ja wieder auf Diät setzen, wenn ich weg bin.“

Daisy bohrte zutraulich ihre Schnauze in Dennys Bein, als er ihr den Nacken kraulte. Dann hob sie die Pfoten auf seinen Schoß – etwas, das in diesem Haus grundsätzlich verboten war – und warf einen vorsichtigen Blick auf Ryan, wie um abzuwägen, wie er reagierte.

„Siehst du, sie hat mich schon ins Herz geschlossen“, sagte Denny und streichelte Daisy.

„Sie lechzt nach dem Essen, das wir essen. Du bist lediglich zufällig derjenige, der es ihr liefert.“

„Nei-ein“, sagte Denny liebevoll zu Daisy. „Du liebst mich wegen meines großen Herzens, nicht wahr? Du willst mit mir nach Hause kommen und jeden Tag von meinem Tisch essen?“

Ryan grinste. „Du verdirbst mir meinen Hund.“

* * *

„Hätten Sie Lust, mit mir heute zum mennonitischen Gemeindehaus zu kommen?“, fragte Lela ihren Gast, während sie heiße Rühreier mit Schinken servierte.

Melissa blickte mit unsicherer Miene vom Tisch auf. „Nun ja, ich ... ich weiß nicht." Dann fügte sie schnell hinzu: „Nein. Ich bleibe lieber hier."

„Um auf Ihren Anruf zu warten?"

Nickend verteilte Melissa Rhabarbermarmelade auf ihrem Toastbrot. „An jedem anderen Sonntag gern ..."

„Nur nicht heute?", ergänzte sie, in der Hoffnung, Melissa würde vielleicht mehr dazu sagen.

„Ich habe eine Frage ..."

„Ja?"

Melissa schwieg und runzelte die Stirn, bevor sie weitersprach. „Wohin waren all die Pferde und Einspänner heute Morgen unterwegs?"

„Sie waren ziemlich früh auf den Beinen, was?"

„Das Klappern der Pferdehufe weckte mich kurz nach Tagesanbruch." Melissas Gesicht war angespannt und ernst, auch wenn sie etwas erholter wirkte als am Tag zuvor. „Ich habe sie nicht gezählt, aber es waren viel mehr als gestern."

„Ach ja, ich weiß, was Sie meinen." Sie nahm ihre Kaffeetasse und lehnte sich auf ihrem Stuhl zurück. Sie blickte zu den Efeuranken auf, die sich um ihre Fenster wanden, und erklärte: „In Lancaster County ist heute Gottesdienst-Sonntag. Das heißt, viele meiner amischen Nachbarn sind zu einem Hausgottesdienst unterwegs."

„Soll das heißen, dass sie bei jemandem zu Hause Gottesdienst feiern?" Diese Information schien Melissa völlig zu überraschen.

„Ja, manchmal kommen zweihundert und mehr Leute." Sie erklärte, dass die Amisch der Alten Ordnung mehrere Trennwände in ihren Wohnzimmern herausnahmen und dadurch viele Gemeindemitglieder in ihrem Haus unterbringen konnten. „Bei amischen Hochzeiten und Beerdigungen ist es genauso. Sie machen Platz für die ganze Gemeinde. Die Amisch lieben eine enge Gemeinschaft."

Melissa nickte, aber ihr Blick verriet, dass ihre Gedanken in die Ferne schweiften.

„Die Pferde und Einspänner waren heute Morgen in der ganzen Gegend zu Gottesdiensten unterwegs“, fügte sie hinzu. „Das ist jeden zweiten Sonntagmorgen hier ein üblicher Anblick.“ Sie erklärte weiter, dass die Amisch der Alten Ordnung „freie Sonntage“ hatten, wie sie es nannten. An diesen Tagen versammelten sie sich nicht, um eine Predigt zu hören, sondern verbrachten den Tag damit, in ihrer deutschen und englischen Bibel zu lesen, einander zu besuchen und sich auszuruhen.

„Finden bei Ihrer Schwester und ihrem Mann auch Hausgottesdienste statt?“, fragte Melissa mit interessierter Miene.

„Manchmal. Bei so vielen Leuten pro Gemeindebezirk hat eine Familie nicht allzu oft den Predigtgottesdienst bei sich im Haus. Aber ich glaube, sie sind bald wieder an der Reihe.“ Sie stand auf, ging zur Speisekammer und schaute auf den Kalender, der an der Rückseite der Tür hing. „Ja, im nächsten Monat. Am neunten September, um genau zu sein.“

Melissa schwieg sehr lange, dann sagte sie: „Ich fand Ihre Schwester wirklich sehr nett.“

„Elizabeth?“

„Sie erinnert mich an jemanden aus meiner Kindheit.“ *Mrs. Brownings Haushälterin*, dachte sie.

„Elizabeth ist eine gute Frau, und sie liebt ihre Familie, wie jeder sehen kann.“

„Sie hat wohl einen kleinen Laden hinter dem Haus“, bemerkte Melissa.

Schmunzelnd antwortete Lela: „Ach. Ja, das hat sie. Vermutlich haben Sie das Schild gesehen.“

„Ja, es hat meine Neugier geweckt.“

„Wenn Sie noch einen Tag länger bleiben, führe ich Sie gern hinüber. Dann können Sie sich in ihrem Laden umsehen.“ Lela seufzte. Sie sollte lieber aufhören, so viel zu reden, und ihr Frühstück essen. Sie wollte nicht zu spät zum Gottesdienst kommen. „Elizabeth und ich sorgen dafür, dass im Laden immer genug Handarbeiten vorrätig sind.“

„Sie arbeiten also für Elizabeth ... und nähen Sachen, die sie verkauft?"

Lela nickte. „Viele Häkel- und Näharbeiten. Manchmal auch Patchwork-Kissenbezüge und dazu passende Bettdecken."

„Dann sind Sie ja eine Künstlerin", bemerkte Melissa.

Lela spürte, wie ihre Wangen zu glühen begannen. „So weit würde ich nicht gehen."

„Aber natürlich sind Sie eine Künstlerin", beharrte Melissa. „Ich male gern Blumen, das Meer. Ich betrachte mich selbst auch als Künstlerin."

„Was tun Sie sonst noch gern? Als Hobby, meine ich."

Melissa seufzte. Ihr Blick wanderte wieder in die Ferne. „Alben gestalten ist eines meiner liebsten Hobbies, aber ich habe schon lang nichts Neues mehr gemacht."

Lela sah ihren Ehering und überlegte, wie viel sie fragen sollte. Sie wollte nicht neugierig erscheinen.

„Mein Mann liebt unsere Urlaubsalben", erzählte Melissa und sprach damit das Thema an, das Lela am meisten interessierte.

„Wohin fahren Sie denn gern ... wenn Sie gemeinsam Urlaub machen?"

„Am liebsten nach Vermont und New Hampshire. Wir bleiben nicht auf den Hauptstraßen, sondern suchen kleinere Städte. Wir erforschen gern etwas Neues."

Sie hätte vielleicht noch weitergefragt, aber in diesem Augenblick klingelte das Telefon. Melissa gab einen bestürzten Ton von sich und schaute sie wie gebannt an. Aber Lela beruhigte ihren Gast. „Ich gehe schon ans Telefon", erklärte sie und stand vom Tisch auf.

Es stellte sich heraus, dass der Anruf nicht für Melissa war, sondern für Lela. „Soll ich dich zum Gottesdienst abholen?", fragte Sadie Nan, ihre Freundin aus der Gemeinde. „Mein Bruder aus Indiana ist da. Ich dachte, wir drei könnten danach essen gehen, wenn du keine anderen Pläne hast."

Paul Martin ...

Aus der Gerüchteküche in der Gemeinde hatte sie bereits erfahren, dass Pauls Frau gestorben war und er jetzt Witwer war und mit seinem kleinen Sohn allein lebte.

„Nun ja, ich weiß nicht ... ehrlich gesagt." Es gefiel ihr gar nicht, dass sie plötzlich zu stottern begann. Nicht, wenn Melissa im Zimmer saß und sich zweifellos fragte, warum sie auf einmal so unsicher wurde.

„Ach, bitte sag doch, dass du mitkommst, Lela. Es wird bestimmt sehr schön. Außerdem hat mein Bruder nach dir gefragt."

Am liebsten hätte sie sich erkundigt: „Was wollte er denn wissen?", aber sie beherrschte ihre Zunge. Nein, es wäre bestimmt nicht gut, wenn Paul und Sadie Nan an ihrer Tür auftauchten. Immerhin war Melissa da. Trotzdem war sie sehr neugierig auf Paul. Warum war er überhaupt hier?

Sie schaute aus dem Fenster und sah, dass die Sonne hell und freundlich strahlte. Es war ein herrlicher Tag. „Ich glaube, ich fahre mit dem Fahrrad zum Gottesdienst", erklärte sie mühsam. „Vielleicht ein anderes Mal."

„Wie du meinst, aber ich werde dich daran erinnern", sagte Sadie.

„Dann bis später beim Gottesdienst."

Melissa versuchte, nicht auf das Telefongespräch zu achten, das unmittelbar neben ihr geführt wurde. Sie konzentrierte sich auf den Blick durch die breiten Fenster, die einen großen Teil der westlichen Wand des Essbereiches in der Küche einnahmen. Wenn Lela in der Kirche wäre, könnte sie heute ein wenig die Umgebung erforschen. Wenigstens in den Garten könnte sie sich wagen und bis zu den niedrigen Steinmauern spazieren, wo rosafarbene und lila Clematis sich über den Natursteinen ausbreiteten, und zu den Blumenrabatten und Kräuterbeeten und den großen Hecken, die für englische Gärten so charakteristisch waren. Eine von Kletterrosen bewachsene Pergola erinnerte sie an die Jahre, die sie bei Mrs. Browning verbracht hatte, einer fantastischen Gärtnerin, die bis ins Studienalter wie eine Mutter zu ihr gewesen war.

Als sie sich wieder zu ihrem Kaffee und den köstlichen Hefeteigschnecken umdrehte, fiel ihr Blick auf Lelas Gesicht. Ihre Wangen glühten rosa, und ihre braunen Augen leuchteten. Sie stotterte herum wie ein Schulmädchen. Was hatte das zu bedeuten? Hatte Lela einen Freund?

Sie beobachtete Lela, während das Telefongespräch weiterging. Nach dem, was sie aus Lelas Äußerungen schließen konnte, lud jemand Lela irgendwohin ein, und sie lehnte diese Einladung jetzt ab. Warum Melissa das alles überhaupt interessierte, konnte sie selbst nicht sagen. Jedenfalls war das hier alles viel angenehmer, als über die Bundesstraße zu rasen und zu versuchen, diesen abscheulichen Mann abzuhängen. Er hätte sie wahrscheinlich umgebracht – wenn er nur nahe genug an sie herangekommen wäre.

Die Landschaft hinter dem Haus war verlockend. Sie schaute sehnsüchtig hinaus und wünschte sich, über die Wiesen schlendern zu können. Plötzlich blieb ihr Blick an etwas hängen, das wie eine Sonnenuhr aussah, in der Mitte eines Beetes mit schneeweißen und rosafarbenen Blumen. Sie beugte sich interessiert vor, dann stand sie auf, trat ans Fenster und spähte hinaus. Ja, es *war* eine Sonnenuhr! Sie fand die Sonnenuhr schöner als allen anderen Gartenschmuck.

Sie kannte den Lohn, die Freuden, die man erntet, wenn man Zeit im Garten verbringt. Von allen ihren Hobbys liebte sie es am meisten, stundenlang der ruhigen, besinnlichen Arbeit im Garten nachzugehen: umgraben, säen, pflanzen, gießen, Unkraut jäten – alles, was im Garten anfällt. Sie fragte sich oft, ob ihre Jahre mit Mrs. Browning diese Liebe in ihr geweckt hatten oder ob ihre Mutter, die längst gestorben war, vielleicht auch einen grünen Daumen gehabt hatte. Aus ihrer eigenen Begeisterung für Pflanzen, Blumen und Sträucher war ihre Leidenschaft für das Malen erwachsen. Papa war von ihren kindlichen Zeichnungen zunächst nicht sonderlich begeistert gewesen. Aber als sie älter wurde und sich ihre Motive änderten, hatte er über ihre Bilder, die sie mit Wasserfarben gemalt hatte, gestaunt, besonders über ihre Rosen.

„Wenn Sie mich entschuldigen, würde ich jetzt gern die Küche aufräumen“, sagte Lela, als das Telefongespräch zu Ende war.

„Lassen Sie mich helfen“, bot Melissa an. „Eigentlich könnten Sie doch gleich nach oben gehen und sich für den Gottesdienst fertig machen. Ich komme hier auch allein zurecht.“

Einen Augenblick dachte sie, Lela würde ihr Angebot ablehnen, aber dann wurden die großen braunen Augen sanft. „Das ist sehr freundlich von Ihnen. Danke, Melissa.“

„Bitte ... könnten wir uns nicht einfach duzen? Meine Freunde sagen Mellie zu mir“, schlug sie aus heiterem Himmel vor.

Lela nickte und lächelte sie herzlich an. „Das ist eine gute Idee. Sehr gern.“

Melissa trat an das Spülbecken und drehte das heiße Wasser auf. „Einen schönen Tag“, wünschte sie ihr leise.

„Dir auch.“ Lela wandte sich zum Gehen, dann blieb sie noch einmal stehen. „Wenn dein Telefonanruf aus irgendeinem Grund noch langer auf sich warten lässt, kannst du gern noch bleiben. Das weißt du, oder?“

Das großzügige Angebot dieser Frau freute sie. „Das werde ich gern tun. Danke.“

Eine Gesellschaft, in der man sich gegenseitig respektiert und achtet, dachte sie. Sie war so dankbar. Was für eine wunderbare Zufluchtstätte nach dem Alptraum, den sie vor zwei Tagen durchlebt hatte. Sie hätte sich vorher nie träumen lassen, dass sie in einer mennonitischen Frau eine Freundin finden würde, der sie vertrauen konnte ...

Im Handumdrehen war die Küche makellos sauber, die Tisch-Sets waren über der Spüle ausgeschüttelt und wieder auf den Tisch gelegt. In der festen Absicht, sich diesen Tag zu entspannen, trat Melissa hinter dem Haus auf die Veranda, von der aus sie einen freien Blick über Lelas Garten genießen konnte. Natürlich war heute der Tag des Herrn, wie Lela es so treffend formuliert hatte. Aber es war auch Mellies Tag. Sie wollte das nicht vergessen und war entschlossen, sich die nächsten Stunden durch nichts trüben zu lassen.

15

Als Ryan auf den Parkplatz vor der Kirche einbog, waren schon so viele Autos auf dem Platz, dass er wieder rückwärts auf die Straße fahren und auf der anderen Straßenseite parken musste. Das Kirchengebäude selbst war im weißen Kolonialstil erbaut – die klassische Architektur in Neuengland – mit Säulen und einem hohen Turm.

Sie traten durch die große Doppeltür ein. Der Chor sang gerade ein Lied. Eine junge Frau begrüßte sie mit einem freundlichen Lächeln und bot jedem von ihnen einen Gemeindebrief an. Denny erklärte ihr, dass sie nur zu Besuch seien.

„Herzlich willkommen. Fühlen Sie sich wie zu Hause", lächelte sie. „Ich glaube, es wird Ihnen hier gefallen."

„Davon bin ich überzeugt", erwiderte Denny schnell mit einem Seitenblick auf Ryan.

Während er das Gotteshaus betrat, fragte sich Ryan, wie er nur die folgende Stunde mit langweiligen religiösen Formeln ertragen sollte. Er tat das nur für Denny, der sich unübersehbar freute, dass Ryan ihn begleitete.

Er saß da, hörte sich einige Lieder und ein paar kurze Ankündigungen an. Dann erzählte der Pastor eine Geschichte, in der Jesus eine Frau an einem Brunnen traf. Er würzte das Ganze mit ein paar lustigen Anekdoten und persönlichen Gedanken. Zu seiner eigener Überraschung fand Ryan die Predigt richtig interessant. Keine umständlichen Ausführungen über Theologie, kein Aufruf, Geld zu spenden, nicht einmal die leiseste Verurteilung.

Als sie nach dem Gottesdienst nach Mystic zurückfuhren, sprach Ryan nur wenig. Die Worte des Pastors hallten ihm in den Ohren: *Kommt und trinkt lebendiges Wasser ... dann werdet ihr nie wieder dürsten.* Er fragte sich, was Mellie wohl zu dieser Predigt gesagt hätte, wusste aber instinktiv die Antwort: Sie hätte ihr gefallen.

In den letzten Jahren hatte er sie in ihren religiösen Interessen so wenig ermutigt. Hatte sie nicht das Bild gekauft, auf dem Jesus abgebildet war und das in ihrem Wohnzimmer so völlig fehl am Platz wirkte? Sie hatte auch das Kreuz in Dennys Bild gemalt – und das erst vor ein paar Wochen. Ja, sie hatte eindeutig gewisse Neigungen in diese Richtung.

„Wie hat dir die Predigt gefallen?“, fragte Denny und riss Ryan aus seinen Gedanken.

„Wenigstens hat sie keine ganze Stunde gedauert.“

„Du bist ein hoffnungsloser Fall“, stöhnte Denny. „Hast du gehört, dass er Melissas Lieblingsspruch zitierte?“

Ryan nickte. Er erinnerte sich an ihr gerahmtes Poster von Obdachlosen in einer Schlange vor einer Suppenküche. Unter dem Bild stand die Überschrift: *Die Masse der Menschen führt ein Leben in stiller Verzweiflung.* Im letzten Jahr hatte Mellie beschlossen, das Buch *Walden* zu lesen. Manchmal hatte sie ihm sogar laut daraus vorgelesen.

„Du meinst also, Religion wäre die Antwort auf die Verzweiflung des Menschen“, entgegnete er mit einem Blick auf seinen Freund.

„Nicht Religion ...“

„Und nicht *jeder* ist verzweifelt, oder?“

Denny schwieg kurz. „Hör zu, ich bin nicht hierher gekommen, um auf dich einzureden. Nicht dieses Wochenende. Ich meine ... jetzt, da Melissa weg ist ... und alles andere ... Vielleicht ist jetzt einfach nicht der richtige Zeitpunkt.“

„Ich bin kein kleines Kind mehr“, knurrte Ryan. „Beantworte meine Frage.“

„Ob jeder verzweifelt ist? Wie du willst. Ich glaube, *jeder* ist zu einem gewissen Grad unterschwellig verzweifelt. Wir haben nur verschiedene Namen dafür. Nicht jeder kämpft wie ein Obdachloser ums nackte Überleben. Aber die meisten von uns scheinen unzufrieden zu sein, unbefriedigt. Und noch etwas ... wir sind alle *süchtig.*“

„Süchtig?“, wiederholte Ryan tonlos.

„Ja. Das geht mit Unzufriedenheit Hand in Hand. Wir sind

süchtig, *mehr* zu haben. Mehr zu bekommen. Mehr mit einem großen M. Aber *mehr* ist nie genug. Wir sind wie Mäuse auf einem Hamsterrad. Wir werden den Käse nie erwischen, aber wir jagen ihm trotzdem unaufhörlich hinterher. Wir verbringen unser ganzes Leben mit der Jagd nach etwas – nach irgendetwas –, das uns Erfüllung geben soll, das unsere Sehnsucht, unsere unersättlichen Wünsche befriedigen kann. Wir meinen, mehr Geld, eine neue Liebe oder mehr Berühmtheit würde letztendlich das Leben ausmachen."

Er schaute einen Moment aus dem Fenster, bevor er weitersprach. „Mehr von irgendetwas wird *nie* befriedigen, weil wir letztendlich an der falschen Stelle suchen. Die meisten von uns werden alt und denken immer noch, dass es einfach zum Menschsein dazu gehört, sich einsam und verlassen zu fühlen ... aber das stimmt nicht."

„*Einige* Menschen scheinen aber auch glücklich zu sein", warf Ryan ein.

„Sind sie es tatsächlich? *Wirklich* glücklich?" Dennys Stimme wurde leiser. „Die Reichen und Berühmten fühlen sich oft am Ende ihres Lebens immer noch verloren und unerfüllt. Geld und Ruhm machen nicht zufrieden, Ryan. Jesus bietet das *Mehr*, das wir alle suchen – das Wasser, das unseren geistlichen Durst stillt."

Ryan schüttelte den Kopf. „Aber die meisten Christen verhalten sich nicht so, als tränken sie lebendiges Wasser."

Denny zuckte die Achseln. „Wir nippen nur hier und da ein wenig. Erhaschen einen kurzen Blick auf die Ewigkeit. Noch nicht die volle Menge. Aber ... ein Vorgeschmack."

„Und wie kann irgendetwas von dem allen das Christentum beweisen?"

„Du brauchst nur einmal objektiv darüber nachzudenken. Als Menschen haben wir viele körperliche und emotionale Bedürfnisse. Auf alle diese Bedürfnisse gibt es auch eine passende Befriedigung. Man könnte sagen, die Erfahrung beweist uns: Wenn wir etwas *brauchen*, dann gibt es die Erfüllung dieses Bedürfnisses irgendwo, irgendwie. Zum Beispiel braucht unser Körper

Nahrung, um zu überleben, was die Existenz von Essen und Wasser beweist. Wir brauchen Sauerstoff zum Atmen, was die Existenz von Luft beweist. Wir brauchen Licht und Wärme, was die Existenz der Sonne beweist. Wir haben den Wunsch, uns fortzupflanzen, was die Existenz von Sexualität beweist. Wir werden einsam, einfach weil es Freundschaft und Gemeinschaft gibt. Aber selbst wenn alle diese körperlichen und emotionalen Bedürfnisse befriedigt sind, fühlen wir uns *immer noch* unerfüllt. Warum? Weil wir ein tieferes geistliches Bedürfnis haben – ein Bedürfnis nach Gott. Und das, mein Freund, beweist die Existenz eines Schöpfers."

„Jetzt klingst du wie Sokrates", bemerkte Ryan.

„Sollte unser geistliches Bedürfnis die einzige Ausnahme sein – unser einziges Bedürfnis, für das es *keine* erfüllende Befriedigung gibt?", fragte Denny. „Das klingt doch unwahrscheinlich. Lass es mich anders ausdrücken: Wenn du einen Beweis willst, dann findest du den Beweis, indem du etwas *ausprobierst.* Komm zu Jesus, und du wirst den Beweis finden."

„Aber man braucht doch *zuerst* den Beweis, oder?", fragte Ryan und verlagerte seinen Griff um das Lenkrad.

„Die meisten Menschen brauchen keinen Beweis an sich. Sie müssen *bereit* sein, sich auf Gott einzulassen und von ihrem falschen Weg umzukehren. Die Forderung nach Beweisen ist oft nur ein Vorwand, damit sie an ihrer Sünde festhalten können. Für jeden Grund, den ich dir gebe, kannst du wieder einen Einwand finden. Wenn du glauben *willst,* stellst du fest, dass meine Gründe genügen – ja sogar *zwingend* sind. Wenn du *nicht* glauben willst, wird dich keine noch so große Logik überzeugen."

„Halt, geh noch einmal einen Schritt zurück. Genau hier kann ich dir nicht mehr folgen, Denny. Die Sache mit der *Sünde.* Erinnerst du dich noch an unseren Philosophiekurs am College?"

„Allerdings. Ich habe Jahre gebraucht, um mich davon zu erholen."

„Dort haben wir gelernt, dass Sünde ein Mythos ist“, sagte Ryan.

Denny verzog das Gesicht: „Du willst damit sagen, das Böse sei einfach ...“

„Unwissenheit“, fiel ihm Ryan ins Wort.

„Die meisten Skeptiker argumentieren, die Existenz des Bösen und des Leids spräche gegen die Existenz Gottes. Aber du willst mir einreden, dass es das Böse nicht einmal gäbe?“

„Natürlich gibt es das Böse. Aber wir Menschen können es verbessern. Bessere Psychologie. Bessere Behandlungsmethoden. Bessere Schulen. Das Schlimmste, was wir machen können, ist, unseren Kindern zu sagen, wie schlimm sie angeblich sind. Wenn wir unsere Kinder bedingungslos lieben, ihnen echtes Selbstwertgefühl vermitteln, wird unser so genanntes sündiges Verhalten von selbst verschwinden.“

„Ich gebe dir Recht bis auf einen Punkt“, sagte Denny. „Die Sünde dringt viel tiefer in die menschliche Psyche ein, viel tiefer als nur unser oberflächliches Verhalten. Wir sind schlecht bis auf die Knochen. Und deshalb *erleben* wir eine solche Verzweiflung und unstillbare Sehnsucht. Weil unsere Sünde uns von Gott trennt. Wir brauchen *Gottes* Erlösung, nicht bessere Schulen oder psychologische Krücken.“

Ryan steuerte das Auto auf den Parkplatz vor einem Restaurant und erwiderte: „Tut mir Leid, Denny. Es funktioniert bei mir einfach nicht.“

„Was?“

„Das Ganze.“

* * *

Grüne Felder, auf denen schwarzweiße Kühe weideten, erstreckten sich im Norden bis zum Himmel. Silhouetten von Windmühlen und Silos stachen aus der Landschaft empor, und Krähenschwärme zogen wie große dunkle Wolken über den Himmel.

Melissa blieb an der Tür stehen. Trotz des warmen Tages lief ihr ein leichtes Schaudern über den Rücken. Von dem grauen Schieferboden und den weißen Holzwänden gesäumt, war die gemütliche Veranda eine große Versuchung für Melissa, in ihrem Schutz zu bleiben. Sie *war* hier sicher. Wie lächerlich, etwas anderes zu denken.

Sie öffnete die Tür und wagte sich hinaus. Sie wünschte, sie hätte ihre Farbpalette und eine Leinwand hier. Ihre Augen wanderten über eine Vielzahl von Farben und Formen – wilde Malven, deren schlanke Stiele bis zu einem Meter zwanzig hoch emporragten und die von herrlichen rosa Blüten gekrönt wurden. In einer großen Gruppe angeordnet, die am steinernen Gehweg vor dem Haus entlangliefen, trotzten die Ringelblumen auch den stärksten Sonnenstrahlen im Sommer. Das wusste sie aus ihren Jugendjahren in Mrs. Brownings Haus.

Während sie in den Garten hinabstieg, hatte sie das Gefühl, als wandere sie zu diesem vertrauten Ort im fernen Colorado zurück ...

„Komm her und schau dir das an, Mellie, Liebes", rief Mrs. Browning und deutete auf die Reihen goldener Tagetes, die neben dem Vogelbad wuchsen.

Sie lief durch den Garten. Das kühle Gras unter ihren nackten Füßen war angenehm. Immer interessierte sie sich für alles, was Mrs. Browning tat, welche neue Knospe oder Blüte sie entdeckt hatte. Die Frau war eine meisterhafte Gärtnerin. In der kleinen Stadt Palmer Lake wusste das jeder. Die Leute kamen vorbei oder riefen an und fragten um Rat, wie sie ihren Garten anlegen sollten. Manchmal brachten sie einen schwachen Blumenstock oder eine traurige Pflanze zu ihr und baten sie um Hilfe. Melissa hatte erlebt, wie Mrs. Browning mit ihrem grünen Daumen Wunder wirkte.

Diese Frau, die ihr Vater in seinem Testament als Ersatzmutter für Melissa ausgewählt hatte, war lebhaft und steckte voller Energie, wenn sie in ihrem Garten arbeitete. Aber mit Hausarbeit tat sie sich unheimlich schwer. So beschloss Mr. Browning irgendwann, eine Haushälterin einzustellen, die mit Staubsaugen und Staubwischen kurzen Prozess machte. Sehr zu Mrs. Brownings Freude. „Dann habe ich umso mehr Zeit, um mit meinen Blumen zu sprechen", sagte sie und ging im Garten ihrer Lieblingsbeschäftigung nach.

„Was wollen Sie mir denn zeigen?" Mellie bückte sich neben die Tagetes.

Mrs. Brownings Augen leuchteten. „Stell dir nur einmal vor, wie schön es wäre, wenn wir diese Blüten trocknen."

„Wozu?"

„Oh, wir können daraus etwas basteln, Gestecke machen als Geschenke."

Ihr gefiel dieser Gedanke. Sie folgte der Frau zu ihrem Rosengarten, wo zwanzig verschiedene Sorten blühten – eine großartige Leistung bei diesem trockenen Klima. Mrs. Browning war unermüdlich, sie gab ihnen Mulch und Dünger, legte ein Bewässerungssystem an und unterhielt sich leise mit ihren Pflanzen.

Mellie hielt inne und lauschte, als Mrs. Browning von einem anderen „ganz besonderen Rosengarten" im südlichsten Teil des Gartens sprach.

„Dieser Garten ist eine Erinnerung an deinen Vater", sagte Mrs. Browning und deutete zu dem Gartenstück. „Dein Papa hat seine herrlichen weißen Rosen so sehr geliebt", sagte sie und bückte sich, um den süßen Duft Dutzender elfenbeinfarbener Blüten einzuatmen.

„Weiße Rosen stehen für Schweigen und Unschuld", sagte Mellie und erinnerte sich an alles, was ihr Vater ihr über die Sprache der Blumen gesagt hatte.

„Und auch für Geheimnisse. Vergiss das nie", sagte Mrs. Browning. „Weiße Rosen haben mehr als nur eine Bedeutung."

Mr. Browning nickte mit dem Kopf, als wollte er die Wichtigkeit ihrer Worte bestärken.

„Aber mehr als all das darfst du nie vergessen, wie sehr dein

Vater *dich* geliebt hat, Liebes." Mrs. Browning umarmte sie zärtlich und ging dann wieder ihrer Arbeit nach.

Vergiss das nie ...

Lela war von ganzem Herzen dankbar für die Wolken, die den Himmel heute bedeckten. Sie empfand es als angenehme Abwechslung zu den typischen heißen Hundstagen im August. Sie trat in die Pedale ihres Fahrrads und war unterwegs zum Gemeindehaus. Die Kirche war nur etwas über einen Kilometer von ihrem Haus entfernt und entweder zu Fuß oder mit ihrem Lieblingstransportmittel, ihrem alten Zehngangrad, leicht zu erreichen. Die körperliche Betätigung tat ihr gut; außerdem unterhielt sie sich beim Fahren gern mit Gott.

Als sie bei dem kleinen Backsteingebäude ankam, stellte sie ihr Fahrrad neben der Seitentür ab und betrat eilig die Kirche. Ihr war unbehaglich zumute, da sie wusste, dass Sadie Nan und ihr Bruder jede Minute eintreffen würden. Sie kannte Sadie schon seit der Grundschule. Beide hatten als Mädchen die amisch-mennonitische Schule drei Kilometer in der anderen Richtung, drüben auf der Snake Hill Road besucht.

Sadies Bruder war ein Jahr älter und hatte damals dieselbe Schule besucht. Eine Weile hatte er sich für Lela interessiert. So sehr sogar, dass sie in ihren letzten Jahren in der Mittelschule fast damit rechnete, einen Heiratsantrag von ihrem geliebten Paul zu bekommen. Doch dann erregte ein neu hinzugezogenes Mädchen mit rotblonden Haaren und einem koketten Grinsen seine Aufmerksamkeit, drängte sich zwischen sie und Paul und machte Lelas Hoffnungen zunichte. Sie unternahm nie etwas, um ihre Beziehung zu Paul zu retten, sondern folgte dem Beispiel ihrer Mutter und zeichnete sich durch eine demütige Haltung und einen stillen Geist aus. Mehrere Monate nach Pauls Studienabschluss hörte sie, dass er dieses blonde Mädchen geheiratet habe und nach Indiana gezogen sei.

„Im Meer gibt es noch jede Menge anderer Fische", hatte Sadie in einem Versuch, sie zu trösten, gesagt. „Du wirst schon sehen."

Lela hatte diese Nachricht das Herz gebrochen. Zutiefst verletzt hatte sie sich aus dem geselligen Leben zurückgezogen. Sie half ihren Geschwistern bei jedem neuen Baby, pflegte ihren Garten und nähte und stickte, um ein Essen auf dem Tisch und Räder an ihrem Fahrrad zu haben. Gott sei Dank, war ihr Haus abbezahlt, als Folge der klugen Geldanlage ihres älteren Bruders. Ein anderer Bruder bezahlte ihr jedes Jahr die Grundsteuer und jeden Monat die Strom- und Gasrechnung. Sie konnte also ohne größere Sorgen für Elizabeth arbeiten und dazu beitragen, dass die Regale in dem kleinen Bauernladen mit Handarbeiten gut bestückt waren. Mit dem Geld von ihren größeren Projekten – wie den Quiltdecken und Kissen – konnte sie leicht ihre Telefonrechnungen und Lebensmittel bezahlen. Es blieb sogar noch Geld übrig, das sie für mennonitische Missionsprojekte und den Wohltätigkeitsfonds in der Gemeinde ausgab.

Auf der linken Seite in der Kirche, auf der die Frauen saßen, fand sie neben mehreren Kusinen einen freien Platz. Dankbar, von liebevollen Gesichtern umgeben zu sein, setzte sie sich. Sie beugte den Kopf im Gebet und bat den Herrn, die Predigt des Pastors zu segnen, damit er ihnen das Brot des Lebens, das sie für die vor ihnen liegende Woche so dringend benötigten, brechen konnte. Sie betete um Weisheit und Hilfe von ihrem himmlischen Vater, falls sie dem Witwer Paul Martin begegnete und womöglich ihre Freundschaft mit ihm erneuerte.

Außerdem betete sie für Melissa, die beschlossen hatte, zu Hause zu bleiben und auf einen Telefonanruf zu warten. „Rühre sie heute mit deiner Gnade und Liebe an“, flüsterte sie. Dann hatte sie den Eindruck, der Heilige Geist dränge sie, weiterzubeten: „Bitte schicke deine Diener – deine Engel –, damit sie auf Melissa aufpassen ... auf uns *beide*. In Jesu Namen. Amen.“

* * *

Ryan und Denny fuhren zu Noahs Restaurant in Stonington Borough und bestellten sich zum Mittagessen einen Heilbutt.

Später besichtigten sie Stoningtons Leuchtturm, der 1823 am Stonington Point errichtet worden war. Der Steinturm – zehn Meter hoch – war früher mit zehn Öllampen und silbernen Reflektoren ausgerüstet gewesen. Denny interessierte sich für die Seefahrtgeschichte und begutachtete die zahlreichen Überreste von Stoningtons Walfänger- und Robbenfängerschiffen.

Am Nachmittag saßen sie vor dem Fernseher und schauten sich ein Vorrundenspiel zwischen den Patriots und den Bengals an. Ryan versuchte, sich auf das Spiel zu konzentrieren, während Denny über Ryans Handy seine Freundin anrief. Der Hauptanschluss sollte frei bleiben für den Fall, dass Melissa anriefe. Sie plauderten eine gute halbe Stunde. Dann rief Denny noch irgendeinen Jugendlichen an, den er im Flugzeug kennen gelernt hatte.

Währenddessen blätterte Ryan in mehreren von Melissas Tagebüchern und las auf der Suche nach irgendeinem Hinweis – *nach irgendetwas* – die letzten Einträge durch. Er schlug das Album auf, das sie vor kurzem über ihren letztjährigen Ausflug nach Manchester und Vermont fertig gestellt hatte. Bild für Bild war ein Genuss für das Auge. Neben dem Malen liebte es Melissa, solche Alben zu erstellen. „Familiengeschichte bewahren", nannte sie es gern. Jeder ihrer Urlaube wurde im Detail für die Nachwelt festgehalten, einschließlich der Eintrittskarten, Bilder und Prospekte.

Schon nach kurzer Zeit wurde ihm diese selbst auferlegte Folter unerträglich. Ryan legte das Urlaubsalbum zur Seite. Seine Depression wurde stärker. Seine einzige Hoffnung – dass Mellie schließlich anrufen würde – wurde immer geringer. Er hatte damit gerechnet, dass sie nach wenigen Stunden anrufen würde. Aber aus den Stunden waren Tage geworden.

* * *

Ryan ging durch die Wintergartentür hinaus und folgte dem kurzen Weg an Melissas Rosengarten vorbei zum Dock. In seinem Kopf spielten sich ständig Bilder von Ereignissen aus den letzten Wochen ab.

Die Sonne war bereits untergegangen. Denny war vor dem Fernseher, in dem die Nachrichten liefen, eingeschlafen. Der silberne Schein des Mondes warf einen unheimlichen Glanz auf die stille Meeresoberfläche, begleitet von einem Gefühl der Endlosigkeit.

Die meisten Menschen führen ein Leben in stiller Verzweiflung ...

„Du hast ja keine Ahnung, Denny", flüsterte Ryan. Er saß auf dem Dock und ließ die Beine über den Rand baumeln. Einige Minuten später gesellte sich Daisy zu ihm. Sie schwänzelte über das von der Sonne ausgebleichte Holz und stupste ihn in den Rücken.

Ryan umarmte den Hund. Sein Blick wanderte auf das weite Meer hinaus, und seine Gedanken wanderten zu dem Tag zurück, an dem er seiner geliebten Freundin einen Heiratsantrag gemacht hatte, und weiter zu ihrer unvergleichlichen Hochzeitsfeier in Watch Hill und zu ihrem tränenüberströmten Gesicht, als er seine Braut küsste.

„Ich bin so glücklich", hatte sie geflüstert und mit leuchtenden Augen zu ihm aufgeschaut. „Ich wünschte, dieser Tag würde nie zu Ende gehen."

„Ich werde nicht zulassen, dass er zu Ende geht, Mellie", hatte er versprochen, aber sein Versprechen nicht halten können.

16

Der in Russland geborene Dima Iwanow war als Säugling auf den Stufen vor einem Waisenhaus abgelegt worden. Wochenlang allein in einem Bett gelassen, ohne die geringste menschliche Zuneigung und gerade mit so viel Nahrung versorgt, dass er überlebte, hatte er die Art von Vernachlässigung erlitten, die den Nährboden für schwerwiegende psychische Störungen, ja sogar psychopathische Neigungen bei ihm geschaffen hatte. Wenigstens hatte ihm das sein mitfühlender Psychiater gesagt, als er in eine Psikuschka, eine psychiatrische Einrichtung für verhaltensauffällige Jugendliche, geschickt wurde. Insgeheim betrachtete Iwanow sein fehlendes Gewissen als *Geschenk*.

Er war aus der Psychiatrie ausgerissen und hatte auf Moskaus Straßen gelebt, wo er sich einer Bande anschloss und mit Überfällen und Erpressungen sein Geld verdiente. Der Schmerz, abgelehnt und verlassen worden zu sein, saß tief und erzeugte einen Hass und einen Zorn, der jede Sekunde seines Lebens beherrschte. Das Vergnügen, seinen Groll auszuleben, wurde so übermächtig, dass er es genoss, an anderen Rache üben zu können.

Iwanow war erst einundzwanzig, als er der Staatspolizei entkam und sich an Bord eines Handelsschiffes versteckte, das nach Amerika unterwegs war. In New York angekommen, nahm er den amerikanischen Namen „Jim" Iwanow an, verbesserte zwangsweise sein Englisch, bis sein Akzent nur noch leicht zu hören war, und tat sich mit anderen russischen Immigranten zusammen.

Dreißig Jahre später hatte Dima immer noch enge Kontakte, die ihm Schutz boten, zu seiner *Kryscha* – Landsleute, die ihm ihr schmutziges Geld schickten. Er war dann für die Geldwäsche zuständig. Obwohl sie Lakaien hatten, die die Dreckarbeit übernahmen, war Dima immer noch ein brutaler, rücksichtsloser Mensch. Es gefiel ihm, an der täglichen Kleinarbeit seiner kriminellen Operationen zu feilen. Besonders wenn es darum ging, *Druck auszuüben.*

Iwanow und seine „Partner“ beherrschten ihre Umwelt mit zwei Mitteln: *Angst* und *Habgier.* In ihrer russischen Heimat war Bestechung ein Lebensstil. Aber in Amerika war Bestechung viel schwieriger. Dima und seine Männer mussten für kriminelle Komplizen mehr bezahlen, mussten ihre zwielichtigen Partner sorgfältiger aussuchen und mehr Überzeugungskraft an den Tag legen.

So bestachen sie Polizisten, die mit ihrem niedrigen Gehalt ihre Familien kaum über Wasser halten konnten. Sie bestachen Richter, die auf die überhöhten Anwaltsgebühren neidisch und bereit waren, günstige Urteilssprüche gegen einen Koffer voll Bargeld einzutauschen. Sie machten unehrliche leitende Angestellte in Firmen ausfindig und bestachen sie, um an Insiderinformationen aus der Firma heranzukommen. Schließlich bestachen sie auch unzufriedene Bankangestellte als Gegenleistung dafür, dass sie ihr russisches Geld wuschen.

Iwanow sicherte sich den Erfolg seiner kriminellen Operationen, indem er seinen Opfern rücksichtslos Angst einflößte. Zu habgierige Mitläufer erfuhren ebenso wie diejenigen, die sich nicht bestechen ließen, hautnah, was es kostete, wenn man nicht mitspielte. Dima war unzählige Male verhaftet worden, aber nie hatte ihn ein Gericht verurteilt. Entweder verschwanden Zeugen, oder Geschworene stimmten aus Angst gegen eine Verurteilung.

Jetzt, um zwei Uhr morgens, beobachtete Dima das Haus von Lela Denlinger, das in der Ferne kaum zu erkennen war. Zufrieden über die günstige Ausgangslage, fuhr er auf dem Feldweg zwischen den Wiesen bis auf achthundert Meter an Lela Denlingers Haus heran, wo er dann seinen grauen Buick abstellte. Durch sein Fernglas erblickte er das Licht auf der Veranda, das von Moskitos und Motten umschwirrt wurde.

Im Inneren des Hauses lag Melissa James und schlief – das einzige Kind des Mannes, der ihn in Kalifornien gedemütigt hatte. Bei Iwanows *einziger* misslungenen Operation. Er hatte diesen Mann seine Rache spüren lassen, aber Dimas Zorn und Durst nach Rache war noch nicht gestillt.

Sein Puls schlug schneller, seine Nerven spannten sich an, als er sich wie ein Süchtiger auf sein Ziel konzentrierte. Er legte das Fernglas auf das Armaturenbrett und hielt den Atem an. Sein Bedürfnis, Vergeltung zu üben, war immens. Als Erstes würde er sie zum Reden bringen. Danach, wenn er in Erfahrung gebracht hatte, wo sich das Geld befand, würde er sie seine Rache spüren lassen.

Er stellte das Fernglas scharf, ließ seinen Blick noch einmal über die umliegende Gegend wandern und vergewisserte sich zum wiederholten Mal, dass alles sicher war. Vorher hatte er in Erwägung gezogen, sich dem kleinen Haus von hinten zu nähern. Eine solche Vorsichtsmaßnahme erschien ihm jetzt unnötig. Es bestand kein Grund, warum er das Auto nicht einfach am Straßenrand abstellen, zur Haustür marschieren und ins Haus eindringen sollte.

Er legte das Fernglas neben sich und klopfte mit der Hand auf seine Hemdtasche. Darin hatte er ein Fläschchen mit Sodiumpentothal, auch als Wahrheitsserum bekannt. Dieses Mittel garantierte zwar nicht, dass sein Opfer vollständig die Wahrheit sagte, aber es setzte seine Schutzreflexe effektiv außer Gefecht.

In seiner linken Manteltasche hatte er eine Flasche mit einem Medikament, das das Nervensystem angriff und einen Herzstillstand herbeiführte. Bei einer Autopsie war es nicht nachzuweisen. Und schließlich hatte er unter seiner linken Schulter seinen Revolvergürtel, in dem eine 10mm-Glock-Pistole steckte – seine Lieblingswaffe, die mit einem Schalldämpfer ausgerüstet war. Diese Waffe würde er heute Abend höchstwahrscheinlich nicht brauchen. Die zwei Frauen in diesem Haus würde er mit einem bösen Blick so einschüchtern, dass sie sich ihm bedingungslos fügten.

Zeit zum großen Auftritt.

Er richtete sein Fernglas ein letztes Mal auf das Haus von Lela Denlinger und atmete scharf ein.

Mit einem leisen Fluchen legte er das Fernglas ab und versuchte, sich einen Reim auf das zu machen, was er soeben gesehen hatte.

Erneut hob er das Fernglas an die Augen und schaute mit gerunzelter Stirn auf das Haus. Seine Augen hatten ihn nicht getäuscht: Zwei Männer hielten sich im Garten vor dem Haus auf. Beide waren blond, hatten einen Vollbart, trugen Strohhüte, Hosenträger und schwarze Hosen mit weiten Beinen. *Amische Männer,* dachte er, vollkommen irritiert. Er beobachtete sie noch eine Weile aus der Ferne, während die Männer sich im Vorgarten zu schaffen machten und anscheinend irgendeine Gartenarbeit verrichteten. Je länger er sie anschaute, umso verwirrter wurde er.

Was taten sie hier nur um diese Zeit mitten in der Nacht? Gab es irgendwelche seltsamen Bräuche, die diese amischen Männer zwangen zu arbeiten, während andere schliefen? Er lehnte sich auf seinem Sitz zurück und beschloss zu warten, bis die Männer wieder fort wären. Irgendwann müssten sie ja schließlich verschwinden.

* * *

Dima erwachte mit einem plötzlichen Ruck und warf einen Blick auf seine Armbanduhr. 3.30 Uhr in der Früh. Er schnappte sich sein Fernglas und richtete es auf das Haus. Erleichtert atmete er auf. Die amischen Bauern waren verschwunden.

Er durfte jetzt keine Zeit mehr verlieren. Schnell steckte er die Autoschlüssel in seine Jackentasche, griff nach dem Türgriff und stieg aus. Die Nacht wurde vom Funkeln der Sterne und einem großen Halbmond erhellt. Das Zirpen der Grillen vermischte sich mit dem Bellen eines Hundes aus der Ferne. Seine Tennisschuhe sorgten dafür, dass seine Schritte kein Geräusch verursachten. Trotzdem holte er zielgerichtet aus und erweckte den Anschein, er wohne hier in der Gegend und sei auf dem Weg nach Hause.

Höchstens hundert Meter vom Haus entfernt blieb er abrupt

stehen. Er war wie vor den Kopf gestoßen. Die amischen Männer waren plötzlich zurückgekehrt und wieder mit einer Arbeit beschäftigt, deren Zweck Dima verborgen blieb. Er starrte diese Männer frustriert an und wog seine Möglichkeiten ab. Er könnte zum Auto zurückkehren und morgen wiederkommen, oder aber er würde mit seinem Plan fortfahren.

Am Ende gewann seine Habgier die Oberhand. Er wartete seit Jahren auf diesen Augenblick, und er wollte jetzt einfach nicht länger warten, egal, wie viele menschliche Verluste es gäbe. Er hob seinen rechten Fuß und wollte weitergehen, als er beinahe stürzte. Seine Beine waren plötzlich unbeschreiblich kraftlos und sackten fast zusammen. Während er mühsam sein Gleichgewicht wieder fand, erfüllte ihn eine unerklärliche Angst.

Er stand hier mitten in der Nacht auf einem schmalen Gehweg, starrte die Männer an und versuchte, seine eigene lächerliche Reaktion auf diese seltsamen, nächtlichen Bauern in den Griff zu bekommen.

Was ist los, Dima? Wirst du plötzlich schwach?

Verwirrt strich er mit der Hand über seine Waffe und beschleunigte seine Schritte zum Haus. Er war nur noch wenige Meter vom Tor entfernt, als zuerst seine Arme anfingen, unkontrolliert zu zittern, und dann seine Beine. Die Angst erfüllte ihn so sehr, dass jeder Schritt ihn eine enorme Kraftanstrengung kostete.

Als er schließlich das Tor erreichte, lehnte er sich mit letzter Kraft daran. Dann drehte er dem Haus von Lela Denlinger den Rücken zu und rang nach Luft. Wider besseres Wissen zog er mitten im Freien seine Waffe. Er konnte sie mit seinen vor Schweiß nassen Handflächen kaum richtig festhalten. Dann hob er die Waffe und drehte sich zu den amischen Männern um.

Sie standen regungslos da, hatten die Hände an den Seiten und schauten ihn an. Ihr Gesichtsausdruck war durchdringend, ernst, fast traurig. Unter ihrem durchbohrenden Blick fühlte er sich wie ein Reh, das im Scheinwerferlicht eines heranfahrenden Autos steht und sich nicht mehr bewegen kann.

Dann geschah etwas Seltsames. Unbekannte Gefühle begannen, wie Dominosteine bei einer Kettenreaktion unaufhaltsam in sein Bewusstsein einzudringen.

Scham, Schuldgefühle, Überführtsein ... Und am Ende meldete sich ein Gefühl, das seit Jahrzehnten, in denen er es vehement geleugnet hatte, weit unter der Oberfläche schlummerte: das Gefühl, *angenommen zu sein.* Etwas, das er das letzte Mal gefühlt hatte, als er als Kind am Tisch des mitfühlenden Psychiaters gesessen hatte und der Arzt ihm mit tröstenden Worten zusprach: *„Lass mich dir helfen, Dima. Ich mag dich ... Du bist hier in Sicherheit ...“*

Einen kurzen, geheimnisvollen Augenblick lang fühlte er sich zu diesen Männern hingezogen, als wüssten sie die Antworten auf den tiefen Schmerz, der ihn ein Leben lang nur nach Rache hatte sinnen lassen.

Er erschauderte. Die Waffe glitt ihm durch die Finger und fiel klirrend auf den steinernen Gehweg. Er sank auf die Knie, tastete danach und ergriff schließlich mit beiden Händen, die völlig unkontrolliert zitterten, den Revolver. In diesem Augenblick kehrte seine Wut zurück, aber seine ganze Entschlossenheit war verschwunden. Er rappelte sich auf die Beine, torkelte zurück auf den Gehweg und rannte dann, als ginge es um Leben und Tod, zu seinem Auto zurück.

Mit einem letzten Blick aus der Ferne auf Lela Denlingers Haus, wo die Männer inzwischen verschwunden waren, legte er den ersten Gang ein. Einige Sekunden später machte er mitten auf der Straße mit quietschenden Reifen kehrt und raste die Straße hinab, ohne sich darum zu kümmern, wie viel Aufsehen er mit diesem nächtlichen Lärm erregte.

17

Während der Fahrt nach Connecticut fand Iwanow seine Beherrschung wieder. Verwirrt und von den Ereignissen der Nacht erschüttert, fragte er sich, was vor diesem kleinen Haus auf der verlassenen Landstraße eigentlich geschehen sei. Aber sein Verstand konnte das Geschehene einfach nicht erfassen. Er kam sich vor, als erwache er langsam aus einem Trancezustand.

Er überlegte, ob er noch einmal wenden, das Tageslicht abwarten und einen erneuten Versuch unternehmen sollte, sich dem Haus zu nähern. Aber allein schon beim Gedanken an dieses Haus und an die amischen Männer brach ihm der kalte Schweiß aus.

Wie auch immer. Iwanow war nie um eine Idee verlegen. In ein paar Stunden wäre er wieder in Mystic in Connecticut. Es war Zeit für einen Überraschungsbesuch bei Melissas Mann.

* * *

Still huschte Ryan zur Tür hinter dem Haus hinaus und ging gedankenverloren mit der Kaffeetasse in der Hand durch den Garten bis zu der friedlichen Bucht. Der Dampf stieg aus der Tasse nach oben und löste sich in der ungewöhnlich frischen Luft des frühen Morgens auf, während Seeschwalben über ihm flogen.

In der Ferne lag das Meer so ruhig da wie in einem Wasserkessel – ein faszinierender Kontrast zu den vom Mond beschienenen Wellen der letzten Nacht. Ihr Segelboot, *Mellie*, bewegte sich leicht unter den sanften Wellen. Kein Lufthauch regte sich. Gerade als die Sonnenstrahlen über den Horizont spitzten – ein goldener Glanz auf dem Fishers Island Sund –, kam ein unerwarteter Windstoß auf. Ryan wandte sein Gesicht dem Wind und der Sonne zu und erlebte das Dämmern eines neuen Tages, einen Sonnenaufgang, der ein wenig Hoffnung versprach.

Während er langsam an seiner Kaffeetasse nippte, überlegte er, welche Schritte er als Nächstes unternehmen sollte. Drei freche Seeschwalben rissen ihn aus seinen Gedanken. Sie machten einen Sturzflug zum Dock, landeten zielsicher auf den Pfosten und warteten.

Sie ist nicht da, dachte Ryan. *Sie ist einfach verschwunden.*

Eine überwältigende Traurigkeit legte sich erneut über ihn. Er kehrte zum Haus zurück. An der Stelle, an der der Hang ebener wurde, blieb er stehen und betrachtete die Sonnenuhr, den Blickfang in Mellies kleinem Rosengarten. In dem Beet blühten die pfirsichfarbenen, fingerhutgroßen Blüten. An jeder einzelnen Pflanze prangten winzige, perfekte Rosenblüten. Mellie hatte diese Rosensorte ausgewählt, weil sie so anspruchslos und pflegeleicht war. „Diese Rosen kann jeder ziehen", hatte sie gesagt und laut gelacht, als sie Seite an Seite arbeiteten.

Die Farbe, pfirsichfarben, war Mellies Idee gewesen. „Eine pfirsichfarbene Rose ist zart und steht für Bewunderung. In viktorianischer Zeit hatte sie die Bedeutung: ‚Bitte, glaube mir'", setzte sie ihn fröhlich in Kenntnis, während sie die Pflanzen einsetzten.

„‚Glaube mir' ... was denn?", hatte er verspielt geantwortet.

„Ach, das weißt *du* doch ganz genau." Sie richtete sich auf, wischte sich die Stirn ab und schaute ihn mit ihrem unwiderstehlichen Grinsen an.

Glücklich war er auf sie zugelaufen, hatte sie festgehalten und geflüstert: „Glaube mir, dass ich dich immer lieben werde?"

Sie hatte sich schweigend an ihn geschmiegt. Dann hatte sie sich aus seiner Umarmung gelöst und zu dem runden Beet gedeutet, in dem die Sonnenuhr später genau in der Mitte stehen würde – *ihre* rustikale Sonnenuhr, die sie Monate später in New Hampshire bei der Antiquitätenauktion entdeckten.

In das horizontale Uhrblatt aus Stein waren die Stunden eingraviert; in der Mitte befand sich ein Metallstab und eine einzige Rose. Er erinnerte sich an ihren entzückten Aufschrei, als sie diese Kostbarkeit entdeckte. Während der Heimfahrt hatte sie über nichts anderes gesprochen. „Wir haben ein richtiges Kunstwerk erstanden“, hatte sie geschwärmt. „Fast so alt wie die Menschheit.“

„Sehr tiefsinnig“, hatte er gespottet. „Du bist ja heute eine richtige Poetin.“

Mellie hatte ausgelassen gelacht und sich im Auto eng an ihn gekuschelt. Dabei summte sie ein fröhliches Lied und ließ ihren Tag in New Hampshire Revue passieren. „Können wir irgendwann wieder hierher fahren?“, hatte sie gefragt.

„Du brauchst nur ein Wort zu sagen.“ Er würde mit ihr bis ans Ende der Welt oder noch weiter fahren, wenn sie das wünschte. Alles, was ein Lächeln auf Mellies Lippen brachte, war jede Anstrengung, Blasen an den Füßen und ein leeres Portemonnaie wert.

* * *

Als Ryan ins Haus zurückkam, begrüßte ihn ein lautes Scheppern aus der Küche. Offenbar hatte sein Gast beschlossen zu kochen.

„So ... *meine* Eier haben dir also nicht geschmeckt?“, stichelte Ryan.

„Zwinge mich nicht, dir darauf eine Antwort zu geben“, entgegnete Denny. „Ich will dich nicht als Freund verlieren.“ Er steckte den Kopf unter die Arbeitsplatte und suchte zweifellos die Bratpfanne.

„Da drüben.“ Ryan deutete zu der breiten Schublade unter dem Herd und ließ seinen Freund allein in der Küche zurück. Er begab sich ins Wohnzimmer, um in seinem Büro anzurufen. Er hinterließ Marge eine kurze Nachricht. „Ich komme heute eine halbe Stunde später“, sagte er und wand sich innerlich bei der Vorstellung, was ihn nachher an seinem Arbeitsplatz erwarten würde. Er müsste Marge und Bernie über Melissas Verschwinden informieren.

Als Denny ihn zum Frühstück rief, war Ryan von den Kochkünsten seines Freundes angenehm überrascht. Denny hatte Sahneomeletts mit reichlich Schinken gebacken. Das Essen schmeckte ausgezeichnet, wenn es auch nicht sehr gesund war.

„Noch ein paar solche Mahlzeiten und ich bin bis nächstes Jahr ein kranker Mann“, sagte er, als er seine Gabel zur Hand nahm.

„Gib es doch zu: Es schmeckt dir.“ Denny grinste.

„Das ist ja das Problem. Ich sollte lieber wieder Obst und Vollkornbrot essen.“ Er biss in seinen Toast. „Übrigens muss ich mich im Büro sehen lassen. Wenigstens für zwei Stunden.“

„Kein Problem.“ Denny warf Daisy ein Stück von seinem Ei zu. Der Hund verschlang es in einem Satz. Denny wischte sich die Hände an seiner Serviette ab und warf Ryan einen unsicheren Blick zu.

„Ich dachte, sie hätte bis jetzt längst angerufen“, sagte Ryan leise. „Ich denke, es ist Zeit, ihre Kreditkarten zurückverfolgen zu lassen und den Provider ihres Handys anzurufen. Das erledige ich vom Büro aus. Willst du hier bleiben?“

„Klar“, erwiderte Denny. „Ich lese ein bisschen. Vielleicht schaue ich mich auch ein wenig um, wenn du nichts dagegen hast.“

„Fühle dich wie zu Hause, Sherlock Holmes.“ Ryan stand auf, um den Tisch abzuräumen. Gemeinsam beluden sie die Spülmaschine und wischten den Tisch sauber.

* * *

Als Ryan durch die Tür im Empfangsraum schritt, wurde er von einer fröhlichen Sekretärin begrüßt. Marge grinste ihn mit einem Augenzwinkern an.

„Was hat dieser Blick zu bedeuten?“, fragte er.

„Na, wie war das Wochenende mit Ihrem Predigerfreund?“

Er atmete hörbar aus. „Wissen Sie ... wir könnten alle ein wenig mehr Kirche gebrauchen.“

„Meine Güte. Er kommt bei Ihnen zum Ziel.“

Er zuckte die Achseln. „Gab es irgendwelche Anrufe für mich?“

„Bernie hat eine Nachricht hinterlassen.“

Ein leichter Abscheu stieg in ihm auf. Er schnappte sich den zusammengefalteten Notizzettel und eilte zu seiner Bürotür.

Marge rief ihm nach: „Ach, fast hätte ich es vergessen: Wie hat Melissa die Halskette gefallen?“

„Fragen Sie nicht.“ Nicht bereit, das Thema anzusprechen, schloss er die Tür zu seinem Büro auf. Er setzte sich an seinen Schreibtisch, zog den Schlüssel aus seiner Tasche, sperrte das Schloss auf und zog die Schubladen auf. Müde rieb er sich mit beiden Händen das Gesicht. Er fühlte sich jetzt schon ausgelaugt und leer und wünschte, er könnte kehrtmachen und wieder nach Hause fahren ... und diesen Tag einfach vergessen.

Eine kurze Berührung des Zentralschalters und alle Computer und Bildschirme im Raum erwachten zum Leben. Er warf einen Blick auf seine Armbanduhr. Zwanzig Minuten, bis der Handel offiziell öffnete. Der Vorhandel war bereits in vollem Gang. Er umklammerte Bernies Nachricht und wand sich innerlich. Der Börsentipp wurde in ganzen vier Buchstaben zusammengefasst – ein übliches Börsensymbol – *die* Aktie des Tages.

Bereits seit einiger Zeit spürte er seinen inneren Widerstand gegen diesen Teil seiner Arbeit. Mit der Tastatur auf seinem Schreibtisch verschaffte sich Ryan Zugang ins Internet und rief die aktuellen technischen Daten der Aktie und die Firmendaten ab. Am letzten Freitag hatte die Börse mit 98 ½ geschlossen. Er nahm elektronisch Kontakt zu seinem Händler auf und gab die Order, zwanzigtausend Aktien zu kaufen.

Sein Blick fiel auf die Leiste seines Bildschirms, und er sah, was ihm vorher entgangen war, als er seinen Computer hochgefahren hatte. Er hatte eine E-Mail bekommen – von seiner eigenen Adresse! *Seltsam.* Er ging davon aus, dass hier ein Fehler vorliege, und bewegte den Finger zur Taste „Löschen“. Aber kurz bevor er sie drückte, besann er sich und klickte stattdessen doch das Symbol für Lesen an.

Die Nachricht war von Melissa.

Ryan,
du sollst wissen, dass es mir gut geht. Eines Tages werde ich dir alles erklären. Hoffentlich bald. Versprochen.

Ich vermisse dich furchtbar,
Mellie

Er hätte sich ohrfeigen können. Warum war er nicht vorher auf die Idee gekommen, dass sie ihm eine E-Mail schicken könnte? Wenigstens war er jetzt erleichtert, dass sie in Sicherheit war. Und dass sie nicht *seinetwegen* verschwunden war. Aber wenn nicht aus diesem Grund, warum dann?

* * *

Lela beschloss, schnell zu Lapps Kolonialwarenladen hinüberzufahren, der einen knappen Kilometer von ihrem Haus entfernt war, bevor sie mit ihrer Arbeit an diesem Vormittag anfinge. Hiskia Lapp schickte Kunden am frühen Morgen nie weg, auch wenn sie eine Stunde, bevor der Laden um neun Uhr morgens offiziell öffnete, kamen.

Sie wollte Melissa ein besonderes Mittagessen servieren. Melissa war vor dem Frühstück ungewöhnlich niedergeschlagen gewesen. Der Anruf, auf den sie angespannt wartete, war einfach nicht gekommen.

Etwas Rhabarbermus und Mamas altes Hühnchenrezept mit Paprika und geschmolzener Butter werden sie vielleicht aufmuntern, dachte sie.

Aber ihr waren ein paar Zutaten ausgegangen, die sie dafür benötigte. Da es wieder ein herrlicher Tag war, beschloss sie, in aller Frühe mit dem Fahrrad einkaufen zu fahren. Der Himmel war blauer als gestern, kaum eine Wolke stand über ihr, auch wenn sich am nördlichen Horizont etwas zusammenbraute. Sie freute sich, dass sie für einen Menschen, den schwere Sorgen quälten, etwas Praktisches tun konnte.

Als sie vor Hiskias Laden ankam, stellte sie ihr Fahrrad auf einem der freien Stellplätze ab und warf einen flüchtigen Blick auf das glänzende blaue Auto, das am Ende der Reihe parkte. Sie betrat den Laden. Die Glocke über der Tür begrüßte sie mit einem lauten Klingeln.

„Guten Morgen, Lela“, rief Hiskia. „Du bist heute aber schon früh unterwegs.“

Sie erwiderte sein Lächeln. „Ich brauche ein paar Paprika für heute Mittag“, erwiderte sie. Dabei fiel ihr Blick auf einen anderen Kunden, einen Mann, der im Gang mit den Lebensmitteln stand und ihr den Rücken zugewandt hatte.

„Sag mir, wenn ich dir bei irgendetwas helfen kann“, sagte Hiskia und fügte mit einem Blick auf den Mann hinzu: „Und Sie auch.“

Da fiel Lela mit einem Mal das bekannte Profil auf, auch wenn schon eine ganze Weile vergangen war, seit sie Paul Martin das letzte Mal zu Gesicht bekommen hatte. Er sah heute immer noch genauso gut aus wie damals in der Schule. Ihr Herz zog sich bei der Erinnerung an jene längst vergangenen Tage zusammen. Das Ende ihrer Liebe wegen einer anderen Frau, die er ihr vorgezogen hatte. Die inzwischen gestorben war. Ironie des Schicksals.

Lela weigerte sich, ihn anzustarren, und konzentrierte sich lieber auf ihre Einkäufe. Paul war nur ein kleiner Teil ihrer Vergangenheit gewesen, eine glückliche Erinnerung, wenn man übersah, wie es zwischen ihnen zu Ende gegangen war. Jetzt, da Sadie Nan es nicht erwarten konnte, Kupplerin zu spielen, war sie unsicher und wusste nicht, wie sie mit der Situation umgehen sollte. Gestern nach dem Gottesdienst hatte Sadie sich sehr bemüht, Lelas Aufmerksamkeit auf sich zu lenken. Aber Lela wollte mit den Plänen von Pauls Schwester nichts zu tun haben. Ihr gefiel der Gedanke nicht, die zweite Geige nach dem eitlen blonden Mädchen zu spielen, das ihn als ihren Ehemann beansprucht hatte. Ob diese nun tot war oder nicht.

„Oh, was für eine Überraschung! Bist du das, Lela?“, hörte sie seine Stimme. Etwas in ihr erstarrte.

Sie drehte sich um und bedachte ihn mit einem herzlichen Lächeln. „Hallo, Paul.“

„Ich hatte gehofft, ich könnte dich gestern nach dem Gottesdienst sprechen, aber du warst so schnell fort, dass ich nicht ...“

„Was führt dich nach Lancaster?“, unterbrach sie ihn.

Er war groß gewachsen, hatte rötliche Wangen und schaute sie mit leuchtenden, blauen Augen an. Seine hellbraunen Haare waren um die Ohren herum kurz geschnitten. Bei seinem modischen Haarschnitt wäre man nie auf die Idee gekommen, dass er in einer strengen anabaptistischen Gemeinde aufgewachsen war. Trotzdem fand sie seine Sanftheit anziehend. „Ich bin geschäftlich hier“, erwiderte er.

Etwas erleichtert überlegte sie, wie lang er wohl bleiben würde, auch wenn sie nicht die Absicht hatte, ihn danach zu fragen. Ganz sicher könnte es Sadie Nan nicht erwarten, ihr alles zu erzählen.

„Ich hoffe, ich darf dich einmal zum Essen einladen.“ Seine Stimme war leise, aber seine Augen schauten sie ernst an. „Ich weiß, dass ich keine zweite Chance verdient habe.“

Was sollte sie darauf antworten? In ihrer Jugend verschmäht, stand sie jetzt vor dem Mann, der sie wegen einer anderen sitzen gelassen hatte. „Das ist sehr nett von dir“, sagte sie leise.

„Darf ich dich irgendwann anrufen?“ Er redete nicht lange um den heißen Brei herum.

„Ich weiß nicht ... was ich davon halten soll“, gestand sie.

Er lächelte sie an und wartete.

„Und ... ich habe zur Zeit wirklich viel zu tun, weil ich einen Übernachtungsgast habe.“

„Ja?“ Er schien überrascht, das zu hören. „Das wusste ich nicht.“

Sie hatte ihr Zimmer *nicht* vermietet, weil sie sich in einer finanziellen Notlage befand. Und sie wollte auf keinen Fall, dass Paul meinte, sie wäre unselbständig und bräuchte einen Mann, der sie versorgte. „Gott hat mich erst vor kurzem in diese Richtung geführt“, erklärte sie deshalb, ohne etwas über Melissa oder die Verzweiflung dieser jungen Frau zu verraten.

„Nun, das freut mich zu hören.“ Er trat zurück und bedachte sie mit seinem gewinnenden Lächeln. „Meine Schwester hat mir erzählt, dass es dir gut geht.“

„Ja, und dir?“

„Sehr gut, danke.“

Sie zögerte, sich nach der tödlichen Krankheit seiner Frau zu erkundigen. Dieses Thema sollte sie lieber nicht ansprechen. „Ich habe von deinem Verlust gehört. Herzliches Beileid.“

„Danke, Lela. Wie großzügig von dir, das zu sagen.“ Er wusste bestimmt, wie schmerzlich diese Verbindung für sie gewesen war.

„Gott segne dich, Paul“, verabschiedete sie sich schnell und drehte sich um, um sich wieder ihren Einkäufen zu widmen.

18

Denny machte es sich auf dem Sofa im Wintergarten bequem und war froh, dass er ein langärmeliges Hemd mitgebracht hatte. Ein leichter Vorbote des bevorstehenden Herbstes lag in der Luft, auch wenn er wusste, dass der Tag höchstwahrscheinlich wieder warm werden würde. Immerhin war er hier in Connecticut.

Er las ein paar Minuten in der Zeitung, hatte aber Probleme, sich zu konzentrieren. Sein Blick wanderte in die Ecke des Zimmers, wo Melissas Staffelei stand. Die Anfänge eines Blumengemäldes waren darauf zu sehen.

Er dachte an seinen ersten Besuch bei Ryan und Melissa zurück und erinnerte sich an seinen ersten Eindruck von Ryans Frau: Sie war einfach schön und nett. Die Gespräche mit ihr bestätigten seinen ersten Eindruck. Melissa war nicht nur sehr attraktiv, nein, was noch wichtiger war: Sie hatte eine herzliche Art und einen klugen Geist.

Er hatte in ihrem Beisein zu Ryan gesagt: „Du hast dich durch deine Heirat eindeutig *verbessert*, mein Freund."

Ryan hatte gelacht. „Damit erzählst du mir nichts Neues."

Melissa war errötet und hatte den Arm bei Ryan untergehakt.

Er erinnerte sich außerdem an den Morgen, an dem Ryan einkaufen gefahren war und ihn mit Melissa im Wintergarten allein gelassen hatte. Sie hatten sich über Belanglosigkeiten unterhalten, bis er das Gespräch auf seinen Glauben lenkte. Dabei hatte er festgestellt, dass sie für geistliche Dinge offen und empfänglich war. Während er ihr mit Worten Bilder von einem liebenden, persönlichen Gott malte, hockte sie auf ihrem Stuhl und malte das Meer und hörte ihm aufmerksam zu.

„Das klingt so ... verlockend", hatte sie geantwortet. Sie hatte ernst geklungen. Auf ihre Fragen hatte er, soweit er konnte, mit Bibelstellen geantwortet. Melissa war eindeutig auf der Suche.

Schließlich war Ryan mit seinen Einkäufen zurückgekehrt. Nach diesem einen Gespräch hatte sich keine weitere Gelegenheit ergeben, mit Melissa über geistliche Dinge zu reden. Aber trotzdem war ihm etwas von diesem Tag in Erinnerung geblieben. Er hatte erzählt, dass er in Colorado aufgewachsen war. Danach hatte er sich nach ihrer Geschichte erkundigt und nach dem Bundesstaat, aus dem sie kam, aus Minnesota. Melissa, die normalerweise offen war, wurde auf einmal ausweichend. Damals hatte er nicht darauf geachtet und vermutet, dass sie einfach nicht gern über ihre Kindheit sprach.

Einen Geschichts- und Geographiefreak wie Denny mutete es seltsam an, dass Melissa nichts über die typischen Besonderheiten ihres eigenen Bundesstaates wusste. Die zehntausend Seen, die riesigen Moskitoschwärme, die harten Winter und sogar die ungewöhnlich hohen Steuern waren ihr eigenartig fremd gewesen. Jetzt, da Mellie spurlos verschwunden war, fielen ihm diese Unstimmigkeiten bei ihrem damaligen Gespräch wieder auf.

Mehrere Alben waren auf dem obersten Regal des Bücherschrankes aufgereiht. Er stand auf, holte sich eines nach dem anderen aus dem Regal und blätterte die einzelnen Seiten um – hauptsächlich Bilder von Melissa und Ryan an romantischen oder historischen Plätzen in Neuengland, durchsetzt von Fotos am Strand oder vor verträumten Frühstückspensionen.

Er betrachtete jedes Bild sorgsam, als könnte ihm irgendetwas an Melissas Gesicht, an ihrer Miene einen Hinweis geben. Dabei war er nicht einmal sicher, wonach er eigentlich suchte.

Das Läuten des Telefons riss ihn aus seinen Gedanken. Er eilte ins Wohnzimmer und suchte das Mobilteil. Als er es fand, meldete er sich: „Hallo? Bei James."

„Denny ..." Ryan war am Apparat.

„Was ist los?"

„Du wirst es nicht glauben: Mellie hat mir eine E-Mail geschickt."

Denny atmete erleichtert auf. „Wo ist sie?"

„Das hat sie nicht geschrieben. Aber es geht ihr gut."

Immer noch verwirrt über Melissas Geheimniskrämerei, gab Denny keine Antwort.

„Nun ... ich wollte dir das nur sagen“, bemerkte Ryan. „Bis später.“

„Bis später“, verabschiedete sich Denny und legte auf. Dann eilte er in den Wintergarten zurück. Melissa war in Sicherheit. *Danke, Herr.* Vorsichtig legte er die Alben wieder auf das Regal zurück, fest entschlossen, sich auf andere Dinge zu konzentrieren. Aber ein kleineres Album, das ganz hinten in der Ecke stand, erregte seine Aufmerksamkeit.

Lass gut sein, Mann, dachte er. *Sie ist in Sicherheit.*

Doch etwas ließ ihm keine Ruhe. Er blätterte die Seiten durch. Auf jeder Albumseite war ein einziges Foto. Das kleine Büchlein enthielt Kindheitsfotos von Melissa. Fotos von einem kichernden Mädchen, das auf einem Fahrrad saß, das scheu neben einer Frau stand, die möglicherweise ihre Lehrerin war, das mit mehreren anderen Mädchen am Ufer eines kleinen Sees unterwegs war, das Weihnachtsgeschenke auspackte. Die Aufregung in dem unschuldigen Lächeln des kleinen Kindes rührte sein Herz an. Er wollte gerade das Album zuklappen, als ihm auffiel, dass bei der letzten Seite etwas anders war als bei den übrigen. Er berührte sie noch einmal. Die Seite war dicker als die anderen. *Warum?*

Unbeholfen machte sich Denny an der Schutzhülle zu schaffen und schuf eine Lücke für seinen Daumen und seinen Zeigefinger. Hier war eindeutig ein zweites Foto versteckt. Vorsichtig zog er es heraus und betrachtete das Geburtstagsfoto. Eine Gänsehaut lief ihm über den Rücken.

Das Foto zeigte Melissa, wie sie die Kerzen auf einem Kuchen auspustete. Denny kniff die Augen zusammen und zählte sie. Neben ihr stand ein älterer Mann, wahrscheinlich Melissas Vater, der seine Hand schützend hinter ihrem Stuhl liegen hatte. Weder Melissa noch der Mann bereiteten Denny Kopfzerbrechen. Direkt hinter Melissa war ein Fenster und durch das Fenster sah man einen Wald. Aber es waren nicht irgendwelche Bäume. Es waren *Espen.*

In Minnesota wuchsen keine Espen. Sie wuchsen in höher gelegenen Gegenden und waren typisch für Colorado. Noch störender war die Farbe der Blätter. Die Espenblätter waren *goldgelb* ... sie hatte also im Herbst Geburtstag ...

Denny tippte mit dem Zeigefinger auf das Foto. Er erinnerte sich an ein Telefongespräch mit Ryan im letzten Frühling. Zu Melissas Geburtstag waren sie in ihrem Segelboot an Fishers Island vorbei hinausgefahren und hatten dabei ein „köstliches Picknick" genossen, eine Überraschung von Ryan. Melissa hatte angeblich Mitte Mai Geburtstag, nicht im Herbst. *Hatte sie dieses Foto deshalb versteckt?*

Das muss die Erklärung sein, dachte er. Aber warum sollte jemand wegen seines Geburtstages lügen? Und wenn er schon dabei war: Warum erzählte sie, sie stamme aus einem anderen Bundesstaat? Je mehr er darüber nachdachte, umso merkwürdiger kam ihm alles vor.

Er schritt durch das Wohnzimmer und warf einen Blick durch das Fenster hinter dem Haus, dann schaute er auf seine Uhr: 10:15. Ryan wäre in einer halben Stunde zu Hause. Er erinnerte sich an die Aufforderung seines Freundes, bevor er zu seinem Büro gefahren war: *Fühle dich wie zu Hause, Sherlock Holmes.*

Er wusste, dass Ryan seinen Aktenschrank gleich hinter dem Wohnzimmer im Keller stehen hatte. Während er zur Treppe eilte, meldeten sich Bedenken. Überschritt er hier eine Grenze?

Er schaltete schnell das Licht an und huschte an dem Billardtisch vorbei zu einem großen schwarzen Schrank an der Wand auf der anderen Seite. Er zog an der obersten Schublade. Sie war nicht verschlossen und ging leicht auf. Vor sich sah er eine Vielzahl von Akten in alphabetischer Reihenfolge. An der Überschrift *Persönliche Papiere* blieb sein Blick hängen. Er öffnete den Ordner und fand darin Ryans und Melissas Heiratsurkunde. Als er das Dokument unter die Lupe nahm, fiel ihm nichts Ungewöhnliches auf.

Er setzte seine Suche fort, bis er fand, was er suchte: Melissas Geburtsurkunde und Sozialversicherungsnummer. Als er das Dokument las, fiel ihm auf, wie neu es war und dass unten das Wort „Zweitschrift" aufgedruckt war.

Geburtsurkunde
Louis-Weiner-Memorial-Krankenhaus
Marshall, Minnesota
Hiermit wird bestätigt, dass
Melissa Leigh Nolan
am Samstag, dem 7. Mai 1975,
um 14.21 Uhr
in diesem Krankenhaus geboren wurde.

Laut dieser Urkunde war Melissa in Marshall im US-Bundesstaat Minnesota geboren. Der Krankenhausdirektor hatte in der entsprechenden Zeile unterschrieben, ebenso der Dienst habende Arzt. Unter ihren Unterschriften sah Denny etwas, das in ihm neue Zweifel weckte. *Familiengeschichte.* Der volle Name der Mutter und des Vaters, ihr Geburtsort und ihre Geburtsdaten.

Die Frage ließ ihn nicht mehr los: War ihre Geburtsurkunde echt? Denny war ein wenig damit vertraut, wie man sich in den USA persönlich auswies, und wusste, dass eine Geburtsurkunde weithin als ausreichendes Dokument für die eigene Identität galt. Bevor Gott ihm gezeigt hatte, dass er Lehrer werden sollte, hatte Denny als Sicherheitsmann für eine angesehene Anwaltskanzlei gearbeitet, die ideale Berufslaufbahn für seinen Körperbau. Während dieser Zeit hatte er von Leuten gehört, die einer Notsituation entfliehen wollten und dazu eine neue Identität angenommen hatten. Sie hatten dafür entweder eine Geburtsurkunde gefälscht, was sehr riskant war, oder sich auf den Namen von jemandem, der sehr jung gestorben war, eine neue Urkunde ausstellen lassen und dann die Identität dieser Person angenommen. Mit einer gefälschten Geburtsurkunde waren alle anderen Ausweise zu bekommen, Sozialversicherungsnummer, Führerschein und sogar ein Reisepass.

Jeder konnte nachprüfen, ob eine Geburtsurkunde gefälscht war, indem er beim entsprechenden Standesamt anrief, wo die Unterlagen für alle Geburten im jeweiligen Einzugsbereich aufbewahrt wurden. Eine Fälschung konnte somit binnen weniger

Minuten aufgedeckt werden; das Standesamt hätte einfach keine Aufzeichnungen, die diese Fälschung stützen würden. Aber wenn jemand die Identität eines Toten annahm, war das schwerer aufzudecken. Immerhin wurde seine Geburtsurkunde in einem Standesamt aufbewahrt. Solange in dem Bezirk nicht die Sterbeurkunden zusammen mit den Geburtsurkunden abgelegt wurden, blieb diese Methode gewöhnlich unentdeckt.

Das ist ja absurd, dachte Denny. *Wie kann ich nur auf diese dumme Idee kommen? Warum sollte Melissa ihre Identität gefälscht haben?* Die junge Frau war freundlich und arglos. Ihr einziges wirkliches Vergehen war, dass sie von zu Hause davongelaufen war und eine mysteriöse Nachricht hinterlassen hatte.

Er war nahe daran, alles wieder in den Aktenordner zu stecken und die ganze Sache zu vergessen. Aber Denny hatte keine Ruhe. Er musste endgültige Sicherheit haben. Nachdenklich schloss er den Aktenschrank und ging mit den Dokumenten in der Hand die Treppe zum Erdgeschoss hinauf. Er nahm das Telefon in der Küche und wählte die Auskunft.

„Welche Stadt?“, wurde er gefragt.

„Marshall, Minnesota.“

„Einen Augenblick bitte.“

Einige Sekunden später fragte eine andere Stimme: „Welchen Anschluss?“

„Das Standesamt, Abteilung für Geburts- und Sterbeurkunden.“

„Einen Augenblick.“ Eine Computerstimme las die Nummer vor und stellte dann sofort die Verbindung her. Das Telefon läutete ...

„Standesamt Marshall. Gwen am Apparat.“

Denny nannte seinen Namen und sagte der Standesbeamtin, was er suchte: das Geburts- und Todesdatum einer Melissa Leigh Nolan, 1975 im Louis-Weiner-Krankenhaus geboren. Er hörte, wie am anderen Ende der Leitung Computertasten gedrückt wurden. „Mr. Franklin? Wir haben ihr Geburtsdatum, aber kein Todesdatum.“

Denny dankte ihr und legte auf. Er seufzte. Vielleicht irrte er sich trotz allem. Vielleicht war Melissa ja auch die Person, als die sie sich ausgab – Melissa Nolan, in Marshall, Minnesota, im Jahr 1975 geboren. Denny grinste. *Ich habe anscheinend eine viel zu starke Fantasie.*

Aber er war mit seinen Nachforschungen noch nicht zu Ende. Wenn ein Mensch außerhalb seines Heimatbezirks stirbt, hat das Standesamt, in dem er geboren wurde, vielleicht nicht die Todesdaten. Er musste noch einer anderen Spur nachgehen ...

Familiengeschichte. Mutter und Vater. Ryan hatte ihm erzählt, dass Melissas Mutter gestorben sei und dass ihr Vater sie verlassen und der Obhut einer Nachbarin übergeben hatte. Aber stimmte diese Geschichte? Es gab nur eine Möglichkeit, das herauszufinden.

Er wählte erneut die Auskunft und fühlte sich zunehmend töricht. Vorsichtig warf er einen Blick auf seine Uhr: 10:30. Als sich die Auskunft in Marshall meldete, las Denny die Namen direkt von der Geburtsurkunde ab. „Bill und Georgia Nolan bitte."

Schweigen herrschte, während der Computer nach einem Eintrag suchte. „Ich finde keinen Eintrag für Bill ... Ich habe einen William ..."

„Dann versuchen wir es mit ihm."

Denny wurde verbunden. Er hörte das Telefon läuten.

„Hallo?"

„Ja, ich suche einen Bill und eine Georgia Nolan."

„Ich heiße Bill, aber hier gibt es keine Georgia. Meine Frau heißt Betty."

„Oh, dann entschuldigen Sie bitte vielmals die Störung", erwiderte Denny entmutigt. *Gib es endlich auf.*

„Aber ich kenne fast jeden Nolan in unserer Gegend."

„Ja, Sir, danke ..."

„Wir hatten eine Georgia Nolan hier, fällt mir ein. Sie wohnte auf der anderen Seite der Stadt. Lassen Sie mich überlegen ... ja, ich glaube, ihr Mann hieß Bill. Wie ich. Aber soviel ich weiß, sind sie weggezogen."

„Oh." Denny war nicht sicher, wie er weiter vorgehen sollte. „Ich hatte gehofft, einige Informationen über ihre Tochter zu bekommen."

„Ihre Tochter, sagen Sie?" Der Mann schwieg kurz, dann rief er: „Warten Sie, meine Frau kommt gerade herein. Ich frage sie eben, ob sie mehr über diese Familie weiß."

Er hörte im Hintergrund gedämpfte Stimmen. Bill Nolan hielt die Hand über das Telefon. Einen Moment später war er wieder am Apparat. „Ja, meine Frau erinnert sich besser an sie als ich. Sie sagt, ihre Tochter lebt irgendwo in Minneapolis."

„Mr. Nolan, ich möchte Sie nicht länger stören ..."

Aber Bill sprach weiter. „Ihre *andere* Tochter starb, als sie noch sehr klein war. Noch bevor sie in die Schule kam."

Denny lief eine Gänsehaut über den Rücken, als er das hörte. „Wissen Sie zufällig ihren Namen?"

„Warten Sie, ich gebe Ihnen meine Frau. Sie hat ein besseres Namensgedächtnis als ich."

Betty kam ans Telefon und begann zu plaudern, als wäre Denny ein alter Freund. „Bill achtet nicht besonders auf andere Leute. Aber ich. Ich erinnere mich wirklich gut an Georgia Nolan. Sie sind vor Jahren aus Marshall weggezogen. Was für eine Tragödie! Ich glaube nicht, dass sie sich je davon erholt hat."

„Wie bitte?"

„Vom Tod der kleinen Melissa", fuhr sie fast tadelnd fort. „So ein wunderbares Kind. Ich kann mich aus dem Kindergottesdienst noch an sie erinnern. Ich habe manchmal sonntags ausgeholfen, wenn die Kindergottesdienstleiterin verhindert war. Jetzt bin ich aber zu alt für die Kleinen."

„Wo starb die kleine Melissa denn?"

Betty überlegte kurz. „Wissen Sie", begann sie wieder. „Ich glaube, das war nicht hier in Marshall. In der Nähe der Twin Cities, glaube ich. Wir haben durch Freunde aus der Kirche davon gehört. Ein Unfall mit der Schneeräummaschine. Können Sie sich das vorstellen?"

Schließlich legte Denny auf, nachdem er sich wohl oder übel

Bettys ausführliche Erinnerungen über die andere Nolan-Familie angehört hatte. Die Informationen bestätigten ihm, dass er die Wahrheit herausgefunden hatte. Melissa Leigh Nolan aus Marshall, Minnesota, 1975 geboren, war *vor Jahren* gestorben. Ryans Frau hatte offenbar deren Identität angenommen und sich eine Kopie der Geburtsurkunde besorgt. Diese Informationen brachten Denny noch mehr durcheinander. Neue Fragen quälten ihn. Wer war Ryans Melissa? Aber noch wichtiger war: Warum hatte sie eine fremde Identität angenommen?

Leute, die eine falsche Identität annahmen, liefen vor irgendetwas aus ihrer Vergangenheit davon, entweder vor Gläubigern ... *oder vor dem Gesetz.* Wovor lief Melissa davon?

Denny stellte den Ordner in Ryans Aktenschrank zurück und schloss die Schublade, als er die Tür auf der Rückseite des Hauses aufgehen hörte.

Ryan war zu Hause.

19

Denny kam gerade rechtzeitig die Treppe hinauf, um mitzuerleben, wie Daisy ihr Herrchen stürmisch begrüßte. Denny hatte Mühe, äußerlich ruhig zu bleiben, und stand schweigend im Türrahmen.

Ryan warf seine Schlüssel auf die Arbeitsplatte in der Küche und bückte sich, um seinem übereifrigen Haustier die Ohren zu kraulen. „Draußen ist es viel zu schön, um im Haus zu bleiben."

Ryans niedergedrückte Stimmung vom Wochenende hatte sich ein wenig gebessert. Nachdem er die erste kleine gute Nachricht seit Tagen erhalten hatte, strahlte sein Freund neue Hoffnung aus ... und jetzt musste Denny ihm schon wieder eine schlechte Nachricht überbringen.

Ryan verpasste Daisy einen liebevollen Klaps und schlug vor: „Wir könnten in ein schönes Café gehen."

„Klar, wie du meinst." Es war nicht seine Aufgabe, Ryan einen neuen Dämpfer zu versetzen.

Sie fuhren an Ryans Bürogebäude vorbei und über die Zugbrücke. Ein Banner, das für das alljährliche Open-Air-Kunst-Festival in Mystic warb, erstreckte sich über die West Main Street. Ryan erwähnte, dass Melissa oft bei dieser Veranstaltung, bei der eine Jury die besten Kunstwerke auszeichnete, ihre Bilder ausstellte.

Dieses Jahr nicht, dachte er. *Vielleicht nie wieder.* „Und ... wie haben die anderen im Büro es aufgenommen ... das mit Melissa?", wagte Denny einen Vorstoß.

Mit dieser Frage hatte Ryan gerechnet. „Ich habe es ihnen noch nicht gesagt. Ich dachte, ich warte lieber bis morgen. Wer weiß? Vielleicht ist sie bis dahin wieder da."

Nicht sicher, wie er die Büchse der Pandora öffnen sollte, schwieg Denny wieder. Er befürchtete, dass Melissa nie wieder nach Hause käme. „Hast du bei der Polizei noch einmal nachgefragt, ob sie etwas herausgefunden haben?", fragte er schließlich.

Ryan schüttelte den Kopf.

Denny rang mit sich, wie er das, was er in Erfahrung gebracht hatte, ansprechen sollte. Was würde Ryan davon halten, dass er in seinen Akten herumschnüffelte und Standesämter irgendwo im Land anrief und nach Geburtsurkunden fragte? Andererseits konnte er seinen Freund nicht im Dunkeln lassen. Ryan würde doch bestimmt die Wahrheit wissen *wollen*, oder nicht?

Sie fanden einen Parkplatz in der Water Street. Von dort aus schlenderten sie gemütlich zur West Main.

„Hier gibt es ein kleines Café, in das Melissa gerne geht. Brad Short, der Cafébesitzer, ist übrigens ein Klient von mir."

„Ein Cafébesitzer hat Geld, das er in Aktien investieren kann? Ich dachte, ihr nehmt nur *reiche* Kunden."

„Sagen wir es so: Brad hat dieses Café nicht, weil er die Einkünfte daraus nötig hätte."

„Familiengeld?"

„Genau."

Im Schaufenster prangten Schilder, die die Kaffeetrinker auf der ganzen Welt willkommen hießen. Im Inneren stand ein älterer Mann mit silbergrauen Haaren und einer weißen Schürze um die Taille hinter einer brusthohen Glastheke. Er bediente gerade ein Trio aus drei kichernden Mädchen, die sich nicht entscheiden konnten, welchen der vielen köstlichen Krapfen hinter dem polierten Glas sie nehmen sollten.

Als er Ryan erblickte, nickte Brad ihm kurz zu und brummte: „Hallo, Geldmann. Ich komme sofort." Er wandte sich wieder mit einem ungeduldigen Blick an die Mädchen: „Meine Damen, was soll es nun sein?"

„Wir wollen drei von denen", sagte eines der Mädchen und deutete auf die Krapfen mit Zuckerguss.

Denny und Ryan warteten, bis die jungen Frauen ihre Errungenschaft unter sich aufgeteilt hatten und dann in ihren winzigen Börsen kramten. Denny legte Ryan eine Hand auf den Rücken, beugte sich leicht vor und sagte: „Hör mal, mein Freund. Wir müssen miteinander reden. Irgendwo, wo wir ungestört sind."

Ryan drehte sich erstaunt zu ihm um. „Stimmt etwas nicht?"

„Könnte schon sein", war Dennys ganze Antwort.

Ryan runzelte fragend die Stirn und blickte sich im Raum um. „Ist es hier ungestört genug?"

Denny warf einen kritischen Blick hinter sich und sah, dass mehrere Gäste an einem größeren Tisch saßen. Kleinere Tische für zwei Personen befanden sich im hinteren Bereich des Cafés. „Dieser Tisch ist gut", sagte er und begab sich zu einem dieser Tische.

„Willst du denn nichts essen oder trinken?", rief Ryan ihm nach.

„Einen Kaffee. Aber bitte schwarz." Er setzte sich auf einen Stuhl und schaute aus dem Fenster, während Ryan seine Bestellung aufgab. Draußen sah er Touristen über die Straße schlendern und ihre Einkäufe in großen Einkaufstaschen schleppen.

Drüben an der Theke waren die Teenager allmählich fertig. Ryan begrüßte den Besitzer und unterhielt sich höflich mit ihm. Denny hörte ein paar Gesprächsfetzen. Brad bemerkte etwas über die horrenden Einkommenssteuern und beklagte sich, wie schwer es sei, gute Fachkräfte zu finden.

„Wie läuft der Handel?", erkundigte sich Brad. Dann fuhr er fort, ohne auf eine Antwort zu warten: „Ach ja, ich hätte noch eine Frage zu den letzten Investitionsvorschlägen, die Ihr Büro mir geschickt hat."

„Gibt es Probleme?"

„Nein, nein. Ich bin nur neugierig. Übrigens, wie geht es denn Ihrer schönen Frau?"

Ryan reagierte geschickt mit einer ausweichenden Antwort auf Brads unschuldige Fragen, aber Denny bemerkte, dass sich das Verhalten seines Freundes schlagartig änderte. Seine Schultern sackten nach unten. Kurz darauf brachte Ryan zwei Tassen Kaffee und mehrere Krapfen auf einem Tablett. Er stellte das Tablett auf den Tisch, setzte sich mit dem Rücken zur Eingangstür und nahm einen schnellen Schluck aus seiner Tasse. „Sprich dich aus, mein Freund. Was gibt es?"

Denny seufzte.

„Hey, du siehst aus, als trügest du die Last der ganzen Welt auf deinen Schultern."

„So fühle ich mich auch." Denny tastete sich vorsichtig voran: „Du hast mir erzählt, dass du Melissa nicht sehr gut kanntest, als du sie geheiratet hast."

Ryan schaute ihn forschend an. „Und? Worauf willst du hinaus?"

„Ich habe das Gefühl, dass sie nicht mehr zurückkommen wird."

„Was soll das heißen?"

„Vielleicht sollte ich ganz vorne beginnen ..."

„Gute Idee", knurrte Ryan.

Denny begann mit einer Entschuldigung dafür, dass er seine Nase in Ryans und Melissas persönliche Akten gesteckt hatte. Dann erzählte er von dem versteckten Foto, das er gefunden hatte. Er holte das Foto aus seiner Hemdtasche, reichte es Ryan und deutete auf die Espen und das Herbstlaub.

Ryan wirkte anfangs bestürzt, sagte aber nichts.

Denny sprach dann über Melissas Geburtsurkunde und berichtete, was er bei seinen Anrufen in Marshall, Minnesota, in Erfahrung gebracht hatte. Er schilderte auch das Gespräch mit Bill und Betty Nolan und die unbegreifliche Information, dass Melissa Leigh Nolan im Alter von fünf Jahren gestorben war.

Ryans Blick wurde ausdruckslos. Er schwieg. Seine Kinnlade fiel nach unten, und sein Gesicht wurde kreidebleich. Er seufzte schwer, als müsse er erst Kraft sammeln, um überhaupt sprechen zu können. „Du sagst also, Melissa habe gelogen und mir erzählt, sie sei jemand anderes?"

Denny nickte unsicher. Ryan das alles zu erzählen war schwerer gewesen, als er sich vorgestellt hatte. Die Bestürzung, die Ungläubigkeit waren seinem Freund ins Gesicht geschrieben. „Sie hat die Identität eines Kindes angenommen, das vor Jahren gestorben ist", brachte Denny mühsam über die Lippen.

„Woher willst du wissen, dass du dich nicht irrst?"

„Nun, wir könnten die Sterbeurkunde ausfindig machen, Kontakt zu den Eltern der echten Melissa aufnehmen ... uns alles von ihnen bestätigen lassen."

Ryan schüttelte den Kopf. Er gab sich geschlagen. „Nein ... nicht nötig ..." Er konnte nicht weitersprechen. Seine Augen glänzten feucht. „Wahrscheinlich sollte mich nach allem, was passiert ist, überhaupt nichts mehr überraschen." Er starrte vor sich auf den Tisch.

Wie viele Schläge kann ein Mann verkraften? Denny fühlte sich elend, denn er war derjenige, der seinem Freund diesen Schlag versetzt hatte.

Ein Tablett fiel klirrend auf den Boden. Sie fuhren gleichzeitig herum. Eine lange Schlange hatte sich gebildet. Die Reihe der Kunden, die auf Kuchen und Kaffee warteten, reichte fast bis zur Tür.

Das Mädchen hinter der Theke kam unsicher nach vorne und bückte sich, um den Boden sauber zu machen. „O Mann ...", sagte sie, offenbar verlegen wegen ihrer Unbeholfenheit.

„Lass es liegen. Das kannst du später machen", schimpfte der Besitzer unwirsch aus einem anderen Zimmer.

Die junge Angestellte errötete, richtete sich auf und eilte wieder hinter die Theke, um die nächsten Bestellungen entgegenzunehmen. Sie musste alles allein erledigen.

„Ein netter Kerl, dieser Klient von dir", warf Denny ein, dem das arme Mädchen Leid tat.

„Er hat ein bisschen harte Kanten", war Ryans geistesabwesender Kommentar.

Denny beobachtete, wie die Angestellte sich bemühte, mit dem Kundenansturm fertig zu werden. Dabei blieb sein Blick an einem Mann mittleren Alters hängen, der im Türrahmen stand. Er trug eine graue Hose und ein weißes Hemd. Der Mann stand in der Schlange und ließ seinen Blick flüchtig durch den Raum schweifen. An ihrem Tisch blieb er hängen. Plötzlich wandte er sich mit einem seltsamen Blick ab, als habe er jemanden erkannt. *Komisch,* dachte Denny, dem vor allem die einzelne graue Strähne in den dunklen Haaren dieses Mannes auffiel.

Er richtete seine Aufmerksamkeit wieder auf Ryan. „Hat eigentlich irgendjemand je wegen Melissa Kontakt zu dir aufgenommen?"

Offensichtlich mit anderen Gedanken beschäftigt, schüttelte Ryan den Kopf. „Nein. Hör zu ..."

In diesem Augenblick meldete sich Ryans Piepser. Er zog den Piepser von seinem Gürtel und warf einen fragenden Blick darauf, dann nahm er sein Handy, tippte ein paar Tasten und wartete. „Zwanzigtausend Aktien sofort kaufen", befahl er. Als er fertig war, schüttelte er den Kopf. „Ich brauche frische Luft. Komm, machen wir einen Spaziergang."

Sie hatten ihren Kaffee leer getrunken und erhoben sich von ihren Stühlen. Der Mann mit der silbernen Haarsträhne war längst wieder durch die Tür verschwunden.

„Bis demnächst, Brad! Lassen Sie sich nicht unterkriegen", rief Ryan dem Besitzer zu.

„Habe ich nicht vor!", kam die knurrige Antwort.

Vor dem Café drehte sich Ryan plötzlich um. „Ich habe ja ganz vergessen, dass Brad noch eine Frage hatte. Wartest du bitte kurz?"

„Kein Problem."

„Bin in ein paar Minuten wieder da." Ryan eilte wieder hinein.

Wartend lehnte sich Denny an die Glasscheibe und beobachtete das geschäftige Treiben, das sich um ihn herum abspielte. Touristen schauten sich die Auslagen der Geschäfte an und tätigten Einkäufe; junge Mütter schoben ihre Kinderwagen vor sich her, der Verkehr bewegte sich unaufhaltsam über die Straße.

Alle hier in der Innenstadt schienen in Bewegung zu sein, alle außer ihm ... und dem Mann, den er vor einer Weile in dem Café gesehen hatte. Er stand jetzt auf der anderen Straßenseite und trank gemütlich einen Becher Kaffee. Aus einem unbestimmten Grund erweckte dieser Mann Dennys Misstrauen. Aber er verwarf seine unerklärliche Unruhe und ging wieder ins Café zurück, wo Ryan und Brad am anderen Ende der Theke standen und über ein paar Zahlen auf einem Blatt Papier sprachen.

Ryan erblickte Denny und nickte.

„Lass dir Zeit." Denny deutete mit dem Daumen zur Tür. „Ich schaue mich in dem Geschenkladen weiter unten in der Straße um."

„Ja, gut. Ich treffe dich dort."

Denny schlenderte den Gehweg entlang und versuchte, wieder zur Ruhe zu kommen. Aber er hatte das seltsame Gefühl, beobachtet zu werden. Er ging den halben Weg bis zur nächsten Kreuzung, bevor er einen Blick über die Schulter zurückwarf. Der Mann mit dem Becher Kaffee war verschwunden. Denny ließ seinen Blick über die Menschen schweifen und wunderte sich, wie dieser Mann sich so schnell in Luft hatte auflösen können.

Entspann dich, dachte Denny und beschloss, seine düstere Vorahnung zu ignorieren. *Hör auf, Detektiv zu spielen. Du hast für diesen Tag schon genug Schaden angerichtet.*

Er konzentrierte sich wieder auf sein Vorhaben, ein Geschenk für Evelyn zu kaufen. *„Etwas Typisches aus Neuengland"*, entschied Denny. *Das wird ihr gefallen.*

20

„Ich weiß nicht, wann ich das letze Mal so etwas Köstliches gegessen habe“, bemerkte Melissa nach dem letzten Bissen des Mittagessens.

„Danke. Es freut mich, dass es dir geschmeckt hat“, lächelte Lela, die ihr gegenübersaß. „Ich wollte etwas ganz Besonderes für dich kochen.“

Lela war eine der freundlichsten Frauen, die Melissa je kennen gelernt hatte. Dass die amische Frau über dreißig und nicht verheiratet war, erstaunte sie. Ihre Gastgeberin hatte so vieles, das für sie sprach: Sie konnte erstklassig kochen, hatte ein großes Talent im Garten, führte ein sauberes, ordentliches Haus. Warum hatte sie nicht geheiratet? Jeder Mann, der einen klaren Verstand hatte, musste Lela Denlinger doch für eine ausgezeichnete Wahl halten.

Aber Melissa wusste wenig über die Bräuche in dieser ungewöhnlichen Gemeinde und wollte auch nicht fragen. Allerdings war ihr nicht entgangen, dass Lela gestern Morgen am Telefon verlegen errötet war und sich beim Reden fast verhaspelt hätte. Hatte sie also trotzdem einen Freund?

Ihr Gespräch drehte sich jetzt um Elizabeth und Thaddeus und ihre Kinder. Lela schien ihre Nichten und Neffen zu vergöttern. Sie hatte auch eine sehr herzliche, enge Beziehung zu Elizabeth. „Wir hatten eine wunderbare Kindheit“, erzählte Lela. „Wir waren immer zusammen, bis die Schule uns trennte. Aber trotzdem hatten wir unsere gemeinsamen Abende ... und die Sommer für uns.“

„Was war mit der Schule?“

„Elizabeth begann, sich mit Thaddeus anzufreunden, einem jungen Amischmann. Deshalb verzichtete sie auf die mittlere Reife, weil sie sich der Alten Ordnung, nach der er lebte, unterordnen wollte.“ Lela erklärte, dass die Amisch ihre jungen Leute nur bis zur achten Klasse in die Schule gehen ließen. „Da Elizabeth schon weit über diese Klasse hinaus war, beschloss sie, ihren Verlobten zu ehren und die Schule zu verlassen."

„Sie gab für Thaddeus die Schule auf?"

„Um ihm zu gefallen, ja."

So etwas hatte Melissa noch nie gehört. Frauenrechte war eines der wichtigsten Themen am College gewesen. Die Vorstellung, dass eine Frau ihre Schul- und Berufspläne für einen Mann aufgibt, war ihr völlig fremd.

„Hat Elizabeth ihre Entscheidung je bereut?", erkundigte sie sich.

„Nein, soweit ich weiß, hat sie das nie bereut." Lela machte eine Pause. „Aber andererseits war Thaddeus auch immer ein guter, freundlicher Mann. Er und Elizabeth wurden die besten Freunde, schon vor ihrer Heirat. Sie sind es immer noch, denke ich."

Die besten Freunde ...

Sie hatte sich und Ryan auch immer als die besten Freunde betrachtet. Sie hatten sich immer sehr nahe gestanden, auch wenn es hin und wieder kleinere Meinungsverschiedenheiten gab. Ihre vielen Gemeinsamkeiten glichen das aus. Sie beide liebten Hunde – Daisy war ein Beweis dafür – und sie genossen ihr idyllisches Häuschen in Lord's Point, das Meer, das Segeln und alle Annehmlichkeiten, die ihnen ihr Grundstück in der Bucht ermöglichte.

Wie sehr sie es vermisste, dort zu sein und Ryan an ihrer Seite zu haben. Inzwischen hatte er ihre E-Mail bestimmt gelesen und wusste, dass sie in Sicherheit war. Sie überlegte, wie er wohl reagiert hatte. Sehnte er sich danach, ihr eine Antwort zu mailen? Hatte er ...

Sie konnte diesen Gedankengang nicht weiterverfolgen. Lela servierte gerade die Nachspeise. Es war Zeit, sich wieder auf ihre Gastgeberin zu konzentrieren und zu versuchen, nicht länger an das Telefon da drüben auf der Anrichte zu denken, das so still war.

„Wäre es möglich, dass ich heute Elizabeths kleinen Laden

besichtige?", fragte sie und nahm dankend das Rhabarberdessert und den ofenwarmen Kokosnusskeks entgegen – eine köstliche Nachspeise.

„Aber sicher." Lela strahlte und ihre Augen begannen zu leuchten. „Wir können später hinübergehen."

Melissa war nicht sicher, wann „später" war, aber sie wäre bereit, wann immer es so weit war. „Ich kann es nicht erwarten zu sehen, was für Quiltdecken ihr näht und verkauft."

Lela nickte. „Ich kann dir gern ein paar meiner Patchworkarbeiten oben zeigen, wenn du möchtest."

Alles, damit die Zeit schneller verging. Die Aussicht, sich Patchworkkissenbezüge, Quiltdecken und dergleichen anzuschauen, reizte sie nicht übermäßig. Aber sie interessierte sich für Lelas einfaches Leben in dieser amischen Gegend. Die junge Mennonitin besaß nicht viel. Trotzdem war ihr Häuschen schön möbliert und geschmackvoll eingerichtet und ihre Garderobe hübsch, wenn auch einfach. Sie hatte sich nie die Mühe gemacht, Auto fahren zu lernen. Als einziges Transportmittel besaß sie ein Fahrrad. Lelas Lebensfreude schien von innen zu kommen. Sie besaß eine erstaunliche Selbstsicherheit. Kein übertriebenes Selbstvertrauen, sondern eine innere Ruhe. Inneren Frieden.

Sie arbeiteten Seite an Seite in der Küche, und irgendwann begann Lela, eine Melodie zu summen. Die Melodie nahm Melissa ihre Angst, wenn auch nur für eine kurze Zeit.

Während sie das Geschirr abtrocknete, traf sie eine Entscheidung. Wenn ihr Kontaktmann nicht bis vierzehn Uhr auf ihren Anruf antwortete, würde sie ihn noch einmal anrufen. Dieses Warten war unerträglich. Sie musste wissen, wie sie weiter vorgehen sollte. Um ihrer selbst und um Ryans willen.

Lelas Nähzimmer war ein kleiner Raum unter dem Dach. Auf Regalen an der Wand befanden sich viele Spulen mit verschiedenfarbigen Fäden und anderen Nähutensilien. Eine elektrische Nähmaschine stand unter einem Fenster, und an der gegenüberliegenden Wand befand sich ein Tisch, auf dem sie ihre Stoffe zuschnitt. Sie hatte außerdem einen kleinen Schrank, in dem sie Andachtsbücher und Ähnliches aufbewahrte. Das war ihre „ruhige Ecke".

„Wie du siehst, ist es klein, aber praktisch", sagte Lela und führte Melissa herum.

Melissa interessierte sich am meisten für die Quiltdecken. Lela kam ihrem Wunsch gern nach und zeigte ihr die Originalmuster. „Mit diesem Muster habe ich Hunderte von Kissenbezügen genäht", erklärte Lela.

Melissa staunte über die winzigen Quiltstiche und freute sich über diese kreative Seite ihrer mennonitischen Freundin – eine Gemeinsamkeit, die sie mit dieser Frau verband und die ihr Trost brachte.

* * *

Als die zwei Frauen später an diesem Nachmittag das Haus verließen, war die Straße zu Thaddeus Kings Bauernhof menschenleer. Die Straße war asphaltiert, aber so schmal, dass man, wenn Gegenverkehr kam, abbremsen und langsam aneinander vorbeifahren musste. Der Asphalt leuchtete in der Sonne, die bereits im Westen stand. Die Windungen der Straße wurden von mächtigen Bäumen gesäumt, die hier und da entlang der Fahrbahn wuchsen.

Als sie sich dem großen Fachwerkhaus näherten, bemerkte Melissa drei der King-Kinder, die im Garten neben dem Haus spielten. Die Schule hatte offenbar noch nicht wieder begonnen.

„Der kleine John macht wahrscheinlich noch seinen Mittagsschlaf", bemerkte Lela und schob eine Haarsträhne unter ihre Gebetshaube. „Elizabeth nutzt die Gelegenheit und die Ruhe im Haus. Sie putzt und backt und räumt auf."

Melissa war ein wenig überrascht, dass Lela den Zeitplan ihrer Schwester anscheinend so gut kannte. „Ist es nicht sehr schwer, bei vier Kindern immer alles am Laufen zu halten?", fragte sie, als sie auf den Lehmweg zu den Kings einbogen.

„So schwer ist es eigentlich gar nicht. Elizabeth versteht es, die Kinder zur Selbstständigkeit zu erziehen. Außerdem helfen Mary Jane und Timothy den Kleineren. Je mehr Kinder man hat, umso weniger Arbeit sollte eine Mutter haben."

Der Gedanke, dass die Älteren den Kleineren helfen, war etwas, das Melissa bislang nicht kannte. Sie war als Einzelkind aufgewachsen ... und die ersten zehn Jahre ihres Lebens als Halbwaise.

In den Jane-Austen-Romanen, die sie so liebte, gab es eine Aufgabenhierarchie unter den Kindern, erinnerte sie sich. Sie hatte keine Ahnung, woher die Amisch *ihre* Regeln nahmen. Doch sie fand die Aufteilung der häuslichen Pflichten faszinierend. Die Dinge liefen sowohl in Lelas als auch in Elizabeths Haus fast so mühelos wie ein Uhrwerk.

„Wir sind nicht vollkommen", sagte Elizabeth, nachdem sie die beiden Frauen begrüßt und ihnen einen Strudel serviert hatte. „Das dürfen Sie auf keinen Fall denken." Melissas bewundernde Bemerkungen hatten sie zu diesem Widerspruch veranlasst.

Mary Jane kam zu ihnen und ließ sich gegenüber von Melissa am Tisch nieder. „Ich habe heute Morgen meine ersten Stiche genäht", erzählte das Kind. „Wollen Sie es sehen?"

„Sehr gern", antwortete Melissa und staunte, dass das Mädchen so schnell Vertrauen zu ihr fasste. Sie hatte solche Eigenschaften an sich selbst schmerzlich vermisst. Besonders in Mary Janes jungem Alter. Die Jahre nach dem Tod ihrer Mutter hatten sie unsicher gemacht in Bezug auf ihre eigene Person und auf ihre Zukunft. Ihr Verlust ging so tief, dass allein schon das morgendliche Aufstehen und Zur-Schule-Gehen eine große Anstrengung für sie bedeutet hatte.

Mary Jane kam zurück. Ihr Gesicht strahlte, als sie die geraden Stiche zeigte, die sie in einen Stoffrest genäht hatte. „Mama hat mir geholfen", flüsterte sie.

„Du hast die beste Lehrerin, die es für diese Arbeit gibt", nickte Lela.

Elizabeth winkte mit der Hand ab, als wären die Komplimente übertrieben. „Ach, das ist nicht mein Verdienst. Mary Jane ist eine geborene Näherin, würde ich sagen."

Lela grinste die junge Mary Jane an. „Wir beide wissen, wer eine der besten Quiltnäherinnen in der ganzen Gegend ist, nicht wahr?"

Mary Jane und Linda, ihre kleine Schwester, nickten. „Und Mama kann auch wunderbar kochen", fügte Linda, die erst vier war, hinzu.

Der kleine John begann oben zu weinen. Lela huschte aus der Küche, um ihn zu holen. Als sie ihn nach unten brachte, redete sie beruhigend auf ihn ein und rieb sanft seinen winzigen Rücken. Sie konnte so gut mit Kindern umgehen. Melissa fragte sich, ob der Umgang mit Kindern etwas war, das ein Mensch erst lernen musste. Oder gab es Frauen, die sich von Natur aus darauf verstanden, wie Elizabeth und Lela?

„Du verlässt dich darauf, dass es hier lauter ehrliche Leute gibt", bemerkte Lela in Bezug auf den kleinen Laden hinter dem Haus.

„Ja", nickte Elizabeth. „Bis jetzt ist noch niemand auf die Idee gekommen, uns etwas zu stehlen. Darüber bin ich sehr froh." Sie schwieg kurz. „Oh, übrigens, ich habe ganz vergessen, dir zu erzählen, dass ich heute Morgen wieder zwei von deinen Quiltkissenbezügen verkauft habe."

„Dann hast du jetzt nur noch drei Garnituren, oder?" Lela ging mit John auf den Armen langsam in der Küche auf und ab.

„Was noch da ist, wird auch bald verkauft sein, denke ich." Elizabeth bereitete einen Imbiss aus Apfelkompott für das Baby vor.

„Dann sollte ich mich am besten schleunigst wieder an die Arbeit machen", bemerkte Lela, während die Kinder sich damit beschäftigten, am Tisch Bilder auszumalen. „Ich sollte ein paar Bezüge auf Vorrat nähen, so schnell wie sie sich verkaufen lassen."

Melissa genoss diese friedliche Atmosphäre um sich herum. Es war, als beobachte sie eine Szene aus einem alten Spielfilm. Sie war beeindruckt vom guten Benehmen der Kinder, die doch noch so klein waren. Sie überlegte, wie es wohl wäre, selbst Kinder um sich zu haben. Ryan hätte daran vielleicht kein Interesse, so beschäftigt wie er war. Aber wenn sie ihren Kindern beibrächte, aufeinander aufzupassen, wie es Elizabeth tat, müsste sich Ryan keine Sorgen machen, dass sie seinen hektischen Terminplan durcheinander brächten. Jetzt, da sie über die Möglichkeit nachdachte, eines Tages Mutter zu werden, fragte sie sich, warum sie nie mit Ryan über diesen Gedanken gesprochen hatte. Und warum *er* dieses Thema nie angesprochen hatte.

Aber es wäre ein Fehler, ihren Hoffnungen und Träumen jetzt neue Nahrung zu geben. Höchstwahrscheinlich würde sie untertauchen und als einsame Frau leben müssen, und zwar für eine sehr, sehr lange Zeit.

* * *

Elizabeths Laden war ein kleiner, aber sauberer Schuppen. Jedoch war er bestens organisiert. Es gab typische amische Quiltarbeiten wie Kissen – eckige, runde, herzförmige – in einer langen Reihe. Jede Arbeit war mit einem Preisschild ausgezeichnet. Deckchen, Tischläufer, Kissenbezüge und Leinen jeder Art – alles handgearbeitet waren hübsch dekoriert. Zu den Küchenutensilien gehörten Topflappen, Küchenhandschuhe und Schürzen.

Es gab gehäkelte Pullover und Schals in verschiedenen Farben für Frauen sowie Sonnenhüte in allen Größen und auch einige kleine Hüte für Mädchen. Babyzubehör – Frotteelätzchen mit Applikationen für Mädchen und Jungen, winzige Hüte, Kleider, Babypullover, Schühchen und Decken.

Darüber hingen auf einer provisorischen Wäscheleine Wandbehänge in Quiltarbeit mit Bildern, die als Applikationen darauf genäht waren – eine Frau mit einem Sonnenhut, die ihre Wäsche aufhängte, zierte jeden kleinen Gegenstand, der frei an der Leine hing und nur ganz oben befestigt war. Eine kluge Idee.

„Das *‚Verschiedenes'* auf dem Schild draußen sind *meine* Sachen", erklärte Lela lachend.

„Weil Tante Lela nicht amisch ist", mischte sich Mary Jane ein.

„Ach so ist das", lächelte Melissa. „Aber wenn sie amisch wäre, was würde dann darauf stehen?"

„Dann würde einfach *Amischer Laden* auf dem Schild stehen. Nicht wahr, Mama?"

Elizabeth nickte lächelnd und strich einen Stoß Tischdecken glatt. Dann ging sie in die Ecke, in der gesichtslose Puppen auf einem Regal aufgereiht waren. „Meine jüngste Schwester Emma näht diese Puppen."

Melissa trat neben sie und betrachtete die hübschen kleinen Puppen. Sie bemerkte, dass die Jungen winzige Hosenträger und schwarze Filzhüte trugen. „Das ist bestimmt eine mühsame Arbeit."

„O ja, allerdings", erklärte Elizabeth. „Ich weiß auch nicht, wie Emma es schafft, den ganzen Tag an diesen Puppen zu arbeiten."

„Sie muss gute Augen haben", fügte Lela hinzu. „Ich hätte gewiss nicht die Nerven, mich mit so winzig kleinen Sachen abzumühen."

Mary Jane trat näher und warf einen genaueren Blick auf die Puppenkleider. Sie nahm einer Jungenpuppe den Hut ab, betrachtete ihn sorgfältig und erklärte: „Ich glaube, so einen Hut könnte *ich* auch nähen. Eines Tages."

„Ja, eines Tages bestimmt, mein Kind", nickte Elizabeth.

In diesem Augenblick bogen mehrere Autos in den Hof. Melissa spürte, wie die alte Panik von ihr Besitz ergreifen wollte. Als die Kunden den kleinen Laden betraten, stellte sie fest, dass sie harmlos waren. Nur Touristen, die das „echte amische Leben" sehen wollten. Sie waren gekommen, um Souvenirs und Weihnachtsgeschenke zu kaufen und mit nach Hause zu nehmen.

„Niemand käme je auf die Idee, dass es diesen paradiesischen Ort wirklich gibt", sagte eine Kundin mit einem faszinierten Lächeln.

Stimmt das denn nicht auch?, dachte Melissa.

* * *

Als sie in Lelas Haus zurückkehrten, fragte Melissa, ob sie ein wenig Wäsche waschen dürfe, da sie nur sehr wenige Anziehsachen mitgebracht hatte. Lela gestattete ihr das gern. Als die Wäsche zum Trocknen aufgehängt war, bat Melissa Lela nachzusehen, ob Telefonanrufe gekommen seien. Es waren keine gekommen.

Ihr Mut sank, aber ihre Ungeduld weckte in ihr eine ungewohnte Entschlossenheit. *Ich kann nicht länger warten.* „Dürfte ich bitte noch einmal dein Telefon benutzen?“, fragte sie.

„Aber natürlich.“ Lela verließ diskret das Zimmer und setzte sich ins Wohnzimmer, während Melissa ihren Anruf tätigte.

Sie zog einen Zettel aus der Hosentasche und wählte schnell eine Nummer. Hoffentlich käme sie dieses Mal durch. Sie wollte Lela Denlingers Nummer nicht wieder auf einem Anrufbeantworter hinterlassen. Sie brauchte Antworten – und zwar jetzt. Sie fragte sich, was Lela wohl dächte, wenn sie wüsste, wen Melissa anrief. Würde die junge Mennonitin Angst bekommen und sie bitten, ihr Haus so schnell wie möglich zu verlassen?

Sie hörte ein Klicken. „FBI“, meldete sich eine männliche Stimme am anderen Ende der Leitung.

Endlich ... ihr Kontaktmann.

„Hier ist Melissa James“, nannte sie ihren Namen. „Warum haben Sie nicht ...“

„Melissa? Wo sind Sie?“, kam die plötzlich angespannte Frage.

Sie schwieg kurz. Sein dringlicher Tonfall verwirrte sie. „Ich habe am Freitagabend eine Telefonnummer hinterlassen. Seitdem hat sich aber niemand bei mir gemeldet.“

„Wir haben das ganze Wochenende versucht, Sie zu erreichen“, erklärte er. „Sagen Sie mir die Nummer noch einmal, für den Fall, dass etwas passiert oder die Verbindung getrennt wird.“

Verwirrt hielt Melissa das Telefon hoch und begann, Lelas Telefonnummer abzulesen. „O nein ...“ Sie hielt inne, nachdem sie die ersten drei Ziffern gelesen hatte. Sie sah ihren Fehler. In ihrer

Eile musste sie am Freitagabend eine falsche Nummer angegeben haben.

Unglaublich. Sie hatten tatsächlich versucht, sie zu erreichen! Schnell gab sie die richtige Telefonnummer an.

„Sagen Sie mir die Adresse."

Melissa diktierte sie ihm, dann schwieg sie. „Ich wurde verfolgt, aber ich habe ihn abgehängt."

Der Mann atmete laut auf. „Wir müssen Sie von dort herausholen."

„Nein ... ich bin hier in Sicherheit."

„Hören Sie, Ihr Leben ist vielleicht in ..."

„Ich habe meinen Mann zurückgelassen, weil Sie darauf bestanden, dass ich fliehe. Sie haben beim letzten Mal meine Fragen nicht beantwortet. Ich frage Sie also jetzt noch einmal: Warum musste ich mein Haus so dringend verlassen?"

„Es war absolut nötig, dass Sie flohen, Melissa. Unseren Nachforschungen zufolge befanden Sie sich in unmittelbarer Gefahr. Unser nächster Agent war über eine Stunde entfernt. Aber jetzt müssen wir mit Ihnen sprechen ... persönlich."

Etwas stimmte hier ganz und gar nicht. Unheil lag in der Luft. Sie hörte es an seiner Stimme.

In ihrem Magen bildete sich ein Kloß. Sie stützte sich schwer auf die Arbeitsplatte. Vor Sorge bekam sie fast keine Luft. Sie rechnete damit, dass ihre Welt endgültig zusammenbräche. „Es geht um Ryan, nicht wahr?", fragte sie schließlich.

Der FBI-Agent ging nicht auf ihre Frage ein. „Wir können innerhalb von zehn Minuten bei Ihnen sein."

„Sagen Sie mir die Wahrheit", bat sie verzweifelt. „Ich muss wissen, was mit meinem Mann ist."

Entsetzliche Bilder geisterten durch ihren Kopf. Sie wand sich vor Panik. Der Raum um sie herum begann sich wie eine Raumkapsel zu drehen und versetzte sie um Jahre zurück. Sie war wieder ein zehnjähriges Mädchen. Schwarzweiße Polizeiautos standen mit Blaulicht vor Papas kleinem Haus. Eine Frau in einer blauen Uniform setzte sie sanft, aber bestimmt auf das Sofa und erzählte ihr, dass ihr Vater in den Himmel gegangen sei. *Wie meinen Sie das? Ich habe ihn doch heute Morgen noch gesehen. Papa hat mich zur Schule gebracht ...*

Der Alptraum wiederholte sich. Sie fühlte einen Augenblick Mrs. Brownings liebevolle Arme um sich, die sie trösten wollten. *„Komm, Liebes. Ich bin hier. Deine Mrs. Browning wird sich um dich kümmern ...“*

Wird sich um dich kümmern ...

Sie erschauderte bei dem Gedanken an diese liebe Frau. Aber Mrs. Browning war dieses Mal nicht da und würde die Scherben ihres Lebens heute nicht aufsammeln. Wütend schüttelte Melissa den Kopf. Heiße Tränen liefen ihr über das Gesicht. Sie hatte das Gefühl, jeden Augenblick vor Zorn zu explodieren.

Sie haben mir gesagt, Ryan wäre in Sicherheit! Sie konzentrierte ihre Gedanken wieder auf den FBI-Agenten.

Mit zusammengebissenen Zähnen wartete sie darauf, mit dem Schlimmsten rechnend, dass der FBI-Agent endlich sagte, was passiert war. Als er wieder sprach, war seine Stimme sanfter, leiser. Er versuchte, sie zu trösten. „Melissa ... ich habe beunruhigende Nachrichten für Sie. Es geht um Ihren Mann, Ryan James ...“

21

Gott war ihr Zeuge: Lela wollte Melissas Telefongespräch wirklich nicht belauschen. Aber sie hatte trotzdem ein paar Gesprächsfetzen verstanden, und sie war sehr beunruhigt. Konnte es sein, dass Melissas Mann in Gefahr war? Sie zwang sich, nicht gleich das Schlimmste zu denken, auch wenn Mellies aufgebrachte Worte durch das Haus hallten: „Ich muss wissen, was mit meinem Mann ist ..."

Jetzt machte Mellie ihrem Ärger Luft und schrie ihren Gesprächspartner, wer auch immer dieser war, aufgeregt an. Dann folgte eine Weile Stille. Schweigen machte sich breit.

Schließlich hörte Lela nur noch ein leises Weinen. „Nein ... nein, das kann nicht sein ..." Mellies Stimme drang in das kleine Wohnzimmer. „Sie müssen sich irren."

Da sie nicht wusste, was sie sagen oder tun sollte, betete Lela leise: *Herr, bitte hilf Melissa bei dem, was sie so belastet. Was auch immer es sein mag ... lass mich ein Trost für sie sein.*

Plötzlich hörte sie Melissa ins Telefon schreien: „Ich glaube Ihnen kein Wort! Lassen Sie mich in Ruhe!" Mit einem lauten Knall legte sie den Hörer auf.

Besorgt erhob sich Lela von ihrem Sessel. Sie ging in die Küche, wo die junge Frau untröstlich schluchzte. „Mellie?", flüsterte sie.

Melissa schaute ihr in die Augen und stammelte durch ihre Tränen hindurch: „Ich brauche mein Auto. Ich muss fort von hier."

„Sicher, Mellie, aber bist du ... ist alles in Ordnung?"

Melissa schüttelte den Kopf. „Nichts wird je wieder in Ordnung sein."

Lela nahm den Hörer vom Telefon und wählte schnell die Nummer von Thaddeus King. Währenddessen eilte Melissa die Treppe hinauf. Sie weinte immer noch. Zum Glück ging Elizabeth schon beim zweiten Klingeln ans Telefon. Lela erzählte ihrer Schwester, dass Melissa bald zu ihr kommen und ihr Auto holen würde. Sie hatte gerade aufgelegt, als Melissa mit ihrem Koffer zur Haustür trat. Sie kramte in ihrem Portemonnaie. Lela ging auf sie zu und betete im Stillen um Gottes Führung. Melissas Verzweiflung war nicht zu übersehen.

Melissa drehte sich zu ihr um und schaute sie mit entschuldigendem Blick an: „Ich habe vergessen, wie viel ich dir schulde."

„O ... ja, es sind dreißig Dollar pro Nacht. Du warst insgesamt drei Nächte hier."

Melissa suchte zwischen einem Stoß Banknoten in ihrem Portemonnaie – so viel Geld hatte Lela in ihrem ganzen Leben noch nie auf einmal gesehen – und reichte ihr fünf Zwanzig-Dollar-Scheine. „Es stimmt so."

Sie nahm das Geld entgegen. „Kann ich dir irgendwie helfen?", fragte Lela voll Mitgefühl.

Tränen traten Melissa in die Augen, als sie mit zitternden Lippen den Kopf schüttelte. Sie klemmte sich ihren Koffer und ihre Handtasche unter und ging zur Tür. Dort blieb sie abrupt stehen, als hätte jemand ihren Namen gesagt und sie zurückgerufen.

Lelas eigene Tränen versperrten ihr einen klaren Blick, aber trotzdem hoffte sie, die arme Frau hätte vielleicht ihre Meinung geändert. Mehr als alles wollte sie ihr gern helfen.

Melissa trat wenige Zentimeter vor und unternahm einen erneuten Versuch, das Haus zu verlassen. Aber wieder hielt sie inne. Mit einem tiefen Seufzen und mit unübersehbarer Resignation stellte sie ihren Koffer ab. Sie legte die Arme fest um sich und ihr Blick schien weit hinaus hinter diese Tür zu schweifen. Ihre Miene verwandelte sich von Angst in Trauer. Blässe legte sich über sie. „Ich kann nicht zurückgehen. Ich kann *nie* wieder zurück", flüsterte sie.

Lela ergriff die Gelegenheit und streckte die Hand nach ihr aus. „Bitte bleibe doch länger, Mellie ... so lange du möchtest."

Die junge Frau drehte sich um. Ihr Gesicht war von Traurigkeit und Schmerz gezeichnet. Lela tat das, was sie am besten konnte: Sie öffnete einer verletzten Seele ihr Herz und ihre tröstenden Arme. Melissa sank in ihre Arme und begann, hemmungslos zu schluchzen.

Nach einer Weile sagte Melissa, sie sei müde und müsse sich hinlegen.

„Soll ich dir etwas Tee aufgießen und ihn dir in dein Zimmer bringen?“, bot Lela an.

Mellie lehnte das freundliche Angebot ab. Verzweiflung lag auf ihrem Gesicht. Sie schleppte sich die Treppe hinauf. Langsam, mechanisch, in ihren Schmerz versunken.

Lela hielt es für weise, ihr zu folgen. Sie behielt ein Auge auf Melissa, während die junge Frau in das Gästezimmer ging, wo sie sich schließlich schwer atmend aufs Bett legte.

„Oh, Ryan“, flüsterte Mellie immer wieder. „Nicht du auch noch.“

Lela zog die handgenähte Quiltdecke vom Fußende des Bettes hoch und legte sie auf Mellies zitternden Körper. Die geschwollenen roten Augenlider gingen zu und sperrten die Welt aus.

Während Lela jetzt über Mellie wachte, wurde sie an die vielen Male erinnert, in denen sie schweigend am Bett ihrer schlafenden Nichten und Neffen gesessen hatte. Als wäre ihre Anwesenheit irgendwie tröstlich, auch wenn sie sich darauf nichts einbildete.

Als Melissas Atem langsamer und gleichmäßiger wurde, fühlte sich Lela von Gott gedrängt zu beten. Sie beugte sich vor und berührte leicht Melissas Arm. *Vater im Himmel, bitte tröste diese Frau, die du so sehr liebst. Halte sie in deinen liebenden Armen fest. In Jesu Namen. Amen.*

Endlich kam der Schlaf. Lela verließ das Zimmer. Sie musste schnell Elizabeth anrufen und sie wissen lassen, dass Melissa ihr Auto nun doch nicht brauchen würde. Wenigstens vorerst nicht.

* * *

In regelmäßigen Abständen schaute Lela den Nachmittag über immer wieder nach ihrem Gast, aber Melissa schlief tief und fest und rührte sich kein einziges Mal. Es war schon weit nach siebzehn Uhr, als Lela wieder eine Runde ins Gästezimmer machte. Melissa saß auf der Bettkante und sah ein wenig mitgenommen aus. In ihren Augen lag ein trauriger, verlorener Blick.

„Darf ich dir eine Tasse Tee holen?", fragte sie und klopfte leise an die Tür, die leicht offen stand.

Melissa bemühte sich um ein schwaches Lächeln – vielleicht versuchte sie, Lelas Freundlichkeit anzuerkennen –, aber ihr Gesicht war kreidebleich. „Ich muss fahren", sagte sie unverblümt. „Ich muss zurück nach Connecticut."

Lela machte sich große Sorgen. Melissa war nicht in der Verfassung, Auto zu fahren – und schon gar nicht so eine weite Strecke. „Ich dachte, du sagtest ... du könntest nie zurückkehren."

Melissa schaute zu ihr auf. Ihre Augen glänzten erneut feucht. „Du bist so nett zu mir, Lela. Es wäre nicht richtig von mir, länger zu bleiben."

„Aber warum denn nicht?"

Melissa ließ den Blick sinken. „Mein Leben ist in Gefahr. Ich will dich nicht auch noch in die Sache mit hineinziehen. Wenn ich bleibe ... könnte er mich vielleicht finden."

„*Wer* könnte dich finden?" Lela war betroffen über Melissas Eingeständnis. Vielleicht war die junge Frau ja auch nur durcheinander. Lela setzte sich auf das Bett und drehte Melissa den Kopf zu. „Will dir jemand etwas antun?"

Melissa nickte, stützte den Kopf auf ihre Hände und begann zu weinen.

„Weiß diese Person, wo du bist?", fragte sie vorsichtig weiter.

„Ich wüsste nicht, woher ... aber es ist trotzdem zu gefährlich."

„Ich glaube, Gott beschützt dich hier, Mellie. Er ist größer als das Böse um uns herum", sagte Lela. „Unsere Hilfe kommt von dem Herrn", flüsterte sie.

Melissa sah sie zweifelnd an. „Kann Gott Revolverkugeln aufhalten?"

Lela stockte der Atem. *In was für Schwierigkeiten steckt Melissa eigentlich?*, dachte sie, ohne sich etwas anmerken zu lassen. Tapfer lächelte sie. „Hast du irgendwelche Probleme ... mit dem Gesetz?"

Melissa lächelte schief. „Nein."

„Sollen wir die Polizei benachrichtigen?"

„Sie werden nichts unternehmen. Und er würde mich mit Bestimmtheit finden."

„Dir wird hier nichts geschehen. Wir werden dem Herrn vertrauen."

„Warum bist du bereit, dieses Risiko auf dich zu nehmen?"

Lela spürte, wie eine neue Sicherheit in ihr wuchs. „Ehrlich gesagt, habe ich Gottes Macht, die Wunder wirken kann, in dieser Gemeinde schon oft erlebt."

Melissas Blick wich nicht von ihren Augen, als suche sie nach etwas, als hoffe sie, die Wahrheit zu finden. Dann schüttelte sie den Kopf und legte sich auf das Bett zurück. „*Meine* Gebete erhört Gott nicht."

„Mellie ..."

Melissa schüttelte den Kopf, dann schloss sie erneut die Augen und legte die Arme fest um sich, als wolle sie sich vor der Welt abschirmen. Lela bückte sich, zog die Decke über ihren Gast und verließ das Zimmer.

* * *

Am nächsten Morgen klopfte Lela an Melissas Tür. Die Tür war angelehnt, und sie sah, dass Mellie schon auf war und auf einem Stuhl saß. Sie war blass und teilnahmslos. „Konntest du überhaupt schlafen?", fragte sie.

„Ich glaube schon."

„Was möchtest du gern zum Essen?"

„Nur etwas Saft bitte."

Lela begab sich in die Küche, um das Frühstück vorzubereiten. Wenn Melissa der Essengeruch in die Nase stieg, würde ihr Magen sich vielleicht doch zu Wort melden. Es war so wichtig, dass diese Frau bei Kräften blieb. Besonders da sie emotional so belastet war.

Sie goss Teig in ihr Waffeleisen und behielt die Eier und den Schinken in der Pfanne im Auge. Sie deckte den Tisch und stellte eine Vase mit einem kleinen Blumenstrauß in die Mitte.

Als der Tisch fertig gedeckt war, hörte sie Schritte auf der Treppe und erblickte Melissa, die durch die Küche kam und zum Wintergarten gehen wollte. „Heute ist wieder ein herrlicher Tag“, rief sie ihr zu. „Geh doch hinaus und schau dich im Garten um.“

Melissa tat, was Lela sagte, und ging hinaus. Lela konnte sehen, wie sie über das Weideland in Richtung Osten schaute. Sie war regungslos und wirkte niedergeschlagen.

Nach einer Weile trug Lela ein Tablett mit frisch gepresstem Orangensaft hinaus und bot davon Melissa an, die ihn dankbar annahm. „Vielleicht fühlst du dich ein wenig besser, wenn du das trinkst“, sagte Lela und hoffte es von ganzem Herzen.

Ihre Blicke begegneten sich. „Du erinnerst mich so sehr an ...“

„An wen?“, fragte Lela interessiert.

„An meine beste Freundin ... Mrs. Browning.“

Lela freute sich, dass Melissa ein wenig aus ihrem Schneckenhaus herauskam. „Kanntet ihr einander von der Schule?“

„Nein, sie war viel älter. Sie kümmerte sich um mich nach ...“ Sie brach ab. Tränen traten ihr in die Augen. „Meine Freundin war wie eine Mutter für mich.“

„Wo ist sie jetzt?“

Melissa biss sich auf die Lippe. „Ich habe Mrs. Browning seit Jahren nicht mehr gesehen. Mit ihr konnte ich über alles sprechen. Ich vermisse sie sehr.“

„Einige Leute sagen, dass *ich* auch gut zuhören kann.“

Melissa nickte. Ihre Miene war angespannt. „Ich weiß, dass du das kannst.“

„Ich möchte nicht neugierig erscheinen, aber wenn du jemanden zum Reden brauchst, bin ich für dich da. Einverstanden?“

Melissa wandte den Blick ab und schaute hinaus zum fernen Horizont. „Ich wüsste nicht einmal, wo ich anfangen sollte“, sagte sie leise. „Ich weiß nicht einmal mehr, wer ich bin. Ich habe meine Identität verloren ... und im gleichen Atemzug meinen Mann. Alles, was mir wichtig war, ist fort ..." Ihre Stimme versagte, und ihre Schultern zuckten unter einem neuen Ansturm von Trauer.

Lela war verblüfft. Sie wartete geduldig, während ihre neu gewonnene Freundin ihrem Schmerz in lautem Schluchzen Raum gab. Sie wünschte, sie könnte dieses arme Mädchen irgendwie trösten, aber sie war nicht sicher, was sie tun sollte, da Melissa so viele Geheimnisse hatte.

Nach einer Weile begab sie sich wieder ins Haus und schaute nach dem Frühstück im Warmhalteofen. Schließlich folgte Melissa ihr und setzte sich an den Tisch. Geistesabwesend nahm sie ihre Stoffserviette und legte sie sich mit ernster Miene auf den Schoß.

Lela servierte Eier und Schinken, zusammen mit den Waffeln. „Manchmal, wenn ich allein sein möchte, unternehme ich lange Spaziergänge", sagte sie. „Ungefähr anderthalb Kilometer von hier gibt es eine schöne Stelle. Ich nenne sie meine Zuflucht, aber eigentlich gehört sie nicht mir. Trotzdem kann ich dorthin gehen und mich an das Ufer des Conestoga River setzen und mit dem Herrn sprechen."

„Wo ist das?", fragte Melissa.

„Bist du bei der Fahrt hierher über die Hunsecker Mill Bridge gekommen?"

„Ist das die überdachte Brücke?"

„Ja, das ist sie. Irgendwann können wir dorthin einen Spaziergang machen, wenn du möchtest."

Melissa wirkte entfernt interessiert. „Ich habe die Brücke am Freitagabend im Mondschein gesehen."

„Sie sieht so friedlich und hübsch aus mit den Weiden, die am Flussufer wachsen", fügte Lela hinzu.

„Ich kenne diesen Frieden, den ein Zufluchtsort ausstrahlen kann." Melissas Blick wanderte in die Ferne. „Ich hatte auch so einen Platz, als ich ein Mädchen war. Es war Mrs. Brownings Blumengarten, der Garten hinter ihrem Haus."

Lela war vorsichtig. Sie wollte nicht ungebeten in Melissas Vergangenheit eindringen. „Erzähle mir von deiner besten Freundin, wenn es dir Freude macht."

„Mrs. Browning ...", begann Melissa wehmütig. „Ich war sieben Jahre alt, als mein Vater, der Witwer war, verkündete, dass wir in eine Kleinstadt nach Colorado umziehen würden", begann sie. „Ich kann mich an nicht mehr viel aus dieser Zeit in meinem Leben erinnern. Ich war noch so jung, aber ich erinnere mich an das Gefühl, das ich dabei hatte: Ich war verwirrt. Warum musste Papa uns von allem, was wir kannten und liebten, wegbringen?"

Lela saß schweigend da und wartete gespannt, bis Mellie weitersprach.

„Es war schwer, so überstürzt umzuziehen. Alles musste furchtbar schnell gehen." Sie seufzte, lehnte sich auf dem Stuhl zurück und durchlebte die Ängste erneut, die sie als kleines Mädchen ausgestanden hatte. „Mein Vater erklärte nie den Grund für diesen plötzlichen Umzug. Schon am nächsten Abend flogen wir nach Denver und ließen alles zurück, was wir in unserem Haus in Laguna Beach, Kalifornien, besaßen. Nur ein paar Sommerkleider und zwei meiner Lieblingsstofftiere kamen mit. Mein Vater sagte, wir könnten in unserem neuen Zuhause ‚alles neu kaufen'."

„Sehr seltsam."

„Ja, aber Papa und ich hatten einander. Innerhalb weniger Wochen hatten wir uns in unserem kleinen Mietshaus in Palmer Lake eingerichtet. Palmer Lake war ein Ort, an dem jeder jeden zu kennen schien. Eine ruhige Kleinstadt mit freundlichen Leuten. Die Leute dort waren irgendwie ganz anders. Die Lehrer unterrichteten, weil sie Kinder liebten, und nicht wegen des Gehaltsschecks. Die Postboten legten ihre Route zu Fuß zurück und unterhielten sich unterwegs mit den Leuten. Und dann war da Mrs. Browning, die nur ein paar Häuser weiter wohnte. Sie und ihr Mann wurden unsere besten Freunde. Die allerbesten Freunde, die wir auf der Welt hatten."

Das erste Mal, als sie der Britin begegneten, suchten Melissa und ihr Vater gerade Rosen für ihren Garten hinter dem Haus in Algomas Baumschule, einem kleinen Gartencenter am Rand der Stadt. Mrs. Browning war ebenfalls in dem Geschäft und kaufte Pflanzen. „Herzlich willkommen in Palmer Lake", rief die Frau mittleren Alters ihnen über den Tisch mit Gänseblümchen und Petunien hinweg zu.

„Danke", antwortete Melissas Vater. „Wir sind gern hier."

Damals fand es Melissa interessant, dass diese Frau mit dem starken Akzent offenbar wusste, dass sie neu in die Stadt gezogen waren. Sie zupfte ihren Papa am Ärmel und flüsterte: „Woher weiß sie von uns?"

Er erklärte ihr, dass Leute in einer so kleinen Stadt genau wissen, wer schon lange in der Stadt wohnt, und wer nicht. Melissa beobachtete unterdessen, wie Mrs. Brownings Einkaufswagen sich mit pfirsichfarbenen und rosa Rosen füllte. Sie selbst vermisste ihren Rosengarten in Laguna Beach und fühlte sich zu der netten Dame mit dem cremefarbenen Teint, den nussbraunen Haaren und smaragdgrünen Augen hingezogen.

„Können wir noch mehr Rosen anpflanzen, Papa?", fragte sie und versteckte sich leicht hinter ihrem Vater.

„Deshalb sind wir ja hier", antwortete er und ging daran, mehrere Teerosen in einer Vielzahl von Farben auszuwählen. Dabei begann er ein Gespräch mit der freundlichen Frau. Sie stellten sich einander mit ihrem Namen vor und fanden heraus, dass sie Nachbarn waren.

Am nächsten Tag klopften Mrs. Browning und ihr Mann, ein Kobold von einem Mann, mit Geschenken in den Händen an ihre Tür. Sie brachten Erdbeerkekse und eine Dose Schokolade. Sie wurden eingeladen, ins Haus zu kommen, und man plauderte miteinander. Ab diesem Tag durfte Mellie jederzeit mit diesem netten Ehepaar zusammen sein.

Vor ihrem Umzug hatte ihr Vater immer sehr gezögert, Mellie aus den Augen zu lassen. Hier in Palmer Lake schien er den Leuten auf der Stelle zu vertrauen. Besonders Mrs. Browning. Mellie war froh darüber, denn ihre Nachbarin war gleichzeitig lustig und kreativ. Mellie malte sich in ihrer Fantasie aus, dass ihre verstorbene Mutter vielleicht ähnliche Eigenschaften besessen hatte. Ihr Vater sprach nur sehr wenig über seine große Jugendliebe, die inzwischen nicht mehr lebte.

Papa hatte immer Zeit für mich ...

Am meisten genoss sie die Stunden nach dem Abendessen. Sie kuschelte sich immer neben ihren Vater und hörte aufmerksam zu, wenn er ihr laut vorlas, alles von *Heidi* bis zu den klassischen Märchen. Manchmal schauten sie sich auch miteinander ihre Lieblingsvideos an.

Ihr Vater, Emery Keaton, war gegen die Gewalt, die so unverhohlen im Fernsehen gezeigt wurde. Da sie nur ein Fernsehgerät im Haus hatten und ihr Vater genau kontrollierte, welche Sendungen sie sich anschaute, wurde Mellie in ihren Grundschuljahren vor der harten Realität etwas abgeschirmt.

Eines Tages, kurz nachdem die Sommerferien begonnen hatten, bat sie, in den Zoo gehen zu können. Der Tag war für Anfang Juni besonders sonnig und warm.

„In welchen Zoo willst du denn?“, fragte Papa.

„Am liebsten würde ich in den Cheyenne Mountain Zoo gehen.“ Sie erklärte in ihrer mädchenhaften Art, dass die Wege dort steil und „sehr aufregend“ seien. Gewundene Wege, die mit Blumen und Sträuchern, die es nur in Colorado gab, bepflanzt waren, führten sie durch das Vogelhaus, das Löwenhaus und das Bärengehege. „Am besten ist das große Affenhaus.“ Die kleinen Äffchen brachten Melissa immer zum Lachen. Es gefiel ihr, wie sie hin- und herschaukelten, sich dann umdrehten und nach unten schauten, und wie ihre Augen dabei verschmitzt leuchteten, als führten sie ihre Kunststückchen allein für sie auf.

Ohne lange nachzudenken, fuhr Papa mit ihr in den Zoo. Sie hatte sich damals nie Gadanken darüber gemacht, ob sie vermögend waren. Tatsache blieb, dass ihr Vater an einem normalen Tag das Haus kaum verließ. Gelegentlich „erledigte er ein paar Besorgungen“, aber Mellie wusste nie genau, wo sein Arbeitsplatz war und ob er überhaupt einen hatte. Einen großen Teil seiner Arbeit erledigte er zu Hause, am Telefon. Und nach der Schule, wenn sie nach Hause kam und begeistert von ihrem Tag erzählte, war er immer da und wartete mit strahlenden Augen und einem freundlichen Lächeln auf sie.

Sie besuchten auch oft die Brownings. Mellie liebte es besonders, in dem großen Garten hinter dem Haus spazieren zu gehen. Dabei dachte sie immer, dieser Garten habe sehr viel Ähnlichkeit mit dem geheimnisvollen Garten in der Welt von Mary Lennox und Misselthwaite Manor aus ihrem Märchen.

„Kennen Sie das Buch?", fragte sie Mrs. Browning eines Tages, als sie zu zweit Unkraut zwischen den Rosen jäteten. Mrs. Browning nannte dieses Beet ihr Meisterstück, „Josefs Umhang." Die Rosen waren dreifarbig, wurden nicht hoch und ähnelten fast einem kleinen Strauch. Ihre roten, orangefarbenen und rosa Blütenblätter standen wie Sterne nebeneinander.

„Aber natürlich." Mrs. Browning hatte als Kind mit ihrer Schwester einen Ausflug zum Rosengarten in Maytham Hall in Kent in England unternommen – den Garten, in dem die Schriftstellerin Ende des neunzehnten Jahrhunderts lebte und der sie zu ihrem Roman inspirierte. Genauso wie der Garten in dem Märchen hatte dieser Garten eine verborgene Tür mit einem niedrigen Torbogen und einer Holztür. „Ich war von dem Buch *Der geheime Garten* einfach fasziniert. Und ich kenne niemanden, dem es nicht genauso ergangen wäre."

Bücher, Blumen und die Natur im Allgemeinen wurden das gemeinsame Bindeglied, durch das die beiden ihre Welt und einander immer besser kennen lernten. Als sie in die dritte Klasse kam, war Mellie ihre Nachbarin so vertraut wie eine Verwandte geworden. Als sie ihren Mut zusammennahm und Mrs. Browning von dieser Hoffnung erzählte, tadelte die Frau sie sanft und sagte, sie seien „die besten Freundinnen, die es gibt, ja", aber Mellie sollte nicht mehr in ihr sehen.

Mellie war den ganzen Tag traurig, bis sie schließlich ihren Vater um Rat fragte. „Sie steht mir so nahe, wie es nur eine Verwandte kann", beharrte sie und dachte an Oma Clark, die sie lange nicht mehr gesehen hatte. „Warum darf ich Mrs. Browning dann nicht ‚Tante' nennen?"

Papa war freundlich und verständnisvoll. „Tatsache ist doch, dass Mrs. Browning deine Freundin ist." Er machte eine Pause, legte die Zeitung auf seinen Schoß und schaute seine kleine Tochter über seine Brille hinweg an. „Nicht wahr?"

Mellie nickte. „Ja, meine *beste* Freundin."

„Gut, dann würde ich sagen, du hast damit mehr bekommen als eine Verwandte."

„Wie meinst du das?"

„Wenn Mrs. Browning sagt, dass sie deine Freundin ist, ist das eine wunderbare Sache." Ihr Vater erklärte weiter, dass einen solchen Titel nicht einfach irgendjemand verliehen bekam. Er sagte, Verwandte suche man sich normalerweise nicht aus. Sie bekam man vererbt. „Außer natürlich, wenn jemand adoptiert wird." Aber der Kern des Ganzen war, dass ihr Vater an den unschätzbaren Wert wahrer Freundschaft glaubte. „Wenn du in deinem Leben einen oder zwei echte Freunde findest, dann ist das alles, was ein Mensch braucht."

Prompt erzählte sie Mrs. Browning, was ihr Vater ihr erklärt hatte. Mrs. Browning antwortete, sie sehe das ganz genauso wie er. Damit war die Sache erledigt. Mellie und Mrs. Browning *waren* Freundinnen – eine höhere Berufung als irgendeine gewöhnliche Tante oder Kusine. Sie waren Gärtnerinnen und Bücherwürmer, und das war ein wunderbares Band, das zwischen ihnen bestand.

Ihr Vater half ihren Nachbarn auch gern, indem er in Mrs. Brownings Garten arbeitete. Da Mr. Browning Probleme mit seinem Rücken hatte, konnte er bestenfalls mit einer Schaufel oder einem Spaten hin und wieder umgraben. Sich nach unten bücken und Unkraut jäten kam nicht in Frage.

Mellie bot oft die Dienste ihres Vaters an, um Mrs. Browning zu helfen, die auch nicht mehr die Jüngste war. Ihr Vater machte gern Reime über Blumen, besonders über Rosen, wenn er im

Garten arbeitete. Daraus entwickelte sich ein fröhliches Spiel für die drei. Er sagte die erste Zeile eines Gedichts, Mellie sagte die nächste auf und so weiter.

Manchmal wollte ihr Vater wissen, wer den Verfasser eines bestimmten Zitats nennen könne, und schloss auch Mrs. Browning in das Spiel ein. „Wer weiß das?", sagte Papa zum Beispiel mit funkelnden Augen. „Keine Pflicht wird so häufig vernachlässigt wie die Pflicht, glücklich zu sein."

Mellie musste nicht lange nachdenken. Das war einer von Papas Lieblingssprüchen. „Robert Louis Stevenson", verkündete sie und freute sich, dass sie die Lösung wusste.

„Vergiss das nie, Mellie", sagte Papa mit einem viel sagenden Nicken und schaute sie voller Liebe an.

In diesen wenigen Jahren waren sie glücklich. Glücklich – das bedeutete, dass ein junges Mädchen die Straße hinunterlaufen und Zeit bei ihrer Nachbarin verbringen konnte und von einer fünfzigjährigen Britin und ihrem kränkelnden Mann die Namen von Blumen lernen konnte. Glücklich – das bedeutete, nach Colorado Springs in die Bibliothek zu fahren, sich Dutzende Romane auszuleihen und sie entweder Papa oder Mrs. Browning laut vorzulesen. Wirkliches Glück war es, unter dem wachsamen Auge eines fürsorglichen Vaters aufzuwachsen, der sich für jedes winzige Detail ihres Lebens interessierte. Aber ihr kleines Paradies sollte bald zerstört werden.

22

Der Tag war nicht anders als jeder andere Schultag. Papa bereitete ihr ein warmes Frühstück zu und fuhr sie dann zur Montessorischule, die nur ein paar Straßen entfernt war. Er brachte sie immer mit dem Auto hin und ließ sie vor der Schule aussteigen, egal, was für ein Wetter war.

Mit einem Winken und einem Lächeln rief er hinter ihr her: „Ich werde dich vermissen, Mellie."

„Bis heute Nachmittag", rief sie zurück.

„Pass auf dich auf." Jedes Mal gab er ihr zum Abschied diese Ermahnung mit auf den Weg. Die Worte hallten in ihrem Kopf wider. Sie waren sein Markenzeichen geworden. Sie durfte das nie vergessen ...

Sie dachte sich nicht viel dabei, als zwei Polizisten in der Nachmittagspause vor dem Schulhaus vorfuhren. Als sie in der Begleitung der Schuldirektorin jedoch nach ihr suchten, bekam sie Angst. Noch nie zuvor war sie Menschen begegnet, die so ernst schauten.

Einer der Polizisten war eine Frau mit blonden Haaren und freundlichen Augen. „Es ist etwas passiert, Melissa", sagte sie und ging in die Hocke. „Wir sind hier, um dich nach Hause zu bringen."

Mit Unbehagen folgte sie ihnen in ihr Klassenzimmer, packte ihre Schulsachen zusammen und begab sich zu dem Streifenwagen. Ihre Klassenkameraden schauten ihr mit großen Augen nach, als sie einstieg. Sie hatte das Gefühl, die ganze Schule beobachte sie. Das machte sie nervös. Sie war kein Kind, das viel Aufmerksamkeit auf sich zog. Sie hatte es lieber, wenn man sie in Ruhe ließ, arbeitete gern alleine und lernte in ihrem eigenen, schnellen Tempo. Dass sie heute von Polizisten aus der Schule geführt wurde, machte sie unsicher. Sie hatte keine Ahnung, was sie erwartete.

Angst ergriff sie, als sie über die vertraute Straße fuhren und sich ihrem Haus näherten, das von vielen Polizeiautos umstellt war. Ein langer, gelber Streifen kreiste das Grundstück ein. Ihren Vater konnte sie nirgends sehen. Der Streifenwagen blieb nicht vor dem Haus stehen und ließ sie nicht aussteigen. Stattdessen sagte die Polizistin, sie führen zu Mrs. Browning.

„Wo ist mein Papa?", fragte sie und begann zu weinen. „Warum kann ich nicht nach Hause gehen?"

Sie bekam keine Antwort. Nicht in diesem Augenblick. Aber bald viel zu bald, erfuhr sie die ganze grausame Wahrheit.

Mrs. Browning erwartete sie an der Tür und nahm sie in die Arme. „Meine liebe, liebe Mellie", war alles, was sie sagte.

Kurze Zeit später traf eine Frau – eine andere Polizistin in einem Marinekostüm – bei Mrs. Browning ein. Sie war in Begleitung eines Polizisten, der ebenfalls einen dunklen Anzug trug. Die Frau setzte sich zu Melissa aufs Sofa und streichelte ihre Hand, was dem kleinen Mädchen noch mehr Angst einjagte.

„Wo ist mein Papa?", fragte sie.

„Es gab einen Unfall", sagte die Frau langsam und legte einen Arm um Mellies Schulter. „Dein Vater ist jetzt im Himmel."

„Papa ist *tot*?" Trauer übermannte sie. „Wie? Warum?", weinte sie.

Keine Worte konnten ihr Trost bieten. Sie brauchte Antworten.

Aber offenbar brauchte auch die Polizistin Antworten. Nachdem sie ihr bestätigt hatte, dass ihr Vater tatsächlich gestorben sei, befragte die Frau Melissa nach ihrem Vater. Sie zeigte ihr mehrere Bilder von Männern, während der Mann in dem Anzug in Mrs. Brownings Türrahmen stand und das Mädchen nicht aus den Augen ließ.

„Von diesen Leuten habe ich noch nie einen gesehen", stammelte sie mit Tränen in der Stimme. „Und ich weiß auch nicht, wo Papa arbeitet, oder irgendetwas anderes, das Sie fragen."

Mrs. Browning saß daneben und schaute das Mädchen mit besorgter Miene an. Irgendwann fand sie, es sei jetzt genug. Sie mischte sich in das Gespräch ein und fragte, ob das kleine Mädchen nicht „allein und ungestört“ um seinen Vater trauern dürfe.

Die Polizistin warf einen fragenden Blick hinüber zu dem Mann. „Sind wir hier fertig?“, fragte sie.

Er nickte, und die Frau willigte ein, die Befragung zu beenden. Mellie war erleichtert, dass sie endlich gingen. Sie stürzte sich verzweifelt in Mrs. Brownings Arme. Dort fühlte sie sich in Sicherheit, während ihre Freundin lange in beruhigendem Tonfall mit ihr sprach und ihr über den Kopf streichelte, bis Mellie zu erschöpft war, um noch länger zu weinen.

In den Tagen nach dem Tod ihres Vaters blieb Mellie bei den Brownings. Ein handgeschriebenes Testament wurde gefunden. Ein Richter erkannte es als das Testament ihres Vaters an. Es entsprach seinem letzten Willen, dass Melissa bei den Brownings aufwachsen solle, da die Vormundschaft durch die Brownings „aufgrund der bestehenden engen Beziehungen im besten Interesse des Kindes“ sei. Opa und Oma Clark kamen aufgrund ihrer gesundheitlichen Beschwerden und ihres Alters nicht in Frage.

Mellie besuchte weiterhin die Privatschule, die mit dem Geld aus der Lebensversicherung ihres Vaters finanziert wurde. Aber sie blieb noch mehr als vorher eine Einzelgängerin. Die anderen Mädchen behandelten sie, als wäre sie anders als sie; einige Jungen verbreiteten flüsternd Gerüchte über sie auf dem Schulhof. Eines dieser Gerüchte hörte sie zufällig beim Essen. „Mellie Keatons Vater wurde ermordet.“

Sie wollte dem Jungen am liebsten mitten ins Gesicht schreien, dass er kein Recht habe, solche entsetzlichen Dinge zu verbreiten. Aber sie fühlte sich hilflos und brachte kein Wort über die Lippen. Tatsache war, dass ihr Vater tot war. Doch sie wusste nicht genau, was zu seinem Tod geführt hatte. Sie lag nachts lange wach und fragte sich, wie es sein konnte, dass ihr Vater „durch einen Unfall“ gestorben sei. Was für ein Unfall konnte einen erwachsenen Mann in seinem eigenen Haus das Leben kosten?

Die einzige Möglichkeit, dem grausamen Gerede ihrer Klassenkameraden zu entgehen, war es, gelegentlich so zu tun, als sei sie krank. Mehrere Tage hintereinander verpasste sie den Unterricht. Mrs. Browning stellte Mellies Klagen, sie habe Kopfschmerzen oder Bauchschmerzen, nie in Frage. Auch wenn das Thermometer nichts Ungewöhnliches anzeigte, schien Mrs. Browning sie zu verstehen. So verbrachte sie einige Tage zu Hause, ließ sich Geschichten vorlesen, genoss selbst gekochte Suppe oder Tee und ließ sich von Mrs. Browning mit großem Mitgefühl versorgen.

„Ich habe mich immer gefragt, wie unser guter Gott meine Gebete um ein eigenes Kind erhören würde“, gestand Mrs. Browning eines Tages, als Mellie und sie nebeneinander auf dem Sofa saßen.

„Wirklich?“

„Aber ja, Liebes.“ Mrs. Brownings Lächeln breitete sich über das ganze Gesicht an. „Du bist die wunderbare Erfüllung meines Herzenswunsches.“

Papa musste sterben, damit Mrs. Browning eine Tochter bekommen konnte, dachte sie arglos. *Wie seltsam.*

Einige Tage später sagte Mr. Browning, dass er auch sehr froh sei, sich zusammen mit Mrs. Browning „um unser liebes Mädchen zu kümmern“.

So fühlte sich Melissa zutiefst geliebt und angenommen und dankte Gott – falls es einen gab – dafür, dass sie bei so netten, mitfühlenden Leuten wohnen durfte.

* * *

„Hickory, dickory, Rose; der Käfer kriecht in die Hose“, reimte sie.

„Die Rose witzelt, dass sie das kitzelt ... Hickory, dickory, Rose“, beendete Mrs. Browning den unsinnigen Vers.

Mellie brach in lautes Gelächter aus und erinnerte sich an die Tage, an denen ihr Vater solche unsinnigen Reime verfasst hatte, wenn sie miteinander im Garten arbeiteten.

Bei mehreren Gelegenheiten zog sie in Erwägung, ihre Pflegemutter mit „Mutter“ anzusprechen, aber da ihre Eltern beide gestorben waren, konnte sie sich doch nicht dazu durchringen. Melissa sah in Mrs. Browning immer eine wirklich liebe Freundin. Und wie ihr Papa so oft gesagt hatte: „Ein oder zwei Freunde im Leben, das ist alles, was ein Mensch braucht.“

Aus Monaten wurden Jahre, aber ihre psychische Genesung ging nur schleppend voran. Sie schloss Freundschaften mit Klassenkameraden, mühte sich durch das Leben und lernte, wieder zuversichtlicher zu werden. Aber ihre engsten Bande waren zu den Brownings und dem Leben, das sie ihr boten. Sie verbrachte Stunden im Garten hinter dem Haus, Stunden, in denen sie tief in Gedanken versunken war und ihrer Kreativität freien Lauf ließ. Gern nahm sie ihren Zeichenblock und ihre Stifte und setzte sich neben das Beet mit den elfenbeinfarbenen Rosen. Sie vermisste ihren Vater. Manchmal weinte sie. Sie konzentrierte sich auf ihre Zeichnungen und brachte die geliebten Rosen ihres Vaters zu Papier. So verbesserte sie ihren Stil, während sie an ihnen arbeitete, radierte, neu zeichnete und wieder etwas änderte.

Melissa ging auch manchmal gern zu dem See bei den Gleisen, wo sie und ihr Schulfreund, Howard Breit – ihr erster Freund –, gern die Enten fütterten. Er sah gut aus, hatte haselnussbraune Augen und ein ruhiges Wesen. Sie schlenderten gemeinsam um den See und plauderten miteinander, wobei Mellie mehr sprach als er. Im Vergleich zu anderen Jungen in seinem Alter war Howard eher scheu. Er sprach mit einem deutlich hörbaren Akzent. Seine Kleidung war zwar immer sauber, aber nie ganz neu. Melissa hatte ihm geholfen, als er neu in die Stadt gezogen war und nicht so leicht in die Gemeinschaft aufgenommen wurde; besonders in der Schule tat er sich schwer, Anschluss zu finden. Sie kannte dieses Gefühl nur allzu gut. So begann ihre Freundschaft und wurde immer enger.

„Was willst du tun, wenn du erwachsen bist?“, fragte sie ihn eines Tages, als sie schon über ein Jahr befreundet waren.

Er wusste es nicht auf Anhieb, aber später antwortete er, während sie einer besonders frechen Ente Brotkrumen zuwarfen: „Ich will irgendwo arbeiten, wo ich viel Geld verdiene."

„Du bist doch in Mathe ziemlich gut, oder? Dann könntest du vielleicht eine Banklehre machen", schlug Melissa vor.

Howard grinste. „Ja, ich liebe Zahlen, vor allem mit Dollarzeichen davor."

„Dann kannst du mir ja bei meinen Algebra-Aufgaben helfen. Einverstanden?"

Er lächelte und seine Augen funkelten. „Ich dachte schon, du würdest mich nie darum bitten."

Mellie hätte nie gedacht, dass bei Howard etwas nicht stimmte. Er war der netteste Junge, den sie bis dahin kannte. Er lud sie manchmal zu sich nach Hause ein, wo sie seine Eltern und seine Schwester kennen lernen konnte. Sie fuhr mit ihnen mehrere Male nach Denver zu einem Footballspiel oder um die Broncos im Mile-High-Stadion zu sehen. Einmal lud er sie sogar in einen Dorfgasthof nach Monument, einige Kilometer von Palmer Lake entfernt, zum Essen ein.

Doch eines Tages schaute Howard sie ernst an, während sie in der Bibliothek saßen und lernten: „Du sprichst nie über deinen Vater", bemerkte er.

Sie schwieg. Auf diese Frage war sie nicht vorbereitet.

„Wie starb er?", drängte Howard weiter.

„Darüber möchte ich nicht sprechen", blockte sie abrupt ab. Howard sah verletzt aus, und sie hatte Gewissensbisse.

Später auf dem Nachhauseweg versuchte sie, die Dinge wieder in Ordnung zu bringen. „Es tut mir Leid ... ich weiß ehrlich nicht, wie mein Vater starb."

Howard schaute sie an, als könne er es nicht erwarten, weiter über dieses Thema zu sprechen. „Sind die Gerüchte wahr?"

Sie blickte zu Boden. „Was sagen die Leute denn genau?"

„Dass dein Vater mit der Mafia verstrickt war."

Sie war sprachlos. „Das ist das Dümmste, was ich je gehört habe."

Aber Howard ließ es dabei noch nicht bewenden. Er bohrte weiter, bis sie in Tränen ausbrach.

Als sie beim Haus der Brownings ankamen, ließ sie ihn wortlos auf dem Rasen vor dem Haus stehen und lief die Stufen hinauf und ins Haus. Sie konnte es nicht ertragen, sich noch einmal umzusehen. Warum zeigte Howard plötzlich so großes Interesse am schmerzlichsten Teil ihres Lebens?

Einige Tage später rief Howard an und entschuldigte sich. Sie vergab ihm gern und lud ihn sogar am Wochenende zum Essen ein. Mrs. Browning kochte eine köstliche überbackene Zwiebelsuppe, Rindsrouladen und Kartoffelklöße. Und als Nachspeise eine Schwarzwälder Kirschtorte.

Während des Essens schien alles wieder normal zu sein, bis Howard sich entschuldigte und sagte, er müsse kurz auf die Toilette gehen. Als er länger als ein paar Minuten fort blieb, wunderte sich Melissa. Schließlich ging sie nachsehen und fand die Badezimmertür offen stehen und weit und breit keinen Howard. Am anderen Ende des Ganges stieß sie ihre Zimmertür auf und sah ihren Freund mitten in ihrem Zimmer in ihren Schreibtischschubladen wühlen. „Suchst du etwas?", fragte sie wütend.

Howard fuhr überrascht herum. Er war auf frischer Tat ertappt worden.

„Ich denke, du solltest jetzt besser gehen", forderte sie ihn zornig auf.

Ohne ein einziges Wort der Erklärung stürmte Howard durch den Gang und zur Haustür hinaus. Sie sah ihn zwar weiterhin an der Schule, sprach aber nie wieder ein Wort mit ihm. Jetzt, da Howard aus ihrem Leben verschwunden war, ging sie davon aus, dass sie vor weiteren seltsamen Vorkommnissen verschont bliebe. Aber sie irrte sich.

Einmal stellte Mr. Browning fest, dass von seiner Post etwas fehlte, besonders verschiedene Briefe mit finanziellen Angelegenheiten. Er begann, die Straße genauer in Blick zu nehmen. Eines Tages entdeckte er Howard Breit, der seine langen Finger in seinen Briefkasten steckte. Mr. Browning rief dem Jungen etwas zu, aber Howard rannte davon. Verärgert rief er bei den Breits an, hatte aber nur den Anrufbeantworter am Apparat.

Unverzüglich meldete er die gestohlene Post der Polizei. Schließlich wurde dem jungen Mann eine Fünfhundert-Dollar-Strafe angedroht. Aber die Post wurde nie zurückgegeben.

Im nächsten Monat stellte Mellie entsetzt fest, dass der Inhalt ihrer Mülltonne über den Garten verstreut war, als hätte jemand sie durchwühlt. „Das muss dein Howard gewesen sei", scherzte Mr. Browning. Aber Melissa fand das ganz und gar nicht lustig.

Schließlich verließ Howard die Schule, und Melissa sah ihn nie wieder. Aber jetzt geschahen noch beunruhigendere Dinge. An dem Tag, an dem sie ihre Führerscheinprüfung ablegte und somit an ihrem sechzehnten Geburtstag ihren Führerschein in Händen halten konnte, bemerkte sie, dass ihr ein Mann von Monument nach Palmer Lake mit dem Auto folgte.

Während ihres letzten Schuljahres hatte sie oft das Gefühl, beobachtet zu werden, besonders wenn sie nach der Schule zu ihrem Auto ging. Manchmal fragte sie sich, ob sie verfolgt würde, wenn sie nach Hause fuhr. Anfangs schob sie diese Vermutung auf das unterschwellige Unbehagen, das sie mit Howard Breit in Verbindung brachte.

Sie war nicht bereit, mit einem Jungen aus der Schule eine neue Beziehung einzugehen und wieder einem Menschen zu vertrauen, beschloss aber trotzdem, deshalb nicht ihre Schulabschlussfeier zu versäumen. „Kommt, wir gehen miteinander ... als Gruppe", schlug sie drei anderen Mädchen vor, die ebenfalls keinen Freund hatten.

Sie tanzten und lachten den ganzen Abend. Aber als sie in den frühen Morgenstunden nach Hause fuhr, hatte sie das Gefühl, wieder verfolgt zu werden. Kalter Schweiß brach auf ihrem Rücken aus, und sie wünschte, sie hätte nicht angeboten, die anderen vorher nach Hause zu fahren. Auf der Heimfahrt zum kleinen Haus der Brownings fühlte sie sich verwundbar und allein.

Während sie langsam durch die schmale Straße fuhr, beschloss sie, das andere Auto abzulenken, indem sie zu einem anderen Haus einbog. Dann würde sie schon sehen, wie der Fahrer reagierte. Da sie nicht sonderlich mutig war, bog sie vor dem Haus ein, das ihr Vater früher gemietet hatte – das gemütliche Zuhause, in dem sie und ihr Papa glücklich gewesen waren. Ihr stockte der Atem, als sie merkte, dass das Auto hinter ihr stehen geblieben war und am Straßenrand parkte.

Ohne nachzudenken, gab sie Vollgas und raste durch die Straße. Vor Angst schlug ihr das Herz bis zum Hals. Ihr starkes Sicherheitsbedürfnis hatte den Verfolger bis an ihre Haustür geführt. Sie brach in Tränen aus, als sie endlich im Haus war und versuchte, Mrs. Browning das Ganze zu erklären. „Jemand ist hinter mir her!“

„Oh, Schatz, aber doch nicht in *dieser* Stadt. Höchstwahrscheinlich war der Fahrer einfach ein wenig angetrunken und versuchte nur, von der Kneipe nach Hause zu finden. Das ist alles. Nein, nein, du bist hier vollkommen in Sicherheit. Es besteht wirklich kein Grund, dir Sorgen zu machen.“ Mrs. Browning schien sich so sicher zu sein, dass Mellie die Geschehnisse dieser Nacht nur als Produkte ihrer zu regen Fantasie abtat. Immerhin war sie ziemlich müde, und in ihrem Kopf spielte noch die Musik und tanzten die gut aussehenden Jungen in ihren Smokings. Vielleicht hatte Mrs. Browning Recht. Es gab keinen Grund, sich Sorgen zu machen.

* * *

Mellis Vater, Emery Keaton, hatte Geld für das Studium seiner Tochter gespart. Nach ihrem Schulabschluss im Herbst verabschiedete sich Melissa liebevoll, aber traurig von den Brownings und begann einen neuen Lebensabschnitt an der Rocky-Mountains-Kunstschule in Denver. Dort ging sie ganz in der Welt des Zeichnens und Malens mit Öl- und Wasserfarben auf. Ihre größte Leidenschaft waren Landschaften und Stillleben. Die sonderbaren Ereignisse der vergangenen Jahre verblassten, als sie mit Leib und Seele ihrem Studium nachging und hoffte, eines Tages ein eigenes Kunststudio oder eine Galerie zu betreiben, wozu sowohl Oma Clark als auch Mrs. Browning sie ermutigten.

Zu Oma Clark hatte sie in letzter Zeit durch Briefe und Telefongespräche viel Kontakt gehabt. „Dein Großvater und ich sind so stolz auf dich, Mellie. Bitte melde dich bald wieder", sagte Oma oft, bevor sie auflegte. „Wir lieben dich."

Liebe ...

Wozu führte Liebe am Ende? Was kam dabei heraus ... nur Schmerz?

Sie hatte den Tod sowohl ihrer Mutter als auch ihres Vaters, noch dazu in einem so prägenden Alter, verkraften müssen. Dadurch hatte sie viel Selbstvertrauen verloren. Was konnte sie einem anderen Menschen schon geben, wenn ihr halbes Herz in zwei Metern Tiefe begraben war?

23

Am Abend des einundzwanzigsten März, in ihrem letzten Semester an der Kunstakademie, bekam Melissa einen Telefonanruf. Sie freute sich, Mrs. Brownings Stimme zu hören, aber ihre Freude verwandelte sich schnell in Traurigkeit, als sie den Grund des Anrufs vernahm. „Mr. Browning ist heute Nachmittag gestorben. Gott schenke ihm Frieden. Ich wollte dich eigentlich nicht so spät am Abend anrufen ...“

„Nein, nein, ich bin froh, dass Sie mich anrufen.“

„Ich mache mir Sorgen, dass du jetzt vielleicht nicht schlafen kannst, Mellie.“

„Wen interessiert jetzt schon Schlaf?“, sagte sie und kämpfte mit den Tränen. „Ich komme sofort nach Hause.“ Sie stieg unmittelbar nach dem Gespräch ins Auto und bog eine Dreiviertelstunde später in die Auffahrt vor Mrs. Brownings Haus ein.

Mrs. Browning war froh, dass sie Melissa hatte. Mellie war ihr ein Trost. Gemeinsam gingen sie zum Bestattungsunternehmen und planten den Beerdigungsgottesdienst. Mrs. Browning hielt sich erstaunlich gut. Sie hatte auch früher in schweren Zeiten immer ihren Frohsinn bewahrt – das war einer der Gründe, warum Mellie sich von Anfang an zu ihr hingezogen fühlte.

Nach der Beerdigung dauerte es mehrere Tage, bis alle Beileidskarten und -briefe beantwortet waren und sie sich bei Freunden und Verwandten für Blumenbuketts und andere letzte Grüße bedankt hatten. Mellie half Mrs. Browning bei dieser Arbeit gern. Während sie bei ihr war, putzte sie auch das kleine Haus von oben bis unten. Sie stellten sogar einige Möbel um, sortierten Mr. Brownings Kleidung und persönliche Sachen aus und gaben sie einer Wohltätigkeitsorganisation in Colorado Springs. Die Nachbarn kümmerten sich rührend um Mrs. Browning und brachten ihr selbst gekochte Mahlzeiten.

Melissa fragte sich, was Mrs. Browning jetzt wohl tun werde.

„Kommen Sie hier allein zurecht?", fragte sie, als sie ihre Sachen für ihre Rückkehr nach Denver am nächsten Tag packte.

„Ich komme schon klar. Mach dir um mich keine Sorgen. Ich habe im Frühling meinen Garten und im Winter meine Bücher."

„Sind Sie sicher?"

„Absolut", kam die Antwort, die keine weitere Diskussion zuließ. „Ich habe auch meine Freunde. Viele Freunde. Sie werden schon nach mir schauen." Mrs. Browning nickte zuversichtlich, auch wenn das feuchte Schimmern in ihren Augen sie verriet.

Nicht überzeugt, dass sie ihre zweite Mutter jetzt allein lassen sollte, versprach Mellie, oft zu Besuch zu kommen und die Wochenenden in Palmer Lake zu verbringen. Das tat sie auch, fast jedes Wochenende bis zum Ende des Sommersemesters.

* * *

Es war der Tag nach ihrem Abschluss an der Kunstakademie. Sie hatte alle Hände voll zu tun mit Packen und schleppte Kisten mit Kleidung und Büchern zu ihrem Auto hinaus, als plötzlich ein Mann mittleren Alters auf sie zutrat. Er kam geradewegs die Stufen zu ihrer Wohnung hinauf.

„Sind Sie Melissa Keaton?" Er hielt kurz seine Dienstmarke hoch. „Ich bin Agent Galia, vom FBI."

Sie nickte. „Ja ... ich bin Melissa."

Was will das FBI von mir? Zuerst war sie beunruhigt. Irgendetwas meldete sich in ihrem Gedächtnis. Der Mann kam ihr bekannt vor, aber nein ... je mehr sie ihn betrachtete, um so weniger war sie sich dessen sicher. „Mr. Galia?"

„*Agent* Galia. Ich würde gern mit Ihnen sprechen ... über Ihren Vater."

„Über meinen Vater?", fragte Melissa verwirrt. Dann deutete sie zu ihrer Wohnungstür. „Kommen Sie bitte mit in meine Wohnung."

Er setzte sich in einen Sessel und schaute sie aufmerksam an, während sie auf einem Sofa Platz nahm. Dann begann er, eine unglaubliche Geschichte zu erzählen. Es begann mit der wahren Identität ihres Vaters. Diese Neuigkeit traf sie wie ein körperlicher Schlag. Er sagte, ihr Vater sei „Buchhalter" für eine kriminelle Vereinigung gewesen.

In ihrem Kopf drehte sich alles. *Die Gerüchte stimmten also doch. Ihr geliebter Vater war ... ein Verbrecher.*

„Irgendwann wurde er Informant", sprach Galia weiter. „Mit der Hilfe des FBI mussten Sie beide beschützt werden. Sie tauchten im Rahmen des Zeugenschutzprogramms unter."

„Untertauchen?" In ihrem Kopf meldeten sich verschwommene Erinnerungen an ihren überstürzten Umzug nach Palmer Lake.

„Sie bekamen *beide* eine neue Identität."

Mein echter Name ist nicht Keaton?

„Ihr Vater wollte aussteigen. Aber einmal ein Verbrecher, immer ein Verbrecher", sagte der FBI-Agent mit einem Seufzen. Er erzählte ihr Informationen über ihre Vergangenheit, ihr Leben in Laguna Beach, sogar Details über ihre kranke Mutter, die „von den verbrecherischen Machenschaften ihres Mannes keine Ahnung hatte".

Dann kam der FBI-Agent zur Sache. Er betrachtete sie mit zusammengekniffenen Augen. „Kurz vor seiner Flucht stahl Ihr Vater achtzig Millionen Dollar und ließ sie auf ein geheimes Konto überweisen. Er erzählte nicht einmal uns – dem FBI – von dem Geld. Leider wurde er, nachdem er als Zeuge ausgesagt hatte, von seinen früheren Komplizen gefunden und getötet. Sein Tod war vielleicht ein Unfall; vielleicht brach er unter der grausamen Befragung nach dem Verbleib des Geldes auch zusammen. Es gab sogar Spuren, dass er misshandelt worden war. Wie dem auch sei, sobald sie ihn fanden, ließen seine Leute ihn nicht am Leben."

Melissa dachte sprachlos über das Gehörte nach. Sie legte die Arme um sich und fühlte sich allein, leer. Einen so furchtbaren Tod konnte sie sich einfach nicht vorstellen. Eine große Traurigkeit überkam sie.

Galias Miene war mitfühlend. „Ich bedauere das mit Ihrem Vater zutiefst."

„Ich habe mich immer gefragt ...“ Sie rang mit den Tränen. „Ich wusste nie, wie Papa starb.“

Er seufzte, als spräche er nur widerstrebend weiter. „Das Geld tauchte nie wieder auf. Über Nacht lösten sich achtzig Millionen in Luft auf.“

„Achtzig Millionen Dollar?“ Sie hatten wie alle anderen gelebt, hatten das kleine Haus in der Straße der Brownings gemietet, genug Geld zusammengekratzt, um Rosensträucher und hin und wieder ein Eis zu kaufen. Mit Ausnahme, dass sie eine Privatschule besuchte und dass ihr Vater oft zu Hause war, hatte nie etwas darauf hingewiesen, dass sie etwas anderes als Leute mit mittlerem Einkommen waren.

„Das ist mir völlig neu“, brachte sie mühsam über die Lippen. Ihre Stimme klang weit weg, selbst in ihren eigenen Ohren. „Ich hatte keine Ahnung. Vor mehreren Jahren gab es allerdings einige seltsame Vorkommnisse.“ Sie erinnerte sich an Howards Unehrlichkeit, an die verschwundene Post und die Sache mit der Mülltonne. Sie erzählte Agent Galia von dem Tag, an dem sie ihre Führerscheinprüfung gemacht hatte, und von der Nacht, in der ihr Schulabschluss gefeiert wurde – dass ihr beide Male ein Mann gefolgt war. „Er hat mir eine Riesenangst eingejagt!“

Galia schüttelte angewidert den Kopf. „Der Junge wurde wahrscheinlich dafür bezahlt, dass er herumschnüffelte. Das sind böse Menschen, Melissa. Ihr Vater war einer von ihnen, auch wenn ich das ungern sage. Wir haben nun Grund zu glauben, dass sie zur Zeit *Ihnen* auf der Spur sind. Das ist der Anlass meines Besuches heute. Diese Sache muss ein für alle Mal geklärt werden, nicht nur wegen Ihrer Sicherheit, sondern auch, weil dieses Geld rechtmäßig dem amerikanischen Staat gehört. Achtzig Millionen Dollar würden viel dazu beitragen, dem organisierten Verbrechen einen schmerzlichen Schlag zu versetzen.“

„Wollen Sie damit sagen, dass Sie glauben, *ich* wüsste, wo das Geld ist?“, fragte sie.

Galia nickte. „Ihr Vater war ein kluger Mann. Für uns besteht nicht der geringste Zweifel: Er muss Vorkehrungen getroffen haben, für den Fall, dass ihm etwas zustößt. Das Geld wird irgendwo sicher aufbewahrt sein."

Ihr Vater war vielleicht klug gewesen, aber offensichtlich nicht klug genug, sein eigenes Leben zu retten. Sie wusste von Geld, das für ihre Ausbildung zurückgelegt worden war. Aber das waren bei weitem keine achtzig Millionen Dollar. Davon erzählte sie Agent Galia.

„Denken Sie genau darüber nach, Melissa. Solange das Geld nicht aufgetaucht ist, steht Ihr Leben in Gefahr." Er legte seinen Notizblock beiseite und zog eine Visitenkarte aus seiner Brieftasche. „Ich komme morgen noch einmal. Hier haben Sie meine Nummer. Rufen Sie mich an, falls Ihnen irgendetwas einfällt. Der kleinste Hinweis könnte hilfreich sein."

Gerade, als der FBI-Mann zur Tür gehen wollte, kam ihr etwas in den Sinn. „Woher wollen Sie wissen, dass die Mafia das Geld nicht schon längst gefunden hat?"

Agent Galia lächelte. „Eine gute Frage. Leider kann ich Ihnen darauf keine direkte Antwort geben. Aber wir wissen mit Sicherheit, dass sie das Geld noch nicht haben. Mehr kann ich im Augenblick dazu nicht sagen."

Aufgewühlt nahm sie seine Karte und drehte sie zwischen den Fingern. Als er ging, stand sie am Fenster und schaute ihm nach. *Wie kann das alles wahr sein?* fragte sie sich. *Mein Vater ... ein Verbrecher?*

Agent Galia schritt den Gehweg hinab zu seinem Auto. Sie stand wie versteinert da.

Achtzig Millionen Dollar ...

Bis zum späten Vormittag *war* Melissa etwas eingefallen. Sie wusste nicht, wo das Geld sich befand, aber sie machte sich Sorgen um Mrs. Brownings Sicherheit. Sie wollte nicht, dass irgendjemand, nicht einmal FBI-Agenten, ihrer lieben Freundin Angst einjagten. In ihrer Eile zu packen und angesichts der schockierenden Enthüllung hatte Melissa jedoch die Karte des FBI-Mannes verlegt.

Sie schaute im Telefonbuch nach und fand das FBI-Büro in

Denver. Schnell wählte sie die Nummer.

„FBI", meldete sich eine männliche Stimme.

„Könnte ich bitte Agent Galia sprechen?"

„Einen Augenblick bitte." Eine Pause folgte. „Es tut mir Leid, aber in unserem Büro arbeitet niemand mit diesem Namen."

„Aber er war gerade *hier.*"

„Wann war das, Miss?"

„Heute Morgen. Er kam in meine Wohnung."

„Ich schaue auf der Mitarbeiterliste des Bundesstaates Colorado nach." Es dauerte keine Minute, bis er sich wieder meldete. „Wir haben keinen Agent Galia, der in diesem Staat oder irgendwo sonst in unserem Land für das FBI arbeitet."

Entsetzt dachte sie über diese seltsame Information nach. „Ich verstehe das nicht."

„Hat jemand mit Ihnen gesprochen und behauptet, er sei vom FBI?"

„Ja." Sie nannte ihren Namen und berichtete kurz, worum es in ihrem Gespräch mit dem Mann, der behauptet hatte, er sei Agent Galia, gegangen war.

„Ich schicke sofort jemanden zu Ihnen."

Melissa packte gerade ihr Geschirr ein, als der Mann eintraf. Sie verlor vor Sorge fast den Verstand. *Wie kann ich überhaupt noch einem Menschen vertrauen?*

Sie hörte die Glocke läuten und öffnete die Tür. Ein Mann mit ernster Miene und einem schwarzen Nadelstreifenanzug stand vor ihr. Er war dem Mann, der an diesem Morgen hier aufgetaucht war, in seinem Verhalten und in seiner Kleidung sehr ähnlich. Als er ihr seine Dienstmarke gezeigt hatte, auf der klar und deutlich „Agent Walsh" zu lesen war, bat sie ihn in die Wohnung, wo er ihr Fragen über „Agent Galia" stellte.

Das ist ja wie eine Situationskomödie, dachte sie. *Nur finde ich es ganz und gar nicht lustig.*

Der FBI-Mann zog ein Foto heraus und zeigte es ihr. „Ist das der Mann?"

„Ja", flüsterte sie mit einem Anflug von Bestürzung. „Das ist Galia."

„Sein echter Name ist Iwanow", erwiderte Walsh. „Er wurde schon mehrmals verhaftet und kam vor Gericht, konnte aber nicht verurteilt werden. Alles deutet darauf hin, dass Sie sich in großer Gefahr befinden, Miss Keaton. Ich habe die Erlaubnis, Ihnen die vollständige Wahrheit über Ihren Vater zu enthüllen. Normalerweise bestätigen wir nie, dass es einen Informanten gibt ... nicht einmal seiner eigenen Familie gegenüber."

Als Agent Walsh von der Verstrickung ihres Vaters mit der Mafia berichtete, waren die Details genau die gleichen wie die, die sie an diesem Morgen schon gehört hatte. Nur erzählte er nichts von dem Geld. Er verlor kein Wort über die achtzig Millionen Dollar.

Als sie ihm diese Information gab, staunte Walsh nicht schlecht. „Ihr Vater war wirklich ein gerissener Kerl", gestand er. „Wir nennen so etwas einen Doppelinformanten. Das sollte mich wahrscheinlich überhaupt nicht überraschen."

Diese Charakterbeschreibung ihres Vaters war alles andere als tröstlich.

„Das Zeugenschutzprogramm war nötig für Sie und für Ihren Vater – für Ihr Überleben", erklärte Walsh. „Ihr Vater hatte vor Gericht als Zeuge ausgesagt. Jedoch ohne Erfolg. Die Geschworenen hatten so viel Angst, dass sie sich zu keinem Schuldspruch durchringen konnten. Damit waren die Geschworenen ausgeschaltet. Der Fall des obersten Gerichts gegen das organisierte Verbrechen wurde ausgesetzt, denn es gab keine weiteren Zeugen, um diese Verbrecher zu überführen. Weitere Nachforschungen, die jahrelange Arbeit in Anspruch nahmen, erwiesen sich als fruchtlos."

Sie hörte sprachlos zu und staunte. „Ohne einen ‚Informanten' gibt es also keinen Prozess?"

Walsh nickte. „So operiert Iwanow. Wen er nicht bestechen kann, den terrorisiert er. Wen er nicht einschüchtern kann, den eliminiert er. Nach dem Tod Ihres Vaters verschwand das FBI von der Bildfläche. Irrtümlich hatten wir angenommen, Sie befänden sich in Sicherheit. Aber Ihr Vater hat uns nie von irgendeinem Geld erzählt. Das wäre auch ein klarer Verstoß gegen unsere Abmachung gewesen." Der FBI-Agent machte eine kurze Pause. „Aber jetzt haben wir etwas: Sich als FBI-Agent ausgeben ist ein Verbrechen. Wir müssen das verfolgen."

„Wie meinen Sie das?"

„Iwanow wollte morgen wiederkommen, nicht wahr?"

Sie nickte. Eine neue Angst überrollte sie.

„Der nächste Besuch wäre sicher nicht so freundlich abgelaufen. Aller Wahrscheinlichkeit nach würde er seine Masken fallen lassen und zu grausameren Mitteln greifen, um an seine Informationen zu gelangen." Seine Augen wurden sanfter. „Es ist gut, dass Sie uns angerufen haben."

Ein Schaudern lief ihr über den Rücken.

„Wenn wir Iwanow finden können, werden wir ihn verhaften und ihn mit *Ihrer* Zeugenaussage verurteilen. Können Sie seine Visitenkarte finden?"

Innerhalb von zehn Minuten fand sie die Telefonnummer des Betrügers. Agent Walsh wählte auf seinem eigenen Handy die Nummer und erreichte ein Hotel in Denver. Der Mann war bereits abgereist. Die Spur konnte somit nicht weiter verfolgt werden.

„Wir müssen warten ... und die Augen offen halten. Vielleicht können wir Sie vorübergehend auftauchen lassen und versuchen, ihn erneut anzulocken."

„Ich bin nicht Ihr Köder", wehrte sie vehement ab. Sie dachte an Mrs. Browning und ihre Großeltern. Wie würden sie sich fühlen, wenn Melissa auch zufällig durch einen „Unfall" sterben würde? Sich zu verstecken hatte ihrem Vater letztendlich auch nicht geholfen. Iwanow hatte ihn gefunden. Jetzt wussten diese Leute, wo *sie* war ...

„Wir brauchen Ihre Zeugenaussage, Miss Keaton. Wir haben eine Chance, den Mann zu erwischen, der Ihren Vater getötet hat."

„Es tut mir Leid, aber Sie scheinen Ihre Informanten nicht allzu gut zu beschützen."

„Miss Keaton ..."

„Und nichts wird meinen Vater zu mir zurückbringen", erwiderte sie kühl.

Walsh schaute zu Boden. Er schüttelte den Kopf. Sorgenfalten bildeten sich auf seiner Stirn. „Sie haben keine Ahnung, mit wem oder mit was Sie es hier zu tun haben – wie hinterhältig diese Leute sein können. Wenn Iwanow Sie wieder findet ..." Seine Stimme wurde leiser.

„Sie meinen, ich könnte wie Papa enden?"

Der FBI-Agent schaute sie verlegen an. „Wenn er meint, Sie wüssten etwas über die achtzig Millionen – konkret, wo sie versteckt sind ..."

Walsh wusste offenbar nicht, wie er weitersprechen sollte. „Melissa, wenn Sie uns nicht helfen wollen, können wir Sie nicht dazu zwingen", fuhr er fort. „Wenn Sie sich wirklich in Sicherheit bringen wollen, dann stehen Ihre Chancen am besten, wenn Sie von diesem Planeten verschwinden. Gehen Sie irgendwohin, wo man Sie nicht finden kann."

Er gab ihr seine persönliche Kontaktnummer. „Für den Fall, dass Sie Ihre Meinung ändern ..."

Sie nahm seine Karte entgegen. „Werden diese Leute meine Freundin, Mrs. Browning, belästigen, die mich aufgezogen hat?"

Zögernd sagte Walsh: „Das bezweifle ich. Diese Kerle operieren im Dunklen."

Das war ein gewisser Trost. Aber nicht viel.

Sie nahm Kontakt zu einem Privatdetektiv auf, genau wie ihr der FBI-Agent geraten hatte. Der Privatdetektiv erteilte ihr einen Schnellkurs in der Kunst des Untertauchens: Erkundige dich nach jemandem, der ungefähr so alt ist wie du, aber schon gestorben ist, und nimm seine Identität an.

Melissa erinnerte sich an eine Bekannte an der Kunstakademie, deren Schwester sehr jung gestorben war. Der Name des verstorbenen Mädchens lautete auch Melissa; sie war in Marshall, Minnesota, geboren. Perfekt.

Sie kaufte sich eine kurze, kastanienbraune Perücke und versuchte, ihr Äußeres radikal zu verändern. Nur, um ihr Leben zu retten. Sie verließ mitten in der Nacht mit einem Taxi ihre Wohnung und zog in ein Hotel in Denver. Ihr Auto und die Wohnung mit ihren gepackten Sachen ließ sie zurück. Mrs. Browning und ihre Freunde würden sicher denken, sie sei entführt worden. Aber ihr blieb keine andere Wahl.

Während sie im Hotel wohnte, konnte sie eine gefälschte Geburtsurkunde und eine neue Sozialversicherungsnummer bekommen. Binnen weniger Tage war sie Melissa Nolan aus Marshall, Minnesota. Sie hatte alle Daten des anderen Mädchens angenommen. Miss „Nolan“ bezahlte ihren Flug an die Ostküste in bar, fuhr mit dem Auto nach Westerly, Rhode Island, wohin ihr Vater oft in Urlaub gefahren war. Dort begann sie ein neues Leben.

In Neuengland fand sie eine Wohnung in der Nähe ihres Arbeitsplatzes als Kellnerin im Olympia-Café in Watch Hill und legte erleichtert die Perücke und das dicke Make-up ab. Aber der Schmerz und die tiefe Enttäuschung über ihren Vater und seine kriminellen Verstrickungen blieben und quälten sie Tag und Nacht.

Gab es überhaupt noch einen guten Menschen auf der Welt? Wem *konnte* sie noch vertrauen?

Sie hatte ihr Leben in Colorado aufgegeben und alles, was ihr lieb und teuer war, hinter sich gelassen. Nie hätte sie die Chance, ihre Hoffnungen und Träume, eine eigene Kunstgalerie zu eröffnen, wahr zu machen. Das alles gab sie für ein Leben in Frieden auf. Wenigstens war sie hier in Watch Hill sicher.

24

Lela regte sich auf ihrem Stuhl, ohne den Blick von Melissa abzuwenden. „Wie kam es dann, dass du deinen Mann kennen lerntest?", fragte sie.

„Ich hatte immer das Gefühl, wir wären füreinander bestimmt, wenn du weißt, was ich meine", sagte sie und erinnerte sich wehmütig an diesen Tag in ihrem Leben.

Einige Menschen sind einfach von Natur aus gesellige Typen. Ryan James war so ein Mann. Er war ihr das erste Mal im Restaurant aufgefallen, wo er ungefähr eine Woche, nachdem sie dort als Kellnerin im Olympia-Café zu arbeiten begonnen hatte, zum Mittagessen einkehrte. Das Olympia-Café war eines der schönsten Cafés, in denen man arbeiten und essen konnte. Es war zwar meilenweit von der Welt der Kunst entfernt, die sie sich immer ausgemalt hatte, aber allein schon vom Trinkgeld konnte sie ihre Miete und ihren Lebensunterhalt bestreiten. Sie war also vorerst finanziell versorgt.

„Es ist nur vorübergehend", erklärte sie dem großen, gut aussehenden Mann, als er fragte, warum ein kluges Mädchen wie sie als Kellnerin arbeitete.

Er akzeptierte ihre Antwort und lenkte dann das Gespräch auf andere Dinge und sprach von seiner Investmentfirma in Mystic. „Waren Sie schon einmal in Mystic?"

Sie war noch nie dort gewesen. Und sie hatte auch nicht die Absicht, den Schutz der Kleinstadtatmosphäre von Watch Hill zu verlassen. Nicht einmal, als er ihr eine Stelle als Empfangsdame anbot, war sie daran interessiert, aus ihrem Schneckenhaus herauszukommen. Sie hatte immer noch Mühe, mit ihrem Leben klarzukommen, sich an den Namen Nolan statt Keaton zu gewöhnen und sich zu merken, dass sie jetzt nicht mehr Mitte Oktober, sondern Anfang Mai Geburtstag hatte. Sie hatte außerdem ihren Lebenslauf gefälscht und die Brownings und, was noch wichtiger war, die Machenschaften ihres Vaters daraus gestrichen.

Ryan hatte sie erzählt, ihre Mutter sei gestorben, als sie noch sehr klein gewesen war, und ihr Vater habe sie kurz danach verlassen. Soweit der gut aussehende Börsenmakler wusste, war sie in einer Kleinstadt in Minnesota aufgewachsen, wo der kalte Winter dem Herbst auf den Fersen folgte, wo die Leute lange Spaziergänge unternahmen, um ihr Temperament abzukühlen, statt zu Hause ihre Familie zu schlagen, wo es die Regel und keine Ausnahme war, sich mit einem guten Buch gemütlich in die Ecke zu setzen oder ein Kunstmuseum in der Großstadt Minneapolis zu besuchen.

Woche für Woche kam Ryan in das Restaurant und bestellte sich um die Mittagszeit ein Menü mit mehreren Gängen. Zweifellos, damit sie immer wieder an seinen Tisch kommen musste, wie sie allmählich begriff. Sie unterhielten sich – hier und da ein paar Gesprächsfetzen –, wenn sie ihm seinen Salat, noch eine Tasse Kaffee oder den Nachtisch brachte. Mit der Zeit lernten sie sich ganz gut kennen, auch wenn sie sich nie zu ihm an den Tisch setzte, so sehr sie sich das auch insgeheim wünschte. Sie wünschte sich sogar, er würde sie bitten, mit ihm auszugehen, aber gleichzeitig wusste sie nicht, ob sie sich auf eine Liebesbeziehung, nach der sich ihr Herz so sehr sehnte, einlassen sollte.

Deshalb hatte sie dann eines Tages einen Rückzieher gemacht und ihren Dienstplan geändert, um ihm damit eine stille Botschaft zu übermitteln. Suzie hielt sie, ohne dass sie danach fragte, über sein Kommen und Gehen auf dem Laufenden. Allerdings kam er jetzt nicht mehr so oft wie früher. Offenbar hatte er ihren Wink verstanden und verfolgte sein Ziel nicht weiter.

„Der Tag, an dem Ryan mich am Strand fand, war wirklich wundervoll", schwärmte Melissa. Sie erzählte Lela von den wilden Rosen, die sowohl rote als auch weiße Blütenblätter hatten und in nickenden Reihen am Ufer wuchsen. Ihr Duft war so zart, so bezaubernd, dass sie zu ihnen lief, um ihre Schönheit in sich aufzunehmen. Sie blühten hier, wo man solche zierlichen Blüten am wenigsten erwarten würde, wo sie Wind und Wetter ausgesetzt waren und mit der Wucht des indigoblauen Meeres um Aufmerksamkeit buhlten. Zweifellos winzige Ablenkungen angesichts der anrollenden Wellen, der spritzenden Gischt und der brausenden Flut. Für Melissa hatten diese Rosen trotzdem eine besondere Bedeutung. Sie waren zart und hübsch und wuchsen inmitten des stinkenden Seetangs und des verschmutzten Sandes wie ein unschuldiges Kind, das von Bösem umgeben ist.

„Ich war so froh, dass ich frei hatte", sagte sie. „Ich war müde davon, ständig Tabletts zu schleppen und ungeduldige Kunden zu bedienen."

Sie hatte ihren Dreifuß ein paar Meter vom Wasserrand entfernt aufgestellt, fest entschlossen, so lange zu malen, wie sie Lust hatte. Hier, am Ufer ihres Lieblingsstrandes, machte sie es sich für die nächsten Stunden gemütlich und genoss es, dass der Tag so friedlich dahinstrich. Seien es Segelboote, Seetang oder Meeresvögel, sie würde alles nach Herzenslust malen. Alles, was ihre Fantasie anregte.

Der Himmel wusste, dass sie einen solchen Tag brauchte, nach allem, was sie durchgemacht hatte, um zu Sicherheit und Ruhe zurückzufinden. Alles, was ihr lieb und wichtig war, hatte sie hinter sich gelassen. Sie hatte sich nicht die Zeit nehmen können, sich von ihren Großeltern oder von Mrs. Browning zu verabschieden. Sie hatte sich einfach in ein Flugzeug gesetzt und war in ein neues Leben abgehoben wie ein Zugvogel. In eine andere Jahreszeit. Jetzt war Sommer, und er ließ ihr Herz höher schlagen.

Ein Schwan kam in ihr Blickfeld. Das sanfte Geschöpf musste um das Riff geschwommen sein. Vielleicht war er ihr hierher gefolgt. Sie nahm ihren Pinsel und malte weite, breite Striche und hielt das anmutige Bild auf ihrer Leinwand fest. Wenn sie diesen Augenblick nur mit Mrs. Browning teilen könnte! Mehr denn je zuvor vermisste sie die liebe Frau, obwohl sie erst seit drei Monaten hier in Rhode Island lebte. Kein einziger Tag verging, an dem sie nicht an sie dachte und die guten Tage, die glücklichen Zeiten Revue passieren ließ. Die Elfenbeinfarbe des

Schwans erinnerte sie an Papas Lieblingsrosen – weiß wie der Mond.

„Der Bauer unten im Tal", sang sie und erinnerte sich an die unsinnige Antwort ihres Vaters. *Der Bauer tanzt überall ...*

Wie oft hatten sie und Mrs. Browning über diese Zeilen gelacht? Und über all die anderen lustigen, unsinnigen Reime, die Papa erfunden hatte, während sie im Rosengarten hackten und Unkraut jäteten. Das konnte doch nicht derselbe Papa sein, der ...

Mit einem Seufzen wurde sie sich bewusst: Wenn sie zu lange in ihren Erinnerungen aufginge, würde sie am Schluss weinen. Heute nicht. Nicht hier, wo der Strand ihr allein zu gehören schien. Wo ein zahmer Schwan beschlossen hatte, für sie Modell zu stehen. Er schaukelte immer noch auf den zarten Wellen am Ufer. Zweifellos war er vom Hafen herübergewatschelt oder -geflogen.

Sie konzentrierte sich auf seine weißen Federn, die im Glanz der Sonne faszinierende Farbspiele abgaben. Die geschmeidigen Bewegungen zogen sie an. Sie ließ ihre Palette und ihre Leinwand stehen und wanderte zum Wasser hinüber, zog Brotkrumen aus einem kleinen Beutel, den sie mitgebracht hatte, und warf ihm die Stückchen zu. Sie lachte leise und lockte den majestätischen Vogel näher und näher.

Im Nachmittagslicht blieb sie ruhig stehen und saugte den Wind und die Wellen in sich auf, von der Idylle dieses Augenblicks wie gebannt. Sie dachte nicht mehr an ihren Vater, an Mrs. Browning oder ihre Großeltern, an ihre gewagte Flucht in die Freiheit. Sie ließ all das hinter sich, von der Ausstrahlungskraft des Schwans angezogen, von seiner stolzen Haltung und Anmut fasziniert.

Wie lang sie so verharrte, mit den Füßen im nassen Sand, interessierte sie nicht. Sie feierte in diesem Augenblick, in dem die Natur und dieses Tier ihre Seele tief berührten, dass sie lebte. Sie lebte! Sie hatte die Qualen ihrer Vergangenheit überlebt. Mit einem einzigen Pinselstrich war sie neu gemacht worden. Die

Zeit war gekommen, dass sie sich wieder auf Menschen einließ, dass sie ihr Herz wieder für Liebe öffnete.

Gehe den nächsten Schritt, sagte sie sich.

Sie musste, genauso wie dieser Schwan, sowohl mit den Sonnen- als auch mit den Schattenseiten Frieden schließen. Sie musste dem Himmel erlauben, der so groß und so strahlend war, seine blaue, rote oder goldene Leinwand über ihr auszubreiten. Der gut aussehende junge Mann, der immer wieder zum Restaurant kam, um sich mit ihr über seiner Suppe oder seinem belegten Brot zu unterhalten, war ein Teil dieses neuen Lebens. Warum also nicht? Sie hatte allen Grund, ihre Sorgen über Bord zu werfen und das Leben zu genießen, ohne Angst zu haben.

Jetzt war endlich *ihre* Zeit gekommen.

* * *

Wenig später entdeckte Melissa Ryan, der hinter ihr im Sand saß. Da sie nicht wusste, wie lang er schon da war und *sie beobachtete*, und da sie an ihr Spiel mit dem Schwan zurückdachte, errötete sie beschämt über ihr spontanes und verspieltes Verhalten. Ryan hatte sie gefunden, er hatte ihre Freude über den einsamen Schwan beobachtet, saugte wie sie den Sonnenschein auf und freute sich am Leben.

Ihr war dieser attraktive Mann schon beim ersten Mal, als sie ihn gesehen hatte, aufgefallen. Sie war nicht bereit gewesen, ihm zu trauen, war sich ihrer selbst nicht sicher gewesen; vielleicht fühlte sie sich zu verwundbar. Es war das erste Mal, dass sie so weit von ihrer Wohnung weggegangen war, und sie hatte das Gefühl, dass sie sich ihm öffnen sollte. Zu lange hatte sie über seine Schulter geschaut und gefürchtet, dahinter eine neue Bedrohung zu erblicken.

Etwas änderte sich an diesem Tag in Napatree in ihr. Vielleicht war es die Art, wie Ryan mit ihr sprach, wie er sich Zeit ließ und dieser Augenblick sich entfalten konnte. Oder vielleicht, weil sie ahnte, dass er vertrauenswürdig war. Wie dem auch sei, sie hatte einen Mann kennen gelernt, der sich wie sie nach einer tiefen und ernsten Beziehung sehnte. Nicht einfach nach einem oberflächlichen Flirt, der heute Spaß machte und morgen vergessen war. Nein, Ryan James war so fest wie Granit. Und vertrauenswürdig. Sie hatte das Gefühl, dass sie die Hand für ihn ins Feuer legen konnte.

Sie begannen, öfter miteinander auszugehen, und bauten innerhalb kürzester Zeit eine enge, tiefe Beziehung zueinander auf. Sie sahen einander regelmäßig, fast jeden Tag. Sie erzählte ihm von ihrer Liebe zur Kunst, erzählte ihm von der geheimen Bedeutung der Rosen, machte ihn mit den verschiedenen Farbschattierungen und Rosensorten bekannt. Nach wenigen Wochen verlobten sie sich. Sie nahm seinen Ring an, und Ryan drängte sie, einen Hochzeitstermin festzulegen.

Aber eines Morgens bekam sie Panik und verließ ihren Verlobten. Sie verstand nicht, was mit ihr los war. Sie war aus einem beängstigenden Traum erwacht. Ein Alptraum, in dem die Überreste aus ihrer Vergangenheit als Melissa Keaton auftauchten, ein Traum, der so real war, dass sie fast auf die Knie gegangen wäre und gebetet hätte. Ihr Vater war an einen Stuhl gefesselt und wurde immer wieder mit derselben Frage bombardiert: *„Wo ist das Geld?“*

Er weigerte sich, den Männern, die bei ihm im Raum waren, irgendetwas zu verraten. In dem Wohnzimmer, in dem er Mellie liebevoll Gutenachtgeschichten erzählt hatte, in dem sie mit ihrem geliebten Vater gelacht und gespielt und gescherzt hatte, in demselben Zimmer, das ihre Zuflucht vor dem Rest der Welt geworden war. An jenem Tag wurde ihr Zuhause zerstört, ihr Glaube an alles Gute und Wahre erschüttert. Und jetzt waren ihre Träume bedrohliche Erinnerungen an das, wovor sie zu fliehen versuchte.

Ich kann nicht zulassen, dass sie Ryan etwas zuleide tun, dachte sie, während sie panisch ihren Koffer packte. Sie hatte das Gefühl, sie müsse verrückt sein, dass sie sich in einen normalen Mann verliebt hatte, einen Mann, der keine Ahnung hatte von dem Bösen, das im Schatten lauerte und drohte, sie zu finden und zu verschlingen. Nein, sie würde nicht zulassen, dass sie Ryan auch noch etwas antaten.

Deshalb floh sie und tauchte zwei Tage lang in Providence unter, wo sie sich leicht verstecken konnte, wo sie sich in den Schlaf weinte, weil sie wusste, dass sie alle Hoffnung auf Glück in ihrem Leben verloren hatte. Sie wollte das, was sie begonnen hatte, auch zu Ende bringen, heimlich nach Watch Hill zurückkehren und die wenigen Sachen, die sie ihr eigen nannte, packen und Ryan nie wieder sehen. Sie hätte es getan, wenn sie ihn nicht so furchtbar vermisst hätte. Sie vermisste ihn nicht nur, sondern sehnte sich auch danach, seine Frau zu werden, neu anzufangen, die Vergangenheit hinter sich zu lassen. Am Nachmittag des zweiten Tages traf sie eine Entscheidung und rief umgehend Ryan in seinem Büro an. Sie weinte und bat ihn schluchzend um Vergebung.

Bald danach planten sie eine private Hochzeitsfeier auf einem Felsvorsprung, der ins Meer hinausragte. Mit dem Kreischen der Seemöwen im Hintergrund besiegelten sie ihre Liebe und warfen Rosenblüten ins Wasser. Die untergehende Sonne färbte die blaue Leinwand über ihnen mit roten und goldenen Tupfen, ein feierliches Bild. Und Melissa Leigh Nolan nahm Ryans Hand und seinen Nachnamen an und nahm seine Liebe in sich auf. Für immer und ewig ...

25

Das Haus am Meer lag am hintersten Ende der Straße, durch weite Wiesen und Bäume von den anderen Häusern abgesetzt. Hand in Hand schlenderten sie den gepflasterten Gehweg hinauf. Ryan grinste von einem Ohr zum anderen. Melissa begriff nicht ganz, warum ihr Mann sie vom Blumenladen, ihrem neuen Arbeitsplatz, abgeholt hatte, nach Lord's Point gefahren war und sie jetzt hierher brachte. „Wessen Haus ist das?“, fragte sie arglos, da sie keine Ahnung hatte, was Ryan im Schilde führte.

„Unseres.“ Er öffnete ihr die Tür.

Sie staunte über die Geräumigkeit, die offene, helle Atmosphäre, als sie über die Schwelle stieg und das Haus mit dem atemberaubenden Meerblick betrat. „Das soll wohl ein Witz sein?“

Er lehnte sich an den Türrahmen und verschränkte die Arme vor der Brust. „Ich habe an dich gedacht, als ich es kaufte.“

Sie hatte keinen Grund, seinen Worten nicht zu glauben. Er hatte sie noch nie angelogen. „Aber wir haben doch kein Geld gespart ...“

Er nahm ihre Hand, zog sie eng an sich heran und küsste sie verliebt auf die Lippen. „Wir haben Geld, von dem du nichts weißt“, schmunzelte er. Dann drehte er sich zur Küche um und führte sie durch das Haus. „Und, was hältst du davon?“

Was sie davon hielt ... nun, sie brachte kaum ein Wort über die Lippen. „Die Wahrheit?“

„Und nichts als die Wahrheit.“

Sie stand mitten im Wintergarten mit den großen Fenstern und der herrlichen Aussicht und beschloss auf der Stelle, dieses Zimmer zu ihrem Kunststudio zu machen. „Ich liebe dieses Zimmer“, flüsterte sie mit Freudentränen in den Augen. „Bist du sicher ... dieses Haus gehört wirklich uns?“

„Jeder Quadratzentimeter.“ Ryan kam durch das Zimmer an ihre Seite. „Warte nur, bis du den Garten siehst.“

Sie hatte bereits einen flüchtigen Blick auf den Garten geworfen, den weiten Rasen und das private Dock nur wenige Meter von der Haustür hinter dem Haus. Gemeinsam schlenderten sie über ihr Grundstück und deuteten auf den idealen Platz für verschiedene Blumenbeete. Melissas Traum konnte wahr werden: Sie bekam einen eigenen Rosengarten. *Ich lege einen Rosengarten an, wie Mrs. Browning einen hat*, dachte sie und genoss diese Idee. Gleichzeitig wünschte sie, sie könnte die Wahrheit über ihre Vergangenheit mit ihrem geliebten Mann teilen.

Bei mehreren Gelegenheiten hatte sie angesetzt, ihm davon zu erzählen. Aber jedes Mal hatte sie sich dann doch entschieden, lieber zu schweigen. Einmal, als Ryan im Fernsehen eine Sendung über die Machenschaften der Mafia anschaute, lachte er laut und nahm ihr damit vollends den Mut. „Soll es so etwas wirklich geben?", fragte er spöttisch und konnte die Fakten, die der Berichterstatter darlegte, offensichtlich nicht glauben. Melissa zog den Rückzug vor und wartete auf den richtigen Augenblick, der nie zu kommen schien.

Sie zogen bald in das neue Haus ein und richteten es ganz nach ihren Wünschen ein. Dabei konnte sie aus einem scheinbar grenzenlosen Vermögen schöpfen, das Ryan gern mit ihr teilte. „Ich habe lange für so etwas gespart", erklärte er ihr.

Sie war in ihren Entscheidungen jedoch genügsam, als sie Farben, Stoffe und Möbel auswählte. Sie schloss Ryan in den Entscheidungsprozess ein, obwohl er wollte, dass *sie* tat, was ihr gefiel. Er stellte sehr deutlich heraus, dass dies mehr ihr Zuhause war als seines, „weil ich weiß, dass du eine Künstlerin und eine Frau bist". Sie hatte sich nach dieser Bemerkung von ihm in die Arme nehmen lassen. „Frauen haben ein Gespür dafür, wie sie aus einem Haus mehr machen können als nur einen Ort, an dem man seinen Hut hinhängen kann", flüsterte er und vergrub das Gesicht in ihren Haaren.

Lachend machte sie sich aus seiner Umarmung frei, ergriff seine Hand und führte ihn die Treppe hinauf. „Ich will dir zeigen, wo ich ein paar meiner Bilder aufgehängt habe."

Er folgte ihr, und sie zeigte ihm stolz die Leinwand mit dem zutraulichen Schwan. „Ich dachte, diese Wand sei am besten dafür geeignet“, sagte sie.

„Ja, das stimmt.“ Er blieb stehen und betrachtete das Gemälde.

„Erinnerst du dich an diesen Tag?“

Er zog sie näher an sich heran. „Wie könnte ich diesen Tag je vergessen?“

So blieb die gerahmte Leinwand im Gang gegenüber der Tür zu ihrem Schlafzimmer hängen. „Hier kannst du es nicht übersehen. Jedes Mal, wenn du kommst und wenn du gehst, erinnert es dich an diesen Tag.“

„Es ist perfekt“, nickte Ryan. „Genauso wie du.“

* * *

Der Amtrak-Zug nach Manhattan war immer pünktlich. Ryan lief voraus und vergewisserte sich mit einem kurzen Blick über die Schulter, dass sie dicht hinter ihm war, während sie sich der Plattform näherten. Sie planten, ein Wochenende in New York zu verbringen, wo sie verschiedene Kunstmuseen besichtigen wollten. „Heute ist dein Geburtstag. Wir tun heute also, was dir Spaß macht.“

Der siebte Mai – ihre erste Begegnung mit dem neuen Geburtsdatum. Bestenfalls verwirrend. Sie war ihr Leben lang an eine Geburtstagsfeier im Herbst gewöhnt gewesen, sodass diese Feier im Frühling sie seltsam anmutete.

„Was ist mit dir los, Liebes? Gefällt es dir nicht?“, fragte Ryan, als sie in einem Delikatessenladen einen Salat aßen.

Sie konnte sich nicht überwinden, ihm zu erzählen, dass dieser Tag ein ganz gewöhnlicher Tag für sie war und ganz gewiss *nicht* ihr Geburtstag. Die ganze Situation mutete sie ziemlich töricht an. Immerhin war sie jetzt als Ryans Frau in Sicherheit und lebte an einem abgeschiedenen, friedlichen Ort in Lord’s Point. Ihr Zuhause schmiegte sich an eine Landspitze, die an die Quiambaug-Bucht und an den Fishers Island Sund grenzte. Das

Kap war nur spärlich bewohnt, ein Plus für jemanden, der sich nach Frieden und Stille sehnte.

„Mir gefällt es gut", antwortete sie und bedachte ihn mit ihrem liebevollsten Lächeln. „Was für ein herrlicher Ort, um einen Geburtstag zu feiern." Sie dachte an das kleine Mädchen, Melissa Leigh Nolan – die *echte* Melissa, die längst begraben war. Sie hatte nicht nur den Namen und das Geburtsdatum dieses Mädchens gestohlen, um in die Freiheit und in ein sorgloses Leben zu entfliehen, sondern sie hatte sich auch entscheiden, weiterzulügen. Sie spielte eine Rolle. Aber was sollte sie sonst tun?

* * *

Es war Freitagmorgen Mitte August, als ihre beste Freundin, Ali Graham, Melissa in der Arbeit anrief. „Kannst du dich für eine Stunde frei machen?", hatte Ali gefragt.

Melissa wusste, dass das kein Problem wäre. Ihre Chefin kannte sie als eine zuverlässige Arbeitskraft. Melissa war nicht nur zuverlässig, sie war auch eine sehr geschickte Floristin.

„Es ist Ewigkeiten her, seit wir das letzte Mal miteinander einen Salat gegessen und uns gemütlich unterhalten haben", sagte Ali.

„Gemütlich unterhalten willst du dich?" Sie lachte und freute sich, dass ihre Freundin sie angerufen hatte. „Dann treffen wir uns am besten direkt im Restaurant."

Das Austernrestaurant an der Zugbrücke war bis auf den letzten Platz mit hungrigen Gästen besetzt, die hier zu Mittag essen wollten. Melissa nannte der Empfangsdame ihren Namen und erfuhr, dass sie ungefähr zehn Minuten warten müssten, bis ein Tisch frei würde. Damit einverstanden, plauderten sie und Ali und erzählten einander, was jede von ihnen in den letzten Tagen erlebt hatte. Ihr Blick fiel auf das kastanienbraune Vordach über der Außenterrasse, wo kleine weiße Lichter Tag und Nacht über den bunten Blumenkästen funkelten.

Großzügige Fenster an der gesamten Westseite des Restaurants zeigten zum Fluss hinaus. Private Jachten und die *Mystic Belle* lagen in der Nähe vor Anker. Die *Sabino*, ein Passagierdampfer, früher ein Inseldampfer in Casco Bay, brachte Touristen in das Seefahrtmuseum Mystic Seaport und wieder zurück.

„Bist du mit Ryan letztes Wochenende zum Open-Air-Kunstfestival gegangen?“, erkundigte sich Ali.

„Das hätte ich mir gewiss nicht entgehen lassen. Es war wieder einmal großartig.“

Ali erzählte, dass sie und ihr Mann zu einem Spiel nach Boston gefahren waren. „Irgendwann solltet ihr beide einmal mitfahren.“

„Klingt interessant.“ Melissa fühlte sich von den vielen Menschen, die auf einen freien Tisch warteten, etwas erdrückt. „Vielleicht sollten wir doch woanders hingehen und dort essen“, bemerkte sie.

Sie wollten gerade das Restaurant verlassen, als ihr Name aufgerufen wurde. Sie folgten der Kellnerin die Stufe hinab zu einem Tisch für zwei Personen am Fenster, von dem aus sie einen herrlichen Blick über das Wasser hatten. Sobald sie saßen, fragte sie: „Bist du froh, dass wir doch geblieben sind?“

Ali nickte. „Bei dieser herrlichen Aussicht? Aber klar.“

Sie bestellten schnell und freuten sich über ihre gemeinsame Zeit.

Während des Essens bemerkte Melissa einen Mann, der auf der anderen Seite des Raumes saß. Interessiert sah sie ihn an. Sein kantiges Kinn und die durchdringenden Augen erregten ihre Aufmerksamkeit. Mit einem Schlag fiel ihr alles wieder ein.

„Iwanow“, flüsterte sie entsetzt. Hier, an *ihrem* Zufluchtsort, saß der Mann, der in Denver behauptet hatte, er sei FBI-Agent, und den Namen Galia verwendet hatte.

„Was?“, fragte Ali, unübersehbar verwirrt.

Melissa beobachtete ihn noch einen weiteren Augenblick. Sie glaubte nicht, dass er sie gesehen hatte. Aber es war nur eine Frage der Zeit, bis er sie erblicken würde. Sie drehte sich auf dem Stuhl um und verdeckte ihr Gesicht, damit er es nicht erkennen konnte.

Was jetzt?

„Geht es dir gut?", fragte Ali mit einem Stirnrunzeln.

„Ich fühle mich nicht gut. Ich ... ich glaube, ich sollte lieber gehen."

Ali schaute sie besorgt an. „Ich fahre dich nach Hause."

„Nein." Sie stand abrupt auf und nahm ihre Handtasche. „Ich sehe dich später. Entschuldige bitte."

„Mellie ...", rief Ali ihr nach.

Draußen blieb sie auf der gegenüberliegenden Straßenseite stehen und wartete ... und ließ den Eingang nicht aus den Augen. Von ihrem Platz aus konnte sie das ganze Restaurant überblicken. Mehrere Paare verließen in den wenigen Minuten, die sie wartete, das Gebäude. Aber Iwanow kam nicht.

Als sie nicht länger warten konnte, drehte sie sich um und ging die Straße hinauf zu ihrem geparkten Auto. *Wie dumm von mir!*, dachte sie, als ihr bewusst wurde, in was für einer prekären Lage sie sich befand.

Zu Hause versäumte sie keine Zeit und suchte sofort die Visitenkarte von FBI-Agent Walsh, dem Mann, der ihr in Denver seinen Schutz angeboten hatte. Der Mann, dem sie nicht gerade höflich eine Abfuhr erteilt hatte.

Mit zitternden Fingern wählte sie seine Nummer. Zum Glück erinnerte er sich an sie. „Ich hatte mich schon gefragt, was wohl aus Ihnen geworden ist", sagte Agent Walsh. „Sie wollten in Kontakt bleiben."

Schnell erzählte sie ihm ihre Geschichte, dass sie seit drei Jahren in der Gegend von Mystic mit einer falschen Identität lebte. „Heute habe ich Iwanow in einem Restaurant in der Stadt gesehen. Ich weiß nicht, was ich tun soll."

„Hat er Sie gesehen?", fragte Walsh. Seine Stimme klang sehr ernst.

„Ich bin mir nicht sicher."

„Das hört sich überhaupt nicht gut an. Ich glaube nicht an Zufälle. Halten Sie es für möglich, dass er Ihnen zum Restaurant gefolgt ist?"

„Das weiß ich nicht. Wie hätte er mir folgen sollen?"

„Genau das bereitet mir ja Kopfzerbrechen", erwiderte der FBI-Agent. „Denken Sie genau nach: Ist er Ihnen jetzt nach Hause gefolgt?"

„Ich glaube nicht. Ich habe vor dem Restaurant gewartet, um zu sehen, ob er mir folgen würde. Aber ich sah ihn nicht herauskommen."

Agent Walsh seufzte.

„Soll ich die Polizei rufen?"

„Das ist vielleicht nicht der beste Schritt", erklärte er. „Damit würden Sie sich nur zu einer guten Zielscheibe machen. Dieser Mann ist sehr gefährlich. Leider habe ich gerade keinen Mann in Ihrer Gegend. Gehen wir noch einmal alles der Reihe nach durch ..." Er stellte ihr ein paar Fragen, angefangen bei ihrer Adresse, ob sie den Kontakt zu ihren alten Freunden und Verwandten abgebrochen habe, und fragte schließlich, ob sie in der Zwischenzeit geheiratet habe.

„Ja, mein Mann arbeitet für New England Asset Management", erzählte sie ihm.

Eine unbehagliche Pause folgte. „Melissa", sagte er mit todernster, dringlicher Stimme. „Sie müssen genau tun, was ich Ihnen sage."

Das Entsetzen, die viel zu bekannten Worte legten sich ihr auf die Brust, schnürten ihr fast die Kehle zu und machten es ihr schwer, zu atmen oder klar zu denken.

„Sie müssen sofort von dort fort ... sagen Sie zu niemandem ein Wort."

„Das verstehe ich nicht."

„Wir haben keine Zeit, jetzt genauer darüber zu sprechen, Melissa. Suchen Sie einen sicheren Ort, einen *neuen* Aufenthaltsort. Vergewissern Sie sich, dass niemand Ihnen folgt. Wenn Sie in Sicherheit sind, rufen Sie mich wieder an. Benutzen Sie nicht Ihr Handy, nur im äußersten Notfall."

„Was ist mit meinem Mann? Ich kann ihn doch nicht einfach verlassen."

„Ihrem Mann wird nichts geschehen. Vertrauen Sie mir."

„Aber ..."

„Hören Sie", sagte er mit leidenschaftlicher Stimme. „Ihr Leben ist in großer Gefahr. Ich erkläre Ihnen alles, wenn Sie das nächste Mal anrufen."

Sie legte auf, suchte fast hysterisch ihren Koffer und kritzelte Ryan eine Nachricht auf einen Zettel. Dann verabschiedete sie sich von ihrem Hund und eilte zum Auto.

Sobald sie auf der Autobahn war, ließ sie ihrer Angst und Verzweiflung freien Lauf. Aber noch stärker war ihre Sorge, dass Ryan etwas zustoßen könnte.

„Du armes Ding", sagte Lela und wischte sich Tränen aus den Augen. „Du hast ja furchtbare Sachen durchmachen müssen."

Melissa war selbst überrascht, dass sie alles erzählt hatte. Aber ein Blick in das Gesicht dieser freundlichen Mennonitin genügte und sie wusste, dass Lela ihr Geheimnis für sich behalten würde. Im Innersten ihres Herzens wusste sie das.

„Als du gestern den FBI-Mann angerufen hast, was hat er dir gesagt ... über deinen Mann?", fragte Lela mit mitfühlendem Blick.

Melissa legte sich die Arme um den Bauch und wappnete sich gegen die Traurigkeit, die sie überrollte. Wie sollte sie diese schrecklichen Worte aussprechen? Sie atmete tief ein und beugte sich vor. Dann enthüllte sie mit stockender Stimme die bestürzende Information: „Iwanow war nicht der einzige Grund, warum ich Connecticut verlassen musste."

„Wie meinst du das?", fragte Lela stirnrunzelnd.

Melissa schüttelte den Kopf. Die Tränen liefen ihr über die Wangen. *Ganz genauso wie Papa ...* „Es ist wegen Ryan", flüsterte sie. Dann brach sie ab. Sie konnte einfach nicht weitersprechen.

Lela berührt sanft ihren Arm. „Was ist mit ihm?"

Immer noch mit der harten Realität ringend, flüsterte sie leise: „Ryan ist ... ist einer von *ihnen*."

„Das verstehe ich jetzt nicht.“ Lelas Stirnrunzeln breitete sich über ihr ganzes Gesicht aus.

„Ryan arbeitet für dieselben Leute, die meinen Vater umgebracht haben.“

Teil Zwei

Man sieht nur mit dem Herzen gut.
Das Wesentliche ist für die Augen unsichtbar.

Antoine de Saint-Exupéry

26

Die Morgendämmerung brach mit strahlendem Licht an. Der Himmel war hell und klar. Der Mystic River floss gemütlich zum Meer. Mehrere Enten watschelten ans Flussufer und warteten darauf, dass ihnen jemand Futter zuwerfen würde. Ryan hatte ihnen nichts mitgebracht. Er lehnte am Geländer und schaute ihnen geistesabwesend zu. Ihm blieben noch zwei Stunden, bevor er bei der Arbeit erwartet wurde.

Er war zum Mystic River Park gekommen, um über die letzten paar Tage nachzudenken. Um sich zu fragen, wie alles so hatte laufen können; was er jetzt tun sollte.

„Hallo, Mister Ryan."

Er drehte sich um und erblickte Stevie, einen braunhaarigen Jungen mit zwei Angelruten in der rechten Hand und einer Tasche mit Angelausrüstung in der linken. Vor mehreren Monaten hatten sie sich genau an dieser Stelle kennen gelernt. Ryan hatte mit Stevie gescherzt, und der einsame Junge hatte Ryan zurückhaltend eingeladen, mit ihm zu angeln. Seit jenem Tag hatte sich das oft wiederholt.

Ryan lächelte ihn an. „Ich habe dich eine ganze Weile nicht mehr gesehen."

„Ich war hier. Jeden Morgen", erwiderte der Junge mit leicht anklagendem Unterton in der Stimme.

„Tut mir Leid. Ich hatte viel zu tun."

„Heute auch?"

„Gib mir deine Angelrute, junger Mann. Dann wecken wir die Fische auf."

Stevie verzog das Gesicht zu einem Grinsen. Alles war vergessen. Gemeinsam befestigten sie ihren Angelköder und warfen die Angelschnur ins Wasser. Sie angelten über eine Stunde und genossen es, zusammen zu sein und über Männersachen zu reden.

„Beißt einer an?", fragte plötzlich eine Stimme hinter ihnen.

Ryan drehte sich um und sah Jim Iwanow an der Stützmauer lehnen.

Ryan war überrascht, ihn zu sehen. „Ich dachte, Sie kämen erst nächste Woche."

Jim zuckte die Achseln und schaute auf das Wasser. „Etwas ist dazwischengekommen."

„Weiß Bernie, dass Sie hier sind?", erkundigte sich Ryan.

„Noch nicht."

„Haben Sie schon gefrühstückt?", fragte Ryan in dem Versuch, höflich über Belanglosigkeiten zu reden.

Er warf einen Blick auf Stevie, dessen Miene sich niedergeschlagen verzog. Der Junge zerrte missmutig an seiner Angelrute.

Iwanow ignorierte Ryans Frage. „Sind Sie heute im Büro?"

„Für ein paar Stunden. Ich muss heute Nachmittag einen Freund zum Flughafen bringen."

„Ich muss mit Ihnen und Bernie reden. Sagen wir, gegen neun Uhr?"

Ryan runzelte die Stirn. „Gibt es Probleme?"

„Nein", antwortete Jim ausdruckslos und ging davon.

„Das ist aber ein unsympathischer Kerl", bemerkte Stevie, sobald Iwanow außer Hörweite war.

„Er hat nur keine Freunde, mit denen er spielen kann", erwiderte Ryan.

Stevie schmunzelte und konzentrierte sich wieder auf seine Angelrute.

* * *

„Gott wird uns helfen", flüsterte Lela, als die Strahlen des frühen Morgens über die Küchenwand tanzten. Sie beugte den Kopf und musste an Melissa denken, die oben noch schlief. „Lieber Herr, ich vertraue auf die Verheißungen aus deinem Wort. Ich lege mich in deine Arme und rechne mit deiner machtvollen Kraft. Danke. Amen."

Mellies Worte hallten in Lelas Kopf wider: *„Du bist in Gefahr, wenn ich hier bleibe."* Ein Schaudern lief ihr erneut über den Rücken. Aber sie rief sich die Bibelstelle ins Gedächtnis, wo es heißt: „Der Engel des Herrn lagert sich um die her, die ihn fürchten." Ein neuer Friede durchflutete ihr Herz. Sie tat das Richtige, indem sie Melissa ermutigte, ruhig zu bleiben. Wie groß die Gefahr auch war, die vor ihrer Tür lauerte, Gott hatte trotzdem die Kontrolle. Sie und Mellie waren in Sicherheit.

Melissa hatte nicht gut geschlafen. Ihre Gedanken kreisten um den Mann, dem sie geglaubt, dem sie vertraut und den sie geheiratet hatte. Wie konnte es sein, dass ihr geliebter Mann mit denselben Leuten unter einer Decke steckte, die ihren Vater umgebracht hatten? Ein Teil in ihr lehnte das ab, glaubte nicht, dass ihr ganzes Leben, das um einen einzigen wunderbaren Mann herum aufgebaut war, auf Sand gebaut war.

Sie erinnerte sich an ein Ereignis nach dem anderen, bei denen Ryan ehrlich und gut gewesen war. Immer anständig und offen. Kein einziges Mal hatte sie an ihm gezweifelt oder geargwöhnt, dass er in beruflichen Dingen oder ihr gegenüber etwas anderes als ehrlich sein könnte. Sie wünschte, sie könnte ihn anrufen und ihn persönlich fragen. Aber sie wagte es nicht.

Melissa warf die Decke zurück, stand auf und schaute zum Fenster. Sie starrte durch die Vorhänge zum Himmel hinauf, der strahlend blau war. Ryans Worte kamen in ihr Gedächtnis. *„Ich habe Geld, von dem du nichts weißt"*, hatte ihr Mann sie verspielt geneckt, als sie ihr Haus in Lord's Point das erste Mal besichtigten. Damals war sie über seine Bemerkung irritiert gewesen, aber nur einen kurzen Augenblick. Das Leuchten in seinen Augen, die so voll erwartungsvoller Freude gewesen waren, hatte auch den leisesten Anflug von Zweifeln bei ihr ausgewischt.

Schließlich musste sie sich mit etwas auseinander setzen, an das sie seit Jahren nicht mehr gedacht hatte. *Achtzig Millionen Dollar.* Wo *war* das Geld? Wenn sie die Antwort darauf nur wüsste, würde dieser Alptraum vielleicht – aber nur dann und auch nur vielleicht – endlich aufhören. Solange Männer wie Iwanow vermuteten, sie wüsste, wo ihr Vater achtzig Millionen Dollar versteckt hatte, solange sie jeden ihrer Schritte beobachteten, wäre sie nie wirklich frei.

Weiß Ryan von dem Geld?, fragte sich Melissa. *Hat er mir etwas vorgespielt, damit ich ihn heiratete, weil er hoffte, ich würde eines Tages irgendetwas darüber verraten? War unsere ganze Ehe nur eine einzige Lüge?*

* * *

Marge saß an ihrem Schreibtisch, als Ryan den Empfangsbereich betrat. „Mister Alles-tanzt-nach-meiner-Pfeife ist in der Stadt", flüsterte sie missmutig.

Ryan lächelte. „Ja, ich weiß."

Ihre Augen deuteten zu Bernies Büro. „Sie sind dort drinnen."

„Hmm." Ryan begab sich in sein eigenes Büro, begann, alles für seine täglichen Börsengeschäfte vorzubereiten, und schaltete seine Wand mit Monitoren ein.

Mehrere Minuten später steckte Marge den Kopf zur Tür herein. „Bernie will Sie sprechen." Sie deutete mit dem Kopf zu Bernies Büro und warf Ryan einen Blick zu, der sagte: *Ziemlich seltsam, nicht wahr?*

Ryan stand schnell auf und versuchte, sich zu erinnern, wann Bernie ihn das letzte Mal in sein Büro gerufen hatte. Er folgte Marge quer durch den Empfangsbereich zu der Tür, auf der mit goldenen Buchstaben *Bernard Stanton* geschrieben stand.

Ryan klopfte zweimal an Bernies Tür und machte auf. Unmittelbar zu seiner Linken stand Iwanow auf. „Setzen Sie sich." Iwanow deutete zu dem jetzt leeren Stuhl, als hätte Ryan *sein* Büro betreten. „Ich lasse Sie beide einen Augenblick allein." Iwanow verließ leise das Zimmer.

Ryan warf einen schnellen Blick auf den Stuhl, auf dem Iwanow noch vor ein paar Sekunden gesessen hatte, und entschied sich stattdessen für den Stuhl gegenüber von Bernies Schreibtisch. Er schaute seinen Chef erwartungsvoll an. Ihre Blicke begegneten sich. Bernie ließ den Blick auf seine Hände sinken. Er rieb sie aneinander, als bereite er sich darauf vor, eine Rede zu halten.

„Sie wollten mich sprechen“, begann Ryan.

Bernie sagte zuerst kein Wort. Ein unbehagliches Schweigen breitete sich im Raum aus. Ein Raum, der fast doppelt so groß war wie Ryans eigenes Büro. Der Boden, der mit einem weichen, waldgrünen Teppich ausgelegt war, hob die Eleganz der Bücherregale und des Schreibtisches aus Mahagoni, hinter dem sich sein Chef zu verstecken schien, noch hervor. *Kein Wunder, dass er jeden Tag hier Zuflucht sucht,* dachte Ryan flüchtig. *Dieses Büro ist ein Paradies.*

Bernie stand unsicher auf. Er wandte Ryan den Rücken zu und schaute durch die großen Fenster hinaus. Seine Bewegungen verrieten unverkennbar, dass der ältere Mann zutiefst beunruhigt war. Das immer länger werdende Schweigen zerrte an Ryans Nerven.

Ryan runzelte die Stirn. „Ist alles in Ordnung, Bernie?“

Sein Chef drehte sich zu ihm um und fuhr mit dem Finger über seinen Schreibtisch.

„Haben wir einen Klienten verloren?“, fragte Ryan und dachte an Iwanow.

Bernie setzte sich wieder und faltete die Hände. Er schwieg immer noch. Schließlich fragte er: „Haben Sie eigentlich eine Ahnung, was wir hier all die Jahre tun?“

„Wie meinen Sie das?“

Bernie begegnete seinem Blick. „Spielen Sie mir nichts vor. Ich spreche von unserem *Geschäft* ... diese Börsensymbole, die ich Ihnen von Zeit zu Zeit zukommen lasse.“

Ryan, der es verabscheute, die Worte auszusprechen, erwiderte leise: „Insidergeschäfte.“

Bernie knurrte und ließ die Hände auf den Tisch sinken. Er warf Ryan einen missmutigen Blick zu. „Für Anfänger, ja. Nehmen wir noch Geldwäsche dazu, dann haben Sie ein besseres

Bild von dem Ganzen. Erzählen Sie mir jetzt nicht, Sie hätten *das* nicht schon vor Jahren durchschaut. Wenn nicht, dann sind Sie viel dümmer, als ich Ihnen zutraue."

Ryan hatte versucht, die gelegentlich verdächtige Natur ihrer Transaktionen zu ignorieren. „Das ging mich nichts an", antwortete er in der Hoffnung, Bernie würde dieses Thema fallen lassen.

„Warum sollte man an dem Ast sägen, auf dem man sitzt, nicht wahr?" Bernie baute sich groß auf und betrachtete Ryan zynisch. „Sie wurden gut dafür bezahlt, dass Sie ein Auge zudrückten."

„Worauf wollen Sie hinaus?", fragte Ryan.

„Dazu komme ich gleich." Bernie legte den Kopf schräg und deutete zum Empfangsbereich. Mit leiser Stimme sagte er: „Als Erstes zu Iwanow: Er ist nicht einfach ein Klient. Er *besitzt* uns."

Bernies Offenbarung versetzte Ryan eine Gänsehaut. „Er tut *was?*"

Sein Chef beugte sich vor und sprach weiter: „Er und seine Partner betreiben ein umfangreiches Netzwerk, das sich über mehrere Bundesstaaten erstreckt. Unsere Firma, New England Asset Management, ist nur eine Fassade ... mit ein paar *echten* Klienten, damit alles legitim aussieht." Bernie ließ den Blick wieder auf den Schreibtisch sinken. „Und ... erinnern Sie sich, als wir uns vor etwas über drei Jahren nach einer neuen Sekretärin umschauten?"

Ryan rutschte ungemütlich auf seinem Stuhl nach hinten. Die Richtung, die das Gespräch jetzt einschlug, behagte ihm überhaupt nicht.

„Ich habe Sie nach Watch Hill geschickt, weil Sie Melissa für diese Stelle gewinnen sollten", sprach Bernie weiter. „Glauben Sie denn, ich hätte einfach nur ein Auge auf eine nette Kellnerin geworfen und beschlossen, sie als Zierde für unser Büro anzustellen? Melissas *Vater* hat früher für Iwanow gearbeitet. Ich dachte damals, ich könnte das Mädchen am besten im Auge behalten, wenn ich dafür sorgte, dass sie für uns arbeitete. Wir hatten nie damit gerechnet, dass Sie sie gleich *heiraten* würden."

Bei Bernies Enthüllungen, die wie ein Kanonenhagel auf ihn niedergingen, drehte sich in Ryans Kopf alles. *Sie im Auge behalten ...*

Bevor Ryan antworten konnte, vernahmen sie ein kurzes Klopfen an der Tür. Iwanow schlenderte mit einer Kaffeetasse in der Hand herein. Er setzte sich und fixierte Bernie mit einem genüsslichen Lächeln. „Bin ich an der Reihe?"

Bernie zuckte die Achseln. Er zog ein Taschentuch heraus und wischte sich die Stirn.

Iwanow schmunzelte. Die knisternde Spannung im Raum entging ihm nicht. Er griff die Geschichte auf, ohne mit der Wimper zu zucken. Sein leichter russischer Akzent klang noch gefährlicher. „Der Vater Ihrer Frau und ich waren Geschäftspartner. Dann, eines Tages, bekam er kalte Füße und verriet mich. Er war ein *Izmyenik* – ein Verräter."

Plötzlich ging Ryan ein Licht auf, als baue er die Teile eines Puzzles zusammen. Diese „Stunde der Wahrheit" hatte mit Melissas Verschwinden zu tun. „Wo ist meine Frau?", fragte er und setzte sich abrupt vor.

„Lassen Sie mich der Reihe nach erzählen", sagte Iwanow und nahm einen großen Schluck Kaffee, bevor er weitersprach. „Es ist schon wirklich erstaunlich, wissen Sie. Wie sagt man dazu – Ironie des Schicksals? –, dass Melissa in der Hoffnung, sich vor mir zu verstecken, aus Colorado floh und ausgerechnet hier in Connecticut landete. Sozusagen in meinem eigenen Hinterhof! Die Götter sind mir wohlgesinnt."

Ryan starrte mit wachsendem Zorn und zunehmender Frustration diesen arroganten Mann an. Dennys verwirrende Entdeckungen über Melissas gefälschte Identität ergaben plötzlich einen Sinn. Seine Frau hatte sich vor Iwanow versteckt!

„Es klingt so, als hätten Sie ein paar wichtige Details ausgelassen", sagte Ryan.

„Ja, mir fällt auf, dass ich wirklich den wichtigsten Teil ausgelassen habe. Der Vater Ihrer Frau hat mir mein Geld gestohlen, und ich will es zurück", erklärte Iwanow wie selbstverständlich.

„Dann verlangen Sie es doch von ihm“, entgegnete Ryan.

Iwanow wechselte einen viel sagenden Blick mit Bernie. „Leider ist dieser Mann im Augenblick ein wenig indisponiert.“

Ryan konnte den Schauder des Entsetzens, der ihm über den Rücken lief, kaum verbergen.

Iwanow lachte böse, als habe er Ryans Reaktion bemerkt. „Sie begreifen schnell.“ Er nahm einen weiteren Schluck von seinem Kaffee und schien die Macht, die er ausübte, zu genießen. Schließlich stellte er die Tasse ab und schaute Ryan mit zynischem Mitgefühl an. „Ihre Frau hat mich letzten Freitag in einem Restaurant gesehen. Ich hatte gehofft, ein freundliches Gespräch mit ihr führen zu können. Stattdessen raste sie davon wie eine verängstigte Gazelle. Zum Glück konnte ich sie wieder finden.“

„Wo ist sie?“, wollte Ryan ein zweites Mal wissen. Seine Stimme war beherrscht und ruhig, ganz im Gegensatz zu den Gefühlen, die in seinem Inneren tobten.

„Es geht ihr gut“, sagte er. „Aber ich brauche Ihre Hilfe ...“

Ryan entfuhr es: „Sie terrorisieren meine Frau, und jetzt ...?“

„Ich will mein Geld ... ist das zu viel verlangt?“

„Und Sie glauben, Melissa wüsste, wo es ist?“

Iwanow lächelte genüsslich. „Natürlich weiß sie es.“

„Wenn Sie sich so sicher sind, warum haben Sie dann so lange gewartet?“

„Gute Frage. Ehrlich gesagt hatte ich zunächst meine Zweifel. Ich zog kurz in Erwägung, dass sie möglicherweise doch keine Ahnung hat, wo sich das Geld befindet, so unwahrscheinlich mir das jetzt auch erscheint.“

„Sie hat mir gegenüber nie ein Wort gesagt über ...“

„Genau das ist der Punkt“, fiel ihm Iwanow ins Wort. „Sie hat *überhaupt nichts* über ihre Vergangenheit gesagt, nicht wahr?“

Ryan schwieg.

Iwanow wirkte belustigt. „Nehmen Sie das nicht persönlich. Sie hat uns beide angelogen. Genau das hat mich schließlich davon überzeugt, dass sie das Geld doch versteckt.“

„Das ist aber ein sehr großer Sprung in Ihrer Logik", erwiderte Ryan. „Ich will mit diesen Fantasiegebilden nichts zu tun haben."

Bernie schüttelte traurig den Kopf. „Ihnen bleibt keine andere Wahl, Ryan."

Iwanow wechselte abrupt das Thema. „Bin ich richtig informiert, dass Ihre Eltern in Montana wohnen? Ihr Vater fährt jeden Freitagnachmittag in die Stadt ... und hilft einem Freund, einen Chevy Baujahr 57 zu restaurieren."

Ryan begann zu begreifen.

„Sonntags gehen sie in die Kirche und sitzen immer in der vierten Reihe. Vor ihnen sitzt ihre Nachbarin, Doris Chandler, die Ihrer Mutter mit ihrem ständigen Geplapper auf die Nerven geht. Muss ich weitersprechen?"

„Muss ich beeindruckt sein?", fragte Ryan.

„Hauptsache, Sie sind überzeugt. Ich habe überall Freunde." Iwanow legte den Kopf schräg.

„Sie bedrohen meine Familie?"

„Ich lege nur die Karten offen auf den Tisch."

Ryan schwieg. Iwanow fügte hinzu: „Sie können von mir aus auch die ganze Geschichte wissen. Ihre Frau hat Kontakt zum FBI aufgenommen. Sie weiß inzwischen, dass Sie für mich arbeiten."

Ryan runzelte ungläubig die Stirn.

Iwanow lachte böse. „Mein lieber Junge, alles, was auf zwei Beinen geht, kann ich bestechen. Ich habe genug Beamte auf meiner Gehaltsliste stehen, um damit mein eigenes FBI aufmachen zu können. Wie, glauben Sie denn, hätte ich sonst Melissas Vater gefunden?"

„Was wollen Sie von mir?"

„Machen Sie Ihrer kleinen Frau klar, dass sie kooperieren muss. Versuchen Sie es mit Vernunft und Logik", sagte Iwanow ruhig, als erkläre er theoretische Physik. „Wir haben nicht viel Zeit. Wenn das FBI sie unter ihren Schutz stellt – *puff!* dann ist sie weg. Später verrät sie uns dann vor Gericht und bringt uns zu Fall. Aber natürlich werde ich es nie so weit kommen lassen."

Iwanows Augen wurden eiskalt, als er sich vorbeugte und seine Worte mit seiner Gestik unterstrich. „Mr. James, lange, bevor sie jemals vor Gericht aussagen können, verschwinden manche Zeugen für immer. Das ist ganz normal."

Die brutale Wahrheit sprach aus den kalten Augen dieses Russen. Ryan atmete tief ein und wieder aus. „Dann kommen wir endlich zur Sache, ja?"

„Ganz meine Meinung", nickte Iwanow.

„Warum fragen Sie sie nicht selbst? Warum brauchen Sie mich dazu?"

Iwanow starrte Ryan an. Zum ersten Mal, seit er Bernies Büro betreten hatte, schien sein Selbstvertrauen ins Wanken zu geraten. Sein Gesicht wurde kurz blass, dann gewann aber seine Arroganz wieder die Oberhand. „Ich habe mir überlegt, dass Sie, als ihr Mann, mehr ... Überredungskunst besitzen."

Ryan dachte über Iwanows seltsame Antwort nach. „Und warum sollte ich glauben, dass Sie ihr nichts zuleide tun, wenn Sie Ihr kostbares Geld erst einmal haben?"

Iwanow brach in ein schallendes Gelächter aus. „Weil ich Sie *brauche*, James. Sie haben uns außerordentlich reich gemacht. Sie sind wie die Gans, die goldene Eier legt. Wenn ich Ihnen die Federn rupfe, legen Sie vielleicht keine mehr."

„Sie haben eine seltsame Art, die Dinge auszudrücken."

„Wir fangen neu an und holen Sie vollständig an Bord. Sind Sie dabei oder nicht?", fragte Iwanow.

Ryan sah Bernies Blick, der ihm unmissverständlich signalisierte: *Seien Sie kein Idiot ...* Ryan zögerte. Das Schweigen wurde immer ungemütlicher. Schließlich nickte er. „Einverstanden."

Bernie seufzte laut auf. Seine Erleichterung war unverkennbar.

„Guter Mann." Iwanow deutete mit einer weiten Geste durch das Büro. „Ich verstehe nicht viel von dem, was Sie hier machen, aber einige meiner Finanzleute wollen einen Blick auf Ihre Akten werfen."

„Auf meine Akten?", murmelte Ryan.

„Wir wollen Ihren Verantwortungsbereich erweitern, wenn das

hier vorbei ist, und natürlich machen Sie dann weitaus mehr Geld." Iwanow stand auf, streifte sein Jackett glatt und reichte Ryan die Hand.

Ryan schlug ein, als besiegle er einen gewöhnlichen Geschäftsabschluss – und keine Entscheidung auf Leben und Tod, um Mellies Leben zu retten.

An Bernie gewandt, brummte Iwanow: „Sie haben sich unnötig Sorgen gemacht. Das lief doch ganz gut." Er wandte ihnen den Rücken zu und ging zur Tür. „Meine Partner werden Sie anrufen, Ryan. Sie treffen sich natürlich nicht hier mit Ihnen."

Ryan schaute Iwanow wortlos nach, als er den Raum verließ.

27

Auf der East Main Street stauten sich die Fahrzeuge und warteten auf die Zugbrücke, die den morgendlichen Schiffsverkehr auf dem Mystic River passieren ließ. Iwanow starrte unmutig auf die Autoschlangen. *Gewöhnliche Leute,* dachte er verächtlich. *Dumme, bemitleidenswerte Sterbliche ...*

Er grinste böse bei der Erinnerung an sein Gespräch mit dem schwachen, leicht zu manipulierenden Bernie Stanton. *Wie wenn man einem Kleinkind seine Süßigkeiten wegnimmt.* Besonders genoss er die bemitleidenswerte Miene auf Ryan James' Gesicht, als Iwanow ihn gekonnt durch die dunklen Gänge geführt hatte, die schließlich in seiner Hinrichtung endeten.

Warum habe ich auf dieses Vergnügen nur so lange verzichtet?, dachte er und erinnerte sich, wie er vor drei Jahren seine Lakaien losgeschickt hatte, um den Sender unter Melissas Auto anzubringen. Dann hatten seine Männer, als Leute von den Stadtwerken getarnt, im Wohnzimmer des Hauses und auch auf dem Segelboot Wanzen angebracht. Um ihre vollständige Überwachung sicherzustellen, zeichneten sie schließlich auch noch alle Telefongespräche und Gespräche über das Handy auf. Das alles nur, um den Augenblick nicht zu verpassen, wenn Melissa Ryan die Wahrheit über das Geld verraten würde.

Aber sie hatte nichts verraten. Deshalb hatte Iwanow beschlossen, den Stein nun selbst ins Rollen zu bringen. Er hatte sich absichtlich von Melissa im Restaurant sehen lassen und hatte genüsslich beobachtet, wie sie sich panisch in Sicherheit brachte. Dann hatte er ihre Bewegungen verfolgt und war ihr nachgefahren, neugierig, wohin sie wohl fliehen würde. Vielleicht würde sie ihn sogar direkt zu dem Geld führen. Aber das hatte sie nicht.

Das war jetzt gleichgültig. Iwanow hatte keine Geduld mehr für seine ausgeklügelten Spionagespielchen. In ein paar Tagen würde Melissa dank der naiven, aber verzweifelten Intervention durch ihren geliebten Ehemann verraten, wo ihr Vater achtzig Millionen Dollar versteckt hatte, deren Wert sich inzwischen – wenn sie richtig angelegt waren – vervielfacht haben musste.

Er hatte nur wenig Vertrauen zu der ganzen Sippschaft der „Geldhändler", diese Gruppe in der Gesellschaft, die große Summen von Drogen- und Erpressungsgeldern kontrollierte. Dabei hatte Ryan durch seine legitimen Aktivitäten einen großen Batzen Geld für das Netzwerk gemacht, und seine Partner trennten sich nur ungern von ihrem „Starhändler".

Letztendlich hatten jedoch seine Rachegelüste über seine Habgier gesiegt. Iwanow hatte seine Partner überredet, die Geschäftsmethoden, die aus Ryans Computerdaten hervorgingen, zu analysieren. Sie hatten eingewilligt, und die letzte Phase war jetzt eingeläutet worden. Zeit, die „Gans" zu eliminieren, da die goldenen Eier auch woanders zu bekommen waren.

Rache! Wie süß würde sie schmecken, besonders, wenn er sie an der Tochter des Mannes auskosten könnte, der sich erlaubt hatte, ihn zum Narren zu halten. Und an dem naiven Untergebenen, der sie geheiratet hatte.

* * *

Ryan starrte erschüttert auf die Monitore in seinem Büro. Als es an seiner Tür klopfte, klang das Geräusch wie ein Echo aus weiter Ferne. Langsam ging die Tür auf, und Marge steckte den Kopf herein. „Brauchen Sie irgendetwas?"

Zuerst gab er keine Antwort, dann fragte er geistesabwesend: „Ist Bernie schon gegangen?"

Marge nickte. „Dieser Kerl hatte auf euch beide, auf Sie *und* auf Bernie, eine ungesunde Wirkung, würde ich sagen. Warum lassen Sie ihn nicht fallen? Wer braucht schon solche Klienten?"

Wie in einem Traum blickte er langsam zu ihr auf und sah, wie sie vorsichtig den Raum betrat.

„Ryan?"

„Ich sollte jetzt wohl am besten auch gehen", brachte er mühsam über die Lippen. „Denny ist bei mir zu Hause und wartet darauf, dass ich ihn zum Flughafen bringe."

„Ich mache mir Sorgen um Sie", sagte Marge offen heraus.

Obwohl er das Gefühl hatte, ein dicker Nebel habe sich über ihn gelegt, zwang er sich zu einem Lachen. „Das brauchen Sie nicht."

„Sehe ich Sie morgen?"

Er ging nicht auf ihre Frage ein, sondern beugte sich vor, sperrte seinen Schreibtisch zu und machte für heute Feierabend. Dann fuhr er den Computer herunter und schaltete die Bildschirme aus.

* * *

Denny streichelte Ryans Hund, dann trug er seine Reisetasche hinaus und warf sie in den Kofferraum. Er wartete, bis Ryan aus dem Haus auftauchte. Er hatte das Gemälde, Melissas Geschenk für Denny, eingewickelt und trug es unter dem Arm.

Noch ein paar Stunden, und er würde Evelyn wieder sehen. Nie zuvor in seinem Leben hatte er jemanden so sehr vermisst. Er war in der Hoffnung, Ryan helfen zu können, nach Connecticut gekommen, aber am Ende schien er alles nur noch schlimmer gemacht zu haben.

Ryan kam in Jeanshose und blauem Golfhemd zum Auto gelaufen. Er warf Denny ein gequältes Lächeln zu, und sie setzten sich für die Fahrt zum Flughafen ins Auto.

„Ich habe dir ein Buch dagelassen", erzählte er Ryan. „Für den Fall, dass du gern liest."

„Sicher, danke", murmelte Ryan.

„Ich wünschte, ich hätte dir irgendwie helfen können", bemerkte Denny leise und überlegte, ob er noch mehr sagen sollte. Denny wartete einen Augenblick, dann sprach er weiter. „Und ich wünschte auch, wir hätten miteinander beten können ... über diese ganze verzwickte Sache."

Ryan knurrte unwirsch: „Und was hätte *das* geholfen?"

Eine Weile waren beide schweigsam, dann ergriff Denny wieder das Wort: „Hey, Mann, was ist los mit dir? Außer dass du wegen Melissa vor Sorge fast krank bist, hast du doch noch etwas."

„Tut mir Leid, ich bin heute eben nicht in bester Stimmung."

„Nein ... da steckt mehr dahinter", hakte Denny nach.

„Komm schon, Den ..."

„Lass dir eines gesagt sein: Ich bin dein Freund, Ryan. Wir haben vieles miteinander durchgemacht. Ich weiß, wenn mit dir etwas nicht stimmt."

Ryan schaute ihn an. „Was willst du von mir?"

„Was erzählst du mir *nicht?* Warum ist Melissa *wirklich* verschwunden? Hilf mir, das zu verstehen."

Ryan schüttelte resigniert den Kopf, blieb aber still. Denny schaute zu seinem Freund hinüber und spürte die unendliche Traurigkeit, die von ihm ausging. Dann hörte Denny das Flüstern einer kaum hörbaren Stimme. Der Gedanke ergab für ihn nicht unbedingt einen Sinn, aber er preschte fast verzweifelt vor, als steche jemand in der Dunkelheit mit dem Messer nach ihm. „Gott kann alles vergeben, Ryan."

Überrascht runzelte sein Freund die Stirn. „Wovon redest du da?"

„Es spielt keine Rolle, was du getan hast."

„Du glaubst, ich hätte sie vertrieben?"

„Natürlich nicht."

„Was dann?"

„Ich weiß es nicht ..." Eine Bibelstelle kam Denny in den Sinn. „Erinnerst du dich an die Predigt vom letzten Sonntag?"

Ryan sagte nichts, er schaute nur geradeaus auf die Straße.

„‚Kommt zu mir alle, die ihr mühselig und beladen seid. Ich gebe euch Frieden.' Darum geht es, Ryan. Umkehr. Vergebung der Sünden. Frieden im Herzen. Freiheit von Schuld. Das ist gute Nachricht. Du brauchst keine Beweise. Du brauchst Gnade. Sie ist kostenlos. Sie ergibt nicht immer einen Sinn. Sie ist nicht für gute Menschen. Sie ist für Sünder ..."

„Du bist wie eine Schallplatte, die einen Sprung hat. Du wiederholst immer dieselbe alte Leier."

„Ja, das stimmt“, erwiderte Denny.

„Für *wen* hältst du mich eigentlich?“

Denny dachte über diese Frage nach, dann antwortete er leise: „Ich bin mir nicht mehr ganz sicher.“

Ryan warf ihm einen ärgerlichen Blick zu. „Ich kann deinen Gott nicht brauchen. Melissa ist verschwunden, und er kann sie auch nicht finden.“

Denny sah den Ausdruck in Ryans Augen – Verletzung und Schuld, vermischt mit etwas Neuem: *Bitterkeit.* Er hatte diesen Blick schon unzählige Male auf den Straßen von Denvers Innenstadt gesehen. „Warte nicht, bis es zu spät ist“, drängte er schließlich.

Als sie am Flughafen ankamen, fuhr Ryan zum Gate, bremste und stieg aus. Denny ging hinter das Auto und nahm das Bild von Melissa vorsichtig vom Rücksitz. Er schaute zu, wie Ryan den Kofferraum öffnete, die Reisetasche herausholte und sie hart auf den Boden stellte. „Noch Freunde?“, fragte Denny und hielt ihm die Hand entgegen.

Ryan gab keine Antwort, aber er schlug in die Hand ein, als besiegle er damit ein Geschäft. „Pass auf dich auf, Denny“, verabschiedete er sich mit einem Anflug von Endgültigkeit in der Stimme.

Schweren Herzens nahm Denny seine Tasche und ging allein in das Gebäude. Sobald er durch die Tür war, drehte er sich um und wollte Ryan durch die große Fensterfront noch einmal winken. Aber der war bereits mit seinem Auto davongerauscht.

* * *

Daisy lief mit überschwänglicher Begeisterung auf Ryan zu, als er das Haus betrat.

„Jetzt nicht“, fuhr Ryan sie an und warf seine Schlüssel auf den Küchentisch. Von der ungewohnten Abfuhr eingeschüchtert, wich der Hund zurück.

Er trat ins Wohnzimmer, wo die großen Fenster einen weiten Blick über die Bucht boten, und machte seinem Ärger Luft, indem er das Erste, was ihm unter die Finger kam, packte – eine Vase – und gegen das Fenster schleuderte.

Klirr! Das Glas zerbrach, Scherben landeten auf dem Teppich und auf dem Boden der Veranda vor dem Haus. Mehrere Splitter verteilten sich auf Melissas unfertigem Gemälde.

Daisy winselte und wich, von diesem Zornausbruch offensichtlich überrascht, erschrocken zurück.

Regungslos starrte Ryan durch das zerbrochene Glas auf die Bucht hinaus. Einen Augenblick später fühlte er Daisy winselnd neben sich kauern. Sie hockte sich nieder und rieb nervös den Kopf an seinen Knöchel.

„Es tut mir Leid“, sagte er. Sein Blick wanderte zu Mellies Gemälde.

Das Klingeln des Telefons riss ihn aus seinen trüben Gedanken. Er nahm ab und erwartete, Iwanows süffisante Stimme zu hören. Der Anruf kam nicht von dem Mann, der sein Blut zum Sieden brachte, sondern von seiner Mutter aus Montana.

„Ryan?“, fragte sie. „Was für eine Überraschung, dass ich dich zu Hause antreffe! Ich wollte eigentlich Melissa anrufen und ihr für die hübsche Geburtstagskarte danken. Wie geht es bei euch denn so?“

Er fing sich wieder und bedauerte den Schaden, den er in seinem eigenen Haus angerichtet hatte. Mit mühsam erzwungener Ruhe antwortete er: „Gut, Mama. Wie geht es dir und Papa?“

„Oh, dein Vater hat sich in der letzten Stunde nicht beklagt. Ich schätze also, dass es ihm ganz gut geht.“ Sie lachte leise. „Wir haben deinen Scheck bekommen. Ich kann dir gar nicht sagen, wie sehr wir deine Hilfe brauchen können.“

„Vergiss es, Mama ...“ Seine Stimme wurde leiser.

„Wie war Dennys Besuch bei dir? Er ist ja so ein netter junger Mann.“

„Er ist vor ein paar Stunden nach Colorado zurückgeflogen.“

„Hat ihm Mellies Bild gefallen? Sie hat mir davon erzählt.“

„Ja, es hat ihm gefallen. Äh ... Mama, ich muss jetzt los.“

„Aber natürlich. Könnte ich noch kurz mit Melissa sprechen? Ich möchte ihr gern danken für ...“

„Sie ist im Augenblick nicht da. Ich rufe dich bald wieder an. Pass auf dich auf, ja?“

Ryan verabschiedete sich und legte auf. Dann stemmte er beide Hände flach auf die Arbeitsplatte und atmete tief ein. Die widersprüchlischsten Gefühle tobten in ihm. Er starrte auf das zerbrochene Fenster und dann auf Mellies Gemälde, das er mit seinem Wutausbruch beschädigt hatte – ein passendes Symbol für ihre momentane Beziehung.

Seine Gedanken wanderten in die Vergangenheit. Er erinnerte sich an das erste Mal vor mehreren Jahren, als Bernie mit einem fragwürdigen Geschäft auf ihn zugekommen war. Damals war er hin und her gerissen gewesen. Er hatte geschwankt zwischen der verlockenden Aussicht, mehr Geld zu verdienen, als er sich je erträumt hatte – oder der Wahl, den sauberen, geraden Weg zu gehen.

Etwas in ihm, ein Kern aus Ehrgefühl und Anstand, hatte ihm gesagt, er solle auf der Stelle kündigen und seine Sachen packen. Aber die Habgier hatte eine stärkere, lautere Stimme gehabt.

Bernie hatte Recht. Ryan wurde sehr gut dafür bezahlt, dass er ein Auge zudrückte. Aber *das* hatte er nie geahnt – dass das Böse, das seinen Arbeitsplatz beherrschte, ein so großes Ausmaß hatte. Trotzdem wäre er ohne seinen Hunger nach schnellem Geld niemals an diesen Punkt gelangt. Jetzt steckte er zu tief in der Klemme, um wieder herauszukommen. Das Leben seiner Frau und seiner Eltern hing davon ab, was er als Nächstes tat.

Wie kann Mellie mir nur je vergeben?, dachte er verzweifelt.

28

Evelyn holte Denny vom Flughafen ab. Nachdem sie sich freudig umarmt und eine Weile locker unterhalten hatten, erzählte er ihr ausführlich, in welcher Situation sich Ryan befand. „Es ist so traurig“, erklärte er auf dem Weg in ihre Wohnung.

„Ich habe für die beiden gebetet ... und auch für dich, während du dort warst“, sagte Evelyn, die in ihrem Jeansrock und der dazu passenden Bluse ausgesprochen hübsch aussah.

„Danke, das ist mir sehr wichtig“, erwiderte er ernst.

„Ich hoffe, du hast Hunger“, grinste sie, als sie die Haustür zu ihrer Stadtwohnung betraten. „Ich habe für dich Abendessen gekocht.“

„Du kümmerst dich so liebevoll um mich.“ Er nahm sie erneut in die Arme.

Sie kicherte fröhlich und verschwand in der Küche.

„Hast du etwas dagegen, wenn ich von deinem Telefon aus meinen Anrufbeantworter abhöre?“

„Fühle dich wie zu Hause“, rief sie aus der Küche.

Er nahm das Mobilteil aus dem Wohnzimmer und wählte die Nummer. Dann gab er seinen Code ein und hörte sich einige unwichtige Anrufe und das übliche Piepsen an, wenn Anrufer auflegten, ohne etwas zu sagen, bis er etwas Beunruhigendes vernahm. „Denny? Ich bin es, Melissa ...“

Er setzte sich gespannt auf und hörte sich die Nachricht bis zu Ende an. Bevor sie aufgelegt hatte, hatte sie ihm eine Nummer genannt, unter der er sie erreichen konnte. Schnell legte er auf. Dann wählte er sofort Melissas Nummer, ehe er sie vergaß.

Als Evelyn ins Wohnzimmer kam, legte er die Hand auf das Mundstück und flüsterte: „Melissa.“ Evelyns Augen wurden groß.

Aber es war nicht Melissa, die sich unter der Nummer meldete. Als er seinen Namen nannte, sagte die Frau: „Augenblick bitte, ich hole sie.“

Kurz darauf hörte er Mellies bekannte Stimme. „Denny, bist du es?“

„Hallo, wo steckst du denn?“, fragte er. „Hast du mit Ryan gesprochen? Er ist ganz krank vor Sorge.“ Er warf einen Blick zu Evelyn hinüber. Sie saß ihm gegenüber auf einem Stuhl, die Hände zum Gebet gefaltet.

„Ich muss mit dir reden, Denny“, sagte Melissa.

„Ich höre.“

In den nächsten Minuten erzählte ihm Melissa eine unglaubliche Geschichte. So etwas Haarsträubendes hatte er noch nie gehört. Kombiniert mit dem, was er in Connecticut erfahren hatte, meldeten sich bei ihm große Zweifel. Er beschloss jedoch, noch kein Urteil zu fällen. Wenigstens wollte er sich erst die Geschichte zu Ende anhören.

„Melissa ... ich will ehrlich mit dir sein. Ich habe starke Zweifel ... äh, es fällt mir schwer, dir diese Geschichte zu glauben.“

Sie schwieg. „Ich schätze, ich kann nicht erwarten, dass du mir glaubst“, seufzte sie leise.

„Du sagst also, Ryan sei Mitglied einer russischen Mafiagruppe? Wie soll ich das verstehen?“ Er wollte sie nicht daran hindern, weiterzusprechen, denn es war offensichtlich, dass Melissa jemanden brauchte, der ihr zuhörte. Aber es klang, als sei Melissa einfach übergeschnappt.

Melissa seufzte ins Telefon. „Ich lebe schon so lange mit diesem Alptraum, dass ich vergessen habe, wie verrückt das alles in deinen Ohren klingen muss.“

Denny war unsicher, wie er weiter vorgehen sollte. Schweigend schickte er ein Gebet zum Himmel und bat Gott um Führung. Während er seine Gedanken ordnete, wurde ihm bewusst, dass er vielleicht vorschnelle Schlüsse gezogen hatte. Er erinnerte sich an sein Gespräch mit Ryan auf der Fahrt zum Flughafen, an seinen eigenen Argwohn. *Was redest du da? Warum ist Melissa wirklich verschwunden?*, hatte er Ryan gefragt. Dann fiel ihm noch etwas anderes ein ... der geheimnisvolle Mann in dem Café. Steckte hier mehr dahinter, als man auf den ersten Blick erkennen konnte?

Er schaute seine Verlobte an. Ihre Augen waren mitfühlend und verständnisvoll. Er ahnte, dass sie betete. Langsam und betont bewegte sie die Lippen: „Glaube ihr."

Melissa weinte ins Telefon.

Denny nickte. „Wie kann ich dir helfen, Melissa?"

* * *

Marge räumte am nächsten Morgen gerade ihre Handtasche und ihre Schlüssel auf, als Ryan im Büro eintraf. Sie begegnete nur zögernd seinem Blick.

Er murmelte ein schnelles „Hallo" und eilte in sein Büro, ohne wie sonst die Tür hinter sich zu schließen.

In den folgenden Stunden begann keiner von ihnen ihr übliches spontanes, scherzhaftes Wortgeplänkel. Im Gegenteil, beide sprachen kaum ein Wort.

Kurz vor Mittag, als Marge ihm mehrere Papiere brachte, stand er am Fenster und schaute zu, wie der Verkehr sich über die Brücke schlängelte. Seine Computer waren totenstill. Und das um die Mittagszeit!

Er spürte, dass sie hinter ihm stand, und drehte sich mit einem gezwungenen Lächeln um.

„Darf ich Ihnen etwas bringen? Einen Kaffee vielleicht?", fragte sie.

„Ich habe nie von Ihnen verlangt, für mich Kaffee zu kochen. Das wissen Sie."

„Ja, aber es macht mir wirklich nichts aus ..."

„Trotzdem danke."

Sie kehrte gerade wieder an ihren Schreibtisch im Empfangsbereich zurück, als sein Telefon läutete. Fünfzehn Minuten später steckte Marge wieder den Kopf zur Tür herein.

Er legte die Hand auf den Hörer. „Ja?", nickte er und schaute sie fragend an.

„Entschuldigen Sie die Störung", begann sie. „Aber Ihr Freund Denny Franklin ist auf der anderen Leitung."

„Denny?“

Sie nickte. „Er sagt, es sei wichtig ... er klingt besorgt.“

Er ruft an, um sich zu entschuldigen, dachte er. *Oder um mir noch mehr Predigten zu halten.* Ryan war ungehalten. „Sagen Sie ihm, ich hätte keine Zeit“, winkte er ab.

Mit verwirrter Miene nickte Marge und wandte sich zum Gehen.

Ryan nahm die Hand wieder vom Hörer und telefonierte weiter. „Ich kann Sie morgen Vormittag treffen. Zehn Uhr.“

„Blue-Waters-Motel. Kommen Sie allein“, erklärte die Stimme am anderen Ende der Leitung.

„Allein ... natürlich“, sagte Ryan und legte auf.

29

Am Nachmittag kamen zwei Telefonanrufe. Der erste Anrufer war Elizabeth, die Lela und Melissa für morgen Abend zum Essen einlud. „Schließlich hast du morgen Geburtstag“, erinnerte ihre Schwester sie.

„Oh, meine Güte, das hätte ich ja beinahe vergessen.“

Elizabeth lachte. „Wie in aller Welt kannst du denn deinen eigenen Geburtstag vergessen?“ Sie machte eine Pause. „Ihr kommt also alle beide?“

Ohne Melissa zu fragen, sagte Lela zu. Als sie an die schreckliche Situation dachte, in der Mellie sich befand, war sie versucht, Elizabeth und Thaddeus zu bitten, für sie zu beten. Aber sie behielt ihre Sorgen lieber für sich, da sie genau wusste, wie schnell eines zum anderen führen konnte. Am besten hütete sie Mellies Geheimnis und verriet keiner Menschenseele ein Sterbenswörtchen. Obwohl sie wusste, dass sie mit ihrem himmlischen Vater, der alles sieht und weiß und sich um alles kümmert, darüber sprechen würde.

Der zweite Anruf kam von Paul Martin. „Ich hatte gehofft, dass ich dich zu Hause erwischen würde, Lela“, sagte er. Ohne lange auf ihre Antwort zu warten, fuhr er fort: „Ein Vögelchen hat mir verraten, dass du morgen Geburtstag hast.“

Wer könnte das wohl gewesen sein?, überlegte sie und hatte Sadie Nan in Verdacht.

„Hättest du Lust, mit mir irgendwohin essen zu gehen?“, lud er sie ein. „Du weißt schon ... um zu feiern.“

Sie fand es fast lustig, dass dieser Mann – der Mann, der sie wegen einer anderen sitzen gelassen hatte – sie hartnäckig bat, Zeit mit ihm zu verbringen. Spontan überlegte sie, dass sie ihn am nächsten Abend zu Elizabeth einladen könnte. *In der Gruppe ist man sicherer*, hatte Mama immer gesagt, als Lela noch jünger war. Paul war immerhin ein Freund der Familie gewesen, ein enger Freund sogar. Vor Jahren. Sie unterdrückte diesen Impuls, da sie wusste, dass es nicht an ihr war, die Einladung auszusprechen. „Hast du etwas dagegen, wenn ich dir später Bescheid gebe?“, fragte sie, als sie ihre Stimme wieder fand.

„Aber nein. Natürlich nicht.“

Sie plauderten noch über das schöne Wetter und die gute Predigt am Sonntag. Belanglosigkeiten, gewiss, aber Lela hörte unterschwelliges Interesse aus seiner Stimme. Starkes Interesse sogar.

„Wenn es dir recht ist, könntest du mich heute Abend noch einmal anrufen“, schlug sie vor.

Sie hatte nämlich einen Plan.

„Ich muss sagen, meine Schwester ist mit ihrem englischen Gast viel zu sehr beschäftigt“, vertraute Elizabeth Thaddeus an, als sie zusammen das Milchhaus auskehrten.

„Wir wissen das aber nicht mit Sicherheit, oder?“, tadelte ihr Mann sie leicht. „Wir sollten lieber abwarten und sehen, was geschieht. Wer weiß, vielleicht hat unser Herr bei der ganzen Sache die Finger im Spiel, genau so, wie Lela meint.“

„Ja, vielleicht hast du Recht. Schließlich ist es ja nicht so, dass Lela ein impulsiver Typ wäre. Sie achtet in ihrem Leben darauf, dass sie Gott gefällt, und folgt seiner Führung bei fast allem, was sie tut.“ Elizabeth dachte an das Leben ihrer Schwester – das fast keinen Raum für einen Ehemann ließ. Andererseits war Lela vor langer Zeit von Paul Martin zutiefst verletzt worden. Elizabeth konnte ihrer Schwester keinen Vorwurf daraus machen, dass sie sich für ein Leben als ledige Frau entschieden hatte, die sich ganz dem allmächtigen Gott hingab.

Thaddeus riss sie aus ihren Gedanken. „Was mich allmählich stört, ist dieses Auto, das wir hier verstecken sollen.“

„Es überrascht mich überhaupt nicht, dass du so empfindest.“

„Und dann ruft Lela an und sagt, diese Frau wolle kommen und das Auto holen, und ein paar Minuten später ruft sie wieder an und sagt, sie hole es nun doch nicht.“ Er schüttelte den Kopf und kratzte sich unter seinem Strohhut. „Ich habe den Eindruck, diese Frau, die unter Lelas Dach wohnt, hat nicht die leiseste Ahnung, was sie eigentlich will."

Elizabeth musste schmunzeln. „Wenigstens müssen wir nichts befürchten, weil wir das Auto von jemand anderem in unserem Schuppen verstecken, oder?" Sie dachte an ihre amischen Nachbarn weiter unten in der Straße, deren Sohn dabei erwischt worden war, wie er sein Auto hinter einem Baum auf den Wiesen seines Vaters versteckt hatte. Jemand bekam Wind davon und hängte es an die große Glocke. Der junge Mann wurde vor die Brüder zitiert. Da er noch nicht in die Gemeinde eingetreten war, noch nicht vor Gott und den Gemeindemitgliedern seinen Eid abgelegt hatte, blieb ihm der Gemeindebann erspart. Trotzdem fragte sie sich, was andere dazu sagen oder davon halten würden, wenn sie von dem glänzenden weißen Auto wüssten, das hinter den breiten Brettern aus verwittertem Holz in ihrer Scheune verborgen war.

Wenn Lelas Plan Paul nicht gefiele, wäre das natürlich allein seine Sache. Aber sie dachte daran, Elizabeth zu bitten, ihn für morgen Abend zum Essen einzuladen. Falls er die Einladung annahm und mit ihr feierte, während die ganze Familie versammelt war, müsste er sich wie ein Gentleman benehmen. Natürlich sah sie darin überhaupt kein Problem. Immerhin kannte sie Paul von früher. Der Mann hatte ja keine Sünde begangen, nur weil er Witwer geworden war. Aber andererseits konnte eine Frau in ihrer Situation nicht vorsichtig genug sein.

Während Mellie schlief, rief Lela Elizabeth an und musste ein wenig lachen, als ihre Schwester erklärte, es sei eine „wunderbar gute" Idee, Paul zu Lelas Geburtstagsessen einzuladen.

Melissa schlief unruhig und träumte viel. In ihrem Traum war sie wieder ein kleines Mädchen, das ein Blumenbeet vorbereitete, damit es bepflanzt werden könnte. „Mellie, Mellie mein Kleines, was wächst denn in deinem Garten Feines?“, reimte Papa.

„Wasser und Sonne und ein guter Platz ... die Rosen blühen und sind ein herrlicher Schatz“, antwortete Mellie.

Mrs. Browning lachte über die beiden. „Meine Güte, ihr solltet ein paar von diesen Sprüchen aufschreiben.“

„Für wen denn?“, fragte Mellie.

„Für die Nachwelt natürlich“, sagte Mrs. Browning, die in ihrer Arbeitsschürze frisch und munter aussah.

Papa hörte auf zu rechen und lächelte seine kleine Mellie an, die einen dicken, braunen Regenwurm, den er ausgegraben hatte, hochhob und in der Luft baumeln ließ. „Sie wird alles vergessen, genauso wie wir alle, wenn wir erwachsen werden.“

„Ich werde *nie* erwachsen werden“, beharrte Mellie.

„Das stimmt“, lachte Papa und nahm seinen Rechen wieder zur Hand.

„Und ich werde es auch nie vergessen“, schwor Mellie.

Als sie aufwachte, rasten ihre Gedanken zu Ryan. Der Gedanke an das Doppelleben ihres Mannes brach ihr das Herz. Sie weinte, als ihr bewusst wurde, dass sie nie nach Lord's Point zurückkehren könnte.

Nie wieder würde Ryan sie in den Armen halten, mit ihr reden und mit ihr gemeinsam bis tief in die Nacht der Musik von Debussys „Claire de Lune“ lauschen. Nie wieder würde sie lachen, wenn er ihre Kunstwerke kritisch betrachtete, oder sich auf dem Sonnendeck ihres kleinen Segelbootes aalen. Nie wieder ...

* * *

Paul Martin folgte nicht nur der Einladung in das Haus der Kings, sondern er hatte auch seinen kleinen Sohn Joseph mitgebracht, der mit Timothy King eine Partie Dame spielte. Lela war seltsam zumute, weil sie *nach* Paul eintraf, als sie mit Mellie durch die Hintertür ins Haus ihrer Schwester ins Haus trat und ihn bereits am Tisch sitzen sah. Sie versuchte, ihre Unsicherheit angesichts dieser Situation nicht zu zeigen, begrüßte ihn freundlich und stellte auch Mellie vor.

„Es freut mich sehr, Sie kennen zu lernen“, sagte Paul und reichte Melissa die Hand.

„Sie wohnt bei mir ... bis auf weiteres.“ Sie hatte das Gefühl, zu Paul ehrlich sein zu müssen, für den Fall, dass er auf die Idee käme, sie irgendwann zu Hause anzurufen. Mellie im Haus zu haben war auch ein guter Schutz, der verhinderte, dass sich zu schnell etwas Romantisches zwischen ihnen anbahnte.

„Gefällt es Ihnen hier in Lancaster County?“, fragte Paul Melissa mit einem freundlichen Lächeln.

Mellie nickte und antwortete. „Sehr gut, danke.“

In diesem Augenblick klingelte Elizabeth ihre kleine Essensglocke, und die Kinder stürmten in die Küche, um sich in einer Reihe am Waschbecken aufzustellen und sich einer nach dem anderen die Hände zu waschen. Lela genoss es, ihren Nichten und Neffen und auch dem kleinen Joseph zuzuschauen, wie sie um die Seife kämpften und später um das Handtuch. Den Gedanken, die neue Mutter dieses flachsblonden Jungen zu werden, verwarf sie schnell wieder. Nein, sie durfte sich nicht dem Schmerz aussetzen, auch wenn Pauls bewundernder Blick, mit dem er sie bedachte, allen im Raum auffallen musste.

Ich sollte lieber aufpassen, ehe ich mein Herz wieder verliere, dachte sie. Außerdem fragte niemand, wie lange Paul eigentlich in der Gegend bleiben würde. Es erkundigte sich auch keiner nach den Geschäften, die ihn angeblich hierher geführt hatten. Also stählte sie ihre Gefühle und betete um Gottes Führung in dieser undurchsichtigen Situation.

Als der Geburtstagskuchen gebracht wurde, stellte Lela erfreut fest, dass ihre Schwester einen Zitronenkuchen mit dickem Schokoladenüberguss gebacken hatte. Ganz und gar nicht nach typisch amischem Rezept, aber eindeutig Lelas Lieblingskuchen. Ein Kuchen, den ihre Mutter oft in ihrer mennonitischen Küche gebacken hatte. „Danke, Elizabeth“, strahlte sie und ließ dann ihren Blick um den Tisch auf die lieben Gesichter wandern, die sie umgaben. „Danke euch allen, dass ihr mit mir diesen Tag feiert.“

Die kleine Mary Jane, Timothy und Linda fragten, ob sie aufstehen und ins Wohnzimmer gehen dürften. John, der Kleinste, saß auf seinem Kinderstuhl und wedelte mit dem Löffel. Lela vermutete, dass sie etwas im Schilde führten. Sie sollte Recht behalten. Ihre Nichten und Neffen kamen bald wieder zurück und überreichten ihr selbst gemachte Geschenke. Mary Jane schenkte ihr ein weißes Deckchen; Timothy und Linda hatten bunte Bilder von Kühen und Scheunen gemalt. Und als krönenden Abschluss brachte Elizabeth einen Teller voll Kekse.

„Meint ihr nicht, dass wir heute schon genug Süßes für einen Tag hatten?“, fragte Lela und lächelte die Kinder über den Tisch hinweg an.

„Ach, wie kann man denn je genug Süßes haben?“, fragte Timothy und holte sich etwas von dem Süßigkeitenteller.

„Also gut“, schmunzelte Lela.

Melissa konnte gar nicht zählen, wie oft ihr ein liebevoller Blickwechsel mit strahlenden Augen zwischen Elizabeth und Thaddeus King aufgefallen war. Sie waren unübersehbar sehr verliebt und rundum zufrieden mit ihren vier Kindern. Sie bemerkte gleichzeitig Paul Martins galante Höflichkeit und unübersehbare Aufmerksamkeit, die er Lela erwies, die ihm und seinem Sohn gegenüber saß. Glühendes Interesse, ja. *Das* war also der Mann und zweifellos der Grund für Lelas rote Wangen und Unsicherheit neulich am Telefon.

Während sie beide Paare beobachtete, sehnte sie sich erneut von ganzem Herzen nach Ryan, auch wenn er sich als gerissener Betrüger und Lügner mit glatter Zunge erwiesen hatte. Trotzdem sehnte sich ein Teil von ihr danach, aus seinem eigenen Mund die Wahrheit zu hören.

Als es an der Zeit war, dass sich alle verabschiedeten, überlegte sie, ob sie sich schon einmal für die Einladung bedanken und vor

Lela nach Hause gehen sollte und ihr damit Zeit ließe, alle gebührend zu verabschieden. Aber nein, Lela wollte davon nichts hören. Sie bat Melissa, auf sie zu warten. „Wir gehen dann miteinander heim."

„Bitte, erlaubt mir, dass ich euch mit dem Auto nach Hause bringe", bot Paul an, dessen Hände auf den Schultern des kleinen Joseph lagen. „Es wäre mir eine große Ehre, wenn ich die beiden Damen nach Hause fahren dürfte."

Melissa musste sich beherrschen, um über die Beharrlichkeit dieses Mannes nicht zu schmunzeln, auch wenn er nicht aufdringlich oder unangenehm war. Er gefiel ihr sogar sehr gut, und sie war ziemlich sicher, dass er Lela ebenfalls gefiel.

Schließlich gab Lela nach, und sie fuhren den lächerlich kurzen Weg im Auto nach Hause – Lela vorne auf dem Beifahrersitz, und Melissa mit Joseph hinten.

„Wir ziehen wieder nach Lancaster zurück", platzte der Junge plötzlich heraus.

„Wirklich?", fragte Melissa. „Wo wohnt ihr denn jetzt?"

„Allein ... ganz allein in Indiana." Die Stimme des Kindes war so Mitleid erregend, dass sie sich schon fragte, ob er von seinem Vater dazu angestiftet worden sei, das zu sagen.

Melissa erwartete, dass Paul an dieser Stelle eine Bemerkung fallen ließe, aber er sagte kein Wort dazu.

Neugierig, was Lela wohl zu dieser Feier – und besonders zu diesem Gast – sagen würde, hoffte Melissa, sie hätten noch Gelegenheit, vor Einbruch der Nacht zu der überdachten Brücke zu spazieren. Sie schaute zum Himmel hinauf und freute sich, dass es noch hell war. Ihnen blieb noch mehr als eine Stunde Zeit, bis es dunkel wurde.

* * *

„Machen wir doch einen Spaziergang zur Hunsecker Bridge", schlug Lela Melissa vor, nachdem sie sich von Paul und seinem Wonneproppen von einem Sohn verabschiedet hatten. „Jetzt wäre doch eine gute Gelegenheit, dir meinen persönlichen Zufluchtsort zu zeigen."

„Genau daran hatte *ich* auch gedacht." Sie lachten, beide ein wenig überrascht, dass ihre Gedanken in die gleiche Richtung gingen. „Ein Spaziergang ist eine gute Idee."

„Ja, und bei der Hunsecker Bridge ist es in der Abenddämmerung besonders schön." Lelas Wangen waren von ihrer Begegnung mit Paul immer noch warm, aber sie hoffte, Mellie wäre das nicht aufgefallen. „Wenn wir dort sind, wirst du sehen, was ich meine."

„Ich kann es kaum erwarten."

Lela kam nie in den Sinn, sich vielleicht in Gefahr zu begeben, wenn sie allein die Landstraße entlanggingen. Sie sah es so: Wenn der Herr, der Gott des Himmels und der Erde, nicht *heute* auf sie beide aufpassen könnte, warum sollte sie ihm dann ihre Ewigkeit anvertrauen? Sie würden einen schönen Spaziergang die Straße hinab zu der überdachten Brücke in der hübschen Landschaft, die sie umgab, unternehmen – ob es nun böse Verbrecher gab oder nicht.

„Ich bin so froh, dass du gestern so offen zu mir warst und mir von dir erzählt hast", sagte Lela, während sie gemütlich dahinschlenderten. „Glaube mir, was du mir gesagt hast, wird nirgends hingetragen außer zu Gottes Gnadenthron."

Melissa antwortete nicht und spazierte schweigend weiter.

„Das Wetter wird nicht mehr lange so schön bleiben", wechselte Lela das Thema. „Hier in der Gegend ändert sich das Wetter oft schnell und unerwartet."

„Auch im Spätsommer?"

„Ja, auch dann." Sie erklärte, dass es bald so kalt werden würde, dass sie einen Pullover bräuchten. Deshalb sollten sie sich vielleicht nach einem handgestrickten Pullover oder einem Umhang für Melissa umschauen. „Oder ich bitte Elizabeth, dir einen Umhang zu nähen."

„Das ist sehr nett von dir, aber ich komme schon zurecht."

„Vielleicht fühlst du dich auch sicher genug, um hin und wieder in die Stadt zu fahren.“ Lela schwieg kurz und überlegte, ob sie noch mehr sagen sollte. „Ich könnte vielleicht auch mitkommen und dir die besten Geschäfte und alles andere zeigen. Aber nur, wenn du möchtest.“

„Sicher, wir fahren bald einmal in die Stadt.“

Lela lächelte. „Du siehst heute viel besser aus. Auch ein wenig entspannter.“

Mellie nickte. „Ich weiß nicht, warum, aber ich fange an, mich hier richtig sicher zu fühlen. Ich bin froh, dass ich hier geblieben bin.“

Lela schickte ein stilles Dankgebet zum Himmel und sagte: „Ich freue mich sehr, das zu hören.“

„Dein Geburtstag war dieses Jahr etwas ganz Besonderes, glaube ich.“

Lela konnte sich ein Lachen nicht verkneifen. „Oh, meine Güte, ich hoffe, es war mir nicht zu sehr ins Gesicht geschrieben.“

„Und ... in Pauls Gesicht“, lächelte Mellie. „Er ist dein ... besonderer Freund, oder?“

„Das *war* er, aber das ist lange, lange her ... Das war, bevor er eine andere heiratete.“ Lela seufzte. Ihr war bis zu dieser Minute nicht bewusst gewesen, wie sehr sie sich danach sehnte, Mellie ihr Herz auszuschütten. Denn diese junge Frau verstand wie kaum ein anderer Mensch, wie schmerzlich es war, abgelehnt und enttäuscht zu werden. So seltsam es auch anmutete, es war ein zartes gemeinsames Band zwischen den beiden Frauen geknüpft worden.

Sie saßen am grasigen Ufer des Conestoga River, neben der überdachten Brücke, die das Wasser zu ihrer Linken überspannte. Vögel zwitscherten in den Zweigen, während die Sonne langsam zwischen den Bäumen versank und sich dem unsichtbaren Horizont zuneigte.

„Es sieht fast so aus, als wolle Paul Martin zu mir zurückkommen, jetzt, da er ein einsamer Witwer ist“, sagte Lela, dankbar für die Stille und die Gelegenheit, offen mit Mellie sprechen zu können.

„‚Liebe findet immer einen Weg.' Das hat Mrs. Browning so oft gesagt."

Lela wusste nicht, was sie davon halten sollte. „Das ist leichter gesagt als getan, schätze ich."

Mellie war eine Weile still, dann sagte sie: „Ich glaube, ich weiß, was du meinst."

Schweigend sogen sie die Schönheit ihrer friedlichen Umgebung in sich auf. Sie sprachen nicht, waren aber eins in ihren gemeinsamen Fragen und in ihrem tiefen Verständnis füreinander.

„Ich habe Paul geliebt. Sehr sogar", gestand Lela leise.

„Das überrascht mich nicht. Er scheint ein netter Mann zu sein."

„Paul war der Mann meiner Träume. Aber als er eine andere mir vorzog und sein Leben mit ihr teilte, starb ein Teil in mir", gestand sie.

Mellie sagte, sie könne verstehen, dass nichts diese Lücke füllen könne. „Es wird nie etwas geben, was dir diesen Schmerz nimmt."

„In diesem Punkt sind wir vielleicht verschieden", entgegnete Lela.

„Wie meinst du das?"

Lela zog die Knie unter ihrem langen Kleid an. „Nachdem Paul und seine Frau von hier fortgezogen waren, hatte ich das Gefühl, alle meine Hoffnungen wären in tausend Scherben zerbrochen. Aber bald danach beschloss ich, meine Lasten abzulegen ... vor Jesu Füßen." Sie erzählte Mellie, wie sie in einem konservativen christlichen Haus aufgewachsen war, wie ihre Eltern in ihre Kinder verschiedene wertvolle Charakterzüge hineingelegt hatten. „Mein Vater stellte sich gern vor, dass er seinen Kindern ‚gute Gaben' weitergab. Dinge wie Sanftmut, Großzügigkeit, Aufrichtigkeit ... du weißt schon."

Mellie nickte. „Mein Vater machte mir diese Dinge auch wichtig, aber wir gingen nie zur Kirche. Die Brownings auch nicht, aber sie waren gute Menschen."

Lela achtete darauf, dass sie nicht zu predigen anfing. Aber sie spürte, dass Mellies Herz offen war für geistliche Wahrheiten. „Der Gottesdienstbesuch ist gut und hilfreich. Noch wichtiger ist, dass wir jeden Tag mit Jesus leben. Das bringt Freude in unser Leben, auch wenn wir Schmerz und Enttäuschung erfahren."

„Ich habe einmal mit jemand darüber gesprochen", erzählte Mellie nachdenklich. „Als der Freund meines Mannes, Denny Franklin, zu Besuch kam. Er ist immer so voller Leben und so glücklich. Ich schätze, ich bin auf der Suche nach dem, was ihr beide habt, du und Denny."

„Warum willst du es nicht heute finden?", schlug Lela leise vor und schaute ihre neue Freundin an. „Würdest du nicht gern deine Lasten an den Herrn abgeben, der dich liebt?"

Tränen traten Mellie in die Augen. Sie ergriff Lelas Hand. „Ja ...", sagte sie. „Genau das will ich."

Leichter als dieses Mal war es Lela noch nie gefallen, einen Menschen zu Jesus zu führen. Überglücklich sprach sie Mellie ein Gebet vor, in dem sie ihre Schuld bekannte und Jesus bat, Herr ihres Lebens zu werden. Hier, unter den grünen Weidenzweigen und beim Rauschen des Conestoga River wurde Melissa James ein Kind Gottes. Und Lela Denlinger ihre ältere Schwester.

Melissa wischte sich die Tränen aus den Augen. Sie war so dankbar, dass sie trotz der schwierigen Umstände den Weg zu Lelas kleinem Haus gefunden hatte. So dankbar, dass die Mennonitin sie so sehr liebte, dass sie sie zu diesem heiligen Augenblick geführt hatte.

Sie dachte an das Bild von Jesus als gutem Hirten, das in ihrem und Ryans Wohnzimmer hing. Mit den Augen folgte sie der Strömung des Flusses und sog das Plätschern des Wassers über die Felsen in sich auf, das moosige Ufer, die wild wachsenden Blumen und den dichten Efeu. Sie feierte diesen Augenblick, atmete die frische Luft ein und ließ sich von den friedlichen Geräuschen an diesem paradiesischen Ort einhüllen.

Endlich gehöre ich zu Gott, dachte sie und sehnte sich danach, diesen himmlischen Frieden mit Ryan zu teilen. Aber gleichzeitig wusste sie, dass dies nicht möglich war.

30

Noch vor Tagesanbruch stand Lela auf, kleidete sich an und begann, Kissenbezüge für Elizabeths Bauernladen zu nähen. Nichts gab dem Geist so viel Nahrung, wie mit den eigenen Händen zu arbeiten – täglich Brot zu backen, zu flicken und zu nähen, Gemüse und Obst einzumachen, hübsche Ränder um gewöhnlich aussehende Kissenbezüge zu sticken und dergleichen. Sie summte und betete während der Arbeit, darauf bedacht, ein wenig Arbeit aufzuholen, da seit Mellies Ankunft in ihrem Haus einiges liegen geblieben war. Trotzdem würde sie die Stunden und Tage, die sie mit der jungen Frau, die als Mieterin gekommen und inzwischen längst ihre Freundin geworden war, gegen nichts auf der Welt eintauschen wollen. Mellie zum Herrn zu führen war der Höhepunkt dieses Jahres in Lelas Leben gewesen. Oh, wie Mellies Augen geleuchtet hatten, als sie dort im Gras saß und ihr Herz Jesus öffnete!

„Danke, Herr, dass du mir das alles ins Herz gegeben hast", flüsterte sie. Ihr war inzwischen ganz klar, warum Melissa James letzte Woche hierher gekommen war. Sie erinnerte sich an das Gebet, das sie gesprochen hatte, daran, dass sie unbedingt dem Herrn hatte dienen wollen. Sie hatte sich förmlich getrieben gefühlt, die Schilder aufzustellen und ihr Zimmer anzubieten. So viel Gutes war geschehen, weil sie offen gewesen war und sich nicht davor gefürchtet hatte, ihr bequemes und vertrautes Leben ein wenig zu verlassen. Mit Gottes Hilfe würde sie auch weiterhin die Liebe des Herrn Jesus weitergeben.

Etwas unerwartet wanderten ihre Gedanken zu dem kleinen Joseph Martin. Der Junge mit den strahlenden Augen musste sehr einsam sein und sich ohne seine Mutter furchtbar verloren fühlen. Natürlich würde Lela sich auf keine Liebesbeziehung zu Paul einlassen, nur weil ihr sein kleiner Sohn Leid tat, nein. Aber es konnte nicht schaden, an den Jungen zu denken. Denn sie liebte Kinder sehr, und Joseph würde es ihr bestimmt leicht machen, ihn gern zu haben, so freundlich und gehorsam wie er war. Wer konnte vor einem solchen Kind schon sein Herz verschließen?

Sie dachte an ihre Nichten und Neffen, Elizabeths Kinder, und an die Kinder ihrer anderen Geschwister. Ihre Zahl wurde immer größer, was sie jedoch nicht hinderte, bei jedem Einzelnen mit einer Ein-Dollar-Note an seinen Geburtstag zu denken, eine Tradition, die sie vor Jahren angefangen hatte, als das erste Baby ihres ältesten Bruders geboren wurde.

Ja, aus mehreren Gründen fing sie an, ein gutes Gefühl für Pauls neuerliche Zuneigung zu ihr zu entwickeln. Sie wusste nicht genau, woran das lag. Aber sie hatte die ganze Sache dem Herrn übergeben. Jetzt lag es bei ihm, seinen Willen und seine Wege in ihrem Leben zu offenbaren.

Mellie erwachte mit einem so überwältigenden Wunsch, Ryan anzurufen, dass sie kaum an etwas anderes denken konnte. Aber Agent Walshs furchtbare Enthüllung ließ ihr immer noch keine Ruhe. Denny hatte zurückgerufen und erzählt, dass Ryan seine Anrufe nicht entgegennehme. Wenn sie die Wahrheit aus Ryans eigenem Mund hören wollte, müsste sie selbst mit ihrem Mann sprechen. Sie hatte sich immer wieder gefragt, wie irgendetwas von dem, was sie gehört hatte, wahr sein konnte. Diese Unsicherheit machte sie furchtbar traurig. Ihr geliebter Mann – auf der Seite des Bösen? Wie konnte das sein?

Die endlosen Tage, die vor ihr lagen. Die Jahre – grenzenlos lang und einsam. Nachdem sie das Zusammensein mit Lelas jungen Nichten und Neffen so sehr genossen hatte, war in ihr der starke Wunsch erwacht, ein eigenes Kind zu bekommen. Und mit Ryan diese Freude zu teilen, vielleicht als Neugeburt ihrer Beziehung. Zum ersten Mal seit Jahren sehnte sie sich danach, ihren richtigen Geburtstag im Herbst, im Oktober zu feiern, in dem Monat, in dem er gefeiert werden *sollte*.

Sie erinnerte sich an die würzigen Herbstgerüche, an ausgehöhlte Kürbisse, an selbst gebackenen Strudel und an getrocknete Maiskolben, die auf der Veranda aufgestellt wurden und daneben die eine oder andere Vogelscheuche. Bald danach kam Weihnachten. Das Beste an Weihnachten war, fand sie, dass es für alle Zeiten vorhersehbar war. Der wunderbare Klang von traditionellen Weihnachtsliedern, die sanften Schneeflocken, die bunt eingepackten Geschenke unter dem Baum. Tannenzweige, die ein Fenster schmückten, wo ein neuer, noch kleiner Baum leuchtete, an dem Schneeflocken und weiße Lichter funkelten – ihr erster eigener Weihnachtsbaum, erinnerte sie sich. Ryan hatte den Baum nach Weihnachten hinausgebracht und ihn im Garten eingepflanzt, wo er bis auf diesen Tag weiterwuchs.

Sie und Ryan schmückten jedes Jahr kunstvoll ihr langes Dock in Lord's Point. Sie spannten Ketten mit weißen Lichtern über den Pier und banden hier und da grüne Zweige mit roten Schleifen fest. Ihre Feste waren stets feierliche Ereignisse. Es gab Musik und Tanz und gutes Essen, immer von einem Partyservice geliefert.

Wie würde Ryan dieses Jahr feiern? Würde er überhaupt feiern? Sie kannte ihn so gut, dass sie davon ausging, dass er sich so verloren und allein fühlen würde und er Weihnachten höchstens schmerzlich über sich ergehen ließe. Der Gedanke, dass er sie so sehr vermissen würde, schmerzte sie. Andererseits kannte sie den echten Ryan James vielleicht überhaupt nicht. Vielleicht hatte sie ihn nie gekannt ...

* * *

Froh, dass sie ein wenig von ihrer liegen gebliebenen Näharbeit erledigt hatte, wischte Lela danach in ihrem Wohnzimmer Staub und fuhr mit einem feuchten Tuch über den Kaminsims. Sie wischte jede einzelne Fliese um den Kamin herum ab und sang dabei Loblieder. Sorgfältig staubte sie jedes Fach ihres Eckschranks aus Pinienholz sauber. Dabei nahm sie die verschiedenen Porzellantassen und Untertassen heraus. Ein paar der schönsten

Stücke, die sie besaß. Sie hatte es vor langem aufgegeben, eine Aussteuertruhe zu bestücken, und musste jetzt leise lächeln. Paul Martins Rückkehr nach Lancaster hatte in ihrem Inneren unbestritten einiges aufgewühlt.

Sie verwarf diesen Gedanken und überlegte, dass sie den fünf Frauen, die an diesem Nachmittag zu ihrem wöchentlichen Bibelkreis kämen, Tee und die Rosinenkekse, die sie gestern gebacken hatte – ein Rezept, das Elizabeth ihr vor kurzem gegeben hatte – servieren würde. Sie hoffte, Mellie würde an ihrer Bibelstunde teilnehmen.

Das wird bestimmt eine gute Zeit für uns, dachte sie und ging vor das Haus, um den Staublappen kräftig auszuschütteln.

Völlig verblüfft sah sie, dass Paul Martins Auto vor ihrem Garten stand. Er kam mit einem Strauß roter Rosen, deren Köpfe leicht nickten, zum Tor und den Gehweg herauf. „Ich hoffe, du hast nichts dagegen, dass ich so unangemeldet vorbeikomme", begrüßte er sie. „Ich wollte nur Hallo sagen." Er wirkte etwas unsicher, als er auf die Blumen in seiner Hand hinabschaute und sie ihr dann wie ein verliebter Schuljunge hinhielt.

Ihr Duft war so verführerisch, dass sie sich vorbeugte und ihn verträumt einsog, bevor sie Paul überhaupt begrüßte. „Oh, sie sind wunderschön! Danke, Paul."

Er stand groß und aufrecht vor ihr. Seine Augen waren hellwach und unendlich blau. „Ich würde gern mit dir sprechen, Lela. Darf ich?"

Sie zögerte und blickte unsicher die Straße hinauf. Schließlich lud sie ihn ein: „Komm mit hinter das Haus. Wir setzen uns auf die Veranda."

Sie stellte die langstieligen Rosen in einer Vase auf den kleinen Tisch und setzte sich dann in ihren weißen Weidenschaukelstuhl. Paul nahm auf der gepolsterten Bank Platz. Sie fragte sich, was ihn heute hierher zu ihr führte. Sie wartete und hoffte, *er* würde das Gespräch beginnen.

„Ich hoffe, du hältst mich nicht für zu kühn, aber ich würde dir gern von meinem Leben erzählen ... außerhalb der mennonitischen Gemeinschaft. Von den Jahren, die ich in Indiana verbrachte, als ich verheiratet war."

Sie gab ihm darauf nicht sofort eine Antwort, sondern wartete und ließ ihre Hand über die ungleichmäßige Armlehne des Rohrstuhls gleiten. Er wartete ebenfalls. Nach einer kleinen Weile sagte sie: „Es war bestimmt nicht immer leicht für dich, so weit weg von deiner Familie und der Gemeinde, in der du aufgewachsen bist."

„Nein, ganz im Gegenteil: Es war schlimm." Mit einem leisen Seufzen beugte er sich einen Augenblick vor und lehnte sich dann wieder zurück. „Ich wurde gewarnt, dass ich meine Frau nicht heiraten sollte. Mehr als nur ein paar Leute sagten mir, ich würde es bereuen, wenn ich meine mennonitischen Wurzeln verließe. Meine eigene Mutter flehte mich an, ich solle es mir zweimal überlegen, ob ich wirklich eine Außenstehende heiraten wollte."

Lela wusste nicht, wie sie mit seinem Geständnis umgehen sollte. Ihr war unbehaglich zumute, als sie solche Dinge hörte. Unsicher strich sie mit den Händen über die Armlehnen ihres Schaukelstuhls. Aber sie brachte es nicht über das Herz, ihn zu unterbrechen.

Sein Gesicht war ernst, seine Augen aufrichtig. „Mein Leben veränderte sich an dem Tag, an dem ich heiratete, radikal. Ich tat alles, was in meiner Kraft stand, um meine Frau glücklich zu machen, und arbeitete schwer, um ihr die Dinge zu ermöglichen, die sie sich wünschte. Aber nichts, das ich tat, schien je gut genug zu sein."

Er schwieg eine Weile und ließ seinen Blick über den Garten zu den großen Bäumen schweifen, die eine Grenze zwischen den Beeten und dem Weideland dahinter bildeten. „Als Joseph geboren wurde, konzentrierte sich unser Leben auf das Baby und all die zusätzlichen Pflichten, die damit verbunden waren. Bald nach seiner Geburt wurde meine Frau schwer krank. Ich versorgte unseren kleinen Sohn und auch sie, bis sie starb."

„Es tut mir Leid, dass du so viel durchmachen musstest."

„Nun ja, ich mache anscheinend mein ganzes Leben lang Fehler. Gott ließ mich eine Weile meinen eigenen Weg gehen. Ich bin so dankbar, dass ich meinen Joseph habe."

Sie hatte großes Mitgefühl mit diesem Mann, den sie früher so sehr geliebt hatte. „Du bist durch ein dunkles Tal gegangen und hast sehr viel gelitten. Aber Joseph ist ein wunderbares Kind. Gott wusste, wie er dein Gesicht wieder dazu bringen konnte zu lächeln."

Paul beugte sich vor und legte seine Hand auf die ihre. „Du wusstest schon immer, was du sagen musstest, um mich wieder aufzurichten, nicht wahr?"

Sie lächelte. Er hatte Recht. Sie hatte gewusst, wie sie ihm zeigen konnte, dass er ein besonderer Mensch war.

Seine Stimme wurde plötzlich ganz leise. „Ich bin gekommen, um dich um Vergebung zu bitten, meine liebe Lela."

„Ach, Paul, ich habe dir schon vor langer Zeit vergeben."

Er schwieg einen Augenblick. Schließlich ließ er ihre Hand los. „Ich habe dafür gebetet, dass Gott mir – uns – eine zweite Chance gibt ... falls du nichts dagegen hast."

Sie bedachte ihn mit ihrem ermutigendsten Lächeln. Aber mehr konnte sie im Moment nicht dazu sagen.

„Rote Rosen stehen für wahre Liebe", erklärte Melissa Lela, als sie, nachdem Paul sich verabschiedet hatte, die Rosen in einer größeren Vase arrangierte und sie auf den Küchentisch stellte.

„Wirklich, stimmt das?", fragte Lela.

„Unbedingt. Du kannst mich nach jeder Rosenfarbe und ihrer Bedeutung fragen. Mein Vater hat mir alles darüber gesagt." Selbst jetzt noch weckte der Gedanke an ihren Vater in ihr Traurigkeit und Sehnsucht. Genauso wie der Gedanke an ihre eigene große Liebe ...

Lela machte sich in der Küche zu schaffen und räumte nach dem Mittagessen alles auf. Mellie konnte sehen, dass ihr Blick immer wieder zu den roten Rosen wanderte.

* * *

Als die Frauen an diesem Nachmittag zu ihrem wöchentlichen Bibelkreis eintrafen, hätte Lela vor Freude fast gekichert. Sadie Nan schien zu bemerken, dass Lela so verändert war. Interessiert folgte sie ihr in die Küche, wo ihr Blick sofort auf den Blumenstrauß fiel. „Ist mein Bruder heute zufällig vorbeigekommen?"

Lela wollte nichts verraten. Immerhin waren die anderen Frauen nur ein paar Schritte entfernt im Nebenraum. „Wie kommst du denn auf diese Idee?"

„Du musst mir nichts vorspielen", tadelte Sadie Nan sie scherzhaft. „Sind die Rosen von Paul? Sag schon."

Lela zog sie zur Seite und verriet mit leiser Stimme. „Ich hatte heute Morgen einen sehr lieben Besuch."

Sadies Augen strahlten. „Was du nicht sagst! Wann ist die Hochzeit?"

„Wir wollen nichts überstürzen, ja?"

„Was heißt hier ‚überstürzen'? Ihr müsst so viele Jahre nachholen. Warte nicht zu lang, hörst du?"

Lela umarmte Sadie Nan. „Vielleicht können wir doch noch Schwestern werden."

Ihre Freundin grinste. „Das würde mir sehr gefallen."

Lela ging wieder ins Wohnzimmer und schenkte den anderen Frauen Tee ein, während Sadie Nan die Rosinenkekse auf einem Teller anrichtete. „Dein Gast, Melissa, scheint einen richtigen Hunger nach geistlichen Dingen zu haben."

„Ja, sie ist erst seit kurzem Christin. Seit gestern Abend, um genau zu sein."

Sie unterhielten sich kurz, dass sie Mellie in ihre Kirche und zu ihren Gemeindeaktivitäten einladen könnten. Aber Lela verriet mit keinem Wort, unter welchen Umständen Melissa nach Lancaster County gekommen war. Ebenso wenig erwähnte sie, dass Pauls Hoffnungen und Pläne vielleicht noch warten müssten, solange die junge englische Frau bei ihr wohnte.

31

Ryan bog mit seinem Auto auf den Parkplatz des kleinen Motels mehrere Meilen westlich von New London und hielt vor dem Zimmer mit der Nummer 12 an. Es war ein flacher Betonbau mit der typischen Neonreklame an der Frontseite. Mehrere Autos parkten in der Nähe. Es war gewiss keine billige Absteige, aber trotzdem nur ein zweitklassiger Treffpunkt. So viel stand fest.

Er blieb einen Augenblick sitzen. Dann nahm er seine Ledertasche, in der die CD-Roms mit seinen finanziellen Geschäftsvorgängen enthalten waren, und stieg aus dem Auto. Er klopfte an die Tür. Sie ging langsam auf. Ein großer, muskulöser Mann mit ernster Miene stand vor ihm. Hinter ihm saßen zwei andere Männer an einem kleinen Tisch. Ihre Jacketts beulten sich an den Stellen leicht aus, an denen sie ihre Schultergürtel umgeschnallt hatten.

Im hinteren Teil des dämmrigen Raumes tauchte ein anderer Mann aus dem Badezimmer auf und trocknete sich gerade die Hände an einem Handtuch ab. Ryan sah auf den ersten Blick, wer hier das Sagen hatte. Der Mann trat auf ihn zu und reichte ihm lächelnd die Hand. Mit einem leichten Kopfnicken schüttelten sie sich die Hand. Höfliche Floskeln schienen fehl am Platz.

Der Mann stellte sich als *McGuire* vor. „Sie wissen schon, wie der Baseballspieler“, sagte er mit einem leichten Augenzwinkern. Er klatschte seine großen Hände zusammen, als könne er es nicht erwarten, endlich zur Sache zu kommen, und deutete zum Tisch. „Nehmen Sie Platz.“

Einer der Männer versperrte die Tür, verschränkte die Arme vor der Brust und baute sich breitbeinig wie ein Wachmann vor ihnen auf. Der andere Mann setzte sich ihnen gegenüber aufs Bett. Ryan beäugte die Männer nervös. *Du hast wohl doch zu viele Krimis im Fernsehen gesehen, Junge*, dachte er.

„Nun ... Mr. James“, sagte McGuire, sobald alle saßen. Der

Tonfall in seiner Stimme war plötzlich sehr sachlich. „Wo wollen wir anfangen?“

* * *

Eine der vielen Facetten jedes Morgens, das war Melissa in den letzten Tagen bewusst geworden, war dieser Zustand der Trägheit zwischen Schlafen und Aufwachen. Man konnte in seinen Erinnerungen untertauchen und einen beliebigen kostbaren Augenblick Revue passieren lassen. Heute sehnte sie sich danach, noch einmal die Weihnachtsfeste zu erleben, die sie mit Papa bei den Brownings im fernen Colorado verbracht hatte. Wie durch einen Nebelschleier tauchten im Halbschlaf die längst vergangenen Szenen vor ihrem inneren Auge auf und wurden immer klarer und deutlicher ...

Weihnachten war der Duft von Ingwerplätzchen, die in der Küche der Brownings im Ofen backten, der verführerische Geruch von Schinken, Eiern und Wurst. Fast jedes Jahr wurden Mellie und ihr Vater am fünfundzwanzigsten Dezember zu einem köstlichen Brunch in das Haus der Brownings eingeladen. Bei dem herrlichen Essen lief einem das Wasser im Munde zusammen. Der unverkennbare Geruch von frisch geschälten Mandarinen erfüllte das Haus schon ab der Haustür, wenn Mellie an der Hand ihres Vaters über die Schwelle der Brownings trat.

Sie gingen immer zu Fuß über den verschneiten Gehweg, der von ihrem Haus zu ihren Nachbarn führte, die nur einen Häuserblock entfernt wohnten. Bevor sie an der Haustür läuteten und mit einem „Fröhliche Weihnachten!“ begrüßt wurden, schaute sich Mellie immer die Lichter im Fenster an. Mrs. Browning dekorierte gern in großem Stil und stellte in jedem Zimmer im Haus einen kleinen Baum auf. Nur im Wohnzimmer beherrschte eine mächtige Tanne den Raum.

Dieser Baum faszinierte Mellie am meisten. Er war größer als

Papas Weihnachtsbaum und mit wunderschönen Figuren geschmückt, die Clement C. Moores Gedicht „Die Heilige Nacht“ illustrierten. Tänzer, ein Schlitten und sogar winzige Mäuse zierten den Baum.

Mr. Browning wies darauf hin, dass jedes einzelne Teil handbemalt sei. Mellie trat an den Baum und betrachtete eingehend den kostbaren Schmuck. Sie wünschte sich, dass sie eines Tages solche hübschen Sachen für ihren eigenen Baum haben könnte. Natürlich erst, nachdem sie ihren Märchenprinzen geheiratet und ihr eigenes kleines Haus gekauft hatte.

Aber der große Strauß weißer Rosen, den Papa jedes Jahr im Blumenladen bestellte, war meistens der Mittelpunkt des Gesprächs ... bevor man sich auf die Geschenke konzentrierte, die unter dem Baum lagen. Mrs. Browning machte immer viele Worte, um sich bei Papa für sein „großzügiges und wunderschönes Geschenk“ zu bedanken. Mr. Browning ebenfalls.

Papa zwinkerte Mellie zu, steckte die Nase in eine der eleganten Blüten und atmete den „perfekten Duft“, wie er ihn nannte, tief ein. Mellie machte es ihm häufig nach, musste aber erst zum Tisch hochgehoben werden, ehe sie den süßen Duft in sich aufsaugen konnte. „Wer weiß noch, wofür weiße Rosen stehen?“, fragte Papa schmunzelnd.

„Für Geheimnisse!“ Mellie klatschte in die Hände und konnte es nicht erwarten zu sehen, welche wunderbaren geheimnisvollen Geschenke sie auspacken dürfte.

Jedes Jahr wiederholte ihr Vater das gleiche Ritual. Mellie genoss diese Traditionen. Aber wenn sie die Wahl gehabt hätte, dann hätte sie sich zur Weihnachtszeit für einen Strauß samtiger *roter* Rosen entschieden oder für doppelte rot-weiße Amaryllisblüten. Blumen mit Farbe hielt sie an diesem großen Tag für angebrachter. Papa bestand jedoch auf weißen Rosen, seinen Lieblingsblumen.

Melissa ließ sich auf ihr Kissen sinken und kam zu dem Schluss, dass dieses Weihnachten ganz anders werden würde als alle, die sie bisher erlebt hatte. *Dieses Jahr* würde sie in eine Kirche gehen, wo die Orgel „O du fröhliche“ spielte und der Chor „Freut euch, ihr Christen“ sang. Dieses Jahr wollte sie ihrer Freude Ausdruck geben, dass das himmlische Kind auf die Erde gekommen war. Sie würde voll in dieser Freude aufgehen. Gott hatte sich ihr am Ufer des Conestoga River gezeigt und mit Hilfe der einfühlsamen Lela hatte sie ihn in ihr Leben eingeladen. Ja, dieses Jahr würde sie die Feiertage gewiss ganz neu und anders feiern ... obwohl sie vielleicht als Erinnerung an Papa ihrer lieben neuen Freundin einen Strauß weißer Rosen schenken würde.

„Augenblick mal!“, sagte sie zu sich selbst, warf die Decke zurück und stand auf. Bis zu diesem Augenblick hatte sie Vaters weiße Rosen und seine ständige Ermahnung, nicht zu vergessen, was sie *bedeuteten*, nie als etwas anderes als nur als Spiel betrachtet. Doch nun setzte sich ein neuer Gedanke in ihrem Kopf fest und ließ sich nicht mehr abschütteln.

Sie kramte in ihrem Gedächtnis nach zusätzlichen Hinweisen und beschloss, ihre selbst aufgestellte Regel zu brechen. Das Risiko, ihre falsche Identität zu verraten, konnte sie nicht mehr einschüchtern und zum Schweigen zwingen. Sie musste Mrs. Browning anrufen. Nach so langer Zeit glaubte die liebe Frau wahrscheinlich, Melissa melde sich aus dem Grab.

Sofort nach dem Frühstück bestellte sich Melissa ein Taxi und ließ sich vom Fahrer zur nächsten Telefonzelle bringen. „Bitte warten Sie auf mich“, forderte sie den Fahrer auf. „Ich brauche nicht lange.“

Sie wählte die bekannte Vorwahl und Telefonnummer und spürte, wie eine neue Hoffnung in ihr aufkeimte. Wenn sie nur herausfinden könnte, wo die achtzig Millionen Dollar versteckt waren, könnte sie wieder frei sein.

Frei von diesem Leben auf der Flucht ...

Das Telefon läutete mehrere Male, bevor sie die vertraute, sanfte Stimme sagen hörte: „Browning.“

Sie schluckte ihre Tränen hinunter. „Bitte regen Sie sich nicht auf, Mrs. Browning. Ich bin es. Mellie."

Eine Weile war alles still, als wäre die Verbindung getrennt worden. Schließlich hatte sich Mrs. Browning von dem Schock etwas erholt. „Oh, mein liebes Kind, was ist nur aus dir geworden? Ich habe mir solche Sorgen gemacht!"

Melissa ließ sich die Gelegenheit nicht entgehen, der Frau zu erzählen, was sie in den letzten Jahren erlebt hatte. Sie sagte, wie Leid es ihr tue, dass sie sich nicht verabschiedet habe und dass sie überhaupt keinen Kontakt zu Mrs. Browning aufgenommen hatte. „Ich durfte einfach unter keinen Umständen verraten, wo ich mich aufhalte", erklärte sie.

„Bist du jetzt in Sicherheit?", kam die unvermeidliche Frage.

„Mir geht es gut, ja."

„Ich habe dich so sehr vermisst, Mellie, mein kleines Lämmchen."

Der Kloß in ihrem Hals machte es ihr unmöglich zu sprechen. Schließlich brachte sie zustande: „Eines Tage werde ich Sie besuchen kommen. Das verspreche ich." *Wenn dieser Alptraum vorbei ist.* „Wir nehmen uns viel Zeit füreinander, nur wie beide."

„Ja ... ja, tu das."

„Wohnen Sie immer noch im selben Haus?", fragte Melissa.

„Ja, ich wohne immer noch hier."

„Und Ihr Garten ... haben Sie immer noch Ihren Rosengarten?"

Sie hörte sie leise lachen. „Was wäre das Leben ohne Blumen?"

„Was ist mit den weißen Rosensträuchern? Steht Papas Blumengarten auch immer noch ...?" Melissa konnte nicht weitersprechen, so sehr sie es auch versuchte. Das Herz schlug ihr bis zum Hals.

„Ich käme nie auf den Gedanken, die geliebten Rosen deines Vaters wegzutun. Niemals!"

Wage ich es?, überlegte sie. Sie musste fragen. Sie musste es einfach wissen. „Können Sie jemanden bitten, diesen Garten umzugraben ... heute?"

„Aber warum denn mein liebes Kind?“

Wie sollte sie es der lieben Frau nur begreiflich machen? Schließlich erklärte sie Mrs. Browning, dass sie den starken Verdacht habe, dass „unter Papas weißen Rosen“ etwas vergraben sein könnte.

„Und was sollte das sein?“, kam die verständnislose Frage.

„Ich weiß es nicht ... irgendetwas ...“

„Und ... falls ich etwas finden sollte?“

„Ich rufe Sie in ein paar Stunden noch einmal an.“

„Wie du willst, Mellie.“ Mrs. Browning war sichtlich verwirrt. „Ich tue das für dich ... was immer das auch zu bedeuten hat ...“

„Danke, Mrs. Browning. Vielen Dank.“

* * *

Lela war sicher, dass Melissa etwas sehr Wichtiges im Sinn hatte. Die junge Frau war aus dem Haus gesprungen, sobald sie das Taxi erblickte. Beinahe hätte sie ihre Handtasche vergessen. Meine Güte, hatte sie es eilig!

Es dauerte keine halbe Stunde, dann war Melissa wieder zurück. Ihr Gesicht war gerötet. Sie weinte. „Ich fahre in ein paar Stunden wieder weg“, informierte Melissa sie, als sie ins Haus trat.

„Für immer?“, fragte Lela ängstlich.

„Nein, um noch einmal zu telefonieren.“ Melissa erklärte, dass sie nicht das Risiko eingehen wolle, von Lelas Telefon aus anzurufen. „Es könnte angezapft sein.“

Das beunruhigte Lela. Aber nur ein wenig. Gott war mächtig genug, um ein Abhörgerät auszuschalten, wenn das nötig sein sollte, um sie zu beschützen. Sie vertraute voll und ganz dem Gott Abrahams, Isaaks und Jakobs. „In Ordnung“, nickte sie. „Tu, was du tun musst.“

Lela kehrte in ihr Nähzimmer zurück und schnitt mehrere große Stoffstücke für weitere Kissenbezüge zurecht. Währenddessen sang sie oder sagte sich Bibelverse auf: „‚Kein Spatz fällt vom Himmel, ohne dass euer himmlischer Vater ihn sieht ... Fürchtet euch deshalb nicht. Seid ihr nicht mehr wert als viele Spatzen?'"

* * *

Melissa wartete ungeduldig, bis sie das Haus wieder verlassen und zu einer Telefonzelle fahren könnte. Sie wollte Mrs. Browning genug Zeit lassen, um einen Nachbarn zu finden, der ihr gegen eine entsprechende Bezahlung den kleinen Garten umgraben würde. Es war nach Mittag, als sie wieder telefonisch ein Taxi bestellte. Sie war froh, als sie sah, dass der Fahrer nicht derselbe Mann war wie vor ein paar Stunden. Trotzdem ging sie auf Nummer Sicher und bat, zu einer anderen Telefonzelle gefahren zu werden, nachdem sie sich bei Lela erkundigt hatte, wo eine zweite Zelle sein könnte.

Sobald das Taxi vor der Telefonzelle stehen blieb, blickte sie sich vorsichtig um und schloss dann die Tür sorgfältig hinter sich. Sie betete um Gottes Hilfe und wählte Mrs. Brownings Nummer.

„Ich bin froh, dass du wieder anrufst", sagte Mrs. Browning atemlos. „Ich würde sagen, du wusstest, wovon du sprachst, mein Kind."

„Sie haben etwas gefunden?"

„Eine kleine Metallkiste und darin eine Bankkarte."

„Steht auf der Karte eine Nummer?", fragte sie und zitterte vor Aufregung.

„Ja ... der Name einer Bank in der Schweiz, das Wort *Rose* und eine Kontonummer."

„Bitte lesen Sie mir alles vor. Ganz langsam."

Sie schrieb sich die Nummer auf, las sie noch einmal vor, um sich zu vergewissern, dass sie alles richtig verstanden hatte, und bat dann Mrs. Browning, die Karte zu verbrennen. „Legen Sie die Karte ins Spülbecken und zünden Sie sie an."

Die liebe Frau versprach, sich „sofort darum zu kümmern", ohne noch weitere Fragen zu stellen.

„Ich komme Sie bald besuchen", verabschiedete sich Melissa.
„Sehr bald?", fragte Mrs. Browning.

Vor ihren Augen sah sie das liebevolle Lächeln ihrer Ersatzmutter. „Es wird nicht lang dauern. Das verspreche ich."

* * *

Von ihrem Küchenfenster aus konnte Elizabeth ihre Alfalfafelder sehen, die sich im leichten Wind wie meergrüner Samt wiegten. Draußen im Hof waren Thaddeus und mehrere Männer aus ihrem Gemeindebezirk zusammengekommen, um den Alfalfa nach der Ernte Anfang Juni in diesem Sommer zum zweiten Mal zu schneiden. Wenn diese Arbeit abgeschlossen wäre, würde die ganze Familie nach Ohio fahren und Elizabeths Kusine besuchen. Sie konnte es kaum erwarten, ihre mennonitischen Verwandten wieder zu sehen. Es würde keine Minute dauern, ehe sie und Kusine Henny zu plaudern beginnen würden. – „Wir haben uns so viel zu erzählen", würden sie den Männern sagen und in der Küche verschwinden, wo sie Rezepte und alles mögliche andere austauschen würden.

Sie wandte sich vom Fenster ab, um den Eintopf für den Abend vorzubereiten. Sie hoffte, sie hätte heute Nachmittag etwas Zeit, um mit Lela zu sprechen. Seit der letzten Woche, seit Melissa auf der Bildfläche aufgetaucht war, hatte Elizabeth kaum eine Gelegenheit gehabt, ihrer Schwester das Geld zu geben, das ihr aus den Verkäufen aus dem Bauernladen zustand. *Ich bringe ihr das Geld, das ich ihr noch schulde, und etwas Erdbeermarmelade*, beschloss sie und musste an Lelas interessante Geburtstagsfeier denken. Sie hatte den Verdacht, dass sie schon bald ein neues Mitglied in der Familie begrüßen könnten. Ihr war nicht entgangen, wie Paul Martin ihre Schwester angeschaut hatte. Es war einfach herrlich, wie der himmlische Vater Gebete erhörte, und manchmal auch noch so unverhofft schnell!

* * *

Melissa spazierte die Straße entlang, dieses Mal allein, an Thaddeus und Elizabeth Kings Haus vorbei in eine ihr unbekannte Richtung. Nach diesem aufwühlenden Telefongespräch – und der Entdeckung, die Mrs. Browning gemacht hatte, – hatte sie beschlossen, einen Spaziergang zu unternehmen und Lelas Angebot anzunehmen, ihr ein Baumwollsommerkleid auszuleihen. Der Saum des Kleides berührte fast ihre Knöchel, und sie begann, sich fast selbst wie eine einfache Frau vom Lande zu fühlen. Als lebte sie in einem sicheren Hafen, abgeschirmt und weit entfernt von den Sorgen des modernen Lebens.

Sie dachte über das Geld ihres Vaters nach, das sie jetzt ausfindig gemacht hatte, und erinnerte sich an ihr Gespräch mit Denny. Er hatte sie gedrängt, dem FBI zu vertrauen. Zu vertrauen fiel ihr sehr schwer. Doch welche andere Wahl blieb ihr? Iwanow würde sie wieder finden. Es war nur eine Frage der Zeit. Sie musste *etwas* tun.

Eine schwarzweiße Grasmücke zwitscherte ein Solo in den höchsten Tönen. Melissa lächelte, dankbar für die Ablenkung und für die Lösungen, die sie an diesem Tag gefunden hatte. Zu Mittag hatte sie eine herzhafte Mahlzeit aus Aprikosensalat, gebackenem Schinken und grünen Bohnen serviert bekommen und Lela durch ihr Gespräch beim Essen noch ein wenig besser kennen gelernt. Ihre Vermieterin war eindeutig verliebt. Melissa freute sich für sie. Diese freundliche und fürsorgliche Frau wäre bestimmt eine gute Ehefrau für Paul. Melissa musste oft an den kleinen Jungen, den Sohn des Witwers, denken. Einem aufgeweckteren Kind war sie noch nicht begegnet, aber andererseits hatte sie auch noch nicht viel Gelegenheit gehabt, selbst mit Kindern zusammen zu sein. Damals am College nicht und ganz gewiss nicht im Blumenladen in Mystic.

Trotzdem konnte sie sich gut vorstellen, selbst Kinder zu haben und großzuziehen. Zwei vielleicht, obwohl Elizabeth King den Eindruck erweckte, Kindererziehung sei fast mühelos. Etwas am Lebensstil dieser einfachen Leute ließ schwere Arbeit so völlig natürlich aussehen.

Die Landschaft hatte eine beruhigende Wirkung auf sie. Sie genoss jede kleine Wildblume, jeden Farn und jeden Baum entlang des Weges. Der Himmel war in ein so faszinierendes Blau getaucht, dass sie an die Spaziergänge am Strand mit Ryan und ihrem Golden Retriever erinnert wurde.

Sie war froh, allein zu sein. Lela hatte ihr mit Worten und durch ihr Leben gezeigt, dass ein wenig Alleinsein jeden Tag wichtig für die Gesundheit und die psychische Ausgeglichenheit ist. Lela legte viel Wert auf eine „Stille Zeit", wie sie es nannte, jeden Morgen. „Zu viele Leute haben Angst davor, mit ihren Gedanken allein zu sein", hatte Lela erst heute Morgen gesagt. „Es gibt immer etwas – Fernsehen, Radio, Familie und Freunde –, das um unsere Aufmerksamkeit buhlt und uns hindert, unserem inneren Menschen Nahrung zu geben."

Von dieser Warte aus hatte Melissa es noch nie betrachtet. Ja, sie hatte es bedauert, ohne Mutter aufwachsen zu müssen, aber sie hatte Mrs. Browning gehabt. Sie hatte darunter gelitten, dass ihre Großeltern so weit weg in Grand Junction wohnten, aber sie waren nur einen Telefonanruf weit entfernt. Sie hatte zwar große Verluste erlitten, aber trotz ihrer Einsamkeit hatte sie nie gelernt, sich vollkommen wohl zu fühlen, wenn sie allein war. Bis zu diesem Tag. Die Vergangenheit und die Zukunft waren ausgeschaltet, als sie jetzt die frische Luft einatmete, in der der leichte Alfalfageruch lag. Nur die Gegenwart zählte, während sie mit Gott sprach, das erste richtige Gebet, seit ihrer Erfahrung am Ufer des Conestoga River. „Ich bin darin nicht besonders gut", begann sie. „Aber meine Freundin Lela sagt, dass du zuhörst und verstehst, dass du hörst, wenn deine Kinder zu dir rufen. Darüber bin ich sehr froh, denn mein Herz ist zur Zeit so aufgewühlt." Sie betete, dass Gott das Herz von Iwanow und seinen Männern verändern möge, und sie betete für Ryan. „Hilf ihm, seinen Weg zu dir zu finden, Herr." Aber hauptsächlich betete sie um Weisheit, wie Lela es ausdrückte: „Hilf mir, die richtige Entscheidung zu treffen."

Sie fühlte eine seltsame Leichtigkeit in ihren Schritten. Ihre

Augen waren wieder offen für die Schönheit, die sie umgab. Das ausgelassene Flattern eines Pfauenauges weckte ihre Aufmerksamkeit, und sie ging schneller und folgte dem Schmetterling auf seinem schlängelnden Weg, bis er sich auf hellrosa Wiesenblumen setzte, die an einem kleinen Hang wuchsen. Sie sah die lebhaften, großen Blüten der Blumen, aber ihr Blick wich nicht von den orangebraunen Flügeln des Schmetterlings mit seinen schwarzen Rändern. Wie sehr sie ihre Palette und ihre Pinsel vermisste! Pirole und aufgeweckte Distelfinken schwirrten von einem Baum zum anderen, während sie über die schmale Landstraße spazierte. Sie hielt das Bild statt auf einer Leinwand in ihrem Herzen fest.

32

Das Telefon läutete am späten Nachmittag, nachdem Elizabeth zu einem kurzen Besuch vorbeigekommen war und eingemachte Pfirsiche und Ananas und etwas Geld, das sie Lela noch für ihre Quiltbezüge schuldete, mitgebracht hatte.

Melissa saß mit angezogenen Beinen auf dem Sofa und las in Lelas Bibel. Als es klingelte und Lela in die Küche zum Telefon ging, blickte sie nur kurz auf.

„Denlinger." Lela machte eine Pause und hörte einen Moment zu, dann fragte sie: „Wer ist am Apparat?" Mit großen Augen kam sie ins Wohnzimmer und zog das Telefonkabel hinter sich her. Lela legte einen Hand auf die Sprechmuschel und flüsterte: „Ein Anruf für dich."

„Wer ist dran?", fragte Melissa vorsichtig.

„Dein Mann."

Tausende Fragen schwirrten ihr durch den Kopf und eine neue Panik ergriff sie. Für einen Augenblick zog sie in Erwägung zu leugnen, dass sie da sei, und zur Tür hinauszustürmen.

„Was willst du tun?", flüsterte Lela, die immer noch unschlüssig das Telefon in der Hand hielt.

Lelas Miene verriet ein deutliches Zögern, als frage sie: *Bist du sicher?*

Melissa nickte, stand auf und nahm das Telefon. „Hallo, Ryan?", meldete sie sich mit einem dicken Kloß in der Kehle.

„Mellie, Liebes ... geht es dir gut?"

„Woher wusstest du, wo du mich erreichen kannst?"

„Liebes, du musst mir zuhören ..."

„Bitte beantworte meine Frage, Ryan. Woher wusstest du, wo ich bin?" Sie schaute Lela an, die mit gefalteten Händen und geschlossenen Augen neben ihr stand. Sie sah aus, als bete sie.

„Vom FBI", antwortete er leise.

Melissa stockte der Atem. Sie tastete nach einem Stuhl, um sich zu setzen. „Ich verstehe das nicht. Wie kann das sein?"

„Es gab einen großen Fehler ...“

„Aber Agent Walsh sagte ... nein, tu das nicht, Ryan. Bitte lüge mich nicht an.“ Tränen traten ihr in die Augen. Verwirrung und Angst drohten sie zu übermannen.

„Bitte leg nicht auf. Lass mich dir die Sache erklären.“

„Ich höre.“

„Melissa ... ich *arbeite* für das FBI als Informant. Ich bin auf deiner Seite“, sagte Ryan. „Meine Aufgabe war es, der Regierung zu helfen, Iwanows Netzwerk zu zerschlagen. Deshalb konnte ich dir vorher nicht die Wahrheit sagen. Aber jetzt ist es vorbei. Iwanow und seine Leute trauen mir nicht mehr. Deshalb tauchte er letzte Woche in dem Restaurant in Mystic auf. Er wollte ein letztes Mal Druck auf dich ausüben, damit er das Geld, das dein Vater gestohlen hat, bekommt.“

Die Erklärung ihres Mannes war, vorsichtig ausgedrückt, überraschend. Sie hatte Mühe, das alles zu begreifen. Aber trotzdem keimte ein neues Gefühl in ihr auf. *Hoffnung*. Von ganzem Herzen wollte sie ihm glauben. War das die Antwort auf ihr Gebet auf der Straße?

„Ich will dir glauben“, sagte sie mit zitternder Stimme. Zugleich sehnte sich ihr Herz nach Gewissheit. „Aber woher soll ich wissen, dass du die Wahrheit sagst?“

„Du musst mir einfach vertrauen.“

„Aber ich ...“ Sie war jetzt so verwirrt wie noch nie. Sie atmete tief ein und ließ seine Worte auf sich wirken.

„Mellie, ich weiß alles über dich und deine Vergangenheit. Dieses eine Mal musst du mir vertrauen.“

Dieses eine Mal ...

„Aber du hast mich angelogen, Ryan. Wenn das, was du jetzt sagst, wahr ist ... dann hast du all die Jahre ...“

„Ich war zur Geheimhaltung verpflichtet. Das ist doch etwas anderes, oder?“ Er schien auf alles eine Antwort zu haben.

Sie wollte nicht ungerecht sein. Sie hatte ihm ihr tiefstes Geheimnis auch nie anvertraut. Und sie hatte einen furchtbaren Fehler begangen, als sie in Panik geriet, nachdem sie Iwanow in dem Restaurant gesehen hatte. Jetzt kam sie sich wie ein törichtes kleines Mädchen vor. Ihr Misstrauen wurde immer schwächer. „Ich habe dich vermisst, Schatz. Es tut mir so Leid“, flüsterte sie.

Sie hörte ihn seufzen. „Ich habe *dich* vermisst, Mellie. Du hast ja keine Ahnung, wie sehr ich dich vermisst habe.“

„Was sollen wir jetzt tun?“

„Als Erstes setzen wir diesem Wahnsinn ein Ende. Diese Leute werden erst zufrieden sein, wenn wir die Sache mit dem Geld geklärt haben. Mir ist klar, dass du nicht weißt, wo es ist, aber ...“

„Nein ... ich *weiß* es, Ryan.“

Ein beunruhigendes Schweigen breitete sich zwischen ihnen aus.

Dann fragte er: „Was hast du da gesagt?“

„Ich habe es herausgefunden“, sagte sie. „Mein Vater hat das Geld auf ein Schweizer Bankkonto gelegt.“

„Hast du die Kontonummer?“

„Ja, und auch das Codewort.“

„Hör zu, Mellie, wo ist das nächste Restaurant von dort, wo du jetzt bist?“

Sie drehte sich um und erkundigte sich bei Lela.

„Das nächste ist das Best Western Eden Resort Inn“, erklärte Lela mit ernstem Blick.

Melissa nannte ihrem Mann den Namen des Gasthauses. Sie war nervös, aber gleichzeitig aufgeregt, ihn wiederzusehen.

„Wir treffen uns morgen um elf Uhr dort auf dem Parkplatz. Ein FBI-Agent wird mich begleiten. Von dort aus gehen wir zur Bank und lassen das Geld wieder an den Staat überweisen und bringen diese Sache ein für alle Mal hinter uns.“

Sie war so froh, dass er die Sache in die Hand nahm. Zu lange hatte sie ihre Lasten allein getragen. „Dann bis morgen.“

„Alles wird gut, Mellie. Dieser Alptraum ist bald vorbei. Wir sind dann endlich wieder zusammen, und es gibt keine Geheimnisse mehr zwischen uns.“ Seine Stimme war zärtlich und angenehm in ihren Ohren.

„Keine Geheimnisse mehr“, flüsterte sie. „Ich liebe dich, Ryan.“
„Ich liebe *dich,* Mellie.“
Sie legte auf. Ihr Herz war so leicht wie seit Jahren nicht mehr.

33

„*DURAK!* – Idiot!“, brüllte Iwanow, als er und Ryan gleichzeitig ihre Telefonhörer auflegten. „Warum haben Sie sich die Kontonummer nicht geben lassen?“

Ryan schaute ihn überrascht an. „Ich dachte, dann würde sie Verdacht schöpfen. Ich rufe sie noch einmal an, wenn Sie wollen.“ Er griff wieder nach dem Telefonhörer.

„Nein“, fauchte Iwanow. „Sie haben Recht.“ Dann schwieg er kurz und gewann seine Fassung zurück. „Das war eine gute Vorführung. Sie sind ein besserer Lügner, als ich dachte.“

Ryan saß auf dem Drehstuhl und stützte die Ellbogen auf den Schreibtisch. Er sah erschöpft aus.

Iwanow begann, auf und ab zu gehen und seine Pläne neu zu überdenken. Morgen würden sie diese Mrs. James treffen und mit ihr zu einer Bank in Philadelphia fahren. Dort würden sie das Geld transferieren, nicht an die amerikanische Regierung, wie Ryan Melissa erzählt hatte, sondern nach Grand Cayman und auf andere ausländische Konten, die auf der ganzen Welt verstreut und gut versteckt waren. Sobald der Geldtransfer abgewickelt war, wäre er auch schon auf dem Weg in die Karibik zu einem längst verdienten Erholungsurlaub. Er hatte eine Schwäche für heißes, sonniges Wetter.

„Sind wir jetzt fertig?“, fragte Ryan ungeduldig.

„Warum haben Sie es denn plötzlich so eilig?“

Ryan schaute ihn kalt an und wandte dann den Blick ab.

„Verrat bekommt Ihnen nicht besonders, was?“, fragte Iwanow belustigt und stellte sich einen berauschenden Augenblick lang Ryans und Melissas entsetzte Miene vor, wenn sie erführen, dass Iwanow sie beide hintergehen würde. Er hatte nicht die Absicht, sie am Leben zu lassen, sobald er einmal das Geld an sich gebracht hatte. *Ein gutes Geschäft: zwei Fliegen mit einer Klappe*, dachte er. *Ich bekomme sowohl meine Rache als auch mein Geld.*

„Ich werde darüber hinwegkommen“, entgegnete Ryan.

„Guter Junge. Ihr beide könnt zweite Flitterwochen machen, wenn diese Sache vorbei ist. Da haben Sie genügend Zeit, um sich wieder bei ihr einzuschmeicheln", sagte er. Dann klatschte er einmal laut in die Hände und rieb sie aneinander. „Wir sollten lieber früh schlafen gehen. Morgen haben wir viel zu tun."

* * *

Melissa wartete. Sie stand auf dem Parkplatz des Eden Resort Inn neben ihrem Auto. Sie konnte es nicht erwarten, ihren geliebten Mann wieder zu sehen. Sie freute sich so sehr auf ihn, dass sie kaum geschlafen hatte, weil sie angesichts der unerwarteten Wende, die alles genommen hatte, zu aufgeregt gewesen war.

Um 10.55 Uhr erblickte sie Ryans weißen Bronco SUV, der auf den Parkplatz einbog. Als sie ihn am Steuer sitzen sah, tat ihr Herz einen Freudensprung. Sie bemerkte die schemenhaften Umrisse eines Mannes auf dem Rücksitz und vermutete, dass das der FBI-Agent sei, wie Ryan gesagt hatte.

Sie eilte zu seinem Auto, sobald es zum Stehen kam, und öffnete schwungvoll die Beifahrertür. „Ryan ... Schatz!"

Er lächelte schwach und umarmte sie, als sie ins Auto sprang. Sie kuschelte sich an ihn und küsste ihn zärtlich. „Ich habe dich so sehr vermisst", flüsterte sie mit Tränen in den Augen, die ihr eine klare Sicht raubten. „Ich dachte, ich würde dich nie wieder sehen."

Sie zuckte zusammen, als sie ein unfreundliches Schnauben von der Rücksitzbank vernahm.

„Haben Sie *mich* auch vermisst?", grinste Iwanow hämisch.

Ihre Kehle war wie zugeschnürt. *„Sie?"* Entsetzt wandte sie sich wieder an Ryan. „Was macht *er* hier?"

Das Lächeln ihres Mannes war verschwunden. Etwas an seiner Miene verriet Unheil. „Es ist in Ordnung, Melissa. Lass es mich dir erklären."

„Du hast mich angelogen", sagte sie, als ihr plötzlich die Wahrheit bewusst wurde. Sie griff nach der Tür und zerrte mit aller Kraft am Griff.

Verschlossen.

„Melissa ... bitte."

Sie drückte wieder an die Tür. Ohne Erfolg. Ryan legte die Hand auf ihre Schulter. Sie zuckte entsetzt zusammen, und er nahm sie schnell wieder weg. Benommen ließ sie sich gegen die Tür sinken und schloss die Augen. Wut und Entsetzen erfüllten sie. Hilflos ... geschlagen betete sie: *Bitte, Herr, hilf mir.*

Sie wandte sich an Ryan und ließ ihrem Zorn freien Lauf. „Du sagtest, ich könnte dir vertrauen."

Ryan schwieg. Sein Blick war ernst, aber mitfühlend.

„Wir vergeuden hier nur unsere Zeit", knurrte Iwanow auf dem Rücksitz. „Ich will die Kontonummer *und* das Codewort."

Sie starrte Ryan an. „Das ist es also ... es geht nur um das Geld?", platzte sie heraus. „Dafür hast du mich verraten?"

Ryan schüttelte den Kopf. „Du verstehst nicht ..."

„Die Nummer bitte!", knurrte der Mann hinter ihr.

Wütend warf sie ihm einen eiskalten Blick zu. „Sie ist hier oben." Sie tippte sich an die Stirn.

Iwanow griff in seine Jackentasche, zog ein kleines Notizheft heraus und warf es ihr zu. „Schreiben Sie sie hier hinein", knurrte er.

„Und wenn ich es nicht tue?"

„Die Antwort auf diese Frage sollten Sie eigentlich selbst wissen", antwortete Iwanow zynisch und funkelte sie mit seinen kalten Augen siegesbewusst an.

Sie betrachtete diesen abscheulichen Menschen. „Dann würden Sie Ihr kostbares Geld ja für immer verlieren. Ich kann mir nicht vorstellen, dass Sie das riskieren."

Ryan schaute sich zu Iwanow um. „Ich regle das."

„Ich bitte darum. Aber schnell, wenn ich bitten darf."

Ryan wollte ihre Hand nehmen, aber sie entzog sie ihm wieder. „Bitte, tue, was er sagt, Mellie."

Sie schaute Ryan finster an.

„Alles, was er will, ist das Geld. Dann können wir wieder in Frieden miteinander leben", erklärte Ryan.

Sie schüttelte den Kopf. Ihr Zorn kannte jetzt keine Grenzen. „Egal, was passiert. Zwischen uns ist es aus."

Ryan zuckte zusammen, als hätte sie ihm ins Gesicht geschlagen.

Iwanow verlangte erneut die Kontonummer, aber sie weigerte sich.

„Hören Sie, Fräulein, *ich* habe hier das Sagen." Iwanow zog sein Jackett von seiner Brust zurück und zeigte ihr seinen Schultergürtel mit dem Revolver. „Ich habe genug von Ihren Sperenzchen, junge Dame. Ich möchte wetten, dass Sie tief in Ihrem Herzen Ihren Mann immer noch lieben ... Wollen Sie vielleicht eine sehr junge Witwe werden?"

Angst flackerte in den Augen ihres Mannes auf. Widerwillig nahm sie den Stift und begann, die Kontonummer auf den kleinen Block zu schreiben. Als sie fertig war, reichte sie den Block Iwanow zurück. „Woher wollen Sie wissen, dass ich nicht einfach eine Nummer erfunden habe?"

„Melissa ...", warf Ryan ein.

„Nein, das ist eine sehr gute Frage", brummte Iwanow. „Aus diesem Grund fahren wir alle miteinander nach Philadelphia zur Bank. Wenn irgendetwas schief läuft – wenn die Kontonummer nicht stimmt –, dann bin ich augenblicklich Eigentümer eines Häuschens am Meer. Habe ich mich deutlich genug ausgedrückt?"

Sie starrte dieses Ungeheuer an. *Wie kann ein Mensch nur so sein?*

Er war noch nicht fertig. „Wenn der Geldtransfer abgeschlossen ist, gehen Sie Ihrer Wege, ob mit oder ohne Ihren Mann. Das ist mir völlig egal."

An Ryan gewandt, fauchte Iwanow: „Fahren Sie jetzt endlich los."

Sie konnte den Blick nicht von Ryan abwenden, als er aus dem Parkplatz bog. Seine Augen waren jedoch auf die Straße gerichtet. Schweigen breitete sich im Auto aus. Melissa betete in ihrem Herzen: *Herr, ich vertraue dir.*

* * *

Als sie den Stadtrand von Philadelphia erreichten, bog Ryan auf die Staatsstraße 6 in Richtung Süden ein. Innerhalb weniger Minuten befanden sie sich im dichten Verkehr der Innenstadt. Ryan bog in eine Tiefgarage, die zu einer Bank gehörte, zog den Parkschein aus dem Automaten und bog in ein Labyrinth aus immer dunkleren Parkdecks ein.

Melissas Nervosität wuchs, als Ryan auf einem freien Parkplatz in der Nähe des Aufzugs den Motor abstellte.

„Alles klar, ihr Turteltauben, Zeit für den großen Auftritt. Wir steigen aus dem Auto und gehen hinein", erklärte Iwanow mit einem finsteren Blick auf Melissa. „*Ohne* Aufsehen zu erregen. Verstanden?"

Iwanow zog am Türgriff und stieß die Tür mit dem Fuß vollends auf. Sobald er aus dem Auto war, öffnete er ihre Tür. Ryan stieg auf seiner Seite aus. Zu dritt gingen sie zu den Aufzugtüren, wobei Iwanow einen Schritt hinter ihnen blieb und sich immer wieder vorsichtig in der Tiefgarage umschaute. Sie waren allein. Wenige Sekunden, bevor der Aufzug sich öffnete, packte Iwanow Melissa an der Bluse und stieß sie unsanft gegen die Betonmauer.

„Herr, hilf mir!", flüsterte sie entsetzt und hielt den Atem an.

„Halt, tun Sie ihr nichts zuleide!", brüllte Ryan.

Iwanow warf ihm einen verächtlichen Blick zu. Melissa sah kurz Ryans Miene. Tiefe Sorge war ihm ins Gesicht geschrieben. Iwanow beugte sich zu ihr vor, sein abstoßender Atem raubte ihr die Luft. „Wenn irgendetwas da drinnen passiert, kommt Ryan nicht wieder lebendig heraus ..."

„Ich weiß, wozu Sie fähig sind", antwortete sie leise und schaute Ryan noch einmal an. Der Muskeln im Gesicht ihres Mannes zuckten. Er erwiderte ihren Blick, blieb aber zu ihrem großen Kummer schweigsam.

„Das stimmt. Sie *sollten* das auch wissen", spottete Iwanow. „Ihr Vater hat ein paar sehr schlechte Entscheidungen getroffen. Ich würde Ihnen nicht raten, denselben Fehler zu begehen."

„Sie sind nicht halb so ein Mann wie mein Vater", murmelte sie.

Iwanow lachte zynisch über diese Bemerkung. „Mag schon sein. Aber ich bin am Leben." Er ließ sie los, zog sein Handy aus der Jackentasche und gab ein paar Nummern ein. „Ja, wir sind da. Wir treffen uns im vierten Stock beim Aufzug."

Iwanow beendete das Gespräch und deutete zum offenen Aufzug. Die Türen schlossen sich schwungvoll hinter ihnen, und sie glitten in den vierten Stock hinauf. Sie sah den Marmorboden mit niedrig wachsenden Pflanzen in hübschen Töpfen und hier und da einen Hibiskusstrauch. *Alles unecht,* dachte sie. *Alles nichts als Fassade.*

Ein Mann, der offenbar ein leitender Bankangestellter war, kam auf sie zu. Sein Gesicht wurde aschfahl, als er Iwanow erblickte. „Was machen *Sie* denn hier?"

„Ich regle dieses Geschäft selbst. Es steht zu viel auf dem Spiel", erklärte Iwanow.

Der Bankangestellte richtete seine Aufmerksamkeit jetzt auf Ryan und Melissa und nahm sie kritisch unter die Lupe. „Entspannen Sie sich", murmelte Iwanow ihm zu. „Sie gehören zu mir."

Melissa bemerkte den viel sagenden Blick zwischen dem Bankangestellten und Iwanow. Warum ließ Iwanow zu, dass sie diesem Gespräch beiwohnten? Es sei denn ...

Ihr graute vor dem, was ihr plötzlich bewusst wurde. Sie befand sich in größter Gefahr.

„Folgen Sie mir", forderte der Mann sie auf, über Iwanows Indiskretion offenbar verärgert.

Iwanow packte Melissa am Arm und führte sie und Ryan durch einen größeren Bürotrakt. Dutzende von Bankangestellten arbeiteten an sauber polierten Schreibtischen. Ahnungslose Menschen.

Sie wurden durch einen kurzen Gang geschleust und dann in ein kleines, fensterloses Zimmer geschoben. Ein einziger Computer stand auf einem Schreibtisch. Mehrere Stühle standen an den Wänden. Zahlreiche Kabel liefen vom Computer zur rechten Wand. Iwanow schloss die Tür.

Melissa beurteilte schnell die Situation und stellte fest, dass ihre Fluchtmöglichkeiten sehr begrenzt waren. Das hier sollte der Raum für den Geldtransfer sein.

„Setzen Sie sich", befahl Iwanow.

Ryan setzte sich neben sie. „Bist du in Ordnung?", flüsterte er.

Es war ein wenig zu spät für solche Bedenken. „Ich glaube, er will mich umbringen", erwiderte sie leise.

„Ruhe!", brüllte Iwanow so laut, dass der Bankangestellte auf seinem Sitz zusammenzuckte. Er nahm den Stuhl neben der Wand und schob ihn zum Schreibtisch herüber, wo er den Telefonanruf in die Schweiz überwachen konnte.

Nach einem kurzen Gespräch mit der Schweizer Bank las der Angestellte das Codewort und die Kontonummer vor, die sie Iwanow gegeben hatte. Einige Augenblicke später nickte er: „Die Informationen sind korrekt. Sie transferieren das Geld auf der Stelle."

Iwanow warf Melissa einen Blick zu, der besagte: *Glück für dich*. Dann zog er einen anderen Zettel aus seiner Jackentasche. „Transferieren Sie das Geld auf dieses Konto", befahl er dem Mann. „Andere werden es von dort weiterleiten."

Der Bankangestellte warf einen Blick auf Iwanows Zettel und nickte.

Im Raum wurde es ganz still. Man horte nur das Klicken der Computertastatur, als die Zahlen eingegeben wurden. Ein zweiter Bankangestellter öffnete die Tür und kam ins Zimmer. Iwanow fuhr auf seinem Stuhl herum und schaute verwirrt auf. „Gerald, entschuldige die Störung", sagte der zweite Bankangestellte. „Könntest du kurz etwas für mich unterschreiben?"

Der Angestellte, der für Iwanow den Geldtransfer tätigte, wandte den Blick nicht vom Bildschirm ab. „Später. Ich habe im Moment zu tun."

Im nächsten Augenblick stürmten sechs andere Männer mit gezogenen Waffen in den Raum. „FBI! Hände hoch! Keine Bewegung!"

Inmitten des Wirrwarrs hechtete Melissa von ihrem Stuhl auf den Boden. Iwanow wurde auch auf den Boden gedrückt. Drei Männer hielten ihn fest, nahmen ihm seine Waffe ab und legten Handschellen um seine Handgelenke.

Verblüfft sah sie mit an, wie Ryan ebenfalls von zwei Männern niedergerissen wurde, die seine Handgelenke ergriffen und ihm einen Arm auf den Rücken drehten. Sie wandte sich ab. Das konnte sie einfach nicht mit ansehen.

„Sind Sie in Ordnung?“, fragte eine FBI-Agentin. „Kommen Sie, ich bringe Sie von hier fort.“ Sie zog Melissa schnell auf die Beine, nahm sie am Arm und führte sie zur Tür.

Sobald sie auf dem Gang in Sicherheit war, schaute sie sich um. Iwanow, aus dessen Augen glühender Zorn leuchtete, wurde von zwei FBI-Beamten zu den Aufzügen geführt.

„Kommen Sie mit mir“, forderte die Frau sie auf, aber Melissa zögerte noch einen Augenblick und schaute zu, wie auch Ryan abgeführt wurde. Einen schmerzlichen Augenblick lang begegneten sich ihre Blicke. Eine unerklärliche Erleichterung sprach aus seinen Augen. Dann wurde er den Gang hinabgeführt – in dieselbe Richtung, in die Iwanow gebracht worden war.

„Können wir gehen?“, fragte die Beamtin.

Mit Tränen in den Augen nickte Melissa. Sie war nicht fähig zu sprechen. Schweigend fügte sie sich und wandte sich von der traurigen Szene ab.

Die zwei FBI-Agenten, die Ryan flankierten, führten ihn zu einem wartenden Auto. Iwanow wurde ebenfalls zu einem Auto gebracht, aber zu einem anderen, das direkt daneben parkte.

Iwanow drehte sich noch einmal um und knurrte seine Bewacher finster an. „Bis heute Abend bin ich wieder auf freiem Fuß. Ihr habt *nichts* gegen mich in der Hand.“ Aber der FBI-Agent schob Iwanow unsanft auf den Rücksitz und ließ ihn nicht weiterreden.

„Steigen Sie ein“, sagte einer der Beamten zu Ryan, der sich daraufhin in das andere Auto setzte. Die Tür wurde hinter ihm zugeschlagen, und zwei gut gekleidete Männer nahmen vorne Platz.

Sie bogen von dem Parkplatz vor der Bank auf die Hauptstraße, auf der sich inzwischen mehrere hundert Schaulustige versammelt hatten, die sehen wollten, was hier vor sich ging. Ryan zog den Kopf ein, als das Auto durch die engen Straßen steuerte.

Ryan wollte von den neugierigen Menschen auf der Straße nichts sehen. Seine Gedanken drehten sich um Melissa. Nur um sie. Er sah wieder den Schmerz in ihren Augen, als sie begriff, dass er sie verraten hatte. Solange er lebte, würde er diesen ungläubigen Blick in ihren Augen nie vergessen.

Niemand im Auto sprach ein Wort, als sie an der City Hall vorbei zur Market Street fuhren und dann weiter zu Staatsstraße 95. Mehrere Kilometer außerhalb von Trenton, New Jersey, bog der Fahrer auf eine Nebenstraße ein und folgte ihr eine Weile, bis sie zu einem verlassenen Parkplatz kamen. Sie hielten sich rechts, rollten noch einige Meter weiter und blieben neben einem anderen dunklen Auto stehen.

Der Fahrer drehte sich um und fragte Ryan mit einem freundlichen Lächeln. „Sollen wir Ihnen die Handschellen abnehmen?" Der FBI-Agent stieg aus dem Auto und öffnete Ryans Tür. Er zog den Schlüssel für die Handschellen aus seiner Jackentasche und sperrte sie auf. „Besser?"

„Viel besser." Ryan stieg aus dem Auto und rieb seine schmerzenden Handgelenke.

Die hintere Tür des anderen Autos öffnete sich. Ein Mann in einem dunklen Anzug stieg aus und rückte seine Krawatte zurecht. Dann ging die Beifahrertür auf und ein anderer Mann trat ins helle Sonnenlicht.

Es war McGuire. *Special Agent* McGuire vom FBI.

Er trat auf Ryan zu und reichte ihm die Hand. „Ich habe alles über Funk verfolgt. Ausgezeichnete Arbeit."

Ryan schüttelte ihm die Hand, aber er teilte McGuires offensichtliches Siegesgefühl nicht. McGuire stellte ihm seinen Begleiter als FBI-Agent Walsh von der Abteilung für organisierte

Kriminalität vor. Walsh und Ryan begrüßten sich mit einem kurzen Kopfnicken.

„Wie fühlen Sie sich? Ein wenig aufgewühlt?“, erkundigte sich McGuire.

„Wie geht es Melissa?“, wollte Ryan wissen.

„Sie wird gerade wieder zu Mrs. Denlinger zurückgebracht. Soll ich sie ans Telefon holen?“

Ryan hätte gern mit ihr gesprochen, wollte aber nicht, dass das gesamte FBI sein Gespräch mithörte. „Ich spreche später mit ihr.“

McGuire zuckte die Achseln. „Wir werden ihr alles erzählen: Dass Ihnen keine andere Wahl blieb, als bei dieser Sache mitzumachen.“

„Ich habe meine Frau belogen“, entgegnete Ryan. „*Ihr* haben wir nie eine Wahl gelassen. Sie stand Todesängste aus.“

Walsh ergriff das Wort. „Wir waren auf Melissas Mitarbeit angewiesen. Sie wissen selbst, dass sie nie freiwillig mitgespielt hätte.“

„Jetzt haben wir die nötigen Beweismittel gegen Iwanow in der Hand. Diese Aktion diente zum Wohl des Landes *und* zu ihrer eigenen Sicherheit“, mischte sich McGuire ein. „Iwanow wird sie nie wieder belästigen. Nicht nur das, dank Ihnen und Melissa haben wir auch die Männer am anderen Ende des Geldtransfers erwischt. Das gesamte Netzwerk ist aufgeflogen. Wir haben fast eine halbe Milliarde Dollar sichergestellt. Sobald wir Iwanow mit der Ausweisung drohen, wird er seine russischen Freunde ohne mit der Wimper zu zucken verraten.“

„Einfach so?“ Ryan hatte Mühe, das zu begreifen.

McGuire lächelte trocken. „Diese Kerle sind nicht die italienische Mafia – von wegen Brüderschaft, Ehre, Loyalität, all diese Tugenden. Glauben Sie mir: Wenn es so weit kommt, wird Iwanow alles sagen oder tun, um nicht nach Russland ausgeliefert zu werden. Sogar seine Freunde und Angehörigen verraten.“

„Gibt es irgendwelche Beweise für ... FBI-Mitarbeiter, die sich von ihm haben bestechen lassen?“, fragte Ryan.

McGuire lachte. „Wie ich schon sagte: Iwanow hat nur geblufft. Selbstverständlich werden wir Untersuchungen anstellen, aber vergessen Sie nicht: Es ist fast unmöglich, einen FBI-Agenten zu bestechen."

„Und meine Eltern ...?"

„Ihnen kann nichts geschehen. Auch hier hat Iwanow nur geblufft."

„Was ist mit Bernie?"

McGuires Gesichtsausdruck veränderte sich. „Wir haben ihn heute Nachmittag festgenommen. Leistete keinen Widerstand. Er ergab sich seinem Schicksal. Wenn er brav auspackt, werde ich mildernde Umstände empfehlen."

„Bringen Sie mich bitte nach Hause", bat Ryan.

„Alles, was Sie wünschen, Partner." McGuire klopfte ihm auf die Schulter, und die drei Männer gingen zu ihren Autos zurück.

* * *

Der Fahrer, der Ryan zugewiesen worden war, Special Agent Carlson, bog von der Hauptstraße ab und fuhr nach Lord's Point. Das Auto wurde langsamer, als die Straße sich zur Küste schlängelte, und bog dann in die Auffahrt vor dem Haus am Meer ein. Sein Blick wanderte über das schöne Haus und das wunderbare Grundstück. Nichts davon gehörte jetzt noch ihm.

Als Gegenleistung für seine Einwilligung, vor Gericht auszusagen, hatte der Staat ihm versprochen, ihn wegen seiner Mittäterschaft bei Geldwäsche- und Insider-Börsengeschäften nicht gerichtlich zu belangen. Außerdem würden sein Haus und seine Bankkonten beschlagnahmt – alles bis auf ein paar persönliche Sachen.

Das war der Preis für seine Freiheit. Aber die Freiheit allein war wenig verlockend. Das Geld und der Besitz interessierten ihn schon lange nicht mehr. Doch ein Leben ohne Melissa war kaum noch lebenswert.

Inzwischen wusste sie wahrscheinlich die Wahrheit über ihn:

Dass er bei den dubiosen Geschäften seiner Firma ein Auge zugedrückt hatte und *nicht* seit Jahren Informant für das FBI gewesen war, wie er ihr am Telefon erzählt hatte. Er hatte nur ein schnelles Geschäft abgeschlossen, um seine Haut zu retten. Am schlimmsten von allem war, dass er sie angelogen und damit in ein gefährliches Manöver hineingezogen hatte.

„Egal, was passiert, zwischen uns ist es aus." Die Worte, die sie auf dem Parkplatz vor dem Restaurant in Lancaster County ausgesprochen hatte, als sie begriff, dass er sie „verraten" hatte, hallten ihm noch im Ohr.

Agent Carlson stellte das Auto ab, und Ryan führte ihn ins Haus. Heute sollte er in einem Hotel in der Stadt schlafen, wo das FBI ihn beschützen könnte. Morgen würde ein Umzugswagen seine restlichen persönlichen Sachen abholen. Angeblich bekäme Melissa auch Gelegenheit, ihre Sachen auszusortieren.

Wo er letztendlich wohnen würde, davon hatte er keine Ahnung. Das FBI gab jetzt den Ton an. Sie würden sein nächstes Zuhause und seine neue Identität auswählen, bis er als Zeuge vor Gericht geladen würde. Die meisten Informanten warteten normalerweise im Gefängnis auf den Prozess, aber bei Ryan wurde eine Ausnahme gemacht. Als Kronzeuge der Regierung würde er unter Hausarrest gehalten werden. Sobald der Prozess vorbei war, wäre er wieder ein freier Mann und könnte ein normales Leben beginnen.

Wie immer wartete Daisy gleich hinter der Tür. Carlson beugte sich vor und streichelte den Hund. „Ein schöner Hund."

Ryan sagte nichts. Er war froh, dass Daisy zu seinen Eltern gebracht wurde.

„Wie lang brauchen Sie?", fragte Carlson.

„Ein paar Minuten." Er schaute sich um und sah nur Erinnerungen aus längst vergangener Zeit. Wie schnell sich alles geändert hatte. Er betrachtete die verwelkenden lavendelfarbenen Rosen, die er für seine Frau gekauft hatte, und überlegte, sie wegzuwerfen. Resigniert verwarf er diesen Gedanken wieder und ließ sie auf dem Tisch stehen.

Schließlich eilte er die Stufen hinauf und packte einen großen Koffer mit Kleidung und einen kleineren mit Toilettenartikeln. Als er fertig war, ging er durch den Flur zum Gästezimmer, wo ihm die leere Stelle an der Wand auffiel, an der Mellies Gemälde für Denny gehangen hatte. *Das Bild mit dem Kreuz*, wie Denny es so treffend genannt hatte. Der leere Fleck an der Wand wirkte so verlassen.

Er warf einen Blick auf den Nachttisch und sah das Buch *Pardon, ich bin Christ*. Dennys Werk. Er nahm das Buch und beschloss, es auch einzupacken. *Ich habe jetzt jede Menge Zeit zu lesen*, dachte er und kehrte ins Schlafzimmer zurück. Er nahm seine Koffer und schleppte sie nach unten, wo Agent Carlson wie ein Wachmann an der Haustür stand.

34

Während sie ein letztes Mal die Treppe in Lelas Haus hinaufstieg, fühlte sich Melissa gleichzeitig befreit und elend. Beides in einem einzigen verwirrenden Gefühl. Ihre Begleiterin vom FBI, die jetzt auf der Veranda vor dem Haus wartete, hatte ihr vergewissert, dass Iwanow hinter Gittern war. Endlich war sie in Sicherheit. Irgendwann wäre sie sogar ganz frei und könnte wieder ihr eigenes Leben führen. Nach dem Prozess – wann auch immer dieser stattfinden würde.

Sie freute sich von ganzem Herzen darauf, nach Colorado zu fliegen, wo sie ihre enge Beziehung zu der lieben Mrs. Browning auffrischen wollte. Aber jedes Mal, wenn sie an Ryan dachte, überrollte sie eine große Traurigkeit. Und wenn sie sich daran erinnerte, wie er sie angelogen hatte. Sie *verraten* hatte.

„Ich hoffe, ich kann mit dir in Kontakt bleiben", sagte sie zu Lela, während sie die restliche Zimmermiete bezahlte, die sie ihr noch schuldig war. Sie war erneut dankbar für die Offenheit und Freundlichkeit, mit der sie in diesem mennonitischen Bauernhaus aufgenommen worden war. Melissa wusste jetzt, dass der Herr ihre Schritte gelenkt und sie in das Haus dieser gottesfürchtigen Frau gebracht hatte. „Und danke, Lela, für die Bibel. Ich werde sie immer in Ehren halten."

Lela nickte und berührte ihren Arm. „Du kannst sicher sein, dass du immer in Gottes schützender Hand bist, Mellie. Vergiss das nie."

Sie ergriff die Hand ihrer Freundin. „Danke, dass du mich zu deinem Gott geführt hast."

In Lelas Augen glänzten die Tränen. „Er ist auch *dein* Gott. Du bist ein Kind des himmlischen Vaters."

Sie umarmte die mennonitische Frau, dann sagte sie: „Wenn du aus irgendeinem Grund eine Weile nichts von mir hörst, dann mache dir keine Sorgen, ja?"

„Du bist in guten Händen. Das weiß ich."

Damit verabschiedeten sie sich herzlich voneinander, und Melissa trat zu der FBI-Agentin, die geduldig draußen wartete.

* * *

Elizabeth und Thaddeus standen nebeneinander und schauten im Dämmerlicht des frühen Abends zu der alten Scheune hinüber und fragten sich, was in aller Welt sie jetzt mit dem verlassenen Auto anfangen sollten. Drüben in der zweistöckigen Scheune gab eine der Kühe, müde von diesem Tag, ein leises Muhen von sich. Grillen zirpten ihre vertraute Melodie, die sich mit dem Summen der Laubheuschrecken und anderer Sommerinsekten vermischten.

„Ich würde sagen, wir sitzen hier mit vier Rädern und keinem Schlüssel, um sie in Gang zu setzen", sagte Thaddeus. Er nahm seinen Strohhut ab und kratzte sich den Hinterkopf.

Elizabeth kicherte leise. „Wie kommst du denn auf so einen Gedanken?", fragte sie. „Du denkst doch nicht daran, ein wenig auf dem Hof herumzufahren, oder?"

„Du solltest deinen Mann eigentlich so gut kennen, dass du ihm so etwas nicht zutraust." Er zog sie an sich heran und verpasste ihr einen Kuss mitten auf die Lippen.

Beide lachten jetzt und Elizabeth fragte: „Warum, glaubst du, musste Lelas Gast so schnell von hier aufbrechen?"

„Lela sagt, sie hätte etwas Wichtiges zu erledigen."

„Das muss ja furchtbar wichtig sein." Sie konnte sich nicht vorstellen, dass jemand etwas so Teures wie ein Auto einfach zurückließ. „Vielleicht kann Paul Martin Lela das Autofahren beibringen ... eines Tages", fügte sie hinzu.

„Könnte schon sein, dass er das tut." Thaddeus grinste über das ganze Gesicht. „Könnte genau das Richtige sein, um die beiden näher zusammenzubringen. Lela Fahrunterricht geben? ... Nun, das ist bestimmt die beste Idee, die wir seit langem hatten."

„Ich zweifle, dass Paul eine Ausrede braucht, um sich mit meiner Schwester zu treffen", entgegnete Elizabeth. „Er scheint es nicht erwarten zu können, dort weiterzumachen, wo er vor so langer Zeit aufgehört hat."

Sie kehrte ins Haus zurück und schaute nach ihrem Kohleintopf. *Danke, Herr, für diesen schönen Tag, und für die Leute, die uns begegnen,* betete sie im Stillen, als sie und Mary Jane den Tisch deckten.

* * *

Ryan warf seine Taschen auf das große Bett des Motelzimmers. Agent Carlson schaute kurz durch die offene Tür. „Wenn Sie etwas brauchen, ich bin im Zimmer nebenan."

Ryan nickte, dann blickte er sich in dem spärlich möblierten Zimmer um. In der einen Ecke stand ein Fernsehgerät, ein kleiner Tisch und zwei Stühle beim Fenster, eine große Kommode gegenüber vom Bett. Sein Zuhause für diese Nacht, vielleicht für länger. Er setzte sich auf die Bettkante und rieb sich die müden Augen.

Das Telefon läutete. Er nahm vorsichtig den Hörer ab. „Hallo?"

Es war McGuire, der anrief, um ihm zu sagen, was morgen auf dem Programm stand. „Sie müssen eine Entscheidung treffen", erklärte er. „Sie und Ihre Frau. Wollen Sie gemeinsame oder getrennte Wege gehen?"

Ryan konnte ihm darauf keine Antwort geben.

„Sie ist jetzt nicht mehr bei Mrs. Denlinger", erklärte McGuire. „Ich sorge dafür, dass sie Sie anruft. Lassen Sie mich morgen wissen, wie Sie beide sich entschieden haben."

Ryan legte auf, schloss die Augen und versuchte, seine immer noch angespannten Nerven zu beruhigen. Zusammenhanglose Bilder von diesem Tag tauchten in seinem Kopf auf. Iwanows eiskalte Augen schienen ihn überallhin zu verfolgen – diese kleinen ovalen Schlitzaugen voll Bosheit, Kälte und Gier bei der Aussicht darauf, „sein" Geld zurückzubekommen.

Ab dem Augenblick, als er Melissa wieder sah, hatte Ryan Todesängste ausgestanden, dass Iwanow herausfinden könnte, dass er ein doppeltes Spiel spielte, und an ihnen beiden Rache üben würde, lange bevor sie die Bank erreichten. Die Anspannung durch diese Angst hallte immer noch in ihm nach. Aber am hartnäckigsten war das Bild von Melissas schmerzverzerrtem Gesicht, als sie ihn als Lügner entlarvte. Vom rechtlichen Standpunkt aus hatte Ryan endlich das Richtige getan, als er mit dem FBI zusammenarbeitete. Das Netzwerk war dadurch mit einem einzigen Coup zerschlagen worden, das Geld war sichergestellt. Der heutige Schlag würde als einer der größten Erfolge gegen organisierte Kriminalität in die Geschichte eingehen. Trotzdem bot ihm dieses Wissen kaum einen Trost. Nachdem sie drei Jahre lang ein tiefes, dunkles Geheimnis gehütet hatte, hatte Melissa ihm endlich ganz vertraut. Und wie hatte er es ihr belohnt?

Mit Betrug und Verrat.

Niedergeschlagenheit und Mutlosigkeit übermannten ihn, als er sein Gepäck hochhob und die Seitentasche aufzog, in die er das Buch von Denny gesteckt hatte. Mit der Absicht, einfach ein paar Stunden totzuschlagen, schlug er das erste Kapitel auf: *Das Gesetz der menschlichen Natur* – das Thema seiner letzten religiösen Diskussion mit Denny.

Es war nach elf Uhr, als Ryan das Buch zuklappte und es auf die Matratze neben sich sinken ließ. Der Raum wurde von einer einzigen Lampe auf dem Nachttisch neben dem viel zu stillen Telefon schwach erhellt.

Er stand auf, streckte seine Beine und ging zum Fenster hinüber. Die beigefarbenen Vorhänge rochen leicht nach Zigarettenrauch. Draußen war der Parkplatz des Motels voll mit Autos und Lastwagen, Familien auf dem Weg in den Urlaub, Geschäftsleute, die es eilig hatten, nach Hause zu kommen. Ein leichter Wind durch das Mückenfenster ließ die Vorhänge flattern und brachte den Duft des bevorstehenden Herbstes mit sich.

In wenigen Stunden hatte er es geschafft, über die Hälfte von

Pardon, ich bin Christ zu lesen – genug, um zu wissen, dass er auf der Schwelle zu etwas Neuem stand. Er hatte damit gerechnet, dass C. S. Lewis' Argumente an Lächerlichkeiten grenzen würden. Stattdessen legte der Verfasser jedoch makellose Beweise für die Wahrheit des Christentums vor. Seine Argumentation ergab nicht nur Sinn, sie war auch intellektuell zwingend. Aber Ryan stellte sein eigenes Urteilsvermögen in Frage. Nach den aufwühlenden Ereignissen dieses Tages war er offensichtlich verwundbar.

Ryan wandte sich vom Fenster ab und lehnte sich ans Fensterbrett. Er starrte lange das Telefon an, ehe er schließlich den Hörer abnahm und die Nummer wählte, die er auswendig kannte. Es war erst kurz nach neun Uhr abends in Denver, Colorado.

Es klingelte zweimal, dann meldete sich eine Stimme: „Hallo?"

„Hallo, Prediger."

Denny schmunzelte. „Oh, hallo, Fremder. Endlich rufst du zurück."

„Tut mir Leid, Denny."

„Geht es dir gut, Mann?"

Ryan lehnte sich auf dem Kissen zurück und begann, Denny alles zu erzählen, was sich in den letzten Tagen und Stunden zugetragen hatte. Denny hörte aufmerksam zu und unterbrach ihn nur, wenn er etwas nicht ganz verstanden hatte. Als Ryan zu Ende gesprochen hatte, schwieg Denny zuerst, als überlege er, was er dazu sagen sollte.

„Melissa hat mich angerufen", berichtete Denny schließlich mit ernstem Ton. „Vor zwei Tagen. Sie brauchte ... einen Rat."

Ryan dachte über Dennys Worte nach und wünschte, Melissa hätte *ihn* angerufen. „Ich schätze, ich habe es mir mit ihr für immer verscherzt." Dann wechselte er das Thema: „Ich habe gerade das Buch gelesen, das du mir dagelassen hast. Wenigstens das meiste davon."

„Ja ... was sagst du dazu?"

„Es ist ... wirklich überzeugend. Aber ... wenn ich mir alles recht überlege, muss ich zugeben, dass ich heute Abend offenbar nicht klar denken kann. Ich brauche Zeit."

„Vielleicht denkst du zum ersten Mal seit langem endlich klar."

„Komm schon, Denny, es ist doch ein altes Klischee: *Mann verliert sein Zuhause, sein Vermögen, seine Frau. Wird religiös.* Klingt doch verdächtig, oder?"

„Vielleicht. Aber andererseits könnte das ein guter Anfang sein. Ich will keine abgedroschenen Sprüche loswerden, aber manchmal dient das Schlechte in unserem Leben als Katalysator, um uns aufzuwecken. Immerhin wendet sich der Atheist im Fuchsbau Gott zu, weil sein Leben plötzlich auf das Wesentliche reduziert ist."

Ryan schmunzelte leise. Der gute alte Denny änderte sich nie – er blieb ein Prediger. „Also, ich wollte dir sagen, dass du eine Weile nichts von mir hören wirst. Erst wieder, wenn der Prozess vorbei ist."

„Witzbold! Wer soll denn dann Trauzeuge bei meiner Hochzeit sein?"

„Du heiratest?"

„Du brauchst nicht so überrascht zu tun ..."

„Ich habe doch gar nichts gesagt", protestierte Ryan.

„Ich habe es an deinem *Tonfall* gehört."

„Weißt du ... wenn du jemanden brauchst, der dir treu zur Seite steht, dann ist Daisy immer dazu bereit. Ihr beide seid so gut miteinander ausgekommen. Ja, ihr habt sogar etwas sehr Tiefes und Bedeutungsvolles miteinander geteilt."

„Alles klar, ich hoffe, dir fällt etwas Gutes ein. Welche tiefe und bedeutungsvolle Erfahrung habe ich mit deinem Hund geteilt?"

„Wurst und Schinken natürlich. Ganz zu schweigen von den Rühreiern."

Denny lachte. „Du hast vollkommen Recht. Fettes Essen *ist* eine tiefe und bedeutungsvolle Erfahrung. Das schafft garantiert freundschaftliche Bande, die ein Leben lang halten. Aber ich muss dir eines sagen, Ryan. Du klingst gar nicht mehr wie ein Atheist in einem Fuchsbau."

„Ich brauchte nur einen Freund, der mich mit liebevollen Sprüchen wieder aufrichtet."

Sie scherzten noch ein paar Minuten, bis Ryan sich schließlich verabschiedete und versprach, die Neuvermählten zu besuchen, sobald er dazu Gelegenheit hätte. Aber seine gute Stimmung verschwand sofort, als er auflegte und sich in dem kahlen und nach kaltem Rauch riechenden Motelzimmer umblickte. Seufzend schaute er wieder auf das Telefon. Es war genauso still wie das ganze Zimmer. Melissa hatte immer noch nicht angerufen.

Als die Realität der letzten Tage ihm wieder bewusst wurde, war ihm, als zöge ein tiefes Schweigen in die Dunkelheit des Raumes, wie ein Wind, der ein Vakuum ausfüllt. Begleitet wurde das Gefühl der Leere und der Isolation von einem neuen Gefühl des *Ringens.* Als würde in seinem Kopf eine Schlacht ausgetragen, die an den gegnerischen Seiten seines Verstandes zerrte und um die Vormacht kämpfte. Trotz seiner Besorgnis wegen Melissa wurde ihm bewusst, dass er eine Entscheidung treffen musste.

„Vielleicht denkst du zum ersten Mal klar ...“, hatte Denny gesagt.

Er fuhr sich mit der Hand durch die Haare und erinnerte sich an C. S. Lewis' feinsinnige Erklärung der menschlichen Natur. Früher hatten er und Denny über die Natur des Bösen als rein philosophische Theorie diskutiert. Aber mit dem Fleisch gewordenen Bösen – in der Form eines bösen Menschen – hautnah konfrontiert zu werden, hatte eine völlig neue Dimension in seinem Denken geöffnet.

Wenn in der Gestalt eines Menschen wie Iwanow vollkommenes und unbarmherziges Böses existieren konnte, konnte gewiss das Gute in einem viel größeren Ausmaß auch existieren – in der Gestalt von Gott. Im Lichte von Ryans kürzlicher Erfahrung war die „Verderbtheit des Menschen" die einzige logische Erklärung für das Leiden und Unglück der Menschheit, eine abgrundtiefe Bosheit, die auch mit Erziehung oder menschlicher Aufklärung nicht zu beheben ist.

Die Ironie war, dass am Ende Iwanow selbst Ryans Beweis für die Verderbtheit des Menschen war. Aber eine plötzliche Erkenntnis ließ ihm eine kalte Gänsehaut über den Rücken laufen, begleitet von einem noch tieferen Gefühl des Erschreckens. *Iwanow – wir beide unterscheiden uns gar nicht so sehr voneinander. Ich bin auch nicht viel besser.*

Er glitt auf den Boden und kniete nieder. Er war überwältigt von dem tiefen Bedürfnis nach Erlösung, und sehnte sich nach der Vergebung seiner Sünde. Gleichzeitig quälte ihn seine ewige Skepsis. Ein Satz ging ihm durch den Kopf – *wo hatte er ihn nur gehört?* Diesen Satz sprach er jetzt als seinen eigenen aus: *Herr, ich glaube ... hilf meinem Unglauben!*

Am Ende seiner Weisheit und Kraft angelangt, ergab er sich und betete. Tränen der Trauer und Angst folgten. Schließlich schmolz jeder innere Widerstand dahin, und er erlebte etwas Neues. Etwas, von dem er bis zu diesem Augenblick nur gehört hatte, das er aber nie selber erlebt hatte.

Ruhe für seine müde Seele.

* * *

Die Morgensonne schien durch die Vorhänge, als Ryan die letzten Sachen in seine Tasche warf und den Reißverschluss zuzog. Agent Carlson wartete unten in der Lobby auf ihn. Ein weiteres Treffen mit McGuire stand ihm bevor.

Als das Telefon läutete, starrte er es einen Augenblick schweigend an. Nachdem er eine ganze Woche gewartet hatte, gab es jetzt für ihn keinen Zweifel mehr. Der Anrufer war Melissa.

Voll Angst und Unsicherheit wurde ihm erneut bewusst, dass seine Frau ihm vielleicht nie vergeben würde. Darüber müsste er eines Tages Frieden finden. Wie dem auch sei, jetzt schlug die Stunde der Wahrheit.

Er stellte seine Taschen auf den Boden und nahm den Hörer ab.

35

Der Sonnenuntergang schien länger als gewöhnlich zu dauern, als Melissa barfüßig über den vertrauten Hang zum Napatree Beach schritt. Mit einem erleichterten Aufseufzen fragte sie sich, wie die Sonne wohl aussah, wenn sie heute Abend unterging. Bot sie ein spektakuläres Farbenspiel? Oder war es nur ein sanftes Flüstern mit zarten Farbtönen wie in den Stillleben, die sie so gern malte?

Sie atmete schwer, als sie zur Landspitze weiterging, zu dieser hohen Stelle, an der sich die Spitze wie ein Finger in das Wasser schob. Oben angekommen, blieb sie stehen und bewunderte die Küstenlinie. Sie war so dankbar, dass sie wieder hier sein konnte. Kaum ein Windhauch regte sich. Gelegentliche Wolken zogen über den Horizont und trennten den Himmel und das Meer. Die Sonne hatte noch ein paar Minuten Zeit, ehe sie in der Tiefe verschwand und ihre geschmolzenen Strahlen in atemberaubende Farbschattierungen ergoss.

Nur wenige Leute waren noch am Strand unterwegs. Drei oder vier schlenderten über den nassen Sand und suchten nach Muscheln und anderen Meeresabfällen. Ein Mädchen hatte eine Stofftasche über die Schulter geworfen, die zweifellos mit Schätzen aus dem Meer gefüllt war.

Melissas Blick konzentrierte sich auf die äußerste Spitze der Landzunge, wo große Felsen aufgehäuft waren, um einen künstlich errichteten Schutz zu schaffen. Sie beschirmte ihre Augen vor der Sonne, die zum Meer hin sank, und konnte die Gestalt eines Mannes ausmachen, der dort saß und den Horizont bewunderte.

Es war Ryan. Genau dort, wo sie sich verabredet hatten. Er hatte die Hände gefaltet, als meditiere er. Sie fühlte ein Pochen in ihrem Kopf, das genauso laut war wie das Klatschen der Wellen gegen die Felsen unter ihr, als sie ihn beobachtete, diesen Mann, scheinbar ein Fremder, obwohl kaum mehr als eine Woche seit ihrer panischen Flucht vergangen war. So vieles war seitdem geschehen. Ereignisse, von denen sich viele Ehepaare nie erholten.

Sie lächelte leise. Aber sie waren nicht *einfach irgendein* Ehepaar. Nachdem Agent McGuire ihr die Ereignisse erklärt hatte, hatte Melissa Zeit zum Nachdenken gebraucht. Und zum Beten.

Langsam, vorsichtig wählte sie ihren Weg über die Felsen, darauf bedacht, nicht auszurutschen. Irgendwo auf dem sandigen Hügel hinter ihnen hockten FBI-Agenten in der Nähe und passten wie Schutzengel auf sie auf.

Gerade, als sie das Ende des Piers erreichte, tauchte die Sonne am Horizont unter und verteilte purpurrote und goldene Farbenspiele am Himmel. Ryan drehte sich wie auf Kommando um. Hoffnung sprach aus seinen Augen, Freude aus seinem Lächeln.

Vor drei Jahren hatte sie versprochen, diesen Mann zu lieben und zu ehren. Sie hatte ihr Wort gehalten.

„Mellie", flüsterte er und schloss sie in seine Arme.

Im Schutz seiner zärtlichen Umarmung gaben sie sich schweigend das Versprechen auf einen neuen Anfang als Mann und Frau, mit Gott in ihrer Mitte.

Weitere Bücher von Beverly Lewis:

Postkarte zum Glück
Bestell-Nr. 330 485
300 Seiten, gebunden

Ein tragischer Unfall nimmt der Amisch Rachel Yoder Mann und Sohn. Allein mit ihrem Töchterchen verfällt sie der Trauer und erblindet. Erst der Besuch des Journalisten Phil Bradley bei den Amisch bringt wieder Licht in ihr Leben. Der Fund einer alten Postkarte bringt sie gemeinsam auf die Spur eines bewegenden Schicksals ...

Dem Glück entgegen
Bestell-Nr. 330 502
272 Seiten, gebunden

Aus dem Frieden der Amisch-Gemeinschaft kehrt Bradley zurück in die Hektik seiner New Yorker High-Tech-Welt. Doch schnell wird ihm klar, wie stark die Bande sind, mit denen sein Herz bereits an diesem paradiesischen Fleckchen Erde hängt. Und an Rachel, der jungen Amisch-Witwe, deren sanftes Wesen ihn so sehr beeindruckt ...

Die Erlösung der Sarah Cain
Bestell-Nr. 330 526
290 Seiten, gebunden

Als moderne Frau hatte sie nur Spott übrig für ihre Schwester, die das einfache Leben einer Amisch wählte. Fassungslos dagegen macht sie die Nachricht von ihrem Tod. Und wie konnte ihre Schwester bei der Wahl eines Vormundes ausgerechnet auf sie kommen? Wer will von ihr verlangen, eine Karriere und ein Leben voller Spaß aufzugeben, um fünf Amisch-Weisen aufzuziehen? Und was wird aus Bryan, dem Mann an ihrer Seite?

Die Amisch-Triologie von Beverly Lewis

Was auch geschehen mag
Bestell-Nr. 330 382
230 Seiten, gebunden

In der beschaulichen Amisch-Gemeinschaft von Hickory-Hollow in Pennsylvania scheint die Zeit – auch für die junge Katie Lapp – stehen geblieben zu sein. Als sie urplötzlich einem Geheimnis um ihre Herkunft auf die Spur kommt, zerfällt ihr bisheriges Leben in seine Einzelteile ...

Kannst du mir vergeben?
Bestell-Nr. 330 419
278 Seiten, gebunden

Ihrer bisherigen Identität beraubt, verlässt Katie die behütete Amisch-Gemeinschaft. Die Welt, in die sie auf der Suche nach ihrer Mutter gerät, ist unbarmherzig – der Bruch mit den liebgewonnenen Traditionen droht sie zu zerreißen ...

Werden wir uns finden?
Bestell-Nr. 330 447
240 Seiten, gebunden

Obwohl Katie das vornehme Leben in der Villa ihrer Mutter genießt, leidet sie unter der Trennung von ihrer Amisch-Familie. Und dann ist da auch noch Daniel, ihre erste große Liebe. Wofür wird sie sich entscheiden?